奇尔伯里村
女子唱诗班

Jennifer Ryan
〔英〕詹妮弗·瑞安 著

刘畅 译

THE CHILBURY
LADIES' CHOIR

著作权合同登记号　图字 01-2021-6398

THE CHILBURY LADIES' CHOIR
Copyright © 2017 by Jennifer Ryan
This translation published by arrangement with Bardon-Chinese Media Agency.
Simplified Chinese edition copyright ©
Shanghai 99 Readers' Culture Co., Ltd., 2022
All rights reserved.

图书在版编目(CIP)数据

奇尔伯里村女子唱诗班/(英)詹妮弗·瑞安著；
刘畅译.—北京：人民文学出版社，2022
ISBN 978-7-02-016763-0

Ⅰ.①奇… Ⅱ.①詹…②刘… Ⅲ.①长篇小说-英国-现代 Ⅳ.①I561.45

中国版本图书馆 CIP 数据核字(2021)第 242803 号

| 责任编辑 | 卜艳冰　张玉贞 |
| 封面设计 | 李苗苗 |

出版发行	人民文学出版社
社　　址	北京市朝内大街 166 号
邮政编码	100705

| 印　　刷 | 上海盛通时代印刷有限公司 |
| 经　　销 | 全国新华书店等 |

字　　数	332 千字
开　　本	890 毫米×1240 毫米　1/32
印　　张	13.25
版　　次	2022 年 1 月北京第 1 版
印　　次	2022 年 1 月第 1 次印刷

| 书　　号 | 978-7-02-016763-0 |
| 定　　价 | 69.00 元 |

如有印装质量问题，请与本社图书销售中心调换。电话：010－65233595

致祖母艾琳·贝克利夫人及那些身处后方的女性

目 录

1940年3月24日星期日张贴在奇尔伯里村村公所布告栏上的告示 /001

蒂林太太的日记（1940年3月26日，星期二） /002

埃德温娜·帕特里小姐写给姐姐克拉拉的信（1940年3月26日，星期二） /006

姬蒂·温斯洛普的日记（1940年3月30日，星期六） /016

维尼夏·温斯洛普写给安吉拉·奎尔的信（1940年4月3日，星期三） /026

埃德温娜·帕特里小姐写给姐姐克拉拉的信（1940年4月4日，星期四） /030

1940年4月15日星期一张贴在奇尔伯里村村公所布告栏上的告示 /034

蒂林太太的日记（1940年4月17日，星期三） /035

姬蒂·温斯洛普的日记（1940年4月18日，星期四） /041

埃德温娜·帕特里小姐写给姐姐克拉拉的信（1940年4月19日，星期五） /047

西尔维的日记（1940年4月20日，星期六） /052

姬蒂·温斯洛普的日记（1940年4月23日，星期二） /053

蒂林太太的日记（1940年4月24日，星期三） /065

空军上尉亨利·布兰普顿-博伊德写给维尼夏·温斯洛普的信（1940年4月25日，星期四） /070

维尼夏·温斯洛普写给安吉拉·奎尔的信（1940年4月26日，星

期五）/071

姬蒂·温斯洛普的日记（1940年4月27日，星期六）/078

埃德温娜·帕特里小姐写给姐姐克拉拉的信（1940年5月3日，星期五）/085

维尼夏·温斯洛普写给安吉拉·奎尔的信（1940年5月3日，星期五）/097

埃德温娜·帕特里小姐写给姐姐克拉拉的信（1940年5月4日，星期六）/102

蒂林太太的日记（1940年5月10日，星期五）/107

维尼夏·温斯洛普写给安吉拉·奎尔的信（1940年5月14日，星期二）/112

蒂林太太的日记（1940年5月16日，星期四）/116

姬蒂·温斯洛普的日记（1940年5月18日，星期六）/121

马拉德上校写给住在牛津的姐姐莫德·格林夫人的信（1940年5月20日，星期一）/131

姬蒂·温斯洛普的日记（1940年5月25日，星期六）/133

温彻斯特将军致马拉德上校的电报（1940年5月27日，星期一）/143

蒂林太太的日记（1940年5月29日，星期三）/144

空军上尉亨利·布兰普顿-博伊德写给维尼夏·温斯洛普的信（1940年6月4日，星期二）/148

姬蒂·温斯洛普的日记（1940年6月12日，星期三）/150

埃德温娜·帕特里小姐写给温斯洛普准将的便条（1940年6月17日，星期一）/159

1940年6月17日星期一张贴在奇尔伯里村村公所布告栏上的告示 /160

蒂林太太的日记（1940年6月19日，星期三）/161

西尔维的日记（1940年6月19日，星期三）/164

埃德温娜·帕特里小姐写给姐姐克拉拉的信（1940年6月22日，星期六）/165

维尼夏·温斯洛普写给安吉拉·奎尔的信（1940年7月3日，星期三）/169

蒂林太太的日记（1940年7月13日，星期六）/179

姬蒂·温斯洛普的日记（1940年7月24日，星期三）/190

中尉卡林顿写给蒂林太太的信（1940年7月26日，星期五）/196

维尼夏·温斯洛普写给安吉拉·奎尔的信（1940年7月27日，星期六）/198

蒂林太太的日记（1940年7月29日，星期一）/202

姬蒂·温斯洛普的日记（1940年7月31日，星期三）/205

维尼夏·温斯洛普写给安吉拉·奎尔的信（1940年8月1日，星期四）/208

蒂林太太的日记（1940年8月1日，星期四）/219

埃德温娜·帕特里小姐写给姐姐克拉拉的信（1940年8月1日，星期四）/226

姬蒂·温斯洛普的日记（1940年8月1日，星期四）/231

西尔维的日记（1940年8月1日，星期四）/240

《肯特郡时报》的头版（1940年8月2日，星期五）/241

维尼夏·温斯洛普写给安吉拉·奎尔的信（1940年8月2日，星期五）/242

蒂林太太的日记（1940年8月3日，星期六）/251

姬蒂·温斯洛普的日记（1940年8月5日，星期一）/256

蒂林太太的日记（1940年8月6日，星期二）/264

埃德温娜·帕特里小姐写给姐姐克拉拉的信（1940年8月6日，星期二）/273

维尼夏·温斯洛普写给安吉拉·奎尔的信（1940年8月6日，星期二）/276

蒂林太太的日记（1940年8月8日，星期四）/284

姬蒂·温斯洛普的日记（1940年8月8日，星期四）/288

维尼夏·温斯洛普写给安吉拉·奎尔的信（1940年8月8日，星期四）/291

埃德温娜·帕特里小姐写给姐姐克拉拉的信（1940年8月8日，星期四）/298

姬蒂·温斯洛普的日记（1940年8月8日，星期四）/305

维尼夏·温斯洛普写给安吉拉·奎尔的信（1940年8月8日，星期四）/311

蒂林太太的日记（1940年8月9日，星期五）/317

姬蒂·温斯洛普的日记（1940年8月9日，星期五）/320

埃尔西·科克尔写给空军上尉亨利·布兰普顿-博伊德的信（1940年8月10日，星期六）/332

埃德温娜·帕特里小姐写给姐姐克拉拉的信（1940年8月10日，星期六）/334

空军上尉亨利·布兰普顿-博伊德写给埃尔西·科克尔的信（1940年8月12日，星期一）/337

维尼夏·温斯洛普写给安吉拉·奎尔的信（1940年8月12日，星期一）/339

蒂林太太的日记（1940年8月13日，星期二）/344

姬蒂·温斯洛普的日记（1940年8月15日，星期四）/349

《肯特郡时报》头版（1940年8月18日，星期日）/359

蒂林太太的日记（1940年8月18日，星期日）/360

埃德温娜·帕特里小姐写给姐姐克拉拉的信（1940年8月19日，星期一）/366

1940年8月19日星期一张贴在奇尔伯里村村公所布告栏上的告示 /378

维尼夏·温斯洛普写给安吉拉·奎尔的信（1940年8月19日，星期一） /379

马拉德上校给住在牛津的姐姐莫德·格林夫人的信（1940年8月20日，星期二） /382

蒂林太太的日记（1940年8月21日，星期三） /384

姬蒂·温斯洛普的日记（1940年8月24日，星期六） /388

维尼夏·温斯洛普写给安吉拉·奎尔的信（1940年8月28日，星期三） /396

西尔维的日记（1940年8月28日，星期三） /401

蒂林太太的日记（1940年8月28日，星期三） /402

姬蒂·温斯洛普的日记（1940年9月6日，星期五） /406

鸣　谢 /411

1940年3月24日星期日张贴在奇尔伯里村村公所布告栏上的告示

由于男声部成员都已参军,乡村唱诗班将在下周二埃德蒙·温斯洛普中校的葬礼结束后解散。

教区牧师　启

蒂林太太的日记

1940 年 3 月 26 日，星期二

这是自战争爆发以来举行的第一场葬礼，而我们这支小小的乡村唱诗班成员全都唱跑调了。大家就好像是一群啁啁啾啾的麻雀，有气无力地哼唱着"圣哉，圣哉，圣哉"①。但这种状况既不是战争所致，也不是因为恶棍埃德蒙·温斯洛普年纪轻轻就在潜水艇上被鱼雷命中丧生，更不能归咎于牧师那一塌糊涂的指挥。全都不是，而是因为这是奇尔伯里唱诗班的最后一场演出。我们的绝唱。

"我就不明白我们为什么非得解散？我们又不会威胁到国家安全。"等大家全都聚集在雾蒙蒙的墓地后，布太太突然恶声恶气地说道。

"男声部成员都走了，"意识到我俩的谈话可能会引起出席葬礼的人们的不安，我便压低了声音解释道，"牧师也说，没有男声部就不能组建唱诗班。"

"男声部的那帮家伙都打仗去了，我们唱诗班就得解散？这时候我们更需要唱诗班！我就想知道牧师接下来还想要干什么？是要解散那群他心心念念的救世军摇铃人②？是要停止礼拜天的礼拜活

---

① 《圣哉三一歌》是一首庄严、优美的颂歌。它是按照《圣经·新约·启示录》所载和先知以赛亚所见异象（见《圣经·新约·启示录》第 4 章 8 至 11 节；第 6 章 1 至 4 节）按诗意描写而成。——译注（全书注释均为译注）

② 救世军是一个成立于 1865 年的基督教教派，以街头布道和慈善活动、社会服务著称。救世军摇铃人主要从事救世军福音宣教、社会服务与教育等方面的工作，由救世军中的全职成员和其聘雇的从业人员构成。

动,还是要取缔圣诞节?我料他也不敢!"她气哼哼地双臂交叉抱在了胸前,"那帮家伙先是驱赶着各家各户的男人上战场打仗,接着就强迫我们这群女人给他们卖命,然后就连吃的都要限量供应,现在又要关停唱诗班。等纳粹打过来,我们这儿除了一群死气沉沉的女人准备投降外,就什么都没了!"

"这仗不是还没打完嘛,"听完她粗声大嗓的抱怨,我想安慰她一下,"我们女人也得多干点,为打仗出把力。就算村诊所的活计已经忙得我透不过气来,我还是愿意到医院里去帮帮护士的忙。"

"自从有了奇尔伯里村的那天起,唱诗班就没解散过。大家一起唱歌就觉得浑身都有使不完的劲儿。"说着布太太就挺了挺胸脯。她身形高大厚实,活像一位作战经验丰富的陆军元帅。

人群开始前往奇尔伯里庄园去品尝雪利酒和黄瓜三明治等这些葬礼必备的餐食。"埃德蒙·温斯洛普才二十岁,怎么就让鱼雷给炸死在北海了呢?"我不禁感慨道。

"他活着的时候可是个坏到流脓的混蛋,这你可是心知肚明的啊,"布太太大声嚷嚷着,"当初他是怎么打算把你家大卫淹死在村子池塘里的,你应该还没忘吧?"

"当然没忘,不过那已经是好多年前的事了,"我小声应答,"不管怎么说,他父亲陆军准将温斯洛普以前动不动就拿鞭子抽他,他的性情变得反复无常倒也情有可原。如今埃德蒙死了,我觉得他父亲肯定会悔不当初。"

或者很明显毫无悔意。我一边这样想着,一边越过人群朝着他的方向看过去。准将正用马鞭的杆子敲打着军靴,打得砰砰作响。脖子上和额头上的青筋暴起,一看就是一副怒不可遏的模样。

"他大发雷霆是因为没了继承人,"布太太简明扼要地开始解释,"温斯洛普家族需要有个男性继承人,如今家族财产可都要打水漂了。他一点儿也不在乎那两个女儿……"我俩一起瞥了一眼豆蔻年华的姬蒂和美艳逼人的维尼夏。"地位决定一切。还好温斯洛普太太又怀孕了,希望这次怀的是个男孩。"

在丧子之痛的打击下,温斯洛普太太就像一只断了翅膀的麻雀一样蜷缩在一旁。大卫朝着我走过来时,一身崭新的军装让他显得更加成熟,我心想,也许下一个就会轮到我了。自从参加军训后,大卫的肩膀就变得更加宽阔,但微笑依然如初,温柔也一如往日。我早知道他只要一满十八周岁就会去报名参军,可为什么一切都发生得那么猝不及防呢?下个月他就将被派往法国。万一他出事了,我可怎么活下去呢?心里不由得怅然若失。自打哈罗德离世后,大卫就是我的一切。埃德蒙和大卫小时候经常装扮成成年男子、战士或者海盗打着玩,而赢的一方必定是埃德蒙。我只能祈祷大卫打仗的时候可千万不要遭遇同样的命运。

到目前为止,希特勒一直忙于占领欧洲其他地区,因此战争在我国也一直处于一种波澜不惊的状态,这令人产生一种不祥的感觉。但我知道纳粹就要打过来了,很快我们就会被死亡包围。这次战争跟上次相比别无二致。上次战争令整整一代人灰飞烟灭,我父亲也难逃厄运。丧电送来当天的情景至今仍历历在目。当时阳光洒满了整个餐厅,留声机流淌出来的是维瓦尔第①的作品,我们一家人正围在餐桌旁共进午餐。我听到有人打开大门,接着传来的便是母亲瘫倒在地时身体撞击地板发出的声音,阳光如瀑,倾泻而入,但母亲已不省人事。

现在,我们的生活再次陷入混乱:死的人越来越多,各种活计层出不穷,生活已变得越来越将就凑合。我们心爱的唱诗班也将不复存在。我真想给牧师写封信表示抗议,但话又说回来,我可能不

---

① 安东尼奥·卢奇奥·维瓦尔第(Antonio Lucio Vivaldi, 1678—1741),意大利巴洛克音乐作曲家、小提琴演奏家,主要作品有《四季》等。

会这么做，因为我从来都不是那种容易大惊小怪的人。母亲跟我说过，女人只要面带微笑颔首示意就比做出任何举动都有用，只不过有时候眼前的一切都会让我感到灰心丧气。我真想大声将自己的真实想法和盘托出。

我觉得这就是我开始记日记的初衷，这样就可以把一些我不想公诸于众的想法表达出来。收音机里有一档节目曾经说过，如果你所爱的人不在身边，记日记会让你感觉好一些，于是我昨天就出去买了个日记本。我相信这个本子很快就会写满，尤其是等大卫走后我一人独处时，万千思绪便会涌上心头，无处发泄。我一直梦想能当个作家，这大概就是我与梦想距离最近的时刻吧。

我挽着大卫的胳膊，跟着人群走向奇尔伯里庄园，回头看了看摇摇欲坠的老教堂，说："我会怀念唱诗班的。"

布太太听到我的话后断然反驳道："那我怎么没见你让牧师改变决定呢？"

"可是布太太，我们不是一直都在等着你把一切搞得乱七八糟吗？这可是你的特长啊。"大卫幸灾乐祸地笑着说。

闻听此言，我差点大笑，一边赶紧拿手捂住嘴巴，一边等着布太太暴跳如雷。不过就在此时，准将正大步流星地朝着庄园方向走去，牧师则一路小跑地超过了我们，紧跟在他身后。

布太太一眼就看到了牧师，决绝地一把抓起伞，在他身后跺着脚大声喊道："牧师，我有话跟你说。"通常情况下这就是她的战斗口号，直截了当。

牧师转过身来，发现布太太的步伐越来越快，便用尽全身力气朝前冲去。

埃德温娜·帕特里小姐写给姐姐克拉拉的信

教堂街 3 号
奇尔伯里村
肯特郡

1940 年 3 月 26 日，星期二

克拉拉，振作起来，我们就要发大财了！你肯定想不到有人要跟我做一笔交易，而且这笔交易毫无底线可言！我就知道这场可恶的战争肯定会给我带来大笔财富，谁能料到接生这一行会这么赚钱！只不过出乎我意料的是，这样一笔肮脏交易的对家竟然是高傲自大的温斯洛普准将。就算在上流社会，他也是个专横跋扈的家伙，自以为掌管着这个保守刻板的小村庄里的一切。我知道你会说这么做太不道德，即便以我的标准来看也确实摆不上台面，但我想要摆脱助产士的身份，因为助产士做起事来非但处处受限，还让人瞧不起。我要回到老房子去，按照自己的心意过日子，自由自在。

克拉拉，你还不明白吗？我早就跟你说过，欠你的钱很快就会还给你的。早晚你都会明白，我有多聪明，过去犯下的错误我也全都能将功折罪。过去的事情就让它过去吧，就算我总是说我把你从比尔的手里救出来，涉及他的事咱俩都不要再提了。接下来我要把小时候在伯纳姆伍德的房子买回来，海边的那些地和悬崖峭壁也全都买回来，这样咱俩就可以像妈妈在世的时候一样生活，幸福无忧。我再也不要给产妇接生，再也不想触碰婴儿，再也不想看见长在那些产妇见不得人地方的皮疹,太恶心了,再也不想有人对我呼来喝去,在背后嘲笑我。我要做回我自己,再也不想整天让人盯着后背了。

不过,你有多想知道有关这笔交易的细枝末节,我可是最清楚不过的,那就让我从头开始讲给你听吧。这一切都发生在埃德蒙·温斯洛普的葬礼上。埃德蒙是准将的儿子,为人卑鄙无耻,上个星期在潜水艇里给炸死了。他才二十岁——前一秒还是个令人作呕的爬行动物,后一秒就变成了鱼食。

葬礼那天上午的天气又冷又湿,就像被刚打捞上来的鳕鱼拍打在脸上的感觉。当时狂风呼啸,阴云密布,仿佛一只巨大的秃鹰正在头顶盘旋着寻找猎物,那感觉就像大家都已经亲自到了北海一样。大家都撑着伞,穿过泥泞不堪的墓地,一头扎进了光线昏暗、霉味扑鼻的教堂。就在此时我听到有人在喃喃自语:"还不错嘛。"

教堂里人满为患,大家都在叽叽喳喳地聊着八卦,一副事不关己的模样。坐在前排的是温斯洛普夫妇和他俩的贵族朋友们,个个衣着挺括,女士们还头戴装饰着硕大羽毛的帽子,活像一排黑天鹅。像往常一样,坐在他们后面的是一群身穿卡其色和灰蓝色制服的家伙。这帮家伙总以为自己与众不同,其实只是一群平平无奇的傻瓜。我总觉得这帮家伙更像一群井底之蛙。

再往后就是我们这群当地人,其中大多数都是些身穿羊毛外套的女人。我们迫不得已只能围在那帮家伙身后,耳边传来的唱诗班演唱的"圣哉,圣哉,圣哉",全都不在调子上,听起来还唯唯诺诺的,就像是在辩解着什么,显得那么苍白无力。对于唱诗班的解散,村里的那帮时髦女人感到难过沮丧,但观看了这样一场表演后,我感觉还不如去听一群猫叫唤的好。

整个葬礼仪式沉闷压抑。那位阵亡战士的母亲双手捂着脸,抽抽嗒嗒地哭个不停,裹在黑色礼服里的身体也一直在颤抖。她还不到四十岁，却是个高龄产妇，因为她又怀孕了。大家都说，她父亲令人不齿，逼着她嫁给准将时她还不到十六岁。从那以后，她见了准将就像耗子见了猫。

不过，葬礼上只有她一个人在痛哭流涕。埃德蒙为人粗俗野蛮、傲慢自大，跟他父亲简直毫无二致，谁人不知，哪个不晓？在场肯定有好多人都觉得他死得早其实就是恶有恶报。

埃德蒙有两个妹妹，一个十八岁，一个十三岁。她俩都恭恭敬敬地坐在悲痛欲绝的母亲身边，却连个伤心的样子都不愿意装一下。年纪大一些的维尼夏一头金发，举止风骚，不断朝着那位英俊的新派画家抛媚眼，显然这么做可比参加葬礼有意思多了。年少的姬蒂身形瘦高，犹如一头尚未发育完全的小鹿，四下张望时就像看到了鬼一样小心翼翼。从圣坛上方彩色玻璃窗透过来的紫蓝色光芒投射到她那张下巴尖尖的小脸上，让她看上去像个小精灵。坐在她身边的那个从外国逃难来的小姑娘却仿佛不为所动，似乎她以前不但经历过生离死别，而且还远不止这些。

准将目光如炬，专横跋扈的样子活像一只秃鹰，他胸前那一枚枚锃亮的勋章和他那上流社会的威望令教堂里的一干人等都不得不对他高看一眼。他手持银尖马鞭，有节奏地敲打着靴子。他的暴脾气远近闻名，今天更没人敢惹他。你可别忘了，他不仅失去了唯一的儿子，还失去了整个家族的财产。奇尔伯里庄园必须由男性继承，埃德蒙的阵亡令整个家族陷入了混乱。如果在自己的监管下丧失了整个家族的财产，那准将这辈子都将无法摆脱"笨蛋"这个标签。但我太了解像他这样的家伙了，他绝不会甘心认输。

令人筋疲力尽的葬礼结束后，天气就开始变得风雨交加，冰冷的雨水就像一把把匕首一样刺得人生疼。大家纷纷抱起装着防毒面具的盒子，沮丧落寞地冒雨朝着奇尔伯里庄园走去。奇尔伯里庄园是个具有乔治王朝时代艺术特色的庞然大物，温斯洛普家族史上的某个成员不管不顾地将其打造了出来。

我气喘吁吁地爬上台阶走到大门口，希望能先喝上一杯，然后再坐在一张舒适的大沙发里休息一下。但大厅里已经挤满了浑身散发着潮气的哀悼人群，而且到处都是湿漉漉的雨伞。这里嘈杂喧闹得就像国王十字车站①，大理石铺就的走廊里传来的是女士高跟鞋敲击地面的声音，与喋喋不休的交谈声混为一体。温斯洛普家族古老而富有，而当地人犹如一群以腐肉为食的癞蛤蟆，都在附近伺机而动，随时准备伸出脏手，期待着能搞到一些战利品。

那我呢？我可是早就已经开始从他家的口袋里往外掏钱了，而且我的生意也随着这里发生的一切不断扩大。你知道吗？为了堵住我的嘴，让我对他的风流韵事守口如瓶，包括去年的意外让人怀孕事件，还有他下流的儿子在村子里传播淋病的事，准将可一直都在给我塞钱。他儿子传播淋病的速度简直比你说出"淋病"这两个字的速度还要快。对我来说，这场战争就意味着机遇。任何一个称职的助产士都必须意识到这种情况可能会带来的机会，特别是这些猥琐绅士之类的家伙虽然自认为无可指摘，但其实能带来的机会更多。敲诈他们简直易如反掌——这个敲诈二十镑，那个敲诈二十镑，全都加在一起可是一笔不小的收入呢。

进门的时候我一眼就看到了那个曲线玲珑的漂亮女仆。为了避开拥进来的人群，她站到了楼梯上。她一只手举着托盘，托盘上的酒杯全都装满了雪利酒。她的脖颈细长优雅，可说起话来却酸臭无比。去年她来找我的时候得了淋病，是埃德蒙中校传染给她的。整个村子里有一半的人都跟她一样，真让人恶心。她告诉我，埃德蒙

---

① 国王十字车站（King's Cross）位于伦敦市中心的国王十字地区，是1852年启用的一个大型铁路终点站，在卡姆登区与伊斯林顿区的交界线靠卡姆登区一侧。

答应过要娶她,还要给她钱,给她自由,给她爱情,可是战争刚爆发,他就参加了海军。我觉得她挺可怜的,就把埃德蒙还有其他女人的事情跟她说了——上一个女仆、园丁的太太、牧师的女儿——她们全都面临同样的问题。我给她们所有人都治过病,也给埃德蒙那头恶心至极的畜生治过。这个女仆名叫埃尔西。我把所有人的秘密跟她和盘托出时,她看上去有点心绪不宁,我觉得她肯定是在担心自己的秘密被泄露出去。不过,我当时跟她解释说我告诉她是因为我们俩是朋友。

我对她心照不宣地微微一笑,然后从托盘里拿起一杯雪利酒。你永远不知道这些人什么时候会派上用场。

我加入了吊唁队伍,就站在面色忧郁的蒂林太太身后。她是护士,也是唱诗班成员,可惜就是经常好心办坏事。"他是个英雄,人们永远也忘不了他。"当时她满怀深情地说道。她的善意令人难以忍受,我真想把她的长脸按进啤酒桶里,让她清醒清醒。

"这样的事情就不该发生。"唱诗班的另一位成员布太太厉声说道。她举止端庄,浑身散发着上流社会由来已久的热情,这更令人无法忍受。她的姓氏是布兰普顿-博伊德,不过大家都叫她布太太,这让她大为光火。

蒂林太太发现我站到了她前面,就恼怒地瘪了瘪嘴。她从来就不喜欢我。我闯进了她的护理领域,离她负责的乡村社区太近了。她可能也听说过我那些旁门左道的做法,或许也听说过我赚了不少钱。

"太惨了,"我故意柔声说道,"年纪轻轻的就没了。"我抿着嘴微微一笑后赶紧挪动脚步,独自站到了一边。有人不时地朝着我这个方向瞥一眼,大概怀疑我在这里又忙着做什么交易吧。

我正琢磨着打开几扇门,四处打探一下情况的时候,管家走过来把我领进了会客室。管家面目丑陋,身形矮小却又耸肩弓身。原本我还指望着能在会客室里拿到一笔上流社会馈赠的丧金，结果却发现在这个宽敞肃静的房间里只有我一个人。

有人正在钢琴上用力敲奏着《月光奏鸣曲》，声音虽然有些缥缈，却仍显得铿锵有力，在装饰华丽的天花板上回荡着，听起来有些刺耳。我手指滑过包裹着沙发的金色锦缎，感觉料子很厚重。接着我又拿起一个裸体希腊人的青铜雕像，手感沉重，就像握着一个足以致命的武器一样。整个会客室富丽堂皇，令人眼花缭乱，蓝色丝绸窗帘垂到了地板上；那些家族祖先的肖像画看似庄严肃穆却个个面目可憎；到处都是瓷雕古董之类彰显家族地位的摆件。

当时我不由自主地开始幻想，要是我有这么多钱，肯定能做到更好，能让这个地方重新焕发生机。整个会客室充斥着死亡的气息，古老得就像墙上画像里的那些死人一样。橡木板镶嵌的墙壁上悬挂着一个鹿头当作装饰，但整个房间就像鹿的那双眼睛一样散发着一股霉臭气，就像沉积下来的灰尘一样毫无生气。这让我想起了上一次战争——第一次世界大战，当时即便将世界上的金钱全部都据为己有，也无法买到摆脱死亡的机会。面对战争，谁都无法享有特权。可笑的是，万事万物怎么这么快就又恢复了正常——有钱人掌控一切，我们在底下挣扎求生。

我拿出一包烟，点燃了一支，缕缕青烟袅袅地飘进了窗帘，仿佛在自己家一样熟门熟路。

一个粗哑的声音从背后传来。"能跟你谈谈吗？"还没等我反应过来，一只手便抓住了我的胳膊肘，把我拉到会客室靠后面的一扇门前。我转过身才发现说话的原来是准将。他两鬓边的青筋暴起，还有些发紫，肯定是昨晚又去了苏格兰酒吧。他把我推进了一间充满了男性气息的书房，里面全都是成排的皮椅和成堆的文件材料。雪茄烟的味道混合着臭气熏天的口臭，简直令人窒息。

他反锁房门时我就意识到，接下来发生的事情肯定跟钱有关。

"请节哀顺变。"我边说边打量着周围的环境,好让自己显得不那么胆怯。准将声名远扬、盛气凌人、专横跋扈、粗鲁无礼、惹人生厌,但又只手遮天、残酷无情。他属于老派之流,认为上流社会仍然可以通过威胁恐吓的手段解决一切问题。那些老派的家伙认为他们有权对我们颐指气使,表现得就好像他们才是国家的主人一样。

"我就知道你会来,"准将不耐烦地嘟囔着,因为喝了酒,声音有些含糊不清,"所以我才派普罗格特把你带到后面的会客室。有点活儿想让你干。时间紧迫。"他在那张大办公桌后面坐了下来,一副公事公办的样子,而我则站在桌子对面,就像个听候吩咐的仆人。我当时也想要拉一把椅子过来坐下,但转念一想,这种叛逆行为可能会让我损失上几个先令,于是我就把黑包砰的一声扔在地板上,等着准将开口往下说。

"跟你说这事之前,我要先确定的是能不能充分信任你。"他眯着眼睛说道,仿佛是要签署一项正式的战争协议,而我明明知道完全不是那么一回事。

"你当然可以百分百信任我,就跟以前一样,"我一边信口胡说,一边对他怒目而视,因为他竟然对我正直诚实的品性提出了质疑,就算他使出上流社会的军事手段,那也吓不倒我,"准将,我可是个职业人士。你是不是这个意思啊?无论谁让我干什么,我都见怪不怪,而且无论什么事我都能做到守口如瓶。"

"我手头有个活儿,"他毫不客气地说,"听说你提供特殊服务?"

"这得看是什么类型的服务,"我答道,"还得看你能出多少钱。"

他眼前一亮,随即坐直了身子。我所说的就是他想听的——与其说关注事情本身,还不如说更加注重钱。"少不了你的。"

"到底是什么事呢?"

截止到当时,我已经猜到他要说的事肯定非同小可。这事要是干好了,我肯定能赚得盆满钵满。我觉得有可能是他的另一段风流韵事出了岔子,八成对方是个备受瞩目的女性,也没准儿是本村的某个女人。可等他和盘托出后,"瞠目结舌"四个字都无法形容出我当时的感受。

"我们家必须生个男孩。"

我沉默不语,暗自思忖着他这话到底是什么意思。他把我的反应全都看在眼里,开始不断地审视我,斟酌着我是否够胆大包天,是否能瞒天过海,是否能做到贪得无厌。

"今年春天村子里要添丁增口的可不止我们一家,"他继续说道,表现得就好像他正在前线下达多项复杂的指令一样,"但我们家必须生个男孩。要是有什么办法可以促成此事的话……"

真相大白。这也太离谱了。万一他家生了个女孩,他想让我把女孩换成村里别人家的男孩。我抿了抿嘴,拼命绷着脸不让自己笑出来。我要发财了!但我必须保持冷静。尽管放马过来吧。

"这事风险巨大,而且很可能令个人名誉受损。"我言简意赅,一针见血。

他俯身向前,一瞬间脸上的肉也耷拉下来,眼球突出,双眼里布满了血丝。"这事能成吗?"

"有可能,"回答得虽然含含糊糊,但我知道肯定能成。只要我下一剂猛药,婴儿很快就可以生出来,而且村子很小,只要几分钟的时间就可以走街串户。

"只要这事能成,我就论功行赏,"他语调平静,两根手指摩挲着唇上的小胡子,仿佛是在解决一个军事难题。

"你能出多少?"

门外传来一阵扭打声,他把身子往后靠了靠。"咱俩换个时间、换个地点再接着说这事。"他站起身来，走到落地窗前。从那往下可以看到大片的田野和山谷，杂乱无章地一直延伸到英吉利海峡，海水灰蒙蒙的，起伏翻腾着就像肮脏的洗碗水。

"下周周四晚上十点，咱俩在皮斯波特森林里的那座石头房子见。"他压低了声音说道。

"好的。"我小声回答。

"你可以走了，"他补充道，接着又突然转过头来，双眼紧盯着我，眼神里满是威胁和厌恶之情，"不准向任何人提及此事。"

我巴不得赶紧逃跑，于是转身朝房门冲去，打开反锁着的门，随后轻轻带上，冲进了人满为患的大厅。我大步流星地穿过人群，那些黑衣裹身的哀悼者、身穿制服的家伙和爱管闲事的邻居都在我身边一闪而过。我没跟任何人道别，也没跟任何人打招呼，就径直走出了大门。门前宽宽的车道上挤满了陆续赶来表达哀悼之情的人群，所以当我一路小跑奔回村子时，不得不极力克制，才能不让自己高兴得跳起来。

一跑进我那灰头土脸的小屋，我便如释重负，大声欢呼，双手举在空中，开怀大笑起来。这事肯定能成。

我要向你证明，你一定会原谅我和比尔的事，原谅我俩私奔的时候拿了你的钱。可我又怎么能料到他一逮到机会拿了钱就跑路了呢？

咱俩可以重新找回快乐，就像小时候那样无忧无虑。可笑的是，人只有失去了一切后才会意识到自己曾经有多幸运。先是妈妈去世，接着爸爸入狱，然后咱俩就和狼心狗肺的西里尔叔叔住在一起，像奴隶一样被关在阁楼里。但这些我们早已经受够了。克拉拉，过去的就让它过去吧。

咱俩得开始做准备了。村里还有两个女人和温斯洛普太太差不多同时怀孕。农场上的矮胖女人道金斯太太这次是第四胎，所以应该还好对付。哈蒂·洛弗尔老师自命清高，这就有点难办，她老公出海在外。哈蒂和那个斤斤计较的护士蒂林太太关系很好。蒂林太太已经上完了接生课，老想要插手我的业务。每次我去哈蒂家，她都在那儿，像个高级保姆一样在那儿转来转去，还说她要给哈蒂接生。她可真拎不清，村子这么小，哪儿需要两个助产士？

等我和准将见过面后再跟你联系。谁能想到这样一位上流社会的绅士竟会自降身份来求我？我要狠狠地敲他一笔，敲到他心痛。克拉拉，这次我不会让你失望的，我发誓欠你的钱一定全都还给你。

埃德温娜

姬蒂·温斯洛普的日记

1940 年 3 月 30 日，星期六

电台里有人说困难时期写日记可以锻炼一个人的毅力，所以我决定把所有的想法和梦想都写在一个旧笔记本上。等我老了或死了，就把日记结集出版，否则任谁都不能偷看我的日记。

我的大事记

我十三岁了。长大成人后，我想当个歌手，身穿各种华丽炫目的礼服，在伦敦、巴黎甚至在纽约的观众面前演唱，他们一定会对我崇拜至极。但我觉得我能做到宠辱不惊，更会以从容冷静闻名于世。

我生活在一个古老的村庄里，随处可见的全都是年代久远的老房子，潮气逼人，还总是散发着一股樟脑味。村里有个鸭塘，周边是大片草地。草地旁边有一家商店，相隔不远就是村公所和一座中世纪教堂，教堂后面是一片杂草丛生的墓地。以前我们唱诗班经常在教堂里表演，后来因为男声部成员全都打仗去了，牧师就决定解散唱诗班。我一直恳请他不要这么做，可他就是不听。与此同时，我也一直在想方设法打算在学校里组建个唱诗班。以前我上的是寄宿制学校，但自打学校搬到了威尔士，妈妈就不让我去了。所以现在管家普罗格特每天都得开车送我去八千米外的利奇菲尔德上学。学校还不错，就是没人愿意加入我的唱诗班。

我姐姐维尼夏十八岁，我一点都不喜欢她；原来我还有个哥哥，不过他在北海给炸死了。我们住在村里数一数二的豪宅奇尔伯里庄园里，装饰得倒也富丽堂皇，可到了冬天就能把人冻个半死。布兰普顿庄园建造得比我家晚，亨利·布兰普顿-博伊德曾经生活在那里。后来他参加了英国皇家空军，驾驶着喷火式战斗机去跟纳粹作战。等我长大了，我就嫁给他。我要给他生四个宝宝，再养三只猫和一条大狗，大狗就起名叫莫扎特。即便得等到老布兰普顿-博伊德先生去世后才能继承庄园，我们的生活也一定会很奢华，只不过老布先生更愿意在印度待着，谁知道他什么时候才会去世呢。维尼夏开玩笑说，他待在印度就是为了躲他老婆，那个整天指手画脚的布太太。换作我的话，肯定也会如法炮制。

关于战争

这场战争持续的时间太长，到现在为止已经打了半年多。生活也变得令人崩溃，令人窒息。大家都忙得四脚朝天，但没有东西可吃，没有新衣服可穿，没有仆人可供使唤，天黑后不能点灯，村里的男人也全都当兵走了。无论去哪儿，都得戴上防毒面具；每次防空警报一响，就得步履沉重地走进防空洞，所幸目前防空警报只是偶尔响起。每天晚上，都得把每扇窗户上又厚又黑的窗帘拉好，要是漏出一丝光就会成为纳粹战斗机轰炸的目标。收音机里一直都在播报各种新闻，家里人要么让我弹钢琴的时候小点声，要么就干脆不让我弹。

爸爸是个陆军准将。我都不知道他怎么就成了准将，他从来都不打仗，只是偶尔去伦敦做些他所谓的"战争业务"。我觉得他一直都想参加陆军部召开的会议，但他们老是找各种借口不带他玩。

他最近动不动就吹胡子瞪眼睛，手里的马鞭也总是随时准备提醒我们大家找准自己的位置。我和维尼夏都尽量不在家里待着。妈妈挺着个大肚子，早就给吓得分不清东西南北。所以除了老保姆戈德温，周围就再没别人盯着我俩，而且她老态龙钟的，我俩想干点啥她也管不了。

有的报纸上说战争很快就要结束了，因为没人抵抗，纳粹似乎轻而易举就占领了东欧。可爸爸说这些都是胡诌八扯，实际上战争才刚刚开始。

"能写出这类文章的都没脑子，"爸爸喜欢做的事就是先拿起那份惹他生气的报纸再啪的一声甩在桌子上，"希特勒在波兰轻松地处理完一切后，就会把注意力转向我们。我先把话撂在这儿，战争照这样发展下去，到今年年底法国肯定完蛋。下一个就轮到我们了。"

"可现在却风平浪静，一切如常，"我反驳道，"我们老师说这纯粹是一场假战争①，一直以来到处都平安无事。从伦敦撤出来的孩子中有一半都已经回去了。老师还说当兵的在圣诞节前就可以复员回家。"

"你们老师就是个脑子进水的井底之蛙，"爸爸勃然大怒，打断了我的话，"让他看看波兰、捷克斯洛伐克、芬兰，再看看那些被击沉的船只，那些潜艇，还有我们家的埃德蒙。"

我们的谈话不得不戛然而止，因为妈妈又开始失声痛哭了。

---

① 假战争（Phony War），又称"奇怪的战争""静坐战"。指第二次世界大战初期，1939年9月至1940年5月英法与德国在西线宣而不战的奇怪现象。1939年9月3日，英法分别对德宣战，但实际上却按兵不动，坐视德军侵占波兰。在此期间，双方均未展开大规模的作战行动，一度处于优势的法军仅于9月8日在萨尔布吕肯地域发动小规模进攻，10月即撤回原地。双方伤亡甚微，德军在此期间仅死亡196人、失踪144人、伤356人。

哥哥埃德蒙之死

接下来我想跟你说说我哥哥埃德蒙，他在潜水艇里给炸死了。我们本应该沉痛哀悼他的离世，下面这句话说出来即便是我自己也觉得有点过分，但说实话我一点都不想他。他就是个卑鄙无耻的恶霸，我对他深恶痛绝。他把我困在水井里不让我上来，保姆戈德温找到我时冰冷刺骨的井水已经快没过我的鼻子；他要练习射箭的话，我就成了靶子。就凭这些我就得记恨他一辈子。不过，他倒也说过，等我长大后就教我开车，我觉得仅凭这点他也还不错。

妈妈有点不正常，拼命想生个男孩，爸爸也是。他认为女孩子百无一用，维尼夏一头金发，多少还有点用处，而我就是废铜烂铁一堆。我感觉要不是他还需要个撒气筒，可能早就已经忘记了我的存在。有时候我去找妈妈，看她能不能劝劝爸爸不要这么面目狰狞，可她无能为力。她只是跟我说一定要嫁给一个正派温柔的男人。不知道她是不是一直都特别不幸福。

每天晚上妈妈都让女仆给埃德蒙摆好餐具，就好像他随时都会走进来，目中无人地坐在餐桌旁，腿伸得老长，随意拿别人开着残忍的玩笑，反正遭受折磨的不是维尼夏就是我。接着他就会干笑几声，往后捋捋头发，仿佛处处高人一等。有时候真的很难相信他就这么没了。上周举办了他的葬礼，却没有尸体可埋。真奇怪，他去哪儿了呢？

本周，死亡再次成为我思考的重心。大卫·蒂林即将启程前往法国，他可能再也回不来了，因为他无论干什么都一事无成。昨天听布太太说大卫就是那种子弹都会格外青睐的家伙，真担心她会一语成谶。

我都不敢相信，和我们一起在村里长大的这群孩子突然间全都四散分开——埃德蒙战死，大卫就要去参战，亨利在德国上空驾驶喷火式战斗机，维克多·洛弗尔出海在外，安吉拉·奎尔在伦敦工作，留在村子里的只有哈蒂和可恶的维尼夏。我觉得以后我最想念的人肯定是大卫。他就像哥哥一样总是等着我追上其他小伙伴，但比我哥好得可不止一倍。几个星期后军训就会结束，到时候他就可以回家看看。在他奔赴前线之前，蒂林家将举行一场惊喜告别派对，大家都收到了邀请。就算知道有的人可能会一去不复返，这些日子也应该乐观一点，但一想到这可能是我最后一次见他，我就觉得应该将他永远铭记在心。

别人去打仗之前要记录下来的一些事项

他们的体型——等他们走后剪下空白图样。
他们走路的方式、步态、回头的速度。
令人陶醉但又稍纵即逝的体味。
代表他们的颜色，他们所做的一切，包括死亡都散发着光辉。

人的色彩

我喜欢把人看成是各种颜色，就像人的气场或神头顶的光环一样独特，内在的各具特色令人的外貌都显得黯然失色。
我——紫色，就像雷雨之夜的天空一样忽明忽暗
妈妈——非常浅淡的粉红色，像一只刚出生的小老鼠
爸爸——漆黑（埃德蒙也是黑色，但他的黑就像一片没有星光的夜空）
蒂林太太——淡绿色，就像一根想破雪而出的嫩芽
布太太——海军蓝（处事得体而且恪守传统）

亨利是深蓝色，和他的眼睛很配。至今我仍记得去年七月假期的一天他向我求婚的情景，一切都是那么完美。当时适逢傍晚，天空蔚蓝一片，无边无际，溪水慵懒地向前流淌，而我们大家决定在小溪旁野餐。我和埃德蒙、维尼夏先到，亨利随后也来了。我们几个人在村里到处游荡，妈妈对于我们的去向从来都是一无所知。当然，由于事发突然，亨利没有准备求婚戒指，我俩也从来没有正式举行婚礼。但在他内心深处，他肯定还记得。

我相信他忘不了。

烂透的姐姐维尼夏

维尼夏与众不同，显然非常享受这场战争，当然这并不仅仅是因为周围没有人整天盯着她。战争让整个世界重新洗牌，让所有人都显得更加可爱，而且埃德蒙一死，她便自然荣登首位。维尼夏是令人作呕的黄绿色，就像暴风雨天的大海，吸走了她周围一切美好事物的生机，将年轻男子拖至阴暗的深海，等他们丧失了意识再抛到遥远的海岸上。

新来的画家阿拉斯泰尔·斯莱特先生帅气逼人，她却无法引起他的注意，真叫人啼笑皆非。跟所有不顾一切想要自救的作家和画家一样，斯莱特先生也是为了躲避可能出现的空袭逃离了伦敦。爸爸说他们这种人就是临阵脱逃，逃避责任。斯莱特先生长得像影星加里·格兰特[①]。跟村里的男人不同，他衣着讲究，见多识广。他应该是深灰色，与他西装衬托下的温文尔雅和一本正经的清冷气质

[①] 加里·格兰特（Cary Grant，1904—1986），英国男演员。1940年凭借爱情片《费城故事》奠定其在影坛的地位。1960年凭借悬疑片《西北偏北》获得第4届意大利大卫奖最佳外国男演员奖。1970年获得第42届奥斯卡奖终身成就奖。1999年被美国电影学会选为"百年来最伟大的男演员"第2名。

很相配。就算维尼夏几乎日夜都围着他转,他也提不起一点兴趣。我无意中听到维尼夏跟哈蒂说,她和她朋友安吉拉·奎尔打了个赌,说自己要在仲夏之前搞定斯莱特先生,但照目前的情况看来,维尼夏还得再加把劲。

在我认识的所有人中,最轻浮最卑鄙的莫过于安吉拉·奎尔。令人难以置信的是,她竟然是牧师的女儿。她是轻佻的红色,就像红唇和曲线毕露的红裙子,反正没有任何道德底线可言。以前,她和维尼夏两个人都在新战争指挥中心工作。指挥中心设在利奇菲尔德庄园,位于利奇菲尔德市的郊区。这座古老的庄园富丽堂皇,大宅的罗马柱全都是乔治王朝时期打造的,宅子前面就是绵延起伏的花园,但因为战事的原因几个月前就已经被政府征用。于是,沃辛夫人不得不搬到她妹妹家的切斯维克城堡去住,真可怜。现在指挥中心已经成为机要重地。由于该地距离奇尔伯里村只有八千米,所有人全都高度戒备,以防纳粹的空中打击。维尼夏在那里当文书,就是打打字或者向伦敦方面传递电话信息,可她认为自己不可或缺。

上个月,安吉拉调到了伦敦的陆军总部工作。她到了那里肯定是见个男人就撩骚。不可否认,安吉拉是全英国手段最高超的调情高手,她和维尼夏是闺蜜。如今安吉拉去了伦敦,维尼夏就感到心烦意乱,因为再也没人愿意听她讲自己征服男人的战绩了。原本以为要是无耻的安吉拉不在身边,维尼夏也许会变得善良一点,结果却事与愿违。

逃难的捷克人西尔维

现在我必须给你讲讲西尔维的事情,她今年十岁,是个逃难过来的犹太人。纳粹入侵了她在捷克斯洛伐克的家园,但她父母在战争爆发前就设法把她送到了这里。她家人原本有机会可以跟她一起逃出来。尼基舅舅是妈妈最小的弟弟,也是整个家族里我最喜欢的人。去年夏天,战争还没爆发前,他组织了一次疏散儿童的行动,就把西尔维安置在了我家。

"边境关闭了,我们只能终止整个疏散行动,这对那些没来得及撤出来的孩子来说可不是什么好消息,"他解释道,"现在纳粹占领了半个东欧,情况已经非常危急。那帮家伙就是暴徒,稍有违抗,即刻被捕。他们为所欲为,那里人人自危。"

爸爸一点也不欢迎西尔维的到来。但没过几个月战争就爆发了,几百个逃出来避难的伦敦人一下子就出现在眼前,个个肮脏不堪,都想在村子里借住。突然之间,爸爸就因为身边多了个清爽可爱、沉默不语的西尔维而感到非常高兴,因为家里已经没有多余的空间可以接纳其他逃难者。牧师和奎尔太太收留了一个带着四个孩子的可怕女人。这些孩子不但哭闹个不停,身上还长满了虱子和跳蚤,而且根本不懂餐桌礼仪。这个女人还总是和奎尔太太吵架拌嘴,看着仗好像打不起来了就启程返回了伦敦,走的时候连一句感谢之类的话都没说。

我还没想好西尔维是什么颜色。她话不多,也不怎么笑。家里人一直都想让她的生活变得快乐一点,还教她说英语。她跟我说她有个秘密,但不能告诉任何人。

"我这个人非常可靠。"我让她放心,但她丝毫不让步,紧紧地抿着嘴巴,让我离她远点。

来的路上她弄丢了行李箱,所以到我家的时候她两手空空。通过荷兰的边境线时很麻烦,那里的海关人员催着所有人迅速通关。当时一起过关的大约有一百人,其中有些是只有五六岁的孩子。西尔维说那些孩子一路上一直哭着喊着叫妈妈,一连三天都是如此。雪上加霜的是行李箱全都丢了,里面装着的是他们最心爱的玩具、家人的照片以及所有常用的东西。西尔维来的时候，我们给了她一个洋娃娃，但她把娃娃放在靠房间一边的椅子上，面对着衣柜，就好像那是一道通向美好世界的魔法门一样。

新来的音乐老师普里姆

差点忘了，好消息还是有一个的！有个音乐老师从伦敦搬到了奇尔伯里村，到利奇菲尔德大学教书。她的全名是普里姆罗斯·特伦特小姐，但她要我们叫她普里姆（Prim[①]），有趣的是，她一点也不古板，而是有点蓬头垢面的。她身材干瘪，头发灰白拳曲，披着拖地的黑斗篷，看上去更像一个腋下夹着一叠乐谱的女巫。她的颜色是深绿色，就像仲夏夜在一片幽暗的林地里漫步所看到颜色。

昨天在商店里，经过蒂林太太的介绍，我第一次跟她打招呼，然后我就大着胆子跟她说我有个梦想，想成为一个声名远扬的歌手。

"要多练习啊，小姑娘！"普里姆的声音低沉有力，抑扬顿挫，仿佛货架上的罐头盒都跟着产生了共鸣，嘎嘎作响。"你一定要坚定信念，鼓足勇气，"她朝外挥舞着胳膊，动作十分优雅，仿佛正在一个大型舞台上表演，"要是你有时间，我可以帮你辅导声乐。"

天赐良机啊！"我马上就让妈妈安排。不瞒你说，还有个坏消息，牧师解散了村里的唱诗班，我们没法唱歌了。"

"是吗？这可不是什么好消息，对吧？竟然解散了唱诗班，尤其是在这样一个非常时期！"

---

① Prim，人名，汉译为普里姆，是普里姆罗斯（Primrose）的昵称。prim 这个单词在英语中的意思是"一本正经的；古板的"。

真希望她能说服牧师重组唱诗班,但我实在看不出来他俩还能做些什么。男声部里一个男人都没有,我们还能有什么指望呢?不过正如妈妈所说,我还有声乐课值得期待。看到普里姆那双闪闪发光的眼睛,我就知道自己将来一定会站在聚光灯下。

维尼夏·温斯洛普写给安吉拉·奎尔的信

奇尔伯里庄园
奇尔伯里村
肯特郡

1940 年 4 月 3 日，星期三

亲爱的安吉拉：

　　赌约仍然有效！我步步紧逼，可烦人的是斯莱特先生依然不为所动。能用的招数我全都用上了。我甚至以"正在画一幅非常难处理的风景画"为借口敲开了他家的门，问他是否有多余的颜料，可他竟然只递给我一些颜料就客客气气地把我给打发走了。去之前光梳妆打扮我就花了将近一整天的时间，我特意挑了一件绿色的真丝连衣裙，头发也卷得恰到好处。亲爱的，这太令人费解了。令人费解这个词都不足以表达出我的心情！

　　不过你先别急着说你赢了，因为我很快就会将他拿下。安琪①，他真的既迷人又浪漫。我一直觉得他们这种画家就应该像波希米亚人那样又高又瘦，可他身材健美得像个运动员，看上去就像那种具有绅士风度的击剑手一样，散发出一种蓄势待发的气质。透过那套挺括的西装，能看出他的手臂肌肉发达，甚至就连他大腿的

---

① 安琪（Angie）是安吉拉（Angela）的昵称。

肌肉轮廓我都能看得出来。我真想抚摸他的身体。但是安琪，吸引我的远不止这些。他身上有种东西让我觉得我俩就是命中注定的一对。他看我的方式就好像透过表面看到了我内心深处隐藏的另一个自我。

即便一切都在慢慢好转起来，我还是想念你在身边的时光。自打埃德蒙死后，大家的情绪终于慢慢地平静下来，但我妈仍然哭哭啼啼，我爸仍旧暴跳如雷。我也在用自己的方式想念他，就是咱们习惯的那些异于常人的方式。可笑的是，等一个人死了，人们就会忘记他活着的时候有多残忍。我再也不会受到他的威胁恐吓了。

哈蒂自怀孕后人也变得异常乏味，但我还是一直想和她重修旧好。昨天我去她家喝下午茶。她只有绿漆，就把婴儿房重新粉刷成了恐怖的绿色。她家的排屋位于教堂街，小得令人窒息。我不知道她是怎么忍受下来的。

"帕特里小姐住在我家隔壁，她可是个助产士！"她大声感慨，迷人的脸上洋溢着难以言喻的喜悦，那头乌黑的长发自从怀孕后就显得格外难梳理，"你知道这有多方便吗？不过等我生产的时候，蒂林太太会负责给我接生，父母过世后，她就像我的家人一样。"

"而且斯莱特先生就住在你家右边的隔壁，想想就让人激动不已。"我边说边大笑起来，心里想的却是，说了这么多无聊的话，口红会不会掉色。我可不想让他看到我有任何瑕疵。

"赌约进展得如何了？"

"不太顺利。坦白说，我还不太了解他。"

"我太理解你了。真不知道他都在忙些什么。我老是看到他出去，要么开车，要么步行，却连个画笔都不带，而且一出去就好几个小时。"哈蒂总是表现得像一个明智的长者。她觉得年龄上大两岁，人就更聪明一点。现在她要当妈了，就更加让人难以忍受。

"没准儿他真是个电影明星呢！"我笑着说，"他长得可真帅。"

她却没笑。"你还是换个人追吧。"

我打量着身穿臃肿的孕妇裙的她，环顾着仅能立足的房间，体会到的是孤独和寂静，但我知道她享受的是平平淡淡的快乐。不得不承认，我内心深处竟然萌生一丝嫉妒之意。不过别担心，我很快就振作起来了。除了她还有谁会想要嫁给维克多·洛弗尔？战争这么刺激，还有谁愿意怀孕生孩子呢？女人能做的新工作层出不穷。要不是这场战争，咱俩永远也不可能到陆军部当文书，你也不会被单枪匹马地派到伦敦去工作，更不可能参加那么多的派对，享受那么大的自由。我甚至听说康斯坦丝·沃辛正在负责运送飞机之类的战备物资。

哈蒂的头脑一直都很清醒，但似乎乐享安定的生活，真让人看不懂。我还记得咱们仨小时候站在蘑菇圈①里，一起大声祈愿，我们要像蛇一样强壮，像狼一样凶猛，像星星一样自由。

"我一点也没变，跟以前一样。"她突然说道，就好像是看穿了我的心思。真奇怪，她怎么知道我脑子里是怎么想的。我当然知道她丝毫没变。

回家的路上我还在想着哈蒂就要当妈的事。我不知道自己是否愿意当妈，但也许生孩子也没有想象的那么不堪吧。

我前脚刚进门，西尔维就跟着我进了房间。她双脚小巧，脚步轻盈，小心翼翼地走到梳妆台旁，开始四处翻检，仿佛在寻找宝藏，边翻边问我她没见过的那些东西都是什么。有时候我会杜撰一

---

① 蘑菇圈（the Pixie Ring）也称为精灵结界或者恶魔环，在欧洲传说中，这种现象被认为是一种不吉祥的象征，因为它的突然出现也预示着黑暗力量的降临；而此外也有说法认为蘑菇圈是一种妖精设置的陷阱，只要踏进里面就会被它们带到另一个世界而再也无法出来。在西欧也有说法认为，蘑菇圈是女巫们的一个魔法结界。每年4月30日的夜晚，女巫们都会聚集到蘑菇圈里举行大型的黑暗仪式，用以召唤恶魔来为自己获得邪恶力量。

些故事：源自深海的珠链，某位公主遗失的口红。

"你喜欢斯莱特先生，是吗？"

"谁跟你说的？"

"姬蒂，"她的回答很简单，"希望他能像你一样善良。"

我微笑着拥抱了她一下。姬蒂竟然泄漏了我的秘密，我要让她付出代价。她别想再知道我的任何事。

安琪，真希望能马上收到你的回信，我非常想念古灵精怪的你。真希望他们能派我去伦敦陪你。不过，斯莱特先生简直让我欲罢不能，也许现在还不是时候。

爱你。

维尼夏

埃德温娜·帕特里小姐写给姐姐克拉拉的信

教堂街 3 号

奇尔伯里村

肯特郡

1940 年 4 月 4 日，星期四

亲爱的克拉拉：

交易达成了。亲爱的姐姐，你做梦也想不到咱俩会变得多有钱。按照事先安排，我到森林那座荒废的石头房子里去和准将见面。

我到的时候准将已经等在那儿了，他一边怒气冲冲地掏出银怀表，一边说："你迟到了。"

"是吗？真不好意思啊！"我客气地笑着说。

他对我话语中明显流露出来的讽刺意味嗤之以鼻。"怎么样？你做的到吗？"

"你的意思是狸猫换太子？"我绷着脸尽量不让自己笑出来，但还是觉得他的想法简直荒谬至极，"两家之间来回跑，还要让两家产妇都相信她们生下来的其实是另外一个孩子？"

"没错，他妈的，你这个臭婆娘，"他大吼大叫，"是不是我得换个人干这事了？"

"你肯定找不到像我这么靠得住的人，"接着我又笑着补充道，

"蒂林太太也接受过接生的培训,要不你去问问她?"

"别开玩笑了,"他咆哮道,"给句痛快话,干还是不干?"

"这得看你能出多少钱。"

他哼了一声,就像一头发怒的公牛。"五千。"

有那么一瞬间我的呼吸都停止了。五千英镑可是一笔巨款——是我年收入的十倍。但我觉得还不够。这个老流氓的价值可远不止这些。我见过那些华丽的装饰品,那些水晶吊灯,还有镶满了各种珠宝的王冠。

"事后我就不能在这行混了,而且也不能再留在村子里,"我尽量显得哀哀戚戚,"少于两万不干。"

他勃然大怒。"八千,对你这样的臭婆娘来说已经绰绰有余。"

"我这样的臭婆娘?"迎着他的目光我抬起了脸,扬了扬眉毛,"我这样的臭婆娘能掀起一场大风暴,你信不信?"

"你在威胁我吗?"他咬牙切齿地说道,"就算你跟别人说了,我也不会承认。没人会相信你的鬼话,大家只会相信我。"

"别幻想了,准将,"我反驳道,"你们这些有钱人一手遮天的日子早就一去不复返了。"

"我早晚都会找个由头弄死你,今天我就把话放在这儿。"

"一万,我就干,"我斩钉截铁,"不管这事最后成不成,你都得把钱给我。"

"帕特里小姐,我怎么说你就怎么做,否则你就别想在这一带混下去了。听清楚了吗?"他逼近了一步,"一手交孩子,一手交钱。"

"你得先把钱给我,要是没有男孩出生,我就没招了。但凡有个男孩……"我面带诱惑微笑着说,"我保证给你。"

他攥紧了双拳,因为他从没想过会是这样。自从五年前来到这个村子,我处处小心谨慎,打造出公平交易的声誉,尤其是当我在萨默塞特郡的那个村子出事后,更是如此。估计你还记得,当时我给那几个长了瘊子的病人开错了药膏,导致他们下体变成了紫色,结果我就给赶出了村子。那次开错药导致了三个家庭解体,一场大规模械斗,一名年轻女子失踪,至少两个男人怒不可遏,一直都对我穷追猛打。克拉拉,这种事不能再发生了。在奇尔伯里村,我一直都是规规矩矩的,对过去只字不提,处处按照规则行事。

收获回报的时刻终于到来了。

"好吧,一万就一万。但事前只给一半,事成之后再给剩下的一半,"他咆哮着,"而且万一温斯洛普夫人生了个男孩,你就只能拿一半。"他皱着眉头上下打量着我。"我怎么能信任一个能做出这种事的女人?"

"准将,女人能干的事多了,只不过你到现在才注意到而已,"我微微一笑,"两周后的今天你付给我一半,我只要现金。"

他气得在森林里大喊大叫,而直到那时我才意识到这笔交易对他来说有多重要。我当时就算是开价五万,他肯定也会同意的。他这个家伙可是什么事都干得出来。

"钱不是问题,"他低声咆哮,"两周后的今天,十点,还是在这儿,过来拿钱。"他又逼近了一步,两个眼珠向上翻着活像吝啬鬼埃比尼泽·斯克鲁奇[①]。"提醒你,把嘴给我闭紧点,否则交易取消。对我太太也一个字都不能说。不要把她掺和进来。听清楚了吗?"

"听清楚了,准将,"我小声答道,"听得一清二楚。"

说完,我就转过身大步流星地走向了森林深处,留下他一个人

---

① 埃比尼泽·斯克鲁奇(Ebenezer Scrooge),查尔斯·狄更斯的经典小说《圣诞颂歌》里的人物,以吝啬著称,个性冰冷、贪婪。后来在三个圣诞鬼魂的启发下变得宽厚、仁慈,还十分愉悦。

一边踱步，一边低声咒骂。

　　我深深地吸了一口新鲜的空气，脚步轻盈地从森林里蹦蹦跳跳地走了出来，踏上了小路。克拉拉，这事肯定能成。为了以防万一，我决定和那个讨人嫌的蒂林太太搞好关系。我得处处留意，这可是一大笔钱，对于任何细枝末节都不能轻易放过。就像你在信中说的那样，我会一字不落地全都写下来。我知道你觉得我会像往常一样把事情搞砸，但这次我绝不会让你失望的。我发誓，在夏天到来之前你就会发大财。

埃德温娜

1940年4月15日星期一张贴在奇尔伯里村村公所布告栏上的告示

兹定于星期三晚上七点整在教堂举行奇尔伯里村女子唱诗班的首次排练。

利奇菲尔德大学音乐教授普里姆罗斯·特伦特小姐　启

蒂林太太的日记

1940年4月17日，星期三

普里姆在教堂大厅发布通知，宣布新的"女子"唱诗班成立，此举在我们这个小社区引起了轩然大波。昨天晚上，在女子志愿服务队的会议召开之前，布太太告诉我，为了弄清楚事情真相，她直接去找了牧师。

"'是你让那个新来的女人接管了唱诗班吗？你看她把唱诗班给整得还成样子吗？'我质问他，你猜他怎么说？牧师，这个人人都叫他圣徒的家伙竟然对我说：'嗯，她太强势了，我没法反对。'我当时都不知道说点什么好了！"

"天哪。"我感慨道。面对这种异乎寻常的举动我还是相当激动的，至少我们又能唱歌了。我真怀念唱诗班啊。"这种情况是挺少见的，不如我们去看看普里姆有什么要说的吧。毕竟这么做也没什么不好。"

"没什么不好？"布太太冲着我大吼道，"咱们村的名声都给毁了，那叫没有什么不好？我都不敢想沃辛夫人会对我说什么。她最恪守传统了，一向都坚持认为只有按老办法办事才行得通。"

女子志愿服务队的其他一些成员也参与了这个话题的讨论。缝纫组的成员们一边缝制着战士们的睡衣一边就此事唠叨个不停，负责在食堂做饭的则对唱诗班能否维持下去心怀疑虑。所以任谁都想象得出，今天晚上当我冒着雨跑出来扒着门缝往教堂里看时，我得有多好奇。

我是第一批赶到教堂的。这地方看上去有些神秘莫测，圣坛旁的那些蜡烛将大片阴影投射到了教堂的中殿上。大家陆陆续续地也都来了：从自家商店赶来的吉布斯太太、布太太、负责管风琴伴奏的奎尔太太，甚至还有准妈妈哈蒂，她说自己无论如何也不会错过。帕特里小姐竟然也露面了，似乎她已经幡然悔悟，甚至最后还跟我说要加入女子志愿服务队。姬蒂和温斯洛普太太兴味盎然地快步走了进来，身后跟着的是逃难过来的西尔维。西尔维这次竟然还露出了点笑模样。维尼夏悠闲自在地走了进来，打扮得漂漂亮亮的，期待着能与斯莱特先生不期而遇。她现在变得越来越不讨人喜欢。不过既然安吉拉·奎尔走了，没准儿她还有救。

七点钟的时候，尽管外面下着倾盆大雨，教堂里还是挤满了人，天气寒冷但大家都在热切期盼着，叽叽喳喳地说个不停；就连圣母玛利亚的雕像也似乎随时准备低头向下张望。与此同时，在布太太的挑唆下，一群铁了心想要唱反调的家伙在女低音部就座的长椅前七嘴八舌地争论着，活像一群遭遇了烦心事的母鸡。

突然，巨大的双开门被人猛地推开，穿着黑色拖地斗篷的普里姆显得高贵不凡，沿着两排座椅之间的过道朝着大家走过来。伴随着斗篷拖地发出的沙沙声，她快速的脚步声也在教堂的半空中回响，把钟楼里的几只蝙蝠给吓了一跳。她甩下斗篷，抖掉雨水，头发显得非常凌乱，眼里却透出一股舍我其谁的气势。她咚的一声把一堆乐谱放在椅子上，然后就像演员上场一样脚步轻盈地踏上了通往讲坛的台阶。

"请大家安静，"她大声说道，声音洪亮，余音不断在教堂里回响，"我很荣幸地宣布，奇尔伯里村女子唱诗班今天成立了！"

在场的一半人爆发出来一阵掌声。我的心头立刻涌起了一股暖意。这想法或许能成为现实。

但旁边的布太太双手叉腰、目空一切地站着，以坚定不屈的姿态守护着自己的领地和那些追随者。

普里姆继续说着，明亮的灰眼睛显示出巨大的决心。"我知道对于唱诗班被解散一事大家都觉得很失望，这就是……"她挥舞着指挥棒，兴高采烈地大声说，"为什么我跟牧师提议要在村里重新组建一支女子唱诗班。"

"那你是怎么说服牧师的？"布太太问道，一如既往地盛气凌人。

"我当时解释说，现在仗还没打完，我们比以往任何时候都更需要唱诗班。我们需要聚到一起演唱，创造出美妙的音乐，这样可以帮助我们度过这段可怕的时光。"普里姆停下话头，转过头看向身边一支燃烧着的高高的蜡烛，烛光摇曳，她也若有所思。"我们中有些人还没有忘记上次战争，还记得那次战争所带来的无尽的痛苦和死亡。现在就是我们女性作为一个团体尽自己所能相互支持、保持精神振奋的时刻。没有男人也并不意味着我们不能独立把事情做好。"

"别开玩笑了。"布太太走上前去，朝着讲坛方向挺直了丰腴的身体，身上穿着的还是粗花呢料的上衣和裙子，一如往常。但一见她挺起了胸膛，她的朋友和邻居就都知道她已经做好了开战的准备。"没有男低音和男高音怎么办？"

"我们可以把这部分改编成女声，或者我重新编曲。男声部并非必不可少！我们自己就能组建一支完整的唱诗班！"

"说实话，"站在管风琴边的奎尔太太笑着说，"我们只有老道金斯先生这么一个男低音，而且这两年他就没找准过调门。"

几个年轻的团员闻言窃笑起来，但布太太并不灰心，四下里寻找着能帮着自己说话的人。

"上帝会怎么想？"缝纫组的一个成员问道，声音尖利刺耳，

"他不可能让女人自己唱歌的。比方说《哈利路亚大合唱》①——没有男人还怎么大合唱?"

"这世上男子唱诗班多得是,对吧?"普里姆咯咯地笑着说,"别忘了伟大的剑桥唱诗班,更不用说圣保罗大教堂唱诗班了。我都无法想象会有哪个上神会不喜欢唱歌。"

"可这违背了自然规律。"布太太接着反驳道。

我想清清嗓子,跟她说她错了,结果嘴比脑子还快,脱口而出道:"人人都说有些事情女人不能做,说的次数多了,我们就信以为真。实际上身边的男人全都当兵打仗去了,所以自然规律早就已经被打破了。"我环顾四周寻找着继续说下去的灵感。"吉布斯太太现在自己去送牛奶,奎尔太太成了公交车司机,我们中的很多人也都开始从事新工作。既然战争能把一切都搞得杂乱无章,那为什么不能让唱诗班也做出些改变呢?"

人群中传出来几声掌声,还有一两个人大声叫着"就是!说得对!"或者"这就对了!"我都不敢相信当时自己竟然站起来开口说话,也不敢相信自己竟然直接驳斥了布太太,而她自始至终都用一种非常不满的眼神盯着我。

"说实话,蒂林太太,"布太太打断了我,"我都不知道到底是什么让我更感到震惊!是因为战争我们不得不降低道德标准,还是因为你加入了这场论战?"她转向了人群。大家全都挤在圣坛上两排唱诗班的席位之间。"我们还是举手表决吧,这样一劳永逸。赞成这种荒谬想法的,请举手。"

布太太输不起。她一遍又一遍地数着举起来的手,越数越生气,眉头也皱了起来。她对着我们大家怒目而视,就好像我们连她

---

① 《哈利路亚大合唱》(*Hallelujah Chorus*),选自亨德尔的神剧《弥赛亚》,属于清唱剧,其歌词全部节选自《圣经》。

的指责都不配。"这么做后患无穷。我会一直盯着的,你们都给我当心点!"说完她气呼呼地转身要走,架势摆得十足,却又挤不出去,只好一屁股坐在最后一张长凳上。显然她觉得这会让大家感到内疚,然后就会改变想法,但随着周围人说话的声音越来越响,我知道她没机会翻盘了。

"这主意可真棒,"哈蒂说,"以前我们怎么就没想到呢?"

"是啊,名字也好听,"维尼夏发出了感慨,"奇尔伯里村女子唱诗班,这名字简直自带光环。"

这事我以前还真没想过,但是现在我不由自主地开始思考,为什么一开始要解散唱诗班?为什么牧师对我们有那么大的决定权?更重要的是,为什么我们会允许他这么做?

普里姆发下来几张《成为我异象》的乐谱。"大家各就各位啊。原来在唱诗班哪个席位上的就还去哪儿,当然也可以任选席位,尽量还是跟着你所在的声部一起唱。"

就在大家正乱作一团找地方时,布太太气呼呼地走到女低音部,站到了我身边。"我可不能走,我得亲眼看着她怎么把事情搞得乱七八糟。"

"不会出乱子的。"说完我便开始屏息沉默,祈祷着一切都顺顺利利。我可不想让这事刚开始就宣告失败,更不想让普里姆听到我们可怕的歌声后感到灰心丧气。我们得向她证明这想法是可行的。

普里姆一脸自信地举起指挥棒,等奎尔太太弹完前奏,就示意大家开始合唱。歌声充满了整个大厅,在石头砌就的小教堂里回响着,我的内心涌上来一阵愉悦之情:合唱让唱诗班的每个成员都激动不已,歌声和轻柔的伴奏实现了完美的结合,而且大家竟然都没跑调。我在想是不是刚才每个人都多付出了一点努力,都尽力想让这一切进展得顺顺利利的。

"刚才大家的表现非常优秀，"直到最后一个音符越来越弱，再也捕捉不到后，普里姆便开始滔滔不绝地说开了，"其中有几位成员简直就是才华横溢啊！"

大家都笑了，都希望她说的是自己。就连布太太那一小撮人似乎也沉浸到了音乐里，竟然忘了提出反对意见。

不过，布太太可没打算就这么认输。"我得跟牧师谈谈这件事。"她一边大声说着，一边怒气冲冲地跳下圣坛，推开大门出去了。这事到底会如何发展，很快就会有人跟我说的。

后来，我恍恍惚惚地回到家，一会儿沉浸在歌唱带给我的幸福感里，一会儿又被大卫很快就要离开的恐惧感拉回到现实中。上周纳粹军队占领了挪威，政府正打算派遣一支部队把他们赶走。我希望他们不要把大卫派到那里去。

慢慢地，我开始柔声哼唱《成为我异象》这首歌。没有月亮的夜晚，到处都漆黑一片，灯火管制的结果就是所有的光亮都消失不见。然而，我小心翼翼地微微一笑后，忽然意识到没有一条法律禁止唱歌，于是尽管身处战乱，我的歌声却越来越响亮。

我才不怕被别人听到。

姬蒂·温斯洛普的日记

1940 年 4 月 18 日，星期四

多么激动人心的一天啊！今天下午五点整，就在教堂街普里姆的家里，我上了第一堂声乐课。普里姆为人极好，简直就是一位大师。我兴奋得难以自持，提前了整整十分钟，就等着她下班回来。

普里姆是骑着自行车回来的。车架子窄，身披斗篷的她骑在上面只能摇摇晃晃地保持着平衡。"你来得可真早，"她咯咯地笑着说，"我一直都认为，只要有激情，即便道路再崎岖都会变成康庄大道。"她从车子上下来，把车子斜靠在房前的墙上。"进来吧，上课前我们先喝点茶。"

这座小房子的大小和样式跟哈蒂家的别无二致，只是里面堆满了各种各样稀奇古怪的东西，散发出一股古董店特有的古旧气息。房间的一角摆着一只金象，两条后腿着地直立着。墙上挂着两幅画，一幅画的是连绵不断的远山，另一幅画的是沙漠里仿佛在燃烧着的橘红色落日。一张小桌子上摆满了形状各异、大小不一的首饰盒，有的盒盖是贝壳质地的，有的则包裹着孔雀蓝、翡翠绿、樱桃红等各种色彩亮丽的丝绸。

"随便打开一个看看吧。"她发现我一直盯着这些东西看就说道。

我拿起一个翡翠绿的丝绸包裹的首饰盒，四周镶着金边，边上有一个小搭扣。打开搭扣，盒子里衬是黑色的天鹅绒，一枚银戒指就躺在上面，戒面雕刻的是圣克里斯托弗①。戒指那么小，一看就是给小姑娘戴的。

"这是你的？"我有些迟疑。

"对呀，"她笑着说，"是小时候别人送给我的。这戒指产自印度，我就是在那里长大的。我最喜欢的地方就是印度，到处都五颜六色、熙熙攘攘、人流如织，充满了活力。"她指着旁边墙上的一幅画，上面画的是一座漂亮的白色寺庙。"这座宏伟的建筑就是泰姬陵，我们住的地方离那里很近。泰姬陵是皇帝为难产而死的皇后修建的陵墓。据说他每天都去那里凭吊。"

"爱一个人会爱得如此之深，竟然为她打造出这么漂亮的一座宫殿，这也太不可思议了！"

"是挺难以想象的，"她说，"我觉得这得看那个人是不是有钱有势。大多数人都负担不起，但也并不意味着他们付出的爱就少了。人们可以用更简单的方式表达悲伤之情。若论起传达出来的美好和力量，跟这样修建一座宫殿相比，吟唱葬礼歌曲难道不也是异曲同工吗？"

我点头认可，朝客厅里那些闪闪发光的古董看了一眼。"这些也都是来自印度的吗？"

"当然不是。我游遍了整个亚洲。那里的世界令人流连忘返，人们的生活方式迥然相异。"她引着我走进了客厅，这样我就可以看得更加仔细。客厅的每个角落都金光闪闪：金色的茶壶、金色的雕像、窗边挂着的金色的丝绸窗帘，还有几个跟我拇指大小相仿的

---

① 东正教圣传中，圣克里斯托弗（St.Christopher）是迦南的一个巨人，先励志服侍最伟大的国王，然后发现国王害怕魔鬼；然后又去服侍魔鬼，发现魔鬼看到十字架就害怕；于是他就去寻找基督，在河边等待时，善良地帮助无法过河的人，利用自己的身高优势，把大家背过去。圣克里斯托弗被奉为旅客的保护神。人们也求他保佑，脱免水灾、疫病、暴风等灾难。

金色微雕——一头大象、一个老妇人、一只猎鹰。

"你不觉得其他国家的文化都很怪异吗?"我很好奇。

"恰恰相反。其他国家的文化经常会让我陷入思考,觉得我们的文化才有些莫名其妙。"她咯咯地笑了起来,然后朝厨房走去。"我去沏点茶吧。"

趁着她烧水时,我开始环顾四周。窗台上摆着一排精心装饰过的旧水罐,对面墙上整齐地挂着几串已经晒干的药草,散发出迷迭香、百里香和薰衣草的味道。墙角处摆着一只齐腰高的海鸥。

"哦,那是欧内斯特,拿纸板做的,"她叽叽喳喳地介绍着,"几年前我们在伦敦演了一出戏,它是那出戏的一个道具。它一到上午就站在那儿,一副饥肠辘辘的模样。"

我哈哈大笑起来,轻轻地摸了一下海鸥的脑袋。

水槽周围摆放着几只装满了液剂、粉末和药水的瓶子,我不由得倒退一步。普里姆是女巫吗?

她循着我的目光看了一眼,笑着说:"那都是我吃的药。以前我生过一场重病,现在得天天吃药,免得再犯。"

我又退后了一步,上下打量着她。她看上去挺正常的——好吧,是从女巫的角度来看挺正常的。"你这病不传染吧?"

"不传染。我是在印度让一只可恶的蚊子给传染上的,我们这儿又没有蚊子。"她把那些瓶瓶罐罐的又重新摆了一下,然后就沏好了茶。"我当时得的是疟疾。"

"病得厉害吗?"

"差点就一命呜呼。当时我跟你姐姐现在一般大,美好的人生就要开始,动听的音乐,欢快的笑声,浪漫的爱情,还有那个我要和他共度一生的男孩。"一想到他,她就满面笑容。"他是个蝴蝶收藏家,仪表堂堂,聪明绝顶。"

"那你为什么不嫁给他呢?"

"他死了,"普里姆平淡地说道,"我们俩都得了疟疾,他没挺过来。我俩青梅竹马,真心相爱,又同时生了病。疟疾来了又走了,我活了下来。"

"但柔肠寸断!"

"这话说得没错。从那以后,我就觉得命中注定我要为自己,也要为蝴蝶收藏家过一种双重生活,看似形单影只,其实不然。"她把花瓷糖碗和牛奶罐拿了出来。"经过这事,我就想明白了,人必须要过一种完全属于自己的生活。任何人都不能阻挡你前进的脚步。"

闻听此言我不由得脱口而出:"我想当歌手,可我爸老是说我没那个命。他希望我能嫁个有钱人,做个贤惠的太太。可我妈警告我说选老公必须当心,否则生活将变得苦不堪言。"

"你要自己闯出一条路来,"她边说边带着我走进了里屋,"先决定好自己想做什么,接下来要做的就是想办法实现。"

里间摆满了乐器。一架巨大的竖琴、一架立式钢琴、一架大键琴,架子上放着一个单簧管,桌子上横着一支银色短笛,就像刚刚有个仙女练习了一会儿后就飞出去了一样。

普里姆把托盘放在一张小圆桌上,拉开钢琴凳,示意我坐在大键琴边的椅子上。

"这就是你不结婚的原因吗?你现在还爱着那个蝴蝶收藏家吗?"

"不知道,"她微笑着倒茶,"有时候事情做是做了,但未必清楚为什么而做。姬蒂,你也没必要把什么都搞得那么透彻。有些事我们往往理解不了。"她把茶壶放回到托盘上。"现在,开始上课前,我想让你吊吊嗓子,唱得越高越好。"

我唱了个"拉"音,音调很高,气息十足。

"不错嘛,"她一边夸奖我,一边连茶杯带茶碟一起递给了我,

"唱歌之前是不是想太多了啊?"

"没有啊。"说完我便抿了一小口热茶。

"有时生活的魔力就在于不假思索,就像灵光乍现,这种灵感的火花可以让你的能量在音乐中爆发出来。"

"可我不是得时刻当心不能唱错词,也不能唱跑调吗?"

"唱歌最重要的是感觉,"她身体前倾,"记住,姬蒂,我对你有信心。"

那天下午,在普里姆的指导下,我演唱了《圣体颂》①,是我最喜欢的作曲家莫扎特谱的曲。相比以前,我唱得更动听,更有力量。

"关于莫扎特还有一个悲惨的故事,"普里姆跟我娓娓道来,"他在弥留之际写下了《安魂曲》,是史上最悲伤的一首葬礼演奏曲目。他对妻子说:'恐怕这首安魂曲就是为我自己而作。'离世前,就在他和几个朋友一起演唱《安魂曲》中最伤感的《落泪之日》②时,他停止了创作,开始为即将到来的死亡伤感流泪。清晨时分他便撒手人寰。你能想象得到,一个人竟然为自己创作安魂曲吗?"

我倒吸了一口凉气。"真可怕。你觉得他是因为音乐而死的吗?"

"或许是因为他内心深处知道自己命不久矣,便把这种恐惧融入了音乐。"她又把目光投回到了《安魂曲》的曲谱上。"要不要再唱一遍?跟以前一样,只不过这次可以想象一下莫扎特是为了自己即将面对的死亡而创作。你要用心体会。"

---

① 《圣体颂》(*Ave verum corpus*)是一首简短的圣餐诗歌。歌词创作于14世纪。在中世纪,这首圣诗是在圣餐仪式高潮的时候歌唱的,也经常会在祝福礼的时候歌唱。

② 《落泪之日》(*Lacrimosa*)是整部安魂曲中最具悲剧性的段落之一,女高音以渐强的音量表现永恒安息到来之前的悲痛之情。

她开始演奏前奏,我感觉自己的歌声源自内心深处,而且体会到了人死之前所感受到的恐惧。

一曲唱罢,我的内心涌起了一种无法言表的喜悦,就好像我是一根纯洁的白鸽羽毛被轻盈的微风吹到了空中。后来,漫步回家的路上,我深深地吸了一口清爽的春日气息,突然觉得活着真好。

埃德温娜·帕特里小姐写给姐姐克拉拉的信

教堂街 3 号
奇尔伯里村
肯特郡

1940 年 4 月 19 日，星期五

亲爱的克拉拉：

  一大堆崭新的一百镑钞票现在就藏在我家地板下的一个秘密地洞里。我把这笔钱整整齐齐地装在一个旧信封里，拿一根细绳捆好，还打了两个结。还有不到一个月，就可以完成这笔交易，钱也会翻倍。到时候咱俩就可以远走他乡，到伯纳姆伍德开始新生活。
  昨天我去找准将拿钱。他的手强劲有力，死死地抓着那捆钱，活脱脱一个老吝啬鬼。说得轻点就是他不愿意给我，但我最终还是一把就给夺了过来，转身就跑。现在这钱就在我手里，安然无恙。
  钱拿到手还是挺容易的。
  现在我要做的就是要找到个男婴。
  农场的道金斯太太上星期五竟然把孩子给生下来了，说实话，这真让我大为光火。我当时真想把那个皮包骨头的小脑袋瓜给塞回去，但后来我发现原来出来的是个女孩，就随她的便了。
  如今我把全部希望都寄托在自命清高的哈蒂身上。她的预产期比温斯洛普太太晚一个星期，所以至少我不用再面对什么早产问题。可麻烦的是那个叫蒂林的婆娘就像个可恶的精灵教母一样一直在旁边晃来晃去。现在她不但老往哈蒂家跑,还答应说要给哈蒂接生,不过我还在劝哈蒂别听蒂林的。我就跟哈蒂说,放着像我这样经验丰富、装备精良的专业人士不用,谁会用像蒂林太太那样可悲的家伙呢?可哈蒂却态度坚决,又满怀伤感,哼哼唧唧地说什么蒂林太太是她最亲近的家人。这小妮子真该死!

虽然我的内心苦不堪言,可我还是决定和那个烦人的婆娘蒂林交朋友。我得劝她不要去给哈蒂接生,或者得搞清楚她什么时候不在村子里。要是这些招都没用,我还可以让她身受重伤,要么把她推下楼梯,要么骑着自行车撞她。话又说回来,我也不想那么干。毕竟,把胳膊弄断和过失杀人之间的界限挺难把握的。

为了讨好她,第一步行动就是加入新唱诗班。我还挺走运,刚一进去就发现她身边有个空位。

"稀客啊,竟然能在这儿见到你,帕特里小姐,"她语调傲慢,脚步拖沓,"你可是很少来教堂啊。"

"我一直都是礼拜天才来。"我心里清楚得很,她就是那种会数人头看看谁会缺席的家伙,但还是热情洋溢地微笑着做出回应。

组建一个女子唱诗班竟然会引发口水大战,简直太可笑了。没有男人,女人当然也可以唱歌。每个星期洗澡的时候我都这么干。

然后大家一起唱了一些相当沉闷的赞美诗,排练结束后,我终于逮到了机会。

"蒂林太太,给哈蒂接生这事儿还是我来吧,我觉得这事儿我义不容辞,这样也可以减轻你的负担,"我开始忽悠她,"毕竟我就住她家隔壁,而且这些日子你又这么忙。万一出点意外状况,设备啦,药品啦,我家里应有尽有。而且我家还有个呼吸机。"我信口胡诌着。

"你说什么?你家有呼吸机?"蒂林太太皱起了眉头,一脸的难以置信,"医院连这个都借给你了?"

"没错,的确如此,"我迅速应道,祈祷着她可千万不要到我家来查看,"说出来你可能不信,我经常用呼吸机帮助小宝宝恢复正常呼吸。你可别忘了,第一次生孩子可能会有危险。"

"可你也很忙呀,而且哈蒂已经决定让我给她接生了。"

"我是很忙,但我一直都把职业责任感放在首位,"我反驳道,"我内心深处感受到了沉重的责任感。"我边说边攥起一只拳头抵在了胸口位置,摆出一副祖国就在我心中的样子。"万一发生点意外情况,我的余生都会饱受折磨。"当时我真想挤出几滴眼泪来,但这事无论放在谁身上,能做的也就这么多了。

"可不是嘛。"蒂林太太嘴上这么说着,身子却往后退了一步,嘴角流露出一丝厌恶的表情。我感觉到她心下生疑。一定是我演过头了,于是我马上调整了策略。

"你为我们社区尽心尽力,你们女子志愿服务队又总是在帮助别人——所有这些都是在你完成护士工作后额外做的。"

"没错,女子志愿服务队可是一股强大的力量,你也应该加入进来。半个月后我们要在利奇菲尔德开个会,要把从美国运来的物资分发下去。到时候你不妨过来看看整个操作流程吧。"

我简直喜不自胜,这正是我心之所盼呀!我就想搞清楚蒂林太太哪天不在村子,而且这时机也选得恰到好处——那天正好是温斯洛普太太预产期的前一天,哈蒂预产期的前一周。"随时都可以?"

"嗯,5月3日星期五那天随时都可以。"

对我表现出来的热情她似乎有些困惑不解。于是我马上收敛了笑容,带着一如既往的沮丧语气补充道:"我得先看看日程安排,我尽量去吧。"

幸好就在此时哈蒂突然向她扑过来,还一边在为新唱诗班的成功演唱大声欢呼着,简直可笑至极。于是我赶紧抓起包逃之夭夭,趁自己还没高兴得叫出声来急忙朝着家的方向冲去。

运气来了，挡都挡不住！现在我所要做的就是看看蒂林太太是否会按时参加女子志愿服务队的会议，好进一步完善我的接生计划。

你看，克拉拉，我现在已经非常专业了。我配的药剂能促使产妇快速生产。温斯洛普太太胆小如鼠、唯命是从，让她把药剂喝下去不会有任何问题。这是她生的第四胎，所以我希望这孩子在一小时之内就能落地。告诉她生的是个男孩后，我就谎称婴儿呼吸不正常，需要带回家用呼吸机做心肺复苏。谁又能知道我家根本就没有呼吸机呢？

不过，哈蒂这边就有点棘手。她整天装得那么一本正经，真让人恶心，要想让她吞下药剂会有点困难，而且这是她第一胎，得花上四五个小时才能把孩子生下来。同时，我还需要个帮手照看温斯洛普太太刚生下来的孩子。

于是，我决定雇用温斯洛普家的女仆埃尔西当我的帮手。一方面，在我照顾温斯洛普家新生儿时她在一旁，我觉得更合适；另一方面，在我忙着给哈蒂接生时，她还能帮忙照看着小家伙。所以昨天我在商店里看到她时，就邀请她一起喝茶，并提到可能需要她在我接生时帮个忙。

"你的意思是，你想让我帮你给温斯洛普太太接生，然后如果你不得不带孩子去急救，就去你家？"她一脸厌恶地眯起眼睛，怀疑这是一桩肮脏的勾当。但她没有再问其他问题，在那样的家庭里待久了都明白——不要问为什么，只需要拿钱，走人。

"没错，亲爱的，"我一边说，一边又递给了她一块饼干，"我只需要有人帮我照看一会儿孩子。"

她伸手拿了两块饼干。看得出来，她在考虑这件事，那张漂亮的脸蛋带着一种思考的神情，就像一只小鹿在聆听是否有危险将至。"可以是可以,"她最后说道,"但你给我多少钱?"

"要是你能保密,我就给你十先令。"

"才十先令?"她开始讨价还价,"依我看,最少十镑。"

"五镑。"我斩钉截铁地说道。这个小妮子真讨厌!

"哦,那好吧,"她说着就站起身来,"我就想报复那个到处拈花惹草的混蛋,哪怕是报复他家人也行。"

"埃尔西,你可比他好一千倍,"我边说边引着她走到门口,"你得找个真正的绅士才对。"

"是啊,没准儿我真会找个绅士呢。"她从门里往外探出头看,仰望着天空中成团成团的灰云。"你等着瞧吧,我肯定能找到一个比那个混蛋好上一百倍的男人。"

说完她就飞快地跑了出去,身材高挑的她在雨地里渐行渐远,姿态优雅,而我则又沉浸到自己的计划里去了。

姐姐,这计划肯定能奏效!真希望你不要再怀疑我了。我可没时间去考虑这事是对是错,谁在乎呢?如果我们有机会回到心之所属的地方,安然无恙,自由自在,为什么还要去考虑那些是否符合道德标准之类的胡言乱语呢?事成之后我会告诉你的。像以前一样,你可跟谁都不能说啊。

埃德温娜

西尔维的日记

1940 年 4 月 20 日，星期六

姬蒂让我写日记，说这对我学英语有好处。我得写写我住的房子，既宽敞又壮观。温斯洛普太太不怎么说话。戈德温保姆老了。姬蒂人很好，但有点爱指手画脚。维尼夏是我的朋友。温斯洛普准将经常发脾气。家里还有一个脾气暴躁的女仆和一个奇怪的驼背男管家。新生儿快要降生。我希望到时候他们还会继续收留我。

新唱诗班成立了，我是女高音。我喜欢唱歌。姬蒂教我学单词。我也喜欢骑马。阿玛多伊斯是我最喜欢的一匹马。上个星期我打算骑着马跨过布尔森河时从马背上摔了下来。斯莱特先生把我送回了家。维尼夏很喜欢他。他会说一点捷克语，可说得不太好。我的英语有了进步。

姬蒂·温斯洛普的日记

1940 年 4 月 23 日，星期二

大卫·蒂林的告别派对

今天晚上，蒂林太太给大卫举办了告别派对。军训结束了，他回来休整一下，明天就要奔赴法国前线。

更吸引我注意力的人却是亨利，他们基地给了他两天的假期。如果我想拥有永久的幸福，就必须充分利用好这两天时间。我花了一下午的时间把自己打扮得漂漂亮亮。要是我穿上维尼夏那件淡紫色的雪纺连衣裙，体态轻盈地出现在派对上，就一定会成为所有人关注的焦点。到时候人人都会说着"那是姬蒂吗？真没想到她竟然那么漂亮"或者"她让维尼夏都显得黯然失色"之类的话。亨利也会远远地盯着我看，无法将目光移开。然后，当音乐响起时，他就会把我搂在怀里，倾诉着心中无尽的爱。

可能事情不会像我想象的那样发展，也许根本就没舞可跳，但我还是下定决心，要让今晚成为我和亨利美好未来的开始。

"裙子太肥太大。"我问西尔维自己看起来怎样时，她如此评价道。

我已经把胸部垫起来一些，不过了安全起见，我决定在胸罩下面左右两边再各塞进去一条长筒袜。

"这样就好多了，"我边说边走到镜子前把连衣裙捋顺，"他抵挡不了我的诱惑，你说是吧？"

西尔维叹了口气。"我觉得他喜欢的是维尼夏。"

我哈哈大笑。西尔维终于不再对一切都漠不关心，只不过我想不通的是她怎么会有这种想法。我更感兴趣的是打听她的秘密，一直缠着她想让她告诉我，可她一言不发地跑掉了。

维尼夏不想去那么早，便留在家里磨蹭，爸爸工作太忙也没法那么早到。他说，挪威的情况越来越糟糕。纳粹分子步步紧逼，看来我方得赶紧撤退。大家都在担心他们接下来会入侵比利时和法国，但显然我国对其所有进攻路线都采取了预防行动，所以应该可以高枕无忧吧。

于是，趁着夜晚的凉爽出发的只有我、妈妈和西尔维三个人。我们仨打着手电筒，借着手电筒的亮光东张西望，毕竟走在皮斯波特森林旁边的小路上让人有点毛骨悚然的感觉。我们三个人正说着谁也不知道森林里会蹦出个什么东西来的时候，突然耳边就传来蕨菜折断时发出的嘎吱嘎吱声，接着普罗格特的身影就出现在眼前。他抖掉身上沾着的叶子碎末，跟我们说了句"晚安"就朝着家的方向走去。简直莫名其妙。

我们仨继续往前走。妈妈的预产期快到了，我和西尔维就一边一个，挽着她的胳膊扶着她走，这样走路还挺有意思的。

天空中涟漪一般的晚霞越来越暗淡，夜幕降临，除了偶尔传来的几声仓鸮的叫声，周围一片寂静，就好像我们仨正走在魔幻仙境之中。细小的花粉粒在半空中飘荡着，散发出一股股清香的气息，这一切让我不由得想起了去年夏天，当时这场可怕的战争还没有爆发，一切都按部就班——一切本来就应该如此。

蒂林一家人住在常春藤之家，是整个村子里我最喜欢的一个地方。这里既不像奇尔伯里庄园那样雄伟壮观，也不像布兰普顿庄园那样装饰华丽，而是拥有一种能让人的心绪沉稳下来的静谧氛围，童话世界般的花园里无处不在展现着蒂林太太巧夺天工的心思，宝塔形状的花盆里全都是含苞待放的玫瑰花，边上还摆放着水盆和喂食器，因为蒂林太太对所有生灵都充满了爱心。她现在养了六只母鸡，还在一块菜地上种着有机蔬菜，这也是战略物资啊。十年前，蒂林医生尚在人世时，就把兽医诊所开设在常春藤之家，现在这里似乎还弥漫着诊所的气息，从本质上来说，这里似乎仍然是迷路动物或受伤动物的避风港。

我们仨刚一推开大门，迎面正赶上一大群人兴高采烈地拥向了花园，于是我们赶紧走进大厅，免得因为违背灯火管制令而遭到罚款。布太太就像个严苛的女教师一样监督着所有人——哪怕只漏出来一丝光亮，哪怕只亮了一秒钟，她都会将一张罚单拍到你手上，大声喝道："我们都不想让德国鬼子看到，对吧？"

房间里烛光摇曳，音乐轻松，气氛宜人，但同时一种令人窒息的恐惧之情也在暗流涌动，大家都在担心大卫可能会有去无回。几面墙上悬挂着的是红、白、蓝三色彩旗，大概是从布太太那儿借来的，因为此前布太太刚为亨利举办了盛大的宴会。村民们三五成群地围在一起，叽叽喳喳地闲聊着什么，每人手里都拿着一杯限量供应的雪利酒。

我们仨刚到不久，维尼夏就隆重登场，大声说道："希望我没来晚啊！"现场一瞬间就安静了下来。她穿了一件镶满了绿色和金色亮片的连衣裙，浑身上下流光溢彩，不论朝着哪个方向旋转，裙子上的亮片都会反射出光芒，光线围绕着她两条长腿肆意流淌，令她愈发显得风姿绰约、性感迷人。不一会儿，她的身边就围上了一大群男人，大部分都是大卫那些要上战场的朋友。维尼夏媚眼如丝地瞟向每个人，噘起双唇在他们耳边倾诉着各种不可告人的小秘密。此时我脑子里盘算着的是如何才能在神不知鬼不觉的情况下将她绊倒在地。

片刻之后，蒂林太太示意大家安静下来，在场诸位来宾便此起彼伏地发出"嘘，嘘"声，互相示意保持安静，接着她派人去把大卫从楼上的房间叫下来。大卫走进门时，人群立刻发出了一阵欢呼。他身穿熨帖挺括的卡其布军装，看上去愈发成熟稳重。但当我定睛看时，发现他还是原来的那个大卫，这让我既感到欣慰又有一丝担忧：欣慰的是即便戎装在身也不会改变一个人，担忧的是这个憨憨的小伙子就要上前线了。他还是那个傻乎乎的九岁小孩，把自己卡在草地上的那棵樱桃树杈间下不来；他还是那个瘦高挑的十二岁小孩，拉拽我的辫子后被我胖揍了一顿；他还是那个笨手笨脚的十四岁孩子，开着道金斯家的拖拉机直接撞到了无辜受过的树篱上。他的颜色是黄色，并不是因为他懦弱①的缘故，而是因为他面对现实时的盲目自信，一想到这我就不禁开始为他担心。即使是现在，他眼中流露出来的渴望和茫然的神情也表明，这就是他每次迎接生活中新挑战的方式，孜孜不倦但又天真无邪，就像一只在狩猎场上嬉戏的狐狸，有一半心思都在期待着等猎人把自己抓住，而不是思考着这一切该如何结束。

"哇哦！"走进耀人眼目的客厅时他吸了一口气，"太费心了。"他充满爱意地抱了抱蒂林太太，动作有些笨拙。"感谢大家光临！"他朝着来宾方向走近了一步，"什么风把你给吹来了，布太太？还以为你一直忙着收拾别人没时间来呢。你说服丘吉尔先生了吗？他是不是就要来给奇尔伯里女子志愿服务队做演讲了？不过，他肯定不知道我们这里有他的头号粉丝俱乐部！"

闻听此言大家都开始哄堂大笑，有人高声作答："丘吉尔先生很快就要来了！"

接着，大卫转过身面对着维尼夏，抓起她的手吻了一下。"还有美丽动人的维尼夏，我会永远记住你。"他的眼睛一直盯着她，

---

① 英语中 yellow-bellied 的意思是胆小的，而 yellow 的意思是黄色。

笑中带泪。

此时的维尼夏端庄稳重，睫毛颤抖，嘴唇红润，抬起双目望向他。"大卫，你会回来的，我的英雄。"她声音哽咽，泫然欲泣。要不是看到蒂林太太愁眉苦脸地站在房间的另一头，我差点就要笑出声了。人人都知道维尼夏一点儿都不在乎大卫。真搞不懂她为什么非得要跟大卫玩这种愚蠢的游戏。

蒂林太太让我给大家端上一盘相当有嚼劲的奶酪酥条。如今什么东西都是限量供应，没人能搞清楚大家都会往食谱里添加什么配料。于是，我端着餐盘走来走去，观察着亨利，发现他正和大腹便便的哈蒂聊着天。他留着浅金色短发，穿着质朴的英国皇家空军制服，简直帅到令人腿软。唇上留着小胡子，造型非常时髦，跟那些出类拔萃的战斗机飞行员别无二致。我觉得这个造型让他的鼻子看起来没那么尖了，而且他看上去更加老成持重，尽管他只有十九岁，但他是个真正的男人，是个知道如何照顾我的男人。他似乎没有注意到我一直都在观察他，直到哈蒂把我拉到他俩跟前。

"姬蒂，裙子真漂亮，"哈蒂一边摸着衣料一边说，"是吧，亨利？"

"没错，姬蒂，你看上去真可爱，"他咧嘴而笑，我发现自己已经迷醉在他的眼神里，不过他接着补充道，"很快你就会跟你姐姐一样，长成个大美人。"说着话眼神却瞥向了站在钢琴边的维尼夏，一群男人把她围在中间，听着她滔滔不绝地在说着什么。既然她对房间里的任何一个男人提不起兴趣，那她为什么还觉得自己有必要成为所有男人瞩目的中心呢？甚至就连亨利也不放过？

"我可不想长得像她，"我答道，亨利听出了我语气里的厌烦，转过头看向我，"我要有我自己的特色。"我听到哈蒂叹了口气，却不明就里。

"姬蒂，你当然是个独一无二的美女啦！"亨利边笑边大声说道。他热情地把手抚在了我的胳膊上，意味深长地看着我，微笑着。他触碰的地方马上就燃起了一股热浪，就像火苗点燃了我的身体。我等着他拥我入怀……

可突然间，他的注意力已经发生了转移，因为维尼夏正朝着我们的方向走过来。当她在男人之间游弋时，裙裾飞扬，就像一只光彩夺目的蜻蜓四处飞翔，寻找着猎物。一头金发自然地垂在她散发着珍珠白光泽的肩膀上，一股扑鼻的香味从她柔软洁白的脖颈上散发出来。亨利的手早已经离开了我的胳膊，我的内心也不由得感到寒冷和失落。我抬起头看向他时，他却已经转过身面对着维尼夏。

"亲爱的亨利，过来跟我一起坐吧，给我讲讲你轰炸敌军的故事吧，"维尼夏大声说道，手指轻轻勾住亨利的下巴，温柔地引导着他的目光投向了自己精心勾画过的双唇，"听说你一直在挪威作战。"

"我还以为你没空过来跟我说话呢。"亨利压低了嗓音。

"那帮家伙对我来说什么都不是。"维尼夏噘着嘴说道。接着，她把脑袋歪向一边，浓密的金发就像一道金光闪闪的瀑布，遮住了房间里其他人投射过来的视线。维尼夏在亨利耳边轻声细语着什么，红色的长指甲几乎触碰到了他的脖颈。

接着，亨利拿手拨开她的头发，嘴唇紧贴着她的耳朵，也开始跟她窃窃私语。

突然对面有个男人隔空开始大声喊她的名字，闻声，维尼夏便后退了一步。

"这事我得好好想想。"她说道，眼中流露出一股异常吓人的神情，接着便转过身，向人群走去。亨利迅速跟上，口中唤她的名字："维尼夏！"

我呢？就这样被抛弃了，独自一人站在客厅中间，默默无语地端着那盘奶酪酥条。维尼夏怎么能这样对我？亨利为什么非得跟着她走？难道他不知道维尼夏是在利用他吗？维尼夏总说亨利无聊得很，还说他的鼻子长得就像个大猴子。难道他不知道维尼夏除了她自己以外从来都不在乎任何人吗？她让男人排着队到自己跟前来，只是为了证明自己魅力无穷。但最恶劣的莫过于她明知道我有多爱亨利，却故意让他远离我。她经常使用这种小伎俩，好把其他人都踩在脚下。她对我们所有人都趾高气扬，就像一个邪恶的女王。这太不公平了。

维尼夏穿过人群走到了斯莱特先生面前。斯莱特先生看上去一如既往地无可挑剔，乌黑的头发梳得光滑平整，身上有种超然的男子气概，让大卫和他的朋友们看起来就像是一群智力低下的在校生。维尼夏一直在想方设法地吸引他的注意，但斯莱特先生似乎对她的魅力始终无感——他可能是史上第一人吧。她得加把劲了，否则她和安吉拉的赌局就会必输无疑。维尼夏总想当赢家。她自诩为村里的女王，谁也不能觊觎她的王位。

爸爸刚从办公室赶过来，正恶狠狠地盯着维尼夏，布太太则站在他身边东拉西扯地聊着什么。我走到了爸爸跟前，他老想让维尼夏嫁给亨利，这样就可以继承布兰普顿庄园，这想法简直是荒谬至极。我无法想象他俩会生活在一起，一想到亨利会成为我姐夫就更觉得难以忍受。每次我和亨利见面的时候，双方都会紧张到无法克制。但是我俩不会让那种不为人知的激情占据身心，我俩就像苦情恋人一样压抑住内心的火焰。也许我和亨利会在阳台上偶遇。"哦，是姬蒂啊。"他会跟我打招呼，我的出现给他带来了惊喜。"亨利，没想到你会在这儿……"我会先低下头，然后转过头望向敞开的落地窗，白色的窗纱在柔和的夏日微风中飘动着。"我也没想到，我只想说……""不要说话，亨利，什么都不要说。不要让事情变得更复杂。""可是亲爱的姬蒂……"等等诸如此类的对话，直到我俩中的一个溘然离世。

爸爸又在嘀咕着斯莱特先生。"那个斯莱特连仗都不敢去打，真是个胆小鬼，一无是处。"

"斯莱特先生是扁平足，不能去当兵。"布太太直截了当地给出了解释。她对斯莱特先生青眼有加，想象着他就是一个等待着自己去发掘的伟大画家。为了证明自己是个相当有教养的人，布太太总是像个老母鸡似的将他护在翅膀下，希望老天能保佑他吧。其实，我也不知道斯莱特先生到底哪方面优秀。我始终认为，假如把一堆学生习作放在布太太跟前，她根本就没有能力从中辨别出哪一件作品出类拔萃。

"斯莱特逃避责任，是个卑鄙小人，"爸爸把雪利酒一饮而尽，"既懦弱又懒惰，就是这么回事。他不明白只有上战场打仗才能打造出真正的男人。"

爸爸的话让我想到了埃德蒙在北海给炸成了碎片，还有可怜的大卫即将前往法国站在枪口下等死，不禁开始怀疑，成为真正的男人实际上可能跟有没有勇气的关系并不大，而应该跟是否具备战争常识的关系更加密切。把人派去送死看起来荒诞至极。我开始想象着在潜水艇里被炸弹炸飞的感觉，先是雷达闪烁，发送出一个人即将死亡的警告信号，接着每个人就都开始行军礼，唱国歌，"上帝保佑我们仁慈的国王"，然后轰隆隆一声巨响，一切都化为乌有。始料未及的是，只有被海水侵蚀过的断指残耳最终被海浪冲刷到了海滩上。

我看着斯莱特先生，暗自思忖着，可能他也没那么坏吧。上星期西尔维从阿玛多伊斯的背上摔下来时，把送她回家的就是斯莱特先生。西尔维就不应该想着骑马跨过布尔森河，还好他就在附近。不过，我很好奇他当时在河边干什么呢。布尔森河流经整个村子，边上就是皮斯波特森林。

爸爸眯起眼睛盯着维尼夏，发现她正忙着和斯莱特先生聊天，回答问题时机智诙谐，却还故意装出一副百无聊赖的样子。事后爸爸肯定会教训维尼夏几句，却对她束手无策。每次爸爸叫她别去招惹斯莱特，她只是耸耸肩，微笑着说她是"爸爸的小宝贝"，然后就依然故我。真让我恶心。

亨利像个守护天使，就站在维尼夏背后，想要加入这场谈话。但他并不需要刻意为之，因为斯莱特似乎很乐意让亨利加入其中，转过脸直接跟亨利交谈，不断讲着各种段子，两个人便都心照不宣地开怀大笑起来，就好像为了躲避维尼夏的关注一样。亨利伸出一只手放在维尼夏的胳膊上，而且我发现他的目光从维尼夏的脸上滑向了脖子，接着又滑向了低胸连衣裙暴露出来的乳沟。维尼夏甩开了他的手，但他仍然贴着她站着，我不明白他们在玩什么游戏。但我忽然想起来他那么聪明过人，那他自己一定也乐在其中。

接着我就意识到，盯着维尼夏看的可不止我一个人。大卫·蒂林正倚着窗边的墙凝视着她，眼里再无他物。从开始穿马裤①的那一刻起他就爱上了维尼夏。我从没想过事情会发展到这种地步，但大卫的双眼就像一条张着血盆大口的大鱼，随时准备将维尼夏吞入腹中。维尼夏得小心为上。自从参加军训后，大卫就变得愈发丝毫不加掩饰。

"我们也让钢琴发挥一下作用吧，"蒂林太太喊道，"有请姬蒂为我们大家演唱，大家欢迎！"身材矮胖的奎尔太太（她的颜色是略带樱桃红的橙色）一屁股坐到了琴凳上，布太太则抓起我的胳膊肘，把我拉到她身边。大家都知道我打算长大后当一名歌手，所以

---

① 早在17、18世纪的英国社会，2岁以下的小男孩是装扮成女孩模样的，他们会穿着小礼服。从3岁开始，男孩子开始穿马裤，后来马裤演变成了短裤，长裤则是男人的行头。

只要提到表演唱歌,我肯定是首当其冲的第一人。人群中的普里姆冲着我意味深长地微笑着,我下定决心要一鸣惊人。

"姬蒂,来一个!"每个人都在欢呼着鼓励我,那一刻真的让我深受感动,于是我便伸手接过了曲谱。奎尔太太递给我的是《绿袖子》①。据说这首美妙歌曲的创作者是亨利八世,但我认为他一定是请了别人捉刀代笔,因为他不可能在履行国王职责的同时还能创作出如此美妙的音乐,尤其是在他还要忙着砍掉王后的脑袋,怎么可能有时间呢?

奎尔太太的前奏刚结束,我就开始了行云流水般的演唱。这首歌很适合炫耀我的高音。一曲唱罢,普里姆朝我微微地点了一下头,就好像在说"唱得不错",我的心头顿时涌起一股喜悦之情。我的演唱功底终于得到了认可!

我瞟了一眼在场的人群,正好迎上亨利投过来的目光,当我俩隔着拥挤的人群四目相对时,整个世界的节奏仿佛都慢了下来。他微笑着,脸上洋溢着喜悦和爱的光芒,直到维尼夏拿胳膊肘推了他一下,说了几句话后他才转过脸去。我就知道她会横加干涉。

我演唱的第二首歌是吉尔伯特和沙利文共同创作的《我正是现代少将的典范》②。奎尔太太刚开始时故意给我使绊子,弹奏的速度

---

① 《绿袖子》(Greensleeves)是一首英国民谣,在伊丽莎白女王时代就已经广为流传,相传是英王亨利八世所作,他是位长笛演奏家。这首民谣的旋律非常古典、优雅,略带一丝凄美之感,是一首描写对爱情感到忧伤的歌曲,但它受到世人喜爱的层面却不仅仅局限在爱情的领域,有人将它换了歌词演唱、也有人将它作为圣诞歌曲,而它被改编为器乐演奏的版本也是多不胜数。

② 《我正是现代少将的典范》(I Am the Very Model of a Modern Major General)这首歌是著名音乐剧《彭赞斯的海盗》中的第13首歌曲。该剧由维多利亚时代幽默剧作家威廉·S.吉尔伯特(William S. Gilbert)与英国作曲家阿瑟·萨利文(Arthur Sullivan)合作完成。从1871年到1896年,在两人长达25年的合作中,共同创作了14部喜剧。

比以往都快，真是太搞笑了。

"姬蒂，你应该当个喜剧演员在舞台上表演，不应该当个歌手。"哈蒂半开玩笑地说。她的颜色是淡紫色，令人着迷而又振奋人心，我搞不懂她怎么会和卑鄙的维尼夏和可怕的安吉拉·奎尔成为闺中密友。也许她是想把她俩从令人作呕的深渊中解救出来吧。

从她那双咖啡色的大眼睛里我能看得出来，怀孕很容易就让她感到疲劳，因为一到晚上，哈蒂的眼角就有些下垂，但她总是那么活泼可爱，不断微笑着或者讲着笑话让我们大家都活跃起来。对她来说，维克多被困在大西洋的一艘船上一定让她很难过。对我来说，我还无法适应他俩已经结婚的事实。他俩是多年好友，然后就好像有人突然打开了一盏巨大的明灯，战争迫在眉睫的时候他俩便坠入爱河，还不到一个星期就举行了婚礼。显然，这种情况到处都在发生。而且很明显，之所以选择这么做也都与死亡有关。在战争年代，爱情和死亡突然变得如此密不可分，真令人费解。

为什么大家都在忙着结婚？

如果你已经坠入爱河，为什么还要等待一个永远不会到来的明天呢？

人们被迫四处迁移，所以如果你想和挚爱长相厮守，最好与之完婚。

你想等到一切都来不及了再生孩子吗？

当你的挚爱在战争中牺牲时，你希望有人通知你吗？

如果他们在行动中遭遇飞来横祸，你希望得到金钱的补偿吗？

你想要为你的挚爱祈祷并为了他活下去吗？谁能活到最后呢？

临告别的时候，我在大卫的脸颊上轻轻地吻了一下。"不要让维尼夏把你搞得灰心丧气，"我低声说道，觉得有必要提醒他一两句话，以表达我的支持，"忘了她吧，找个真正对你好的姑娘。"

他皱着眉头看看我。"你说什么呀，姬蒂？"他说，嘴角掠过一丝得意的笑容，"不要因为你在为一项注定要失败的事业努力奋斗，就认为我们大家都跟你一样。"

我大惊失色。原来的大卫——参加军训前的大卫绝对不会说出这样的话。我并不能完全理解他的意思。究竟谁才是这里注定要失败的人呢？

亨利要走了，所以我得把这一切抛诸脑后，我得冲出去和他共度最后一刻。他正在大厅取他的夹克上衣。那是一件毛皮衬里的皮夹克，只有驾驶轰炸机的飞行员才有资格穿。

"我什么时候才能再见到你？"我踮起脚尖站在他面前问道，视线正好落在他的嘴唇上。他双唇柔软，充满了诱惑，唇上的胡子也修剪得整整齐齐。

"小姑娘，等我们打败纳粹后就可以再见面了。"他边说边用两根手指挑起了我的下巴。我仰起脸，闭上眼睛，等着他吻上来……

然而，就在此时，妈妈走过来说我们得走了，于是我俩不得不分开。我穿上外衣后跟着妈妈和西尔维走到外面阴冷的黑夜里，发现亨利的脸上露出了笑容。当我转过身想最后再看他一眼时，他朝我眨了眨眼睛，我开心得都要爆炸了，当时我就明白了事实真相：他爱我，很快我们就会在一起了。

蒂林太太的日记

1940 年 4 月 24 日，星期三

今天，我儿子奔赴战场，而我故作从容淡定，强颜欢笑，情绪也时好时坏，就像破旧的收音机里播放出来的时断时续的曲调一样。一想起上次战争，想起那些一去不复返的战士，想起邻居家的小伙子才走了一个月丧电就送上了门，我就禁不住浑身战栗。

大家都说这次战争跟上次的不一样，但我一想起大卫在外作战，要在血雨腥风中保持冷静，就会感到胆战心惊。大家都说我们有轰炸机和坦克，不会再有上次战争中那样的战壕，可我一闭上眼睛，耳边传来的全都是身处苦难的人们所发出难以忍受的喊叫，巨大的战争机器已经将他们彻底摧毁。

你瞧，上次战争结束后我看到他们回家时，有的瘸了一条腿，有的被截肢，有的被折磨得再也无法安然入睡，总是梦见死去的战友，为自己仍然苟延残喘而感到内疚。他们再也无法回到从前。

今天上午，我楼上楼下地跑个不停，洗发水、发膏和干净的衣服散发出的清新气息让空气变得不那么紧张。缓缓飘动的灰色云朵点缀着外面的天空，我透过客厅的窗户望着外面的货车。商店的拉尔夫·吉布斯也要上前线了，吉布斯太太就要开着这辆货车送拉尔夫和大卫去利奇菲尔德。

"你可真帅啊。"大卫临出发前最后一次从楼上走下来时，我不由得感慨道。他一身军装，看上去干净整洁，老成持重。他的衣领笔直，但我还是又帮他整理了一下；我就是想摸摸他，感受到他身体的真实存在。他低头看着我,愉快地咧嘴一笑。

"哦,妈妈,我得走了,"他说,"不然我还没上战场就该有麻烦了。"他笑了一下,我也抿着嘴笑了笑,没有哭出来。

他打开大门时,乌云散尽,太阳露出了头,湿漉漉的树木和草地悄无声息地反射着太阳的光芒。没过一会儿,天空中又飘下了细雨,雨滴就像晶莹剔透的露珠,让人感觉很不真实,就像时间飞逝而过。

细雨蒙蒙中,我们在大门口道别。他回头瞥了一眼房子,这是他生活过多年的家,接着就伸开双臂拥抱了我。

我紧紧地抱住了他。

"其实你没必要去的。"我呜咽着说,有那么一瞬间我有点丧失理智,甚至祈祷他能临阵脱逃。

大卫微笑着抹去眼角的一滴泪。"打起精神来,妈妈!总得有人教训一下那帮德国鬼子,对吧?"

大卫放开了拥抱我的双臂,慢慢地朝着货车走去。我看着他那宽阔的后背,他那慵懒但又轻快的步伐,他已经不再是我能随时看到、随时触摸到的模样了。我的脑海中浮现出来这样一个画面:小时候,就是在这条小路上,大卫蹦蹦跳跳地跑着,上学迟到了,转过身来咧着嘴笑着,沉重的书包压着他的肩膀歪向了一边。

就在我回忆过去的时候,大卫转过身来看着我,脸上还是那副表情,仿佛这个世界对他来说就是一场伟大的冒险,等着他去发现和享受。雨水混合着泪水顺着脸颊滑落下来,我想雨水也在感慨我们母子一起度过的宝贵岁月吧。

他上了车,打开车窗向我挥手,然后,就在车发动起来要开走的时候,他亲吻了一下掌心,给我打了个飞吻,这可是破天荒的第一次。就好像虽然他快要成年,却还记得我们共同经历过的一切。在我心里,他仍然是我的小男孩,是那个上学迟到的孩子。

然后大卫就消失不见了。

我走进房门，无精打采地在厨房里踱来踱去，脑袋里有个地方怦怦直跳，这些日子以来经常这样。我望着窗外，小雨还在下着，小草还在生长，鸟儿仍在歌唱。

可现在的我却形单影只。

难熬的几分钟过后我站起身来，情难自已地缓步走进大卫那布置简单的小房间，里面仿佛还留存着他的体温。我抚摸着柔软的蓝色床毯，想起来不知道有多少次我在睡前把它拉过来盖在大卫小小的身躯上，然后我跪在床边深吸一口气，鼻腔里充满了他的气息，直达两肺，那是他从婴儿起就一直散发出来的气味。我不会搞错，无论在哪儿我都认得出来，汗水的咸味混合着蜂蜜一样的甜香。

那天晚上，直到哭累了，我忽然意识到自己必须习惯这种感觉。要让自己忙碌起来，不去想那些可怕的事情——永远不知道他在哪儿，也不知道他是否还活在世上。

大卫就是我的全部。我知道他必须得走，去履行他的职责，但我真希望他能待在办公室里做些文书工作，或者待在国内给飞机加油。我能做的只有祈祷老天爷保佑他。我只是这个世界上数以百万计的母亲中的一个，站在门口，眼看着孩子背着工具包渐行渐远，却不知道他是否还会回来。我们的祷告足以令整个宇宙生辉，就像千万颗星星给我们注入了新的生命力，将埋藏在心底最深处的恐惧驱赶出去。

为了今晚唱诗班的排练，我必须打起精神，一方面期待着能把一些压抑已久的情感排解出去，另一方面又担心自己会崩溃，违背我们彼此心照不宣的誓言。还是将一切都深埋心底，振作起来吧。

我很早就去了教堂，慢步走向圣坛，思索着死亡的必然性。突然感到一只手拍了拍我的手臂，我转过身来，原来是普里姆。她向我善解人意地点了点头，仿佛她早已洞悉一切，直接看透了我内心的空虚和恐惧。

"你还好吗？"

"就是太孤独了。"我苦笑道。

"一切都得往前看，"她轻声说，"爱永远都在，你只需要伸开双臂迎接它的到来。"

"可是……"我不明白她什么意思。我的家人都走了，哪里还有爱？

"珍惜他们给你留下的记忆。现在你已经不能再向他们要求什么了。"

随着门吱呀一声打开，姬蒂和西尔维冲了进来，连珠炮般的问题打断了我俩之间的谈话。

"大卫走了吗？"姬蒂气喘吁吁地问道。

"走了，"我回答，"今天早上走的。"

"他没落下东西吧？"

"应该没有。"我回答得很生硬，不想再谈论这件事。

西尔维伸出小手握住了我的手。我低头看时，她那双大眼睛里充满了忧虑不安的神色。这可怜的孩子目睹了太多的战争惨状。我只能祈祷仗永远不要打到这里来。

很快，唱诗班的席位上就挤满了人，大家七嘴八舌，都想从那些了解战争状况的人的嘴里打听到有关战争的消息。我们中有几个人一言不发，心不在焉地听着，思绪早已不知道飞到哪里去了。有几个成员家里也有人去了前线，便都过来向我表达慰问之意，眼神中流露出的却是惊惧不安，从此她们那噩梦连连的世界里又多了一个人。

普里姆面对着唱诗班成员，要求大家为礼拜天的活动演唱《神圣的爱》。她穿着的还是那件人人都会过目不忘的锦缎斗篷。她卷起袖子，高高地举起指挥棒做好准备，于是大家便都全情投入演唱中，沉浸在歌曲的光辉里。最后，奎尔太太脚步蹒跚地走到前面，跟普里姆说了几句话。普里姆点了点头，就让奎尔太太再坐回到管风琴跟前。

"应特别要求，我们接下来要演唱一首经典老歌，《上帝是我的牧人》。"大家全把乐谱收起来，看着普里姆准备开唱。我知道这是奎尔太太为我做的。她知道这是我最喜欢的一首赞美诗。我和她四目相对，无声地向她传达着我的谢意。歌曲的前奏缓慢而又有条不紊地响起来时，我突然感到热血沸腾。

这是世界上最美妙的声音。唱诗班成员声音饱满，音色温柔，刚开始还有些犹豫不决，但紧接着歌声就直接从内心迸发出来。

> 耶和华是我的牧者，我必不至缺乏；
> 他使我躺卧
> 在青草地上；领我
> 在可安歇的水边。

我们喷薄而出的情感震荡着教堂里的每一个阴暗角落，我们的歌声也因为饱含热情和审慎的思考而变得越来越嘹亮。每一个布满灰尘的回廊乃至角角落落都回荡着我们的歌声，歌曲在最后的合唱中达到了高潮。在那个寒冷而寂静的夜晚，十三个村民齐声高歌，倾诉着内心的渴望、焦虑和深深的恐惧。

空军上尉亨利·布兰普顿-博伊德写给维尼夏·温斯洛普的信

空军基地 9463，道斯希尔
白金汉郡

1940 年 4 月 25 日，星期四

亲爱的维尼夏：

　　自从上星期二分别后，我的内心一直都无法平静下来。你的样貌，连衣裙掩盖下的飘逸身姿全都让我无法忘怀，我已经完全被你的优雅和美丽所征服。你跟我说你会考虑我的求婚，一想到有朝一日你会成为我的新娘我就喜不自胜。我只希望自己能在这场战争中活下来，好让你成为我的妻子。

　　下次我再回奇尔伯里村就要等到七月了。等我回去后，希望你能抽出时间考虑一下我的求婚。亲爱的，毕竟我能给予你的有很多很多。布兰普顿庄园将归你所有，还有我们显赫的家族姓氏以及我永恒的热情和忠诚。现在闪婚很常见，只要你一点头，我们马上就举办婚礼。基地还会给刚结婚的人多批几天假期。至于我们度蜜月的最佳地点我早就想好了，我们可以边度蜜月边全面地了解彼此。我早就已经迫不及待了！

　　祝你一切顺利，亲爱的，并希望在我不在你身边的时候，你仍然属于我，就像我永远属于你一样。

亨利

维尼夏·温斯洛普写给安吉拉·奎尔的信

奇尔伯里庄园

奇尔伯里村

肯特郡

1940 年 4 月 26 日，星期五

亲爱的安吉拉：

我有好多话要跟你说！首先，星期二晚上为大卫·蒂林举办的告别派对的场面非常壮观，只可惜你没来。嗯，与其说场面壮观，还不如说是令人愉快，这倒也是意料之中的事。你也知道，奇尔伯里村每逢大事都这样。全村人都到场，包括哈蒂和我妈。她们俩对待怀孕这事的态度迥然相异。哈蒂一直都既兴奋又开心，可我妈却整天都眼泪汪汪的，希望能再给我爸生个儿子。

斯莱特先生简直顽固不化，我对他招数用尽，可他还是不为所动。对于我提出的任何问题，他都会巧妙地转移话题；我对他暗送秋波，他却视而不见，真令人气恼。你给我出的主意，让我带着他去游山玩水，我觉得也许可行。眼下我正在制定新计划，希望能奏效。

亨利又向我求婚了。显然此前我对他的态度还不够坚决。我也不想隔上半年就让那个可怜的家伙再失望一次。他什么时候才能明白我的心意呢？而同时，姬蒂却对他说的每句话都字斟句酌，反复推敲，真可怜。亨利彬彬有礼地把姬蒂给打发走了，真残忍，你觉得呢？

等孩子一出生，哈蒂就会辞职，她现在正在努力让自己的学生做好心理准备。这可是典型的哈蒂风格，她对辞职这件事深感内疚，觉得生孩子是一种非常自私的行为。

"哈蒂，没什么可内疚的。你天生就适合当妈妈。你可不能为了教几个小学生就放弃这个机会。"我劝慰她。

但她只是说："你不知道他们有多依赖我，维尼夏。你不会明白的。"

很明显我是没搞明白。

在星期三唱诗班的活动中，新任班长普里姆宣布了一个不同寻常的消息，结果所有人都竭力反对。她跟往常一样一出场就夺人眼球，但没有分发曲谱，而是迅速登上讲坛，大家就都知道她要发表惊世骇俗的言论了。

"三个星期后利奇菲尔德将举行公共唱诗班比赛，我已经替奇尔伯里村女子唱诗班报了名。"

"你到底想干什么呀？"布太太站起身来，大步流星地走过去，像驾驶着坦克一样决绝。"女子唱诗班从来就不参加任何公开比赛，这简直是在滑天下之大稽，我们会沦为众人的笑柄的！"

"这场比赛是为了声援武器生产，大家都认为这是对振作后方士气的巨大鼓舞。"普里姆兴高采烈地说道。"所有报纸都会刊登这一消息，全国各地都在欢呼雀跃。怎么会有人恶意诋毁我们呢？"

"全国各地？"布太太大声怒吼，教堂的彩色玻璃窗都跟着瑟瑟发抖，"我们村历史悠久，备受尊重，你是说全国媒体都要报道我们村吗？"她愤愤地举起食指，不住地在普里姆眼前晃动着，"我们是不是就眼睁睁地看着自己被文明社会拒之门外呢？"

"好了，布太太，不要扫大家的兴，"我走上前去，甜甜地笑着,"所有人都会认为我们紧追时代潮流。"

"而且在舞台上表演会很有意思,对吧?"姬蒂补充说。

"真是彻头彻尾的胡说八道,"布太太厉声反驳道,"我们会显得非常荒唐可笑。一群女人混在一起,一个男人都没有!你们的自豪感都是打哪儿来的?"

紧接着怪事发生了。哈蒂竟然走上前来。

"布太太,我知道你想让一切都保持原样不变,可现在是战争时期,大家都在尽可能地和睦相处。没有任何一条法律规定,没有男人就不能唱歌。事实上,现在做任何事都没有规矩可循。那么,就让我们成为先行者,率先欢迎这一新机遇的到来。毕竟,这是大后方鼓舞士气的一种方法,"她继续说道,"所以,只要参赛,我们就是在为战争做贡献。"

"算我一个。"坐在管风琴后面的奎尔太太大声喊道。

"也算我一个。"吉布斯太太跟着说。接着又有一个声音大声说道:"我们也试试吧!"

"没错,让我们全力以赴吧!"蒂林太太谨慎地说道,"我们以前是没做过这样的事,但并不意味着不能试试看啊。"

布太太像个受委屈的孩子一样噘着嘴,不肯下台。"你们大家都疯了吗?"

"当然没有!"普里姆骄傲地张开双臂,"我们报名报得晚,但我知道我们具备成功所必需的条件。我们有些成员的声音很动听——姬蒂和维尼夏是一流的女高音,蒂林太太是女低音的中流砥柱。每个人都有一副好嗓子,但要与大唱诗班竞争,我们必须充分发挥最优秀人才的作用,这样才能脱颖而出,成为真正的佼佼者。"

她的目光在每位成员的脸上掠过。"音乐所表达的是激情,所讲述的是人性。我们必须要让歌声将我们的激情传达出来,"她若有所思地在空中挥舞着指挥棒,"我们必须让每一个音符、每一句歌词都能讲述我们自己的故事。想想每位成员都能给这个集体带来些什么吧。姬蒂活力四射,西尔维勇气可嘉,奎尔太太乐观豁达,哈蒂温柔体贴,蒂林太太任劳任怨。就连你,布太太也给我们的歌声增添了热情和活力。我们在这场战争中所感受到的每一分欢乐、每一分痛苦都可以在音乐中表现出来。"她停顿了一下。"当然还有以后每个星期五都要增加一次排练。"

布太太看上去仍然有些怒不可遏。"比赛在哪里举行?"

普里姆故意向前探了探身子,表情夸张地小声说,实际上是想让众人全都听到。"就在利奇菲尔德大教堂。那可是最神圣、最鼓舞人心的一座教堂啊。音响效果在全国也是首屈一指。要是赢了,我们就会进入决赛,决赛的举办地点是伦敦的圣保罗大教堂。"

"太棒啦!"姬蒂笑着说,"我们大家一起努力,争取打赢这场比赛,好不好?"她走到布太太跟前,"来吧,布太太,你也会助我们一臂之力的,对吧?"

"算了,我还是支持你吧。"布太太没好气地说道,有些愤愤不平。"不过我得提醒你,我这么做只是为了打仗。"我早就知道她不可能甩袖子走人。她摆出一副自命不凡的样子回到了唱诗班的席位上,仿佛那里堆满了马粪,然后她还向蒂林太太投去了厌恶的一瞥。

普里姆在一堆乐谱里仔细地翻检了一番后,便开始分发乐谱。"好啦,我们现在开始练习参赛的新曲目。"

看到手里的乐谱后,大家都有些惴惴不安。

"《万福玛利亚》[1],"普里姆开始了简单的说明,"是对圣母玛

---

[1] 《万福玛利亚》(*Ave Maria*),又译为《圣母颂》或《圣玛利亚》,原指基督宗教对耶稣的母亲圣母玛利亚表示尊敬和赞美的一首歌,是基督教最经典的歌曲之一。其歌词最早是由罗马教廷于1545年起召开的特洛特会议上确定的,但目前为止该歌曲拥有许多不同的演奏版本,其中以舒伯特和巴赫的《万福玛利亚》最为出名。

利亚的祈祷,在战争时期祈求能够得到她的神圣帮助。我特地为我们唱诗班挑选了这首歌曲。大家都准备好了吗?"

我们每个人都全力以赴。普里姆把每个声部都排练了一遍,先是女高音,然后是女低音。看得出来普里姆心花怒放。

"你们看,你们的歌声多么动听。现在我毫不怀疑,再多几次练习,演唱的效果就会更加出色。我们只要团结起来就会变得更加强大,就会成为一股不可忽视的力量。"

最后,普里姆提到,如果有人愿意尝试一下独唱,就都应该勇敢地走到前面来试唱。

"这首歌有两段,需要两种不同的嗓音配合。有人愿意试一下吗?"

姬蒂马上应道:"我来!"

我可不能让姬蒂抢了所有风头,于是我也站了出来。"我也可以试试。"

普里姆又等了几分钟,然后面对着大家提高了嗓门说道:"你呢,蒂林太太?难道你不觉得应该让全世界都听到你的歌声吗?"

蒂林太太的脸一下子红了,拿起手提包走了过来。"你真觉得我行?"

"嗯,这得看你了,"普里姆说,"你的嗓音条件的确不错,可就不知道你有没有这个胆子?"

蒂林太太消瘦的双颊上泛起了红晕。

普里姆走到风琴旁,和奎尔太太交谈了几句,然后又走到大家面前。

"你们几位轮流把第一段唱一遍。"蒂林太太看上去马上就要晕倒在地了,而姬蒂则在一旁跃跃欲试。

"姬蒂,从你开始可以吗?"普里姆下达了命令,同时示意奎尔太太开始弹奏歌曲的前奏。

姬蒂演唱的样子就像她正站在舞台上，面对着的是几千名崇拜她的观众。唱到那些难处理的高音时，她就仰起头盯着天花板，最后甚至发出了颤音。太可怕了。

"太精彩了。"姬蒂一唱完，普里姆便脱口而出。

我还在想她是不是有些言过其实时，蒂林太太也开始评价道："姬蒂，你的嗓子可真好！"

姬蒂咧嘴一笑，真让人生气。

我心里还在琢磨着要不要退出，结果普里姆就叫到了我的名字，而且奎尔太太也已经开始弹奏过门了。

演唱时我也做到了不遗余力，只不过有的歌词唱得结结巴巴的，高音部分也不如姬蒂处理的那么巧妙。不过说实话，我的嗓音可比她的甜美多了，而且也更加自然。

一曲唱罢，普里姆和蒂林太太都鼓掌向我祝贺，并一致认为我的嗓音甜美圆润。姬蒂得意洋洋地在一旁观看着，认为自己已经赢定了。

接下来就轮到了蒂林太太。大家都公认她唱得非常好，自打我能记事以来就一直如此。如果没有她，唱诗班肯定会麻烦百出。她演唱时音调很准，一个词也没唱错，她的女低音真令人迷醉。

"太棒了，蒂林太太。这样完美的嗓音太适合独唱了。"然后普里姆看着我，该来的怎么也躲不过。"维尼夏，这次恐怕我得选姬蒂了。我们以后需要有大量的练习时间，你在陆军部还有工作要做，她的空闲时间应该比你的多。"

"说得对，你太理解我了，"我赶紧找借口，"最近一段时期我是一点空闲时间也腾不出来，刚才我就不应该参加试唱。等以后有时间再说吧。"

刚说完，我的眼角余光就瞥见姬蒂高兴地上蹿下跳，于是我拿起外套，神气十足地走出了教堂。

从那以后,姬蒂就一直就对我颐指气使,真叫人腻烦。为了躲着她,我和西尔维不得不待在卧室里。她试涂我的口红时,我就把她的头发梳理得漂漂亮亮的。她真是个可爱的小家伙。

说到这,我得去睡美容觉了。我以后会告诉你让斯莱特先生追我的计划。我一定会成功的。

维尼夏

姬蒂·温斯洛普的日记

1940 年 4 月 27 日，星期六

关于维尼夏的童贞

就在你以为自己已经掌握了万事万物运作的原理，但某些事情就在你眼皮底下突然爆发出来，将整个理论体系全部推翻，于是你只能再从头来过，这究竟是为什么呢？以前的我无忧无虑地度过每一天，总以为结婚前恋人之间除了接一两次吻外其他什么事情都不会做，然后，砰的一声！整个过程在我眼前直接就裂开来。

我非常想知道的事情

维尼夏真的像白雪一样纯洁吗？就像我们一直被教导的那样？
她现在只能嫁给斯莱特先生了吗？
这是否意味着她不能再跟亨利玩那种邪恶的游戏了？
别人婚前也这样吗？
我将来也得这样吗？

首先，我得声明一下，就我所知，在我亲眼目睹那一切之前，维尼夏还是个处女。妈妈以前告诫过我俩，在结婚以前必须保持童贞，我从来就没想过要对这个指令提出质疑。以前我见过很多动物交配，所以别以为我天真幼稚。我不止一次见过公牛在田野里骑母牛，还有那次道金斯先生带着母马来找种马阿玛多伊斯受孕，而马厩里的那几条狗也一直都在做这种事。我也知道这种事所带来的后果——怀孕生孩子。可为什么维尼夏要做这事？她还没结婚，而且据我所知，她也不想要孩子。她可真恶心人。

然后我就在暗自思量她是不是和其他人也做过。一连串的回忆就像打开的相册一样涌进了我的脑海，里面都是她玩过的男孩的身影。现在我突然醒悟，她有可能和这帮家伙中的随便哪一个都做过：塞西尔·沃辛、大卫·蒂林，甚至就连维克多·洛维尔也有可能。没准儿还和亨利做过，千万不要让我说中啊！她和亨利从小就彼此相识，长大后成了朋友，无数个晚上都是一起去参加派对，也许会在深夜偷偷溜出去悄无声息地接吻，而这有可能会引发一连串的连锁反应。也许维尼夏就是这样控制住了那帮男孩子，我都不敢往下想了。

维尼夏不会是个妓女吧？

安吉拉·奎尔绝对是个妓女。她和埃德蒙肯定做过，因为他俩老是互相摸来摸去，弄得边上的人都很尴尬。我感觉她也想和亨利在一起，因为在他身边时安吉拉总是表现得很奇怪，总是一副心神不宁的样子。我不知道亨利是不是拒绝了她而选择了我，因为他喜欢正派的姑娘，而安吉拉却把堕落当作荣誉勋章，而且牧师女儿的身份让她更不守规矩。

换作维尼夏的话，爸爸一定会大发雷霆。

今天下午，上完普里姆的声乐课后，我说的这一切就拉开了帷幕。这堂声乐课上得特别顺利，普里姆还表扬了我，说我的高音非常完美。我迫不及待地想告诉西尔维，可她不在房间里，于是我就跑到马厩去看看她在不在那里。今天的天气真好，金黄色的阳光洒满大地，我觉得整个世界都充满了勃勃生机。樱花怒放的时节刚刚结束,穿过果园时,粉红色和白色的花瓣便倾泻而下——真是奇妙极了,仿佛飘下来的是柔软的棉絮。

穿过散发着刺鼻气味的马厩院子时,我恍惚听到阿玛多伊斯的马厩里传来了说话声。有那么一瞬间,我在想,维尼夏是不是幡然悔悟,决定关照一下这匹老马。自从她不再接受花式骑术训练后,就完全把它抛在脑后。

只可惜这匹马没那份福气。

门里传出来的确实是维尼夏的声音,但她并不是在跟阿玛多伊斯说话。我踮起脚尖扒着木门的缝隙往里看,一眼就看到了斯莱特先生。他一身灰色西装,打着领带,一尘不染,看上去与马厩的环境格格不入。马厩里散发着浓烈的马汗味和马鞍皮革的味道。要不是因为维尼夏和安吉拉打了个小赌,看到他的身影出现在马厩里我肯定会大吃一惊。

但这个赌看起来一点都不小。

维尼夏站得离斯莱特先生很近,抬头看着他,那样子真可笑。一头金发全都拢到一起搭在左肩上。即使站在门外,她那粉红色的浓郁香气也扑鼻而来,一点儿也闻不到马粪那难闻的刺鼻气味。她穿着一条我从没见过的黄色连衣裙,就像向日葵的颜色,闪闪发光的质地,看上去像丝绸面料。裙摆飘逸,领口开得很低,露出了深深的乳沟。双肩光滑圆润,披着一件白色羊毛开衫,这让她看起来小了好几岁——一会儿像一只顽皮的小猫,一会儿又像一个任人摆布的风骚女子。

"你有什么东西要送给我吗?"维尼夏站在他面前问,身体都快贴上去了。

"你值得我送给你什么东西吗?"他反问道。他挑了一下眉毛,漂亮的双唇上露出了耐人寻味的微笑。

"也许值得吧。"她咯咯地笑着说,扭了一下屁股,于是她那条闪闪发亮的裙子下摆有那么一瞬间就缠到了他的腿上,然后又自然地垂了下来。

斯莱特先生把手伸进上衣的内侧口袋,掏出来一个小包裹。维尼夏接过去,笑着站到一边打开外包装。我原本以为她肯定会一把撕开包装,可她好像犹豫不决一样,一会儿打开,一会儿又合上,食指在牛皮纸包装上来来回回画着圈,样子非常可笑。

最后,她从小包裹中抽出来一双长筒袜,在昏暗的光线下举起来观看。两条泛着光泽的淡棕色薄纱在半空中轻轻飘动。满是灰尘的窗户透进来斑驳的阳光,周围一片安静。丝袜在这样的光线中仿佛透明一般。

她站在狭小的马厩中间,小心翼翼地脱下一只鞋,把一只袜子扔给了斯莱特先生后,就把另一只套在脚上,接着又拉到脚踝位置。这样的场面让我觉得很不舒服,斯莱特先生也一样,他立刻转过身去,慌乱地叠着手里的袜子。

"你觉得怎么样?"她把长筒袜的袜口拉到膝盖上后,一边把裙摆卷上去接着往上拉,一边鼓励着斯莱特先生回头看。

斯莱特先生往下瞥了一眼,眼睛便再也离不开她那条光滑修长的大腿。那只淡棕色的长筒袜只遮住了一半大腿,袜口上面露出来的是珍珠般雪白的皮肤。

"挺好看的。"他边说边把目光挪开了。但等她踢掉了另一只鞋子,他的目光就又回到了她身上。

"把另一只给我。"维尼夏小声下达着指令,他就把另一只袜子递了过去。

维尼夏把他叠好的长筒袜展开,袜子便像瀑布一样在她面前倾泻下来,然后她抬起脚开始套袜子,很快就好像有一股淡棕色的烟雾包裹住了另一条腿。她再次卷起裙摆,这回露出来的是白色的蕾丝吊袜带,她小心地把袜口固定在吊袜带上。维尼夏在斯莱特先生面前搔首弄姿时，竟然隐约露出了内裤。她太厚颜无耻了！

"你这么做不大合适。"斯莱特先生说道。这次他却没有把目光移走，只是站在那里看着，似乎意犹未尽。

"我就是想让你看看长筒袜穿在我身上是什么样子的。这也是为了感谢你送给我礼物嘛。"她站直了身子，撩起裙摆，让他尽情地欣赏自己送的礼物。现在你明白我说的她遇到事情总能保持镇定自若的原因了吧？就好像每一步她都事先演练过一样。接着她重新穿好鞋子，把裙摆撩得更高一点，就像女演员或广告女郎那样，站着丁字步。

"我早就跟你说过，你最好别惹我。"他一边回答，一边伸出一只手向后捋着头发。他那副机智幽默的样子就好像戴着上流社会的假面具一样，而他的声音就是从那个假面具后面发出来的。接着他仿佛想起来了什么似的，微微一笑，又补充说："否则，我可能就无法保持完美绅士的形象了。"

她得意地笑了，眼神中透着一股决绝。这就是维尼夏的问题所在——她永远不能接受失败的结局。她要的是斯莱特，不管付出多大代价。她向前迈了一步，抓住了他的另一只手。我看不见接下来发生了什么，因为她背对着我，但我猜她一定是把斯莱特的那只手拉过来放在了她自己的大腿上。

"维尼夏，"他低声说，"你知道自己在干什么吗？"

"知道，"她回答道，声音里透出一股自信，"我很清楚自己在做什么。"

"我觉得你不知道。"

斯莱特低下头，用足力道吻住了她，另一只手搂着她苍白的后背，把她压向自己的怀抱。他俩紧贴着站在那里，扭来扭去的有好几分钟，然后，我也不知道他俩怎么亲着亲着就慢慢躺在了干草堆上。门缝太窄了，我什么也看不到，但我知道他俩正在干什么。他俩跟马厩里的那些动物没什么区别。

我从院子里飞一般地逃了出来，决定回到房间里好好想想刚才看到的事情。于是我就开始写日记了。我提出的那几个问题似乎都没有答案，但有些事我现在可知道得一清二楚了。

我很确定的几件事

几乎可以肯定的是，维尼夏以前就跟别人做过。

她以前可能还不止一次地做过（不过她没怀孕）。

她可能跟亨利做过，所以亨利才会寸步不离地跟着她。

安吉拉·奎尔显然做过，这跟她是不是牧师的女儿无关。

现在既然我想到了这种事，那做这种事的肯定比我想象的要多得多。

结婚之前我是不会做的。

维尼夏对斯莱特先生的态度比我想象的要认真得多（而且比爸爸想象的也要认真得多）。

爸爸要是发现了肯定会勃然大怒。

知道了这件事或许将来会很有用。

写到这里，我决定不再想这件事了，但维尼夏站在那里的情景却深深地印在我的脑海里。为什么妈妈告诫我们不能做的事情，她却认为能做呢？

然后我就恍然大悟了。肯定是因为战争。再也没有人出于日后婚姻的考虑而保持自己的完璧之身。活在当下，放开一切，尽自己所能享受生活。童贞的提法已经不切实际，因为我们可能明天就将一命呜呼，或者更糟糕的是，整个国家被纳粹军队占领。

话是这么说,但我不知道自己是不是喜欢做这种事,所以现在还是保留我的童贞吧。我得让我的独唱表演日臻完美,这样就能出人头地,声名远扬,再也不用去想维尼夏和她那些令人作呕的风流韵事了。

埃德温娜·帕特里小姐写给姐姐克拉拉的信

教堂街3号

奇尔伯里村

肯特郡

1940年5月3日,星期五

亲爱的克拉拉:

你妹妹我太了不起啦!大功告成!可我太不容易了——就像赫拉克勒斯完成那该死的十二项任务①一样,只不过我要做的是调换两个哭哭啼啼的新生儿。我是不会让煮熟的鸭子飞走的,这次肯定不会的,克拉拉。你听我跟你细细道来。

早上我正享用着美味的早餐,就看到蒂林太太像往常一样到哈蒂家去做晨检。她身穿女子志愿服务队的绿色制服,以为自己打扮得漂漂亮亮,其实难看至极。后来我一看到她从哈蒂家走出来,就立刻拿起黑包,开始实施第一步计划:给哈蒂喂药水。

"有人吗?"我一边敲门一边大声喊着,把门推开一半后,尽

---

① 赫拉克勒斯是古希腊罗马神话中的大力神,是宙斯和阿尔克墨涅的孩子。赫拉克勒斯长大后,无论是射箭还是投掷标枪,都是百发百中。后来,他去阿波罗神庙听预言,阿波罗告诉他,必须完成12项不可能完成的任务才能解脱。结果他不但完成了这12项任务,还解救了普罗米修斯,死后灵魂升入天界,得到了众神的认同,最后还被招为神并且成为了星座。

可能装得非常友好,接着问道,"哈蒂,在家吗?是我,帕特里小姐。你在楼上吗?"

"在厨房呢。"从她的声音里听不出来有什么异样。

走进去后,我发现她正在小厨房里慢条斯理地走来走去,手里拿着一棵大葱。台面上摆的是从菜园里刚挖出来的几种蔬菜,叶子上全都是泥。

"你在家啊,太好了,"我笑着说,"昨天我在法弗舍姆①遇到了一个朋友,她也是助产士。当时我跟她说你很容易感到疲劳,还有你什么药也吃不下去,她就跟我推荐了一种新药,说她最近一直都在给准妈妈们服用,都已经好几个月了,吃过这药的准妈妈都反应很好,她的药都已经所剩无几了!"

"在哪儿能买到啊?"哈蒂放下大葱,转过身来,"就是因为累,我都有好几天没出门了,我得去利奇菲尔德医院探望一下我那几个学生。我一直都在利用业余时间给他们补课,而且……"

"我俩聊天的时候,碰巧她收到了一箱子新药,当时我就求她给你留一些。"

"真的吗?太棒啦!"哈蒂急切地朝我走近了几步,顺手拿发夹把滑下来的一大绺黑发卡住,"多少钱?"

"亲爱的,这药挺贵的,一直都供不应求,"我歪着脑袋说道,这样看上去会显得更活泼一点,"不过,我给你优惠价,三个半便士一瓶。"

她从钱包里拿出一些零钱,数出来几枚硬币递给了我。我数了一下,发现少了半便士,但我决定还是不朝她要了。于是,我从包里把那个褐色的药瓶子拿出来,又拿出了一把小勺。

"应该喝多少合适啊?"她拿起药瓶子盯着看,嘴唇抿得紧紧

---

① 法弗舍姆位于英格兰东南部的肯特郡,是肯特郡一座知名的城市。

的，有些紧张不安。

"一小勺就见效。我帮你倒，"我拿起药瓶后又给她倒了杯水，"这些事情交给我就行了，我最擅长。"

我退后了一步才拧开瓶盖，那味道简直能把人熏个半死。我屏住呼吸倒出来一点药水，药水的表面上泛起来一点点灰绿色的泡沫，不知不觉，一股狗肉和机油的混合气味就钻进了我的鼻孔。我把药水递了过去。

"这能喝吗？"她有些犹豫，看着能熏死人的药水皱了皱眉头。

"这药看上去的确不好吃，可药有好吃的吗？"我轻轻地抬起她的胳膊肘，小勺就到了她嘴边，药水就顺势进了她肚子。

哈蒂脸色发青，我担心她会吐出来或者晕倒。这可不是正规的药物，而且我听说这药还有一些副作用，比如内出血、抽搐、昏迷之类的。有那么一会儿她喘着粗气，朝里翻着白眼。趁着她还没摔倒，我赶紧让她坐下来，用力拍打着她的后背，最后她猛抽了一口气，看起来正常了一些，一只手紧抓着药瓶，好像抓着的是救命稻草一样。我陪了她几分钟，想把瓶子拿走。我可不想留下任何把柄，免得让那个爱管闲事的婆娘蒂林给发现了。最后我只能一把抓起药瓶就跑，生怕时间来不及。

"等一下，帕特里小姐，我觉得我快要生了。"哈蒂一把抓住我的手，大口喘着气说。

"早产，肯定是早产。"我和颜悦色地说道，使劲抽回手，朝着门口跑去。说实话，在这个孩子生出来之前，我必须让温斯洛普太太尽快先把孩子生下来。我这是在跟时间赛跑，哪有时间说什么客套话。

我冲出大门，大步流星地朝着温斯洛普家走去。要到奇尔伯里庄园，只需要穿过草地和广场，然后沿着小路走到车道上。平时要花十分钟，如果赶时间走快一些，五分钟也就够了，要是一路跑过去就会更快。希望不要出现这种情况。

埃尔西正在侧门等着我，几绺头发从帽子下面掉出来，看上去乱蓬蓬的，她这副样子有点让我始料未及。

"我可能没法照看孩子了，你最好找别人帮忙，"她说，"保姆戈德温上午一般都待在房间里不出来，家里又没别人。我不知道能不能溜出来。"

"你没得选。"我催促着她。一把拿起她纤细的手腕，用我脏兮兮的指甲抠着她手腕内侧的嫩肉。

她疼得倒吸一口凉气。"我尽力而为吧。"

"你就说是为了孩子，你要尽用人的义务。"

她看起来有些不知所措。我跟着她上楼时，不由得叹了口气，心想，老天爷保佑保佑我吧，千万不要让这个傻丫头把一切给搞砸了！

虚弱的温斯洛普太太毫不犹豫地一口吞下药水，对于我现在还为她着想感激涕零。因为这已经是第四胎，她马上就要生了。埃尔西还没来得及把热水拿上来，婴儿的小脑袋就已经露了出来。我还记得当时有那么一瞬间，我真希望自己能交好运，生出来的是个男孩。但我还没来得及祈祷，孩子就已经落地了。当她"嗵"的一声出现在我面前时，我死死盯着那个没有男孩器官的不祥之地。

"是男孩！"我一边大失所望地大声宣布，一边剪断脐带，迅速把孩子包在毯子里。我的动作很迅速，以为这样埃尔西就看不见了。但当我转过身，却发现她就站在我身后，脸上露出痛苦的表情。

"可那是个女孩啊。"她说道，声音不大。

"你看错了，埃尔西，"我咬牙切齿地反驳道，"是男孩。"我皱起眉头看了她一眼，猛地向门口走去。我发现她眯起了眼睛，终于明白了一切。

所幸温斯洛普太太并没有听到埃尔西的话。"是男孩！"她大声说道，语调温和，"感谢老天爷啊，是男孩！"

"但他呼吸困难，"我喘着粗气说道，尽量让自己的语气听起来像真的一样，"我家里有台呼吸机。我得赶紧带他去我家治疗。这个女仆跟我一起去。保姆能帮忙处理一下胞衣吗？"

埃尔西跑去找保姆，屋子里只剩下我和温斯洛普太太，她求我让她看看孩子。

"求你了，求你了，我想看看孩子！"

"不行，不行，不行啊，温斯洛普太太。我得尽快带他去治疗。"

她一直哀求个不停。幸亏她没有力气从床上爬起来，否则我就有麻烦了。

埃尔西很快就带着老保姆回来了。老保姆看上去疲惫不堪，惊慌失措。我跟她讲了如何处理胞衣的相关事宜，就把孩子抱在胸前，飞奔下楼，出了门。我大步流星地奔向村子时，埃尔西一路小跑着跟在我身边，一会儿问一些毫无意义的问题，一会儿又担心被人发现。我真希望当初雇的不是这个傻丫头。

在我家的厨房里，我早就已经为新生儿准备好了一个漂亮的箱子和一瓶奶粉冲泡的牛奶。在我看来，我只需要离开几分钟，埃尔西照看她这么一小会儿肯定没问题。我把小家伙放在箱子里时，她就用那双蓝色的大眼睛盯着我看，跟她姐姐维尼夏的眼睛一模一样。当时我就在想，当妈的要是有了这么一个小可爱，会有什么样的感受呢。要不是那个愚蠢的艾达怀孕了，然后又逼着我的杰弗里娶她，我可能也已经成了孩子他妈了。杰弗里甚至都没法证明那孩子是他的，他就个大傻瓜。他原本可以找我帮忙的。我肯定也可以把艾达的事处理得干干净净。

"我知道你想干什么，我可不想掺和进去，"埃尔西突然一边抱起婴儿一边大声说,"我得把孩子还给她妈。"

"不行,你敢!"我一边威胁,一边一把抢回了婴儿,重新把她放回到箱子里,"你给我待在这儿,照我说的做,不然我一分钱也不会给你。"

"我不要钱。这么做是不对的,肯定是不对的,"她拿出手帕开始大声地擤鼻涕,那双漂亮的眼睛流露出乞求的神情,"难道你不知道这么做不对吗?你就不能把孩子还回去吗?"

"我这么做是有正当理由的,你只要知道这些就够了。"我跟她解释道。

"好吧,这事我可不想插一脚,"她轻蔑地说道,"我要回庄园去了。"

"不行,"我挡住了她的去路,"我不能让你毁了整个计划!"

她想从我身边挤过去。隔壁传来哈蒂微弱的叫声,她正在分娩。一想到计划就要泡汤我就开始变得惶恐不安起来。"如果你答应不告诉任何人,我就放你走。"

她考虑了片刻。"只要你把那五镑给我,我就一个字也不说。"

一听这话我的火气一下子就上来了。该干的活没干就要钱,这也太不道德了。不过,就像赫拉克勒斯要完成另一项任务一样,我把手伸进黑包里拿钱。"嘴巴给我闭紧点,否则我就灭了你。"她一把抢过钱,从我身边挤过去冲出门外。我担心她会对温斯洛普太太说些什么,但一想到两只手掐着她那精致的脖子的样子,我就开始专注于眼下的活计,抓起包,匆匆忙忙地跑向哈蒂家,把小女婴一个人留在箱子里自生自灭。

敲了几下门我便推门进去,结果一眼就看到哈蒂瘫倒在门口,大声呻吟着。

我忙俯下身子检查她的状况——感谢老天爷,胎动非常明显。我开始祈祷,千万要是个男孩啊。我把她扶到床上后,她紧张到开始哼哼，可胎动却不像刚才那么明显了。

从那时候起，我有些惶惶不安，开始担心厨房箱子里的那个女婴。得喂她点牛奶了，可哈蒂死死地抓住我的手，让我寸步难行。那个小婴儿不会出事吧？

到了最后，哈蒂变得像一只动物那样一直在尖叫，我愈发惊慌失措——如果她生不出来儿子怎么办？准将会不会残忍地把我干掉？当婴儿最终从母体里挤出来的时候，我像一只雪貂一样站在原地呆住了。

大喜过望——是个男孩！

"是女孩！"我大声宣布。

"快给我看看，快让我抱抱！"哈蒂一边叫喊着，一边向前探着身子，想从我怀里把孩子抢走。

"不行，这孩子呼吸不正常。我得把她带到我家上呼吸机，让她苏醒过来。"

哈蒂尖叫着："我的宝宝！"她伏下身，用尽全力要把那个裹着毯子的小家伙拽出去。

我害怕婴儿受伤，但又一门心思想要挽救这个计划，于是就一把把孩子给拽回来，转身朝着门口冲去。"我得走了！"我尖叫着，用力地把她推回到床上。

哈蒂高喊"不要走"的尖叫声还在房间里回荡时，我就已经匆匆地冲下楼梯，跑出了门，不知道回到家后眼前会出现什么样恐怖的场景。可能女婴已经死了，那双大眼睛像洋娃娃一样呆滞，脸色发青，浑身僵硬。也有可能是愚蠢的埃尔西已经报了警，村里的那些女人全都聚到我家里，亲眼看着我完蛋。

可家里安静得令人心慌。我的心脏开始狂跳。我知道自己并非圣洁之人，却不能忍受一个小婴儿死在我手里。一想到她可能已经躺在箱子里死了，我就急忙朝着厨房冲去。

探头往箱子里看时我几乎喘不过气来。小家伙就躺在里面，面色苍白，毫无生气，双眼紧闭。千万别死啊！我赶紧伸手去摸她的脖子，探探脉搏，指尖立刻感到了一阵微弱的颤动，接着她张开了没长牙齿的嘴巴，张得像小河马一样大，发出一声刺耳的尖叫。

我把小家伙从箱子里抱出来，将那瓶牛奶塞进了她的小嘴。

"别担心，小宝贝，"我低声对她说，"你将迎来伦敦这一带最让人崇拜的妈妈。"

我把那个男婴放进箱子里，盖上了毯子。这小家伙骨瘦如柴，看样子容易着凉。然后，我抱起女婴，朝哈蒂家走去。

哈蒂就站在门口，急切地等着我回来，身上穿着的还是那件血淋淋的睡衣，黑色的鬈发湿漉漉地缠在一起。"她没事吧？"她喊道，脸上露出惊恐的神色，"她应该没事吧？"

"没事，"我笑了笑，"她很健康。"我把婴儿放到她张开的臂弯里，她凝视着那张完美的小脸，蓝色的眼睛，尖尖的下巴，小脑袋上一层淡金色的头发。这小家伙长得太漂亮了。按照我的标准判断，大多数孩子长得都属于歪瓜裂枣那种类型。

我帮了一点小忙后，哈蒂很快就把胞衣产了下来。我答应一有时间就回来看她，然后赶紧挣脱她好回去处理那个男婴。一打开门我就听到这个小家伙在号叫，于是赶紧跑到他身边拿起奶瓶堵住了他的嘴。我抱着他，带上奶瓶之类的东西，朝门口走去。就在我快跑到草地上时，忽然发现广场上站着几个女人。原来是女子志愿服务队的那帮家伙，她们刚乘公交车从利奇菲尔德回来。布太太正在滔滔不绝地说着什么，奎尔太太和可怕的蒂林太太则站在她对面侧耳倾听着。

"天气不错！"我刚想转身溜走，布太太一眼就看到了我，兴高采烈地说道。

"是啊，大晴天！"我一边热情地回复，一边把孩子塞进外套里裹住,"忘拿帽子了!"我钻进房里,抓起帽子,发现没地方能藏得下这婴儿。看来只能把他塞进黑包里,希望他不要受太大颠簸。

我把包里的东西全都拿出来,又把沾在里面的面包屑全都磕掉,就将小婴儿放了进去,尽量让奶瓶不离开他的嘴,然后又悄悄地溜了出来。那几个女人还在那里热烈地讨论着什么,我决定直接冲过草地。

"你好,帕特里小姐,"我正朝着小路冲过去时,蒂林太太冲着我大声喊道,"你今天真应该来参加我们的会议。"

"我们正在说这会开得太振奋人心啦。"奎尔太太开心地补充道,圆脸上泛着红光。

"啊,那太好了!"我说,但没有走上前去。这几个家伙聚在商店外面,都穿着绿色制服,就像一群互相啄来啄去的虎皮鹦鹉。她们几个缠着我说了好几分钟的废话,搞得我无法脱身,简直可笑至极。难道仅凭卖几个蛋糕或者缝一堆破破烂烂的衣服就能打赢一场战争?这几个女人居然连这也相信,简直太不可思议了。

"沃辛夫人也出席了,"布太太洋洋得意地说道,"有她的资金支持,我们真是太幸运了。"

装在黑包里的小婴儿突然哭了起来,起初声音很小,接着越来越响亮。我得马上走,刻不容缓。

"我先走了啊。"我边说边转身就走。

"什么声音?"蒂林太太一边吃惊地问,一边环视着草地。

"哦,每年这个时候,鸭子就闹个不停,"我故作轻松地开始解释,"求偶的叫声吵得我半夜都睡不着。"我快速思索了一下又补充道。

"哦。"蒂林太太简短地答道。我就知道她觉得任何关于繁殖的话题都很粗俗。

就在此时，黑包里传出一声婴儿的啼哭。她瞪着我的包，张着嘴想说点什么，却又不知道该说什么好。

我甩开大步转身就走，比母鸡飞出开水锅的速度还快。那婆娘还没来及张嘴提问，就已经被我的举动给吓傻了。等我冲上小路时，这小家伙已经开始扯着嗓子号哭了。无论谁提出任何问题，我都可以用半真半假的回答消除他们的疑问。我就说，包里装的是温斯洛普太太的儿子，我把他带回家是为了给他做心肺复苏。把他交还给他妈妈时，我觉得最好先把他藏起来不让其他人看到，这样当妈的就能第一个看到自己的儿子。没错，这样的解释简直天衣无缝。

任谁都不会怀疑。

到达奇尔伯里庄园时，我先把孩子抱出来，才敲了敲侧门——助产士把新生儿装在包里到处走来走去，也太不像话了。

门立刻就开了，开门的竟然是姬蒂，身后跟着的是那个逃难来的小屁孩。

"你刚才去哪儿啦？"姬蒂问话的语气让我怀疑她是不是知道了些什么。仅凭直觉她就能猜出来整件事的来龙去脉吗？她是不是很了解她父亲，也看穿了我，从而推断出整个计划呢？她那双大眼睛先是扫了我一眼，又瞥了一眼婴儿，接着瞟了一眼黑包，最后又回到我身上，对我怒目而视，表情僵硬得就好像我已经毁了她的一生。

我晃了一下脑袋，好回忆起正确的故事情节。"孩子还活着！"

"为什么花了这么长时间？"姬蒂喃喃地说着，领着我穿过门厅，迈步走上通往悠长走廊的大理石楼梯，"你一直都在干什么呢？"

"我一点儿时间都没浪费。"我怒气冲冲地说道。我可没你想的那么怕姬蒂，毕竟我是替她爸爸卖命。必要的话，他会让姬蒂闭嘴的。所以也许我并没有像以前那样面面俱到,谨小慎微。我可能犯了个大错,忘了姬蒂和蒂林那个婆娘关系很好。

温斯洛普太太还躺在床上,像往常一样哭哭啼啼。我把那个一头蓬松黑发、呜呜咽咽的小男孩递给她。多么完美的一家人。

"亲爱的乖宝宝,"她一边深情地呼唤着,一边把他抱到胸前,"你救了他的命,我该怎么报答你呢,帕特里小姐?"

"该给的钱准将会给我的。"我满脸堆笑。身边的姬蒂愤愤不平地吸了一口气,那个好管闲事的逃难来的小屁孩饶有兴趣地看着眼前的这一切。"你打算给他取个什么名字呢?"

"就叫劳伦斯·埃德蒙吧,"温斯洛普太太微笑着说,"好纪念他死去的哥哥。"说罢她又哭了起来。

结局已经一目了然,我可不想现在把一切给搞砸了,所以就开始检查胞衣,伺候产妇,仿佛我是个事必躬亲的女王。等婴儿安稳入睡后,我答应早上再来,然后就退出了房间。

我急匆匆地从后楼梯跑下来,穿过厨房,直奔后门而去,我自由啦!突然眼前窜出来一个人,不是别人正是埃尔西。

"我知道你在玩什么花招。"她讥笑道。

见周围没有旁人,我就一把抓住她的衣领子,把她拉到我面前:"你最好一个字也别说出去,否则,很快就会有人在布尔森河里发现你的尸体。"

我松开手,她倒在了地板上,浑身抖个不停,所以我觉得这任务完成得很有成就感。威胁恐吓一直都是我的强项。

我一步跨过她的身体,又踢了她一脚,向门口走去。使劲一拉门把手,终于来到了户外。我在车道上高兴地蹦蹦跳跳,一只手提着已经空无一物的黑包,另一只手像兴高采烈的牛仔一样疯狂地挥舞着。

这事成了!

我躲过了埋伏,克服了障碍,避开了陷阱,最终取得了胜利。孩子调换完毕,两个妈妈都喜不自胜,而我则成了有钱人。我就是今天的英雄。

克拉拉,这事除了我谁都没戏。没有一个女人能做到像我一样,一直保持头脑冷静,反应迅速。剩下的钱在本周内就能拿到手,然后我就去找你,克拉拉,到时候咱俩就可以一起开始崭新的生活啦。

埃德温娜

维尼夏·温斯洛普写给安吉拉·奎尔的信

奇尔伯里庄园

奇尔伯里村

肯特郡

1940年5月3日，星期五

亲爱的安吉拉：

　　亲爱的，这个赌我赢了！你得请我到里兹大饭店喝鸡尾酒啦。斯莱特先生已经加入了追随我的那群男人的行列，那帮家伙可是恨不得连我走过的路都要匍匐亲吻呢。现在我称他为亲爱的阿拉斯泰尔。我早就知道只要假以时日，就没有我干不成的事，只不过我必须承认这个男人一开始是相当抗拒的。我用了一些更加复杂的招数才让他有所行动，还好现在他是我的人了。

　　他这个人可真了不起啊！我做梦也没想到他会这么迷人。他住在哈蒂家隔壁，也在教堂街上。他把客厅改造成了一间工作室——里面堆满了画布、油画颜料和成堆的画作。每天晚上我俩一起听收音机时，他就点上蜡烛画画。一天晚上，收音机里突然播放《我的一切》这首歌，我俩就开始翩翩起舞，就像在完全属于我们自己的小舞厅里一样，在闪烁朦胧的烛光中旋转，仿佛置身于另一个世界。

　　不过，你听我说啊，接下来我要讲的事可就要让你目瞪口呆了！即便按照你的标准判断，我也一直都是个特立独行的女孩！上周末，按照计划我把他引诱到马厩里，最后当然就是我俩赤条条地躺在干草上。昨天还没到下班时间我就早早地溜出了办公室，想去工作室给他一个惊喜。还好他不太忙，只是在修理打字机上的小零件，于是我就开始翻阅他的画作。原本我也不知道他都画了些什么，但眼前出现的作品简直让我惊掉下巴。用黑、灰、黄等相互冲突的颜色涂抹出来的奇形怪状；切成两半的小提琴，东一半、西一半；丑陋无比的畸形人物形象，怪诞而扭曲。

"这是什么？"我问他，心想他是不是没画好。

"这是现代艺术，亲爱的，"他轻声笑着说，"在欧洲大陆很流行，在伦敦也很盛行。"

片刻后，我偶然翻到了一张小幅的速写人物形象，上面画的是个裸体女子，虽然炭笔勾画得模模糊糊，但仍然看得出她身姿纤细柔弱，仿佛她在纸上一掠而过，留下的只是转瞬即逝的身影。"喂，"我装作若无其事地问道，"这是谁呀？"

他苦思冥想了一会儿才说道："我在伦敦认识的一个女孩。"

她身材匀称、动作敏捷，但看起来有一种紧迫感，正回头往后看，仿佛有人在追她一样。他盯着画上的人，好像在回忆着什么。这个女孩是谁呢？

你最了解我了，安琪。我无法容忍我的男人喜欢别人。于是我赶紧把这幅画放回了作品集里，并冲他俏皮地微笑。"你为什么不这样画我？"

房间里温暖得有点令人窒息，阳光从几个小窗口射进来，灰尘也开始反射着阳光，在半空中不停旋转着。"我想让你画我，趁着我还年轻，这样你就能永远记住我现在的样子。快点啊。"我在他面前旋转了一圈。

他笑了。"维尼夏，还是算了吧，像你这样的女孩子不应该这样做。毕竟你是准将的女儿。"

"胡说！只要我觉得没事，就一点事也没有，"我走到壁炉架上摆放的镜子跟前，把束起来的头发松开，"那个女孩都可以，为什么我就不行？"

"那个女孩是……"他顿了一下，想找个合适的词来形容她，"她跟你不是一类人，维尼夏。"

"你的意思是她从事的行业不体面？"我扭头看了他一眼，晃晃脑袋把没完全松开的头发抖落下来。

"我是说她与众不同。她是波希米亚人，在好几个圈子里混。比你大。"

"不瞒你说，我都十八岁了。"

"我知道。"

"咱俩谁都不告诉，也不给任何人看，"我诱惑道，"这是咱俩之间的小秘密。"

"你就是只小野猫，维尼夏。"他说着走过来，拿手指卷着垂在我脖子上的一缕头发玩。

"我一直都这样，"我笑着答道，"这就是我最具魅力之处。"

你最了解我了，安琪，一旦我下定决心，什么也阻止不了我。他不答应我的要求只会刺激我继续采取行动，把该说的话都说出来。我必须向他证明，我和那个都市女孩一样大胆、一样老练。而且，你不觉得相较于偷欢，裸体供人作画不是更加有伤风化、更加离经叛道吗？想象一下，我爸要是知道了，会有什么反应！

我开始慢慢地脱衣服，先脱掉一只袖子，再脱掉另一只袖子，不一会儿连衣裙就滑到了地上。接着我开始脱衬裙，脱下长筒袜。等他把作品集收起来，开始面带微笑看着我时，我知道我使的小花招已经奏效了。

"好吧,你这个小骚货,我给你画。"他把一块新画布放在画架上,开始选择颜料。

我侧身躺在壁炉前深红色的厚地毯上,双腿微微蜷曲,虽然裸体却显得端庄华美。那是一种多么自由的感觉啊,我一丝不挂地躺在那里,他的目光每隔几分钟就会落到我身上,以一种我从未见过的方式盯着我的身体。通常被衣服包裹着的身体现在却直接暴露在空气中,感受着地毯的柔软,感受着从窗口吹进来的清新微风,我觉得自己简直如同身处天堂。

然而,他作画时,我觉得他的注意力飘忽不定,仿佛置身于另一个世界,听着收音机里不断播报的新闻,眉头也紧紧锁在了一起。他是画家,也是个和平主义者,却对战争表现出一种病态的兴趣。他的注意力似乎一直都在新闻上面,尤其关注纳粹分子正把我军赶出挪威的新闻。

我是不是疯了,安琪?我爱上一个自己根本不了解的陌生人,是不是太荒唐了?居然还让他给我画裸体肖像画?一想到我爸要是知道了会有何反应,我就忍不住想笑,当然他不会知道的。我真希望你能在这里亲眼看看阿拉斯泰尔有多了不起。我知道发生的这一切都是因为我俩打了个赌,但我从没想过这事结果会如何。嗯,谁也不知道这种事会怎么告终,对吧?安琪,我只知道他都为我做了些什么,就好像他已经抓住了我的心,烙在了我的脑海里。

亲爱的安琪,真希望能早日收到回信,也希望你能给我更多的建议。哦,我差点忘了说,我妈生下了一个骨瘦如柴、哭声响亮的男孩。估计你也能想象得到,家里人全都欣喜若狂,尤其是我爸更加喜出望外,因为他需要有个儿子来继承家产,而我妈要做的就是让我爸开心。但说实话,这个小宝宝的出生对我来说也正是时候——所有人都忙得四脚朝天，就没人关注我在哪里或者在做些什么。从现在开始，安琪，我可以尽情享受生活了。

爱你。

维尼夏

埃德温娜·帕特里小姐写给姐姐克拉拉的信

教堂街 3 号

奇尔伯里村

肯特郡

1940 年 5 月 4 日，星期六

亲爱的克拉拉：

我现在就像落在果酱罐里的绿头苍蝇一样慌里慌张。真不敢相信这一切竟然导致了这么巨大灾难的发生！昨晚快到半夜的时候，我累了一天，正准备休息，突然听到外面传来一阵急促的敲门声。

"快跟我说说是怎么回事，"原来是蒂林那个婆娘，她刚从哈蒂家冲出来就跑过来敲我家的门，"小宝宝怎么就停止呼吸了呢？"

我可不想把她让到家里来，万一她要想看看我家到底有没有呼吸机怎么办？于是我坚持说先到哈蒂家去，然后再跟她详细说说事情的来龙去脉。她似乎更愿意就跟我两个人说说这事，或者更像是要借着这个由头对我横加指责！

"要是就咱俩在这说着哈蒂的事，但她本人不在场，那也太说不过去啦。"我边说边把她往路上推。这么做合情合理，我的话她也挑不出毛病来。

哈蒂新换了一件粉红色睡衣。她一边和我们聊天一边照看孩子，还跟我说她给孩子取名叫罗斯。

"说实话，今天我都快累晕过去了，"我气呼呼地说，在哈蒂家的小客厅门口来回踱步，这样我夺门而出的时候就不会拖泥带水，"一天之内两家生孩子。还好温斯洛普太太是第四胎，比较好生。"

当时蒂林太太一直饶有兴趣地盯着我，仔细观察着我的一举一动，估计就是为了看看我会不会露出什么破绽。"是呀，白天我在利奇菲尔德也特别忙，"她突然插话道，接着就转向哈蒂，"没能帮你接生，对不住啊。"看得出来，因为一整天都在忙着女子志愿服务队开会的事，她觉得非常内疚。"我真该留下来陪你，"她又转回头盯着我，脸上阴云密布，"可哈蒂的预产期不是还有一两个星期吗？"

哈蒂可能已经跟她说了那个褐色瓶子的事，估计还说了里面装着的是脏乎乎、臭烘烘的绿色黏稠液体。一想到这，我的内心顿时涌上来一种惶惶不安的感觉。"不要自责啦，女子志愿服务队也需要你。你为我们大家做的贡献可是有目共睹的啊。"

"可我不在的时候就出了状况，"蒂林太太结结巴巴地说道，"哈蒂，在你最需要帮助的时候我却不在你身边。"我觉得她都快要哭出声来了。她要是真哭起来，那我这一天过得可就太完美了。"快跟我说说是怎么回事，帕特里小姐。你是怎么让小宝宝起死回生的？"

"嗯，小宝宝刚落地的时候，通常我都会轻轻地拍打一下，他们就会开始大声啼哭。但这个小家伙……"我凑过去，抚摸着哈蒂臂弯里小宝宝那娇嫩的小脸蛋，"这个小家伙一声不吭。幸好我经验丰富，知道该怎么处理。当然，我也有称手的设备可用。"我双手一拍，以此表明我的接生经验无比丰富，蒂林太太跟我可没法比。

有那么一阵子我们三个人都没说话，然后哈蒂就开始潸然泪下。我知道怀孕期间和刚当上母亲时女人最容易消极流泪，可哈蒂一点都不替别人着想。我真想狠狠地给她一巴掌，叫她打起精神来。孩子现在平安无事。她应该庆幸自己得到的是那个漂亮的宝宝。

接着，蒂林太太就一再要求我详细地给她讲一讲这个漫长而艰难的分娩过程。她刚接触助产士这个行业，表现得煞是热情好学，但我认为促进她职业发展的应该是专业方面的培养教育而不是收集一些不利于我的证据。

确切地说，直到最后一刻我一直秉承这一原则。在把整个过程讲了好几遍后，我再次借口说自己这一天过得疲劳至极，得回家休息了。

"我送你到门口吧。"蒂林太太说着站起身来，把我送到门厅。

她打开大门，我迈步走了出去，门外迎接我的是一片宁静的夜色。在那美妙的一瞬间，我以为这一天的磨难到此为止终于结束了。天已经黑透，鸭群在池塘边寻找着舒适的地方准备休憩。一阵清凉的晚风携着青草的气息吹来，我赶紧把开襟羊毛衫拉了拉，裹紧了自己。

"我还有一个问题要问你，"蒂林太太一边说，一边跟着我走到了哈蒂家门前的小路上，"今天早上你为什么要给哈蒂吃药？到底是怎么回事？"

"哦，这事呀，"我开始解释，"当然是为了缓解她的疲劳，但我觉得她其实根本没必要吃！"

"给我看看是什么药啊？"

"不行，"我厉声反对，接着又赶紧恢复了镇定，解释道，"药吃光了，瓶子也不知道哪儿去了。"

"我能看看空瓶子吗？"

"看不成啊，"我结结巴巴地说，内心的恐慌就像毒蛇缠在喉咙上一样让我窒息，我勉力压制住，"我可能给落在奇尔伯里庄园了。"

她若有所思地说道："你不觉得这药可能就是她早产的原因吗？她的预产期本来还有一周呢。"

"我也不知道是怎么回事，"我说，"有可能预产期算错了。这小家伙骨架虽小，但在她妈妈的肚子里发育得不错，身型挺匀称的。今天出生没准儿就是瓜熟蒂落的事。这种情况我见得多了，很多产妇都把预产期给算错了。"我微笑着看着她，仿佛在强调对于这类事情我早已经司空见惯。"尤其对于第一次生孩子的产妇而言，就更常见了。"

我瞟了一眼自家大门。"我现在真得回家了。"说完我拍了拍她的胳膊，便朝着小路走去。

一进家门我就再也撑不住了，直接靠在了门上，接着就又滑到了地板上，缩成一个团后顺势在地板上躺了一会儿。我早已经精疲力竭，心里有点惶惑不安，还有我必须承认我有点提心吊胆。很明显，蒂林那个婆娘已经产生了怀疑。我只希望温斯洛普太太千万别跟她谈起自己生孩子的事。同一天有两个新生儿遭遇同样的状况，不惹人生疑才怪呢。

当初我怎么就没想到这一点呢？

当初我怎么就没考虑得周全一点呢？我真傻，当初还以为这事做起来应该就跟拧断鸡脖子一样轻而易举，手到擒来。我应该早点计划好，搞清楚应该如何掩盖行踪。当然我也知道，想要拿到证据的可能性几乎不存在。若想要把这件事的首尾搞清楚，蒂林那个婆娘必须得掌握更多的细节。一想到我可能得听凭这个恶婆娘的摆布，我就感到心乱如麻。

还有准将！我知道，如果蒂林那个婆娘报警的话，他就得替我出头。毕竟，他跟我是拴在一条绳上的两个蚂蚱。可要是他听到什么风言风语说蒂林太太对此事生疑的话，剩下的那一半钱可就要泡汤了,不行,就算我死了也得拉他垫背。

　　这点事想得我脑子都快爆炸了,我可再也不想拿这事折磨自己,于是就打算去上床睡觉,可我满脑子全都是哈蒂的哭喊声,尖叫着不让我把她的孩子抱走。

　　现在我得像往常一样低调行事,等着准将把剩下的钱给我,可我这心又怎么能静得下来呢?所以你千万记得,一看完信就把赶紧它烧掉。别忘了隔墙有耳啊。

　　有新消息再写给你。

埃德温娜

蒂林太太的日记

1940 年 5 月 10 日，星期五

今天，德军入侵了荷兰和比利时两国。这些家伙的残忍和邪恶程度简直吓得人魂飞魄散。现在德军离我们越来越近，而且他们几乎肯定会利用荷兰和比利时的空军基地袭击我国，我们村所在的东南部地区就更容易成为遭受袭击的目标。德军入侵的下一个国家将会是法国，那接下来呢？

首相张伯伦已经下台，主要是他低估了希特勒的实力，一直对德国采取绥靖政策。据说丘吉尔先生会接替他的首相职位。人人都知道丘吉尔根本不顾德军实力更雄厚、更有可能获胜的事实，而是一门心思地想率领全国人民打一场全面战争。难道他忘了在上一次大战中阵亡的那几百万人了吗？还有，大卫会面临怎样的命运呢？如果我军要将这些愚不可及的想法付诸实践，那大卫会不会因此就血染疆场了呢？

"对于这场战争来说，有了温斯顿·丘吉尔的领导，情况会好很多，"我在商店偶然遇到布太太时，她笑着说道，"他就像一条冷酷无情的老斗牛犬！德国鬼子全都怕他。只有在他的领导下，我们才能打赢这场战争。"

"可他可阻止不了德国鬼子的进攻。那帮家伙会占领我国，就像侵占其他国家一样。我们现在跟他们和平谈判不是更明智吗？"

"就是有了这样的想法才让我们看起来像个胆小鬼，"布太太立刻开始质疑，"你的战斗精神都跑到哪里去了，蒂林太太？"

我有气无力地点了点头，盯着货架上的豌豆罐头看了一会儿就走出了商店，什么也没买。说实话，我连一点战斗精神都没有。一想到要爆发全面战争，我就不知所措。我觉得英国就像一只在上一次大战中受伤的小鸟，而那只虎视眈眈的乌鸦就站在那里，随时准备把我们赶出巢穴，接手一切。

生活还得继续。除了拜访其他几户人家外，我还得去看看温斯洛普太太和她儿子劳伦斯。准将一直把我拒之门外，还说只要有帕特里小姐在照顾她就够了，这个理由太牵强，因为我也有资格啊。但我听说今天准将要去伦敦，趁此机会去她家不就无人阻挡了吗？我很想听她讲讲生孩子的事，看看会不会和哈蒂有类似的经历。于是，我毅然决然地向庄园走去。

温斯洛普太太看上去疲惫不堪。"宝宝一直哭个不停，这个小可怜儿，"她有点忿忿不平，"保姆戈德温说她从没见过这样的事。"

"有的宝宝刚出生时就是这样的。等他再长大点就好了。"我把小家伙抱在怀里，想哄着他让他的情绪平静下来。小家伙已经哭得满头大汗，头发全都粘在了头皮上，乱蓬蓬的。"怎么样？宝宝出生时一切都还顺利吗？帕特里小姐给你吃药了吗？"

"吃了呀，吃的是恶心的绿药水。我当时觉得自己都快要吐了，但就在那时宫缩就开始了。没准宫缩就是吃药吃的。"温斯洛普太太喃喃地说道，仿佛是在自言自语一样。"宝宝一出生就出现了呼吸困难，可把我给吓坏了，所以帕特里小姐就把宝宝抱到她家去治疗。"

什么？我心想，又是呼吸问题？"当时你亲眼看到宝宝呼吸困难了吗？"

"没有，我还没来得及看一眼，她就给抱走了。"

"这是怎么回事？快跟我说说。"

温斯洛普太太开始滔滔不绝地讲述帕特里小姐是如何抱着劳伦

斯回家，然后用呼吸机救了孩子一命的。两个小宝宝在同一天出现了同样的呼吸问题，这也太巧了吧？这种情况会不会和服用了药水有关呢？但不管我问了多少问题，我还是没搞清楚到底是怎么回事。

从她家出来后，我不得不抓紧时间去解决一个人的住宿问题。我是奇尔伯里村的宿营官，负责为难民或后勤工作人员寻找落脚点。我们村距离位于利奇菲尔德庄园的指挥中心只有八千米远，所以我不断接到为那里的工作人员寻找住处的指令。现在他们还需要两个房间供高级管理人员住宿。我跑遍了半个村子，却一无所获。

"你们家大卫的房间不能用吗？"唱诗班成员聚在一起练习的时候布太太突然问道，"眼下他不是在法国吗？既然现在找不到其他地方，那就没理由让他的房间空着呀。"

"就是嘛，"奎尔太太插话道，"你不能老是把那帮天晓得到底是谁的家伙硬塞到别人家里去，自己家却一个也不接收吧？"

"大卫才走没几天，你怎么能指望着我这么快就让别人住他的房间呢？"我以为自己会忍不住号啕大哭，但还是很快就稳定了情绪。"你无论如何也不可能让别人住亨利的房间吧。"我开始反驳布太太。

"他是皇家空军飞行员，休假的时候还要回家住的。"布太太有点趾高气扬地说道。只要一说起英国皇家空军飞行员，她就像打开了话匣子一样说个不停，而且还一直说空军就是军方的精英力量，就好像大卫他们根本就不值一提，只要敌人开上一两枪，他们就会马上毙命。我简直忍无可忍。

"这不是重点，"奎尔太太伸出了援手，但随后又转向我，"可是，蒂林太太，要是你家都不提供住宿，又怎么能自称是宿营官呢？这可不公平哟。"

"这话说得没错。刚才你还说是在给利奇菲尔德庄园的几个大人物找住处,"布太太插话道,"对于那些为了战争的胜利埋头苦干的军方人员来说,常春藤之家简直就是无可挑剔的临时住所。而且你家还有电话,咱们村装电话的人家可不太多啊。蒂林太太,怎么说你也得接收一个。"

"你家不是也装了电话吗,布太太?"奎尔太太立刻反驳道,"你肯定也能接收一个吧?"

就像变魔术一样,普里姆从过道上一阵风似的冲了过来。

"女士们,排练的时间到了。"

大家全都安静下来,很快就各就各位,除了内心还在隐隐作痛的布太太。

"我们今晚要集中精力练习比赛曲目《万福玛利亚》。从头开始,一直唱到最后的合唱部分。"

奎尔太太力道十足地弹着前奏,而我们从第一句歌词开始就参差不齐,没找准曲调不说,还都是扯着嗓子喊着唱。

结果可想而知,等我们一唱完普里姆就开始批评:"唱得乱七八糟!你们唱的时候完全没有顾及他人。现在,大家一起来做几个琶音练习。"

大家做了几个琶音练习,接着又做了几个音阶试唱,听起来似乎比刚才要协调一些,但刚才的争吵让我们几个都有点心绪不宁。所以正当大家都在做音阶练习时,布太太突然砰的一声丢下乐谱就迈着大步走出了教堂。

"好吧,大家再把《万福玛利亚》唱一遍。"普里姆继续下达着指令,无视了布太太的愤然离场。

第二遍比第一遍好点,但效果还是不理想。

"这也太难了吧。"姬蒂抱怨道。

"也许我们应该退赛。"我小声说道。

"那种事我们才不会干,"普里姆反驳道,听起来心情还算不错,"观众会享受演出,那我们也应该像观众一样尽最大努力享受比赛。我们不会退赛的。我们可能赢不了,但重在参与。我们不但要到现场表演,让观众听到我们的歌声,还要把我们的活力展现出来。"

她面带微笑,受到感染的我发现自己也开始嘴角上扬。环顾四周时,我意识到其他人也都已经振作起来。普里姆说得没错。唱歌无关输赢,而是要在这场战争中找到人性,是要在周围一切正在遭到毁灭时找到希望。

要在我自己宝贵的家正分崩离析时找到希望。

维尼夏·温斯洛普写给安吉拉·奎尔的信

奇尔伯里庄园
奇尔伯里村
肯特郡

1940年5月14日，星期二

我最亲爱的安吉拉：

你警告过我不要爱上他，可我现在已经情难自已。虽然才过了几个星期，我们俩就已经形影不离。每天晚饭后我都会去他家，这样阿拉斯泰尔就可以继续给我画裸体画。我俩聊起了很多话题，但他仍然非常神秘，老是摆出一副玩世不恭的样子，每次一谈到他的事情，就转移话题。

"你怎么想起来当画家的呢？"前几天我问他。

"说来话长啊，我可不想让你感到无聊乏味，可爱的维尼夏。"

他就是这么叫我的，可爱的维尼夏。以前可从来没人说过我可爱。这种叫法很独特，你说对吧？即便如此，我还是担心他会认为我真的很可爱，太年轻，太天真。我一直跟他说我是以性感见长，但他丝毫没有表现出出乎意料的感觉，跟其他任何人都不一样。跟他交流时，我的言谈诙谐幽默，但他似乎以前全都听过，仿佛这是个他已经玩过无数遍的游戏。就好像他直接看穿了我的内心，看到了真正的维尼夏。说实话，安琪，我不打算再伪装下去了，我想成为真正的维尼夏,不只是时髦或大胆,而是一个复杂和充实的人。因为他的存在,我想要做出改变。

昨晚,我俩谈到了诗歌,他就以对我的爱为主题写了一首诗,简直就像夏日的微风一样宜人。细节我就不跟你啰嗦了,但说实话,安琪,世界上最美妙的事情就是聆听自己所爱之人表达他对你的爱慕之情,文采斐然,激情勃发。

他博学多才,探讨的不是希腊哲学就是中世纪政治。收音机一直开着,断断续续地播放着最新的战争消息,有一次他听到一条新闻后就大发雷霆,当时他的这种反应倒真让我吃一惊。那条新闻讲的是纳粹入侵比利时,这让我国的战争首脑始料未及。我军正忙着在常规路线布置警戒时,纳粹却采取了一条迂回路线,就是上次他们使用的那条。

"简直就是巨大的军事灾难啊!"他低声嘟囔道。

"我以为你是个和平主义者。"我若无其事地说道。

他又拿起了画笔,仿佛终于想起来我还在他对面。"我当然是。但我方竟然低估纳粹的实力,真是愚不可及,你说对吧?"

"那你为什么不报名参军呢?当了兵不就能看看你是不是有能力做得更出色了吗?"

"你是想赶我走吗,亲爱的?"他音调平平半开玩笑地回答道,"把我永远赶出你的生活?"

他停下了手中的画笔,看了看我。我四肢舒展地躺在他面前。"哦,维尼夏!"他兴味盎然地感叹道,"你知道你有多迷人吗?"

当时我就那样看着他,而他仿佛突然感受到了什么似的,放下画笔,绕过画架,挨着我躺在巨大的红色地毯上,把我拉向他。我一丝不挂,他却衣着整齐。

"我需要你,维尼夏,"他在我耳边轻声细语,言语直白得让我有些张口结舌,"我需要你,你也需要我。我俩注定要在一起。"我翻过身来,盯着他那双凹陷下去的眼睛,那双漆黑的眸子,突然萌生了一种紧张感,但同时又觉得他可以让我放下任何戒备,是个非常值得信赖的人。

安琪,这件事的发展令我激动到浑身颤抖,但奇怪的是也让我有点忐忑不安。我和他四目相对时,内心深处那种难以名状的全新感觉似乎骤然爆开,就像樱花一样怒放开来,而其他的一切,所有的混乱、阴谋、除了他以外的其他男孩子、以往玩弄的那些小游戏和风流韵事似乎全都消失在虚无之中。我突然意识到这就是整件事的意义所在。我终于找到了知己。

现在我需要做的就是躺在他的身下。

这段时间村里也发生了些新鲜事。哈蒂给孩子取名叫罗斯,用的是她可怜的母亲的名字。她邀请奇尔伯里村女子唱诗班到她家参加小宝宝的洗礼仪式,到时候大家可以喝几杯雪利酒,再演唱一两首歌,这样的洗礼倒也独特。一想到星期六的比赛,大家都有些心神不定,而且布太太还在那不停唠叨着说参赛就是个错误,到时候肯定会无比难堪,幸好大家虽然都默不作声,倒也还满怀希望,而不是像以往那样一见面就开始拌嘴。姬蒂表现得相当友善,有点出乎我的意料,可能是因为她还在为争取到独唱表演的机会而沾沾自喜吧。

哈蒂从婴儿床里把漂亮的小宝宝抱出来后,跟我一起坐到了沙发上。

"她好漂亮啊。"我不由得感叹道。这一次我是认真的,因为罗斯是我见过的最漂亮的宝宝。一双蓝色的大眼睛,时不时发出咯咯的笑声,即便是你看到了也会认为她就是无价之宝。"现在看着你带着宝宝像个大人似的,真不可思议,"我对哈蒂说,"当初我们仨站在蘑菇圈里约定,无论发生什么事都要不离不弃,这一切就好像发生在昨天一样。如今看起来真可笑啊。"

"好像的确是很久以前的事了,对吧?"她微笑着说道,突然间，我觉得我俩的心又拉近了很多。"维尼夏，我想请你当罗斯的教母，可以吗？过去的几个月里，我和维克多也在信里面讨论过这件事，我俩都认为只有你才是最佳人选，"哈蒂说道，"我知道罗斯一定会慢慢爱上你的，就像我爱你一样。"

"我也爱你，"我连忙说道，觉得既深受感动，又受宠若惊，"谢谢你，哈蒂。我愿意当罗斯的教母。这个主意真不错！我保证她不会受到任何伤害。"

我低头看着这个漂亮的宝宝，安琪，我必须承认，看到老朋友哈蒂能生出罗斯这样的小天使，我也开始考虑自己要不要也生个孩子。斯莱特先生那么了不起，我相信他一定会是个合格的爸爸，你觉得呢？

哈蒂非常勇敢，但我知道她很担心维克多的安危。据说，他要在大西洋上待到明年才能回来，而她一连两个月都收不到任何消息。每个星期都有船只被鱼雷击中的消息传来，她一直都在担心维克多是否还会回来，担心小罗斯是否要在父亲缺席的情况下长大成人。

哦，要是能在五十年后出生就好了。那时候这一切肯定早就已经全部结束了，生活也已经完全恢复正常。设想一下，那时候的世界会是什么样子！我们会不会都已经结了婚而且还都过得非常幸福快乐呢？孩子们会不会都已经长大成人而且还有了自己的后代呢？我们会不会因为某些事而声名远扬？比如特立独行的举动或者做出某些伟大的发明？很明显，前提是我们都得还活在世上，而亲爱的祖国也能安然无恙地渡过难关。

我知道你觉得我陷入爱河很傻，但安琪，也许我和你不一样，因为你忙着向伦敦的每个男人施展魅力。也许我要做的只是遵从我的内心。我会很快再给你写信的。

维尼夏

蒂林太太的日记

1940 年 5 月 16 日，星期四

今天下午，要来我家暂住的利奇菲尔德庄园的大人物竟然提前来了，结果给我搞了个措手不及。原本说好的是他下周才会来，所以听到门铃响时，我还以为是邮递员送电报来了，心脏就开始紧张得怦怦直跳。（最近这些日子，这个可怜的邮递员走到哪儿，就把悲伤的消息带到哪儿）。但当我打开门时，一个身材高大的中年男子冒着倾盆大雨站在门口的台阶上。深咖啡色的雨衣完全湿透，紧贴着他的身体。他摘下那顶湿透了的帽子，棕色的头发湿漉漉地打着绺儿，雨水顺着那张大脸流下来，看上去有点脏，而且鼻梁好像也至少断过一次。

"哦，"我用责备的目光瞪着他说道，"不是邮递员啊。"

"不是。我能进去吗？"他一边怒气冲冲地说着，一边从我身边挤进门冲进门厅，抖落一地雨水，顺手把那只有点破旧的手提箱放在楼梯旁。

"你是哪位？"我强压着怒火问道。

"马拉德上校。"他喃喃地说道。

"是跟绿头鸭一个写法①的那个马拉德吗？"我含含糊糊地问道。他看起来不太像个上校，没穿军装，而且坦白说，还有点蓬头垢面。

---

① Mallard 在英语中指绿头鸭。野鸭，做人名时，Mallard 译为马拉德。

他点了点头,目光扫视着略显颓败的门厅。仆人一个接一个地辞职,必然给我家也带来了影响,不过佩克太太走后我倒是松了一口气,因为我都快搞不清楚在这个家里到底应该谁说了算。

"恐怕我有点赶时间。"上校边说边转身朝楼梯走去。

我怒气冲冲地瞪着他,心想这个家伙到底要干什么。"嗯,我不知道你这么着急是为什么,也不知道你的急事跟我有什么关系,但你要是能告诉我你来我家到底要干什么,那我就谢谢你了。"

"我要到你家暂时住上一段时间。"他在几个口袋里翻了一阵子,掏出来一封皱巴巴、湿哒哒的信后递给了我。

"哦!"我扫了一眼信上的内容,"我接到的通知是下个星期你才会到。房间还没收拾好呢。"

"好吧,那我只能将就着住了,是不是?"他说,不耐烦地望着楼梯。

我在前面带路,那个家伙脚步沉重地跟在我身后。一想到他要住在大卫的房间里,我就有点受不了。我轻轻地推开门,在它变成别人的房间之前,再看最后一眼,再呼吸最后一口宁静的空气。

上校身高一米八五左右,他一进门,房间就显得狭小而逼仄。我急忙回到门口,觉得胸口有点闷得喘不上气来。"如果你需要什么,我就在楼下。"我强忍住泪水,说完转身就走。

这个家伙太可怕了!但我觉得情况可能会更糟;他身上可能会带着一股牛粪味,或者他会吹下流的口哨,或者更可怕的是,他会一直待在我家客厅里就不走了。和陌生人生活在一个屋檐下会非常尴尬,怎么也不会像跟大卫一起生活那么温馨。不知道马拉德上校在利奇菲尔德庄园都干些什么工作,因为我担心如果后方管理人员都像他这样,这仗怎么能打得赢呢?他看起来不太像布太太口中所描述的"重要人物"。他衣冠不整、蓬头垢面,就像一个又大又破的纸箱子。

我开始削土豆皮准备晚饭,琢磨着得抽出点时间去看看哈蒂。就在此时,我听到楼上房门打开的声音,恍惚间还以为是大卫,边下楼边兴高采烈地大声叫着:"妈,我走啦!"

楼梯上传来的沉重的脚步声一下子就把我拉回到现实。

"蒂林太太。"他在门厅里喊道。

"马拉德上校,"我应声答道,一边匆匆地走出厨房,一边在围裙上擦着手,"需要给你准备晚饭吗?需要的话,给我看看你的定量供给簿。"

"不必了,我在食堂吃,"他答道,接着又非常客气地补充了一句,"谢谢。"

他拿出来一个破烂的背包。我一眼就认出来这包是大卫的,随即意识到一定是自己在收拾东西的时候把它给落在房间里了,于是一把就从他手里夺过来,火冒三丈。他就不能什么都不要碰吗?

"还有别的事吗?"我问道,迫不及待地想让他赶紧走。但他在原地站了一会儿,看着我,似乎在努力思考着是不是把该带的东西都带上了,然后就转过身朝门口走去,嘴里还愠怒地嘟囔了一句"再见"。

我关上大门,麻木地回到了厨房。透过水槽上方的窗户可以看到教堂的钟楼摇摇欲坠。如果在晴朗的日子爬到钟楼顶层,还能眺望到利奇菲尔德大学黄褐色的角楼和尖顶。我站在窗前,思考着曾经的梦想是如何在这些年来变得越来越不值一提。年轻的时候拥有强烈的求知欲,遇见哈罗德后开始梦想组建自己的家庭,哈罗德去世后就开始围着大卫转,儿子成了我悲惨生命中唯一的一束光。

现在我唯一的梦想就是大卫一定要活下来。其他的一切,包括新来的不速之客都毫无意义。

为了放松自己紧张的情绪,我快步走出了门,不由自主地便走进了教堂,坐在最后一排靠左边的长椅上,让自己慢慢地沉浸在周围的新环境里。

"你没事吧?"身后传来一个声音,一听就是普里姆的。

"没事,家里住进来一个上校,不太熟悉,得适应一下。上面安排他临时住在我家。"

"以前我就住在一位可爱的老绅士家里,后来才在教堂街找到了房子。现在我们俩还时不时地约在一起喝茶。等你们相互了解了,情况就会有所改善。"

"那个家伙可是个脾气暴躁的小气鬼,能不能和他相处下去我自己都不清楚。我得想办法给他换个地方住。"

"如果你愿意花点时间和他谈谈,就会意识到他和你、你儿子或其他任何人都没什么区别。仗还没打完呢,为什么不再给他一次机会呢?"

看到她脸上洋溢着微笑,我也忍不住笑了。"这是入场券。"她边说边递给我一张票,然后就拿着乐谱和乐谱架进进出出地来回跑了好几趟。

"普里姆,"她再次匆匆经过我身边时,我叫住了她,"你来到我们村后就重新组建了唱诗班,让我们大家的精神都为之一振。你真的相信唱歌能帮助我们熬过这场可怕的战争吗?"

"音乐引导着我们走出自我,远离各种忧愁烦恼,忘记发生的各种悲剧。音乐向我们展现出一个不同的世界,描绘出一幅更广阔的画面。无论是节奏韵律还是美妙的和弦变化,每一个都能让你感受到生命的不同精彩。"

"真希望我也能像你那样热情洋溢地投入去做一件事。"我喃喃地说。

"可你本来就激情四射啊,蒂林太太。你做事情一直都很投入啊,当然不是说你满怀热情地搞音乐,而是说你做其他事情都很积极啊。真的是当局者迷旁观者清哪。"

"我不知道该怎么从旁观者的角度看自己。"我闷闷不乐地说道。

"好吧,那就先唱首歌让你打起精神来。"

她拉着我的胳膊领着我往前走。她让我站在圣坛中央,自己却一转身往下走,扑通一声坐在前排的一个座位上。

"现在开始吧,蒂林太太。敞开心扉,放声歌唱,就唱一首你最喜欢的赞美诗吧。"

"好吧,我最喜欢的是《我宣誓向祖国效忠》。"我答道。这首赞美诗极具感染力,一想到它我就感到热血沸腾。"可我不能一个人站在这里干唱啊。"

"这里除了我没别人,就算唱错了也不要紧。"

我一边想象着管风琴演奏的歌曲前奏,一边轻轻地把前奏哼唱出来。前奏结束,我张开嘴,开始唱出第一段令人感伤的歌词,歌声在半圆形的后殿里清晰地回响着。

> 我向您起誓,亲爱的祖国,一切人间的至尊,
> 全然、完整、致臻,为您奉献出我的爱。

在父亲的葬礼上,我曾经演唱过这首赞美诗,是为了纪念那些在第一次世界大战中牺牲的人而唱。后来,在母亲的葬礼上我又唱了一遍,最后一次演唱是在哈罗德的葬礼上。当我在教堂里独自一人唱出这首歌时,一种新的恐惧占据了我的身心。我意识到自己已经被这些亡魂困住了手脚,任由他们主宰了一切。

现在我明白,是时候让他们离我而去了。

姬蒂·温斯洛普的日记

1940年5月18日，星期六

唱诗班大赛

这是一个多么不同凡响的夜晚！亲爱的日记，我已经筋疲力尽了，但必须保持清醒，好把一切都写下来。我要从头开始写起。

我们这一小群人聚集在草地上，焦急不安地等待着迟迟未到的公交车。大颗大颗的雨滴突然砸落下来，但大家几乎都没有注意到，全都在担心能否准时到达比赛现场，更担心到时候能不能唱好。

"我们会在肯特郡所有人面前丢人现眼。"布太太不停地唠叨着，她仍然无法接受我们现在是一个女子唱诗班这一赤裸裸的事实。

"不过，不管我们愿不愿意，我们现在都是一个纯女性的唱诗班，"奎尔太太打断了她，"因为村里一个男人都没有。还是说你的意思就是根本不要组建唱诗班？"

"奎尔太太，我们全都是正派的女人，没人愿意因为唱歌的事变成一群别人眼中放荡不羁的乌合之众。"布太太抢过了话头。公交车刚绕过广场驶过来，她便不管不顾地从奎尔太太身旁挤过去，站到了队伍的最前面。"沃辛夫人对此肯定会颇有微词，更不用说大主教了。"

"那你为什么还来？"奎尔太太跟着她上了公交车。

布太太转过身来。"必须有人见证这场灾难。"

蒂林太太痛苦万分,看起来就像是要被人拔掉手指甲似的。"我们练习得还不到位。不知道《利奇菲尔德时报》对女子唱诗班会做何评论,但如果我们表现得特别出彩,肯定也会大加赞扬的吧。"

"还是试一试吧。"我提议道,想让大家全都打起精神来,但迎接我的是满面愁容和冷嘲热讽。西尔维紧挨着我坐着,低声对我说:"一切都会好起来的。"听起来却毫无底气可言。她和我一样热爱唱诗班。从听众的角度来说,她一直都很欣赏我,但偶尔也会提出一些批评意见,当然目的是为了让我的独唱表演日臻完美。只有维尼夏仿佛一直置身事外。自从斯莱特先生出现后她就一直生活在自己的世界里。她选择参加比赛只是因为唱诗班的合影登上了报纸。

我们终于到达了目的地。利奇菲尔德大教堂就像一座神奇的仙境城堡,尖顶直插云霄,扶壁装饰华丽,四周种满了淡粉色和黄色的玫瑰,宏伟得令人难以置信却又浪漫得不可思议。建筑师当时一定是坠入了爱河。我当即决定,我和亨利的婚礼将来就在这里举行。

然而今天由于大雨倾盆,玫瑰花全都软塌塌地垂下了脑袋。人群争先恐后地冲进教堂参加比赛,我们也加入其中。门厅里早已经人头攒动,布太太一马当先地挤到前面,去看钉在布告栏上的那份名单。

"我们最后一个上场。"她挤回来后大声宣布,满脸怒容。

"太好了,"奎尔太太眉飞色舞地说道,"我们可以欣赏整场比赛,看看必须把哪个唱诗班打败。"

"绝对不是你说的那样,"布太太立刻反驳道,"熬到那么晚,嗓子就该给熬坏了。这场比赛越来越像一场灾难。"

普里姆夸张的声音响了起来。"我们今晚一定会声震全场。"

大家全都坐了下来。教堂里石头装饰的内壁显示出了历史的沧桑，彩色玻璃窗原本可以给人温暖，现在却被黑窗帘遮盖得严严实实，让人感觉仿佛被密封在一个巨大的地下洞穴里。

等到教堂里前前后后都挤满了人，利奇菲尔德大教堂的主教终于出现在众人面前。他身材矮小，就像个侏儒。主教要求大家保持安静，说话的时候鼻音很重，我老觉得是因为他那副金边眼镜夹得太紧了。很快主教便开始介绍市长出场。身穿大红袍子的市长一副趾高气扬的模样。他旁若无人地开始了一场冗长的演讲，讲述了在战争的恐怖中唱歌所带来的种种乐趣，其中不乏"振奋精神""预示新的明天""奋勇向前"之类的字眼。自从丘吉尔先生开始在收音机里发表精彩的演说以来，每个人都想在这方面一展身手。

参赛的一共有四个唱诗班，另外三个都是大家司空见惯的男女混合组队。大家先按顺序表演，然后是短暂的休息和享用茶点时间，评委会将在最后宣布比赛结果。

我紧张得两条腿直打哆嗦，不由自主地朝着普里姆的方向望过去。她看上去志得意满，双手交叉放在圆润的肚子上，双目炯炯有神，嘴角挂着一抹微笑。尽管我认为她是全国最具实力的唱诗班指挥，但我还是忍不住心怀忐忑，觉得我们可能还没有准备到位。也许这里的观众还没准备好接纳女子唱诗班。但后来她发现我在看她，就朝我眨了眨眼睛，随即我就知道一切都会好起来的。有她掌舵，我们定能逢凶化吉。

雨越下越大，在屋顶溅起了水花，将所有人包裹在一起，就好像我们全都挤在一把大伞下避雨一样。一阵惊雷滚过，轰隆隆地在教堂穹顶上回响着，大家全都挤作一团，恐惧感占据了全副身心，而其他唱诗班则成群结队地走到前面去表演。

关于我们的竞争对手

1. 里塞霍尔姆唱诗班规模很小——演唱了一首非常动听的《众望吾主》。
2. 利奇菲尔德唱诗班人员众多——表现出色得简直令人难以置信,大家一致认为他们会赢(接着就有人建议我们应该退出比赛)。
3. 贝尔顿唱诗班——唱得不太好,这让大家都有了信心,认为至少我们不会垫底。

接下来就轮到我们了。当主教宣布轮到我们上场表演时,我的心怦怦直跳。教堂里立刻响起一阵窃窃私语,毫无疑问,观众都在怀疑自己是不是听错了。

"他刚说的是奇尔伯里村女子唱诗班吗?"我听到后面有人惊讶地问道。我们愁眉苦脸地看着普里姆,但她已经站起身来,准备朝过道走去,并示意我们大家跟上。

我们惊惧不安地坐在那里,紧贴在座位上不敢动,就像一群在狩猎季节等人猎杀的野兔。

突然,一声惊雷在头顶炸响,震耳欲聋。观众不约而同全都屏住了呼吸,抬头望着天花板,灯光随即一闪,接着又闪了一下就熄灭了,周围陷入了一片黑暗。那种黑暗让人感觉明明知道自己已经睁大了双眼,却什么也看不见。

在场观众全都开始疯狂地小声交流起来。

"至少我们现在可以回家了,"布太太抽了抽鼻子说道,"可以躲过这种可怕的折磨。"

接着传来的就是主教带着浓重鼻音的说话声。"大家不要担心,全都待在座位上别动，我们马上就会把蜡烛点起来。"观众的窃窃私语声越来越大。这时，我们身后的法衣室漏出来一丝亮光，有人举着一支蜡烛走到了圣坛前。举蜡烛的是个十岁左右的小姑娘。她慢慢往前走，一只手挡住迎面来的风，以免烛光摇曳不停。另一个比她大几岁的女孩跟在她身后，接着是一个女人，然后是更多的人一个接一个地跟在后面陆续走了出来。每个人手里都拿着一支点燃的蜡烛，沿着通道走过来，在圣坛前左右分开，把蜡烛依次固定在每个黑暗的角落里。几分钟后，长度不一、形状各异的蜡烛便被放置在古老的大教堂里，有些被插在金银质地的烛台上，有些则插在白色的高柱子上。很快，数百个发光的灯芯所散发出来的气味四处飘散，跳动的光影使古老的众神雕像熠熠生辉，仿佛重新焕发了生命力一般。

"我们还能表演吗？"我低声问道，"管风琴怎么办？停电了，就不能用了呀。"

"那就不用。"普里姆快活地说，好像比赛就是在闹着玩，而不是一场可怕的灾难。

"那大家怎么知道从哪个音符结束后开始演唱呢？"我愈发惶恐不安。大家就连有伴奏的演唱都还没准备好，更别说没有伴奏了！

"我给低音部哼唱一个音，她们先开始，但恐怕高音部就得根据这个音自己找到从哪里加入进来。姬蒂，大家都得仰仗你的高超技艺了。"她朝我咧嘴一笑，而我虽然有点洋洋得意，但又感到惊恐万分。

我们一声不响地站起身来，暴雨敲击出来的巨大声响完全掩盖了我们挪动椅子的声音和脚步声，一路走到前面后，在圣坛的台阶上站好了队形。我们全都太紧张了，手一直抖个不停，打开乐谱时耳边传来的全是稀里哗啦的翻纸声。普里姆高举着指挥棒，又大又亮的双眼扫视着每个成员，静候大家陆续做好准备。在一片静寂中，耳边传来的是她哼唱的一个音符，仿佛一支银色的小飞镖穿过烛光迎面飞来。我看见她与蒂林太太对视了一眼，点了一下头。如果蒂林太太抓住了这个调门，低音部就不会有任何问题。普里姆手举指挥棒，闭上双目，仿佛在祈祷。就在她放下手臂的那一瞬间，蒂林太太那清晰的音调便响彻了整个教堂，观众一下子就被似火的热情包围起来。低音部的其他成员也加入进来，声音圆润饱满，美妙动听。

我开始惊慌失措起来。高音部全都指望着我带进去。我觉得自己已经抓住了这个调门——我深知自己已经抓住了这个调门——但我有没有信心按照这个调门唱出声来呢？要是一张嘴就跑调了可怎么办？

但这一刻终于还是到来了。普里姆眯缝着眼睛看着我。她举起胳膊又向下挥舞，指挥棒和食指都指向我，随即耳边传来的是高音部的第一个音符，那音符就像晶莹剔透的水晶一样穿透了闪烁的烛光。心里还在想着一定是有人抓住了正确的调门，脑子却忽然意识到耳边传来的其实是我自己的声音。我越过人群望向普里姆，祈祷着自己没唱错。但她闭上了眼睛，脸上流露出一种安详而满足的微笑。随着高音部其他成员的加入，歌声越来越嘹亮。我不负众望！我，姬蒂·温斯洛普，拯救了唱诗班的表演。一阵兴奋之情涌上心头，我知道普里姆不但慧眼识才而且对我信心百倍。我带领唱诗班渡过了难关，让每个成员为我感到骄傲。

我们的无伴奏演唱展现出来一种孤独之美。歌声在荒凉昏暗的教堂里盘旋上升，婉转穿梭，声调越来越高昂，越来越激情澎湃，高潮部分令人叹为观止。就连我都能看得出来，整个演出简直精彩绝伦，空灵悦耳犹如天使在歌唱。

紧接着就是我的一段独唱。当合唱部分结束，轮到我独唱时，我觉得喉咙已经干到冒烟。普里姆盯着我,泰然自若地抓着指挥棒,然后我张开嘴,开始演唱第一句歌词。"万福玛利亚"。我过度紧张,结果进得有点晚了。但当观众的目光全都集中在我身上时,我就把高音部分表现得清脆坚定,清晰悠长。继续往下唱时,曲调开始下滑,而我的心里突然萌生出一种喜悦之情,仿佛这首歌曲是为我度身定做,而我在演唱时就好像它是我生命的一部分,源于内心深处无人知晓的隐秘所在一样。

唱到结尾时,我对最后一个音符的处理是让它缓缓淡出,归于寂静。普里姆看着我点了点头。我已经全力以赴,这是我前所未有的最佳表演,也是我演唱的最精彩的一次。

动听的合唱声开始在教堂里回响,经久不息。大家都开始看向蒂林太太,因为接下来是她的独唱。赛前她非常紧张,不停地表示她不想让大家失望。

"你不会让大家失望的,"普里姆说,"但你一定要有自信心啊。"

合唱结束后,我发现普里姆一边看着蒂林太太,一边举起指挥棒,再向下挥舞。蒂林太太的声音令人叫绝,浑厚而丰润,就像夏末的夜晚那样深沉。她在演唱高音前稍稍停顿了一下,使高音部分变得更加撼动人心,更加精彩绝伦。随后,那些歌词如同金子一般从她内心奔涌而出。

唱诗班的其余成员也加入最后的合唱中来,美妙的歌声再次环绕在我们周围。最后一句起伏和缓,声音减弱,慢慢平静下来,渐渐地消失在阴森的黑暗之中。

整个教堂就像被按下了暂停键一样一片寂静,只有雨点的敲击声在半圆形的后殿里回响。

接着掌声开始响起,而且越来越热烈。一滴热泪顺着我的脸颊滑落下来。我们成功了!我做到了!

等我们再次就座后，普里姆微笑地看着我，面露感激之色，而我早已心花怒放。我和蒂林太太已经联手扭转了局面，我才不在乎这场比赛的输赢。

鼻音浓重的主教再次出现在观众面前。"由于蜡烛数量有限，茶点时间取消，请大家坐在原地等几分钟，比赛结果马上就会公布。"

在场观众又都开始窃窃私语，只有布太太嗓音洪亮，大声指责吉布斯太太在整场演出中全都唱跑调了，还说万一我们输了，大家得知道责任在谁身上。

"还有一种可能就是我们会因为没有男声部直接被淘汰。"布太太忿忿不平地说道。

"没什么好担心的。"普里姆笑了笑。我突然开始怀疑普里姆是否真的了解乡村，是否真的清楚这里的每个人有多恪守传统。有一种东西叫作传统智慧，意思就是所有人必须以一种一成不变的方式做事情。即便这种传统智慧没有任何意义，大家也得继续遵循下去。这就是乡村的意义所在。利奇菲尔德的乡村尤其如此。

片刻后，鼻音浓重的主教又站到了台前，只不过这次市长也站在他旁边等候宣布获胜者。一开始，市长又发表了一次演说，幸好这次主教探过身去，在他耳边说了一句大概是"开始吧"之类的话，于是市长开始宣布亚军得主。

"利奇菲尔德唱诗班。"他宣布道，于是该唱诗班的指挥就脚步踉跄地走上前去领取证书。这就意味着冠军肯定是里塞霍尔姆唱诗班，因为肯定没有人会投票给贝尔顿唱诗班。我们都是这么想的。

"冠军得主将代表利奇菲尔德地区前往圣保罗大教堂参加决赛，"市长哗哗地翻动着手里的纸张，看上去心情不太好，"本次大赛夺得冠军的是奇尔伯里村女子唱诗班。"

我们大家一下子就从座位上跳了起来。

奎尔太太明显有些气息不足道:"他刚才说的啥?"

蒂林太太唾沫飞溅地说:"我们没被淘汰吗?"

吉布斯太太说:"真的是我们吗?"

布太太则直接挤到了过道上。"大家镇定,当然是我们赢了。你们还在等什么呢?"

大家跟着她沿着过道往前走,而她正忙着跟主教握手,仿佛这一切都是她一个人的功劳。我环顾四周,搜寻着普里姆的身影。她一如既往地平心静气,跟在我们后面沿着过道优雅地走过来,长长的斗篷在身后飘动,就像一只对我们关怀备至的大猫头鹰。

大家一起向台下鞠躬致意后,就开始合影留念。当然,维尼夏总是确保自己站在正中间,头发也整理得一丝不乱。滑稽的是,她站在吉布斯太太身边。吉布斯太太看上去就像一只精神错乱的母鸡,外套穿得一塌糊涂,围巾也围得乱七八糟,头发乱蓬蓬的就像鸟窝。

在场的摄影师有来自《肯特郡时报》的,甚至还有来自一份全国性报纸的。他们不遗余力地捕捉这些日子以来任何一个令人感到愉快的故事。

我们鱼贯而行,依次和坐在前面一张折叠桌子旁的几位评委握手。首先是市长,坐在他旁边的是利奇菲尔德女子志愿服务队队长、对事事都要求相当严苛的曼德尔森夫人,接着是自命不凡的沃辛夫人,站在那里向大家伸出戴着白手套的手,就好像我们都有传染病一样。不知道沃辛夫人说了些什么,布太太就配合着开始假笑,笑声比哭声还难听,大家全都尴尬地撇了撇嘴。

最后一位评委是利奇菲尔德庄园指挥中心主任,他身材高大,虽然军装在身,看上去却有点邋里邋遢。蒂林太太小声对奎尔太太说,他就是临时住在她家的那个家伙。

"当时我可不知道他是利奇菲尔德庄园的头头,"蒂林太太有些恼怒地嘟囔着,"他竟然选择把票投给了我们,这也太奇怪了吧!"

我不知道蒂林太太为什么绷着脸,但后来我发现,当她和那个家伙握手时,对方脸上似乎也罩着一层冰霜。

"唱得不错,蒂林太太。"他说,却一脸的不置可否。

蒂林太太慌乱不安,尴尬不已。"我不知道你也是评委。我真不知道……"

"谢谢你把票投给我们!"我很快插话道,刚赢得比赛就质疑他的判断力可不太厚道。

他热情地对我微微一笑。"选择把票投给你们可是一点难度都没有,尤其是在看了你的独唱后。"也许他根本就没那么坏。

蒂林太太故意对他不理不睬,轻轻地哼了一声后就转向我,咄咄逼人地命令道:"快点,姬蒂。还有你,西尔维。我们得赶紧去找普里姆。"说完就朝着法衣室跑去。

在那天晚上接下来的时间里,我们无论走到哪里都能听到人们纷纷祝贺的话语,听到人群发出的欢呼声,有人会拍拍我们的后背表示鼓励,而其他几个唱诗班成员则言不由衷地为我们感到高兴。一位记者采访了我们,询问我们作为女子唱诗班的成员有何感想。

"我们正在开创新潮流,"维尼夏大声说道,在他面前自我感觉颇为良好,"而且会风靡一时,你不觉得吗?"

那个男记者站在那里不错眼珠地盯着维尼夏看,直到布太太插嘴道:"我们一直坚信我们会赢。不管有没有男人。"闻听此言大家都点了点头,笑了。

过了一会儿,人群陆续散去,主教也开始催促大家赶紧回家,于是我们喜气洋洋地回到车上,一路唱着歌,兴高采烈地朝着奇尔伯里村进发。不过,我们唱的并不是《万福玛利亚》,而是一些音乐厅里的老歌,包括我最喜欢的新歌《今天不能去娶你,我老婆不让!》。

马拉德上校写给住在牛津的姐姐莫德·格林夫人的信

常春藤之家
利奇菲尔德路
奇尔伯里村
肯特郡

1940 年 5 月 20 日，星期一

亲爱的莫德：

非常抱歉最近和你联系得比较少，只因我把全部心思都放在关注比利时和法国北部所发生的系列事件上。现在我已经在奇尔伯里村找到了新住处，也终于有时间给你写信了。以前你四处游玩时来过这里吗？请转告孩子们，给我写信的话就寄到这个地址，因为寄到国防部的信息是经过伦敦才能再转寄过来。千万要让她们几个经常跟我写信联系啊。说实话，在这场可怕的战争中，孩子们的来信是促使我前进的唯一动力。再次感谢你对她们三个小姑娘的精心照料，真希望她们在你家一直都能规规矩矩的。我在想维拉如果知道她们和你住在一起也一定会非常开心，愿她的灵魂得到安息。真不敢相信，本周三就将是她去世五周年的祭日，但至今我还是无法接受她已经离我而去的事实。

整个夏天我都会住在这里，也可能会住得更久一些。这户人家的女主人是蒂林太太。她是个护士，似乎对每件事、对每个人都心怀不满,尤其是对我。她看上去呆头呆脑不说,还老是穿着令人感到无比压抑的灰色家常衣服。除了对我客客气气地发号施令之外,几乎一句话也不说。自从我问她是否可以在家吃饭以来,她的脾气就变得特别暴躁,朝我要了定量供给簿后,就开始在厨房里把锅碗瓢盆摔得叮当作响,一副气急败坏的样子。

"马拉德上校,"她昨晚干脆直接跟我说,"要是你能告诉我你几点回来吃晚饭,那我可就真得好好谢谢你了。"昨晚我只晚回家一个小时而已。

类似的情况还有很多。一天晚上,我把一个小五斗柜挪到了衣柜旁边的角落里,这样一来活动的空间就可以增加很多。结果第二天,她又给搬回到了原来的位置。我决定再也不随便挪动家具了。

但上星期六,别人硬拉着我当了一次唱诗班比赛的评委。你能相信吗?她独唱了一段,她的声音听起来那么美妙,那么富有表现力,就好像变成了另外一个人。真让人看不懂。

大多数晚上只要我一走进家门,她马上就会踪迹皆无。只要稍微走近一点,就可以听到楼上的门砰的一声关上,或者看到客厅窗户上的窗帘晃来晃去。有人作伴固然好,但通常都是我一个人吃力地爬上楼。她儿子刚去了法国作战,我住在她儿子的房间里,她就公开表示不满。要是你问我对此事的看法,我觉得这也没什么可抱怨的:一张床又短又小,做工还很粗糙,墙上挂着一幅太阳系的图片——在一大团灰黑色的星系中,所有人都只不过是自我毁灭的一个小点而已。

今天就先写到这里吧。这周三等我去教堂为维拉祈祷之后,就给孩子们写信。我希望维拉一直在天上照看着我们,保佑我们的安全。

爱你的,
安东尼

姬蒂·温斯洛普的日记

1940年5月25日，星期六

多事的野餐

那天早晨的天气非常宜人，在唱诗班比赛大获成功后，我觉得我和西尔维应该好好享受一下。我有一种冲动的想法，想假装世界仍然和平，至少假装有一天是这样的。于是我推开卧室的窗户，感受着温暖的金色阳光照耀到脸上，品味着松林在春天早晨散发出来的清香。这一切简直太完美了，我决定要利用这一整天的时间，去寻找失去的时光，重新找回童年。

战前，在这样的好天气里，我们总是盛装打扮，和蒂林一家或布兰普顿-博伊德一家去野餐，女孩们穿着夏季连衣裙，男孩们穿着漂亮的套装。普罗格特会让库克准备馅饼、樱桃和玛德琳蛋糕①之类的食物作为野餐时候的吃食。只不过现在库克已经跑到汤布里奇②制作坦克去了。嗯，那些美味黄油蛋糕的香味总是吸引着我不断地跑到厨房去，焦躁不安地等着他们从冷却架上把还在冒着热气的蛋糕拿下来，好让我一尝为快。今天，我们只好凑合着让埃尔西随意地把一些果酱三明治放在一起，还得忍受她喋喋不休地打探各种与亨利有关的问题。

---

① 玛德琳蛋糕是法国著名的传统点心，相传是玛德琳女士所创，因其优美的外形又称贝壳蛋糕。
② 这里指的是英格兰肯特郡的汤布里奇镇。

埃尔西想知道的关于亨利的问题

他最喜欢的食物是什么？当然是烤野鸡和葡萄干布丁。
他最喜欢的运动是什么？射击、猎狐和打板球。
他喜欢维尼夏吗？当然不喜欢。
他在汉普郡基地有女朋友吗？当然没有。
他最喜欢什么颜色？天蓝色。
他平时喜欢做什么？野餐，派对，他还很擅长槌球。

我觉得埃尔西是想帮我赢得亨利的心，但她也起不了多大作用。西尔维拿胳膊肘怼了我一下，小声说我不该对埃尔西和盘托出，真搞不懂西尔维这是什么意思。有时西尔维似乎完全搞不清楚眼前到底发生了什么。

挑选好三明治后，我和西尔维就开始着手完成挑衣服的重要任务。我把西尔维带到了我的卧室，在一堆旧衣服里给她挑了一件白底天蓝色小花的连衣裙。以前我就是穿着这条裙子的时候亨利向我求的婚。一看到这条裙子，我就打开了记忆的闸门。当时我们几个人在湖上划船游玩，维尼夏直接跑上了堤岸，亨利脚步踉跄地跟着她上了岸，结果我却一下子给撞到了岸边的蕨菜甸上，搞得我浑身泥泞，于是亨利当时说，如果我原谅他，他就会永远爱我。然后我就和他在野地里东寻西找，一直喊着维尼夏的名字，最后我们才发现她坐在山顶上一棵枝繁叶茂的大橡树下生闷气。她不愿意跟亨利说话，只肯跟我一起回到原地野餐。她心情沮丧，步履沉重地往回走，而我却心花怒放，蹦蹦跳跳，激动不已，因为我的未来已经规划妥当，完美至极。

为了纪念这段美好的回忆，我觉得我应该穿上维尼夏那天穿的那条天蓝色连衣裙，于是就偷偷溜进她的卧室去拿裙子。大是有点大，但只要漂亮就行。

我和西尔维偷偷地溜进了妈妈的更衣室，对着大红木镜子照个不停。我俩看上去简直无可挑剔。天蓝色的连衣裙最适合野餐，西尔维穿着白色连衣裙看上去也很可爱。她长得挺漂亮，一头乱蓬蓬的黑色小卷发总是贴在耳后，但总是一句话也不说。以前大家都觉得她一声不吭是因为英语不太好，但现在都知道其实她的英语一点也不差——除非她对一些事情有误解，比如有关亨利的事。所以她选择一言不发只是因为她不想说。有时候我想刺探一下她的秘密，她就立刻变得警觉起来，又开始一声不响了。

不知道她在捷克斯洛伐克是怎样生活的，我觉得吃的东西肯定跟我们这里的不一样。她刚来的那几个星期只吃面包果酱，其他的几乎什么都不碰。妈妈想让她吃点熏肉或烤牛肉，可她一口不动。

就我所知，捷克斯洛伐克和奇尔伯里村的区别

捷克斯洛伐克的巧克力更多（西尔维喜欢吃巧克力，战争期间在我们这儿巧克力很少见）。

奇尔伯里村有丘陵、田野和森林，而捷克斯洛伐克的森林更多。

两个地方都有马（西尔维喜欢马）。

在捷克斯洛伐克，圣诞节总是下雪，还有神奇的圣诞市场。

捷克斯洛伐克没有发生战争，纳粹只是在某一天接管了这个国家。

西尔维的所有东西都在捷克斯洛伐克那个带阳台的大房子里。

西尔维的家人都在捷克斯洛伐克。一家人都站在大门口等着她

回去，妈妈穿着的还是那件白色春装，跟她在车站挥手告别那天的穿着一样；爸爸西装笔挺，戴着礼帽，笑容满面，那笑容足以让西尔维冰冷的内心感到温暖；她那不足一岁的小弟弟米拉裹在蓝色的毯子里。西尔维从妈妈的怀里把弟弟抱起来，最后一次吻他的时候，他就咯咯咯地笑个不停。

最后又照了一下镜子，我俩都觉得已经做好了准备，于是便冲下楼，拿起野餐篮，穿过厨房，走出侧门，去拥抱素淡晴爽的上午时光。

昨夜刚下过雨，草甸上的蒿草还湿漉漉的。在碧绿的田野上，庄稼生长得极为茂密，叶片上那数不尽的小水滴就像从天而降的繁星一样闪闪发光。扑面而来的是暴风雨过后的清新气息，一种沁人心脾的崭新感觉，仿佛雨水已经将尘土、污垢以及人们对彼此大吼大叫时留下的所有可怕东西全都冲刷下来，在半空中飘荡着，就等着震耳欲聋的雷声将其彻底粉碎。

按照我的计划，我俩直奔道金斯家蜂箱旁边的那座小木桥走去，因为那里有很多野花可以采摘，还可以在小溪上玩踏脚石。几年前汽车坏了的时候，我们就是去那里野餐。

只不过那次蜜蜂没蜇人。

这段路走起来可不近。到达小桥边时，我俩都已经没了力气，就打算直接野餐，结果却发现那里已经有人先到一步，真让人恼火不已。一个男孩正在那里建水坝。

"你们好！"他大声喊道。他摇摇晃晃地站在一根只有树干一半宽的树枝上，稳住身子后就一路小跑着到岸边来跟我俩打招呼。他比我想象的要大一点，又高又瘦，跟那些尚未成年的大男孩没什么两样，只不过从远处看，那条破旧的短裤和蓬头垢面的外表显得年龄要小一些。脸长得很奇怪，形状有点像勺子，下巴和前额比其他地方向前突出很多。人是挺帅的，跟亨利比还差点，但从男孩角度来说也不能说难看。显然他很是自得其乐，在阳光下咧嘴笑着，一边站在岸上冲着我俩大喊大叫，一边伸出一只脏手挡住额头免得阳光刺眼。

"下来一起玩吧。"声音浑厚，一口伦敦腔。

西尔维已经下到了坡中间，我觉得有必要保护她，于是我俩很快就走到了他身边。

"我叫汤姆。"他笑着说，一边张着嘴喘着粗气，一边双手叉腰打量着水坝。

"你好，"我应道，不知该不该跟他握手，"我叫姬蒂，她叫西尔维。"西尔维竟然笑了。她是不是喜欢他呢？

"你们两个小家伙在这儿干什么呀？"汤姆问道。

"我们俩可不是什么小家伙。"我纠正道。

"她是。"说完他便朝着西尔维点了一下头，笑了起来。

"这话倒也没说错，"我的语气温和了一点，但还是被他的粗鲁给激怒了，"她是不大，我可不小。"

"你多大了？十二？"

"我都十四啦。"我立刻反驳道，同时拿手轻轻碰了碰西尔维，免得她当场揭穿我。毕竟我马上就要满十四岁。嗯，离十四岁生日也没几天了。"问题是，你在这里干什么呢？"我蛮横地问道。这块地属于道金斯农场，蜜蜂也是。

"摘啤酒花啊。"他把头向后一甩，示意我俩朝着谷仓边啤酒花采摘人居住的那些小房子看过去。每年道金斯农场都会雇用大约五十个伦敦人过来帮忙干农活，等他们全部到位就开始摘啤酒花。那些伦敦人就住在这些成排的小房子里。在我看来，那里显得既肮脏又可怕，但显然他们在伦敦就是这样生活的，甚至有可能在这儿比在伦敦过得更惬意。

"你来这儿多长时间啦?"我问道。我眯起了眼睛,不知道他刚才的话是真是假,心里还在为他叫我小家伙而郁闷不已。

"上个星期才跟我姨妈来的。我妈要去工厂上班,大家都不知道该拿我怎么办好。我跟他们说我想去当兵打仗,"他向空中干净利落地挥了几拳,"结果他们都说我太小。"

"你多大了?"

"马上就要十四岁了。我和别的男人一样壮实,可能比他们还结实。"说着就开始展示自己的肱二头肌,虽然看上去一点也算不上肌肉发达,但我俩什么都没说。我有点替他感到难过。他一脸坦诚,看上去滑稽可笑,但怎么也不是那种心怀恶意的人吧。

"过来帮我修水坝吧,"他命令道,"把那边的那根树枝拿过来。"

幸好水坝还算稳固,我俩摇摇晃晃地往前走。

只不过我俩完全忘记了蜜蜂的存在。刚走到一半,成群的蜜蜂突然就将我俩团团围住,疯狂地朝西尔维嗡嗡叫着,冲击着。

"我来救你们。"汤姆大叫着,像一只发了疯的大猩猩一样挥舞着两条胳膊。

"别过来,千万别过来,"我大喊着,这个从大城市来的傻小子显然对蜜蜂一无所知,"别动呀,一动都别动,蜜蜂才会飞走。"

我一路小跑,尽可能快地跑回到岸边,中间差点就掉进水里。我捡起来一根又长又细的树枝,递给西尔维,好让她在吓得失魂落魄前走回来。不过我必须承认,在我们三个人当中,她是最淡定的那个,嘴角上带着一抹淡淡的微笑,就像蒙娜丽莎在开着什么任何人都搞不明白的玩笑一样。

一上岸,我就打开篮子,找到了一块果酱三明治,成群的蜜蜂便径直朝着三明治飞过来,于是我就把三明治朝岸上蜂箱的方向用力地抛出去,希望能抛得越远越好。这招很管用,三明治把蜜蜂全都引走了，但其中有一只蜜蜂在飞过我时蜇了我的胳膊肘一下，这可恶的小怪物。

我尖叫起来，汤姆闻声立刻跳过来一把抓住了我的胳膊，这样子很不礼貌。我俩一起低头看着那眼见着越来越大的粉红色疙瘩。

"得往上抹点儿醋。"他提出了建议。

"别开玩笑了，"我立刻反驳道，这个傻小子是不是什么都不懂？"得抹蜂蜜。"

"我知道哪儿能搞到蜂蜜。"

"你真知道？"我小心翼翼地问。这年头蜂蜜可不容易弄到。他把那条破烂短裤上沾的土拍掉后，向前伸出了一只手臂引路，说："这边走，女士们。"

我和西尔维收拾好东西，跟着他爬上了堤坝。我的胳膊被蜜蜂蜇了，而西尔维又太小，所以就把篮子交给他提着。他领着我俩沿着果园的外围朝着皮斯波特森林走去。走到森林边上时，他转过身，偷偷地向四周看了一眼，然后才走进了森林。我俩也跟着他匆匆地走了进去。

走了一小段路后，他便挤进了一丛巨大的灌木丛中。灌木丛中间有一小片空地，外缘的灌木上则长满了密密麻麻的小叶子。他在树丛里翻找了片刻后，就走了出来。

手里拿着的是一罐蜂蜜。这罐蜂蜜肯定是自家生产的，罐子口上蒙着蓝色的格子布，罐身上贴着一个白色标签，上面写着**埃利科特农场**。我总觉得以前在哪里听说过这个名字。他取下格子布，把一根脏兮兮的手指伸进罐子里，接着又把沾着黄色蜂蜜的手指塞进了嘴巴。我真想拦住他，他把蜂蜜全都给弄脏了。这也太恶心了吧！

"没错，是蜂蜜，"他砸巴着嘴，品尝着味道，"快尝尝。"

西尔维把一根手指伸进去蘸了点蜂蜜，又试探地放进嘴里，她脸上愉悦的表情终于使我做出了让步。我也尝了尝。

这是我尝过的最可口的蜂蜜,有一种玫瑰花和糖浆混合起来的香甜味。我们每个人又蘸了一点品尝,而我还往蜜蜂蜇的疙瘩上抹了一点。

"为什么要把蜂蜜藏在灌木丛里?"

"是老乔治藏在那儿的,"汤姆说,"那老家伙是个骗子,也是来摘啤酒花的,就住在其中一间小房子里。我们都不怎么搭理他。"他尴尬地咬着嘴唇。"他有一把匕首之类的东西,还威胁说要捅了查理,所以我们就离他远远的。"

"那我们能把蜂蜜拿走吗?"

"恐怕不行,"汤姆耸了耸单薄的肩膀轻快地说道,"这东西肯定是从黑市买的。我一次只吃一点点。他根本发现不了。"

蕨菜甸中传来的沙沙声把我们仨给吓了一跳。朝四周看了看,但什么也没发现。有可能是狐狸,但树丛太密了,根本什么也看不见。

"我们该走了吧?"我低声问道。

沙沙声变得越来越大。来的肯定是人。我们蹑手蹑脚地躲在一棵大树后。等我转过身来,就看见一个身形肥胖、满脸怒容的秃顶男人走进了空地,连鬓胡子花白而又稀疏,衬衫上有一块绿色的污渍。和他一起走进去的不是别人正是斯莱特先生。我一直都怀疑他不怀好意,不知道维尼夏对此是否心知肚明。

"是老乔治。我们赶紧走。"汤姆急切地说道,把我拉了出去。

等我们转过身来,我发现斯莱特先生正好盯着我们的方向。他看见我们了吗?

我们仨落荒而逃,六只脚像旋风一样扑打着地面,蕨菜和枯叶在脚下噼啪作响,冲向森林深处,在粗壮的树干周围盘旋几圈,就钻进了浓密的灌木丛。最后四周终于安静下来,耳边传来的只有我们仨自己有节奏的脚步声。

突然,仿佛一层厚重的窗帘被人一下子拉开了一样,我们仨跌跌撞撞从森林里冲了出来,眼前出现的是一片广袤的英国乡村,灿烂的阳光泼洒在五彩缤纷的广阔大地上。

我们仨全都扑倒在地上,一边大口喘着气,哈哈大笑着,一边回头去看小路上有没有老乔治的身影,还好他没追上来。只有微风吹来吹去时树叶轻声细语的沙沙声,还有鸟儿一边绕着面前金黄色的麦田忙碌地飞来飞去,一边欢快地唱着歌。

"我们得回家了。"我说。

"你们知道在哪儿能找到我吗?"汤姆边说边把我俩拉了起来,"就在啤酒花采摘人住的小房子里。"说完他便转过身,迈着大步走下山坡,向河边走去。

"再见。"西尔维小声说道,看得出她喜欢汤姆。我俩挎着野餐篮也开始往家里走。必须承认,这样的冒险很有意思。

我俩一路小跑着绕过森林时,我问西尔维以前有没有看到过有人偷偷摸摸地在森林里转悠。

"看到过普罗格特。"她答道。

"普罗格特?在哪儿?"

"皮斯波特森林里,森林后面,蘑菇圈里,还有布尔森河边。"她略显紧张,带着捷克口音轻声说道。我知道她经常不在家,但从来不知道她会在村子里到处乱逛。"每次跟他见面的人都不一样。"她补充道。

"都是什么样的人?"

"都是男的,"她瞥了一眼别处,"无聊的男人。"

"你当时害怕吗?"

她挺起了胸膛,故作勇敢地跑到了我前面。"没什么可怕的。"

我加快脚步跟在她身后,忽然想起来自己是在什么地方听到过阿利科特农场这个名字。这农场就位于利奇菲尔德的旁边。吉布斯太太上个月开始在店里卖蜂蜜。我在想老乔治是如何发现了这种美味的吃食,吉布斯太太又是怎么弄到手的,还有斯莱特先生到底参与进去了多少。我决定暂时先不告诉维尼夏。让她爬过来找我。或者最佳的选择是,暂时保守秘密,没准儿将来可以派上大用场。

温彻斯特将军致马拉德上校的电报

1940 年 5 月 27 日,星期一

开始实施发电机计划[①]。所有民用船只全部调往敦刻尔克(Dunkirk),营救滞留在海滩上的 30 万英法军队。所有地方设施,军队和医务人员原地待命。

[①] 发电机计划(Operation Dynamo),军事行动代号,即著名的敦刻尔克大撤退。1940 年英法联军残部在比利时西临海峡的敦刻尔克地域进行了第二次世界大战史中最著名的大撤退。英国人实施该项军事行动的代号是"发电机计划"。

蒂林太太的日记

1940年5月29日，星期三

谁能想到会发生这样的灾难！谁又能想到我竟然会卷入其中！今晚，我在多佛市①一刻不停地为从敦刻尔克撤下来的战士们包扎伤口。几十万战士被围困在法国的海滩上，德国空军向他们扫射，我们能做的就是让所有有船的民众行动起来去营救他们，渔船、渡船、甚至游艇全都一起上，就好像回到了中世纪时代！

多佛市到处都是一片繁忙的景象。一队队战士从形状各异、大小不一的船上一拥而下，脚步沉重地缓缓穿过市区来到了火车站。谢天谢地，他们中的大多数人看起来心情都还不错，因为可以回家而欣喜若狂。但很多人看起来都像是刚刚经历了一场噩梦。还有那些躺在担架上的战士，不是血流不止、神志不清，就是不言不语、奄奄一息。

医院由一座济贫院改造而成。外科手术室遍地都是鲜血，伤员不断死亡。整座医院到处都弥漫着死亡的气息，与消毒水的酸臭气味混合在一起后更令人感到窒息。医护人员太少，处理不了这么多伤员。但大家全都不遗余力，以惊人的效率处理着一个又一个伤员。

今天黎明时分就有一辆公交车来接我，当时车上已经坐满了本地能找到的所有医生和护士，大家至少要在多佛市待上几天。现在

---

① 英国东南部港口。

已经过了午夜,而我此刻正坐在到处都是灰尘的里屋,有一个小时的时间可以稍事休息。房间里摆放着几张床,但每次一闭上眼睛,眼前浮现的不是鲜血就是淤血,耳边传来的全都是伤员因疼痛过度而发出的各种尖叫,或者更糟糕的是,尖叫过后就是死亡所带来的突然间的寂静无声,令人愈发感到惶恐不安。

我尽量不去想大卫,可想他的念头就像水面上的浮标一样在脑子里不停地上下跳动。几乎所有战士都驻扎在法国,大卫也在法国,估计也难以脱离这场大混乱。但愿他能平安无事。

有些伤员的情况真令人绝望。今天早些时候,有人叫我去帮忙处理一个叫伯克利的年轻军官。他浑身是血,左肋上有一个弹片割伤的巨大裂口。只看了一眼我就判断出来即便立即做手术也来不及挽救他的生命,不论采取任何医疗措施都为时已晚。鲜血汩汩地流出来,一刻不停,我拼命把湿敷纱布从裂口塞进他胸腔,却仍然无法阻止鲜血随着他心脏的搏动不断喷薄而出。

"别担心,你会没事的。"我柔声安慰道。

"我就要死了,对吧?"他喃喃地说道,优雅的声调听起来确实很年轻。他一定和大卫一样也是刚从学校毕业。

"不会死的,你会好起来的。"我没说实话,心里也七上八下。怎么办呢?是不是该跟他说,他快死了,好让他有时间留下遗言呢?对这种事我完全没有做好准备:我在这里干什么呢?我这是把一切都当作儿戏了吗?

"万一,"他结结巴巴地小声说,"万一我死了,你,你能不能把这枚戒指转交给一个人?"他费力地举起手来,一枚金戒指松松地套在手指上。

"当然可以。"我说完就把戒指摘下来,拿在手里。这是一枚男性常戴的图章戒指,沉甸甸的,看上去有些年头了,应该价值不菲。

"请把戒指转交给卡林顿,"他喃喃地说道,在说出这个名字时,声音也有些颤抖,"他住在帕纳姆,离利奇菲尔德不远。"

"那挺近的,我会帮你交给她的,"我柔声答道,"有什么话要带给她吗?"

"跟他说我爱你。"他的声音哽咽得厉害。

"我一定会把口信带给卡林顿小姐的。"我承诺道。

"他是男的。"他低声说道,两只眼睛瞪得大大的,死死地盯着我,眼神中充满了恐惧,担心自己的要求太过分,说得太多。要不是他马上就要一命归西,很可能会因为这样的出格行为而命丧绞刑架。

闻听此言我的双颊涨得通红。以前我虽然听说过同性恋,但从来没有亲眼见过。我一直都认为这种人与众不同,生活在不为人知的世界里,就好像根本不存在一样。但眼前这个年轻人温柔、英俊、奄奄一息,让我把他的遗言带给他的朋友,他的爱人。一时之间我竟然语塞,面对着道德与现实之间的落差有些茫然不知所措。

"我会跟卡林顿先生说的。"我低声应道。

闻听此言,他好像突然想起了什么似的,瞪大了双眼,喘着粗气说:"你不会,你不会去告发他的,对吧?"

"不会的,"我盯着他的眼睛说道,"你要相信我。"

"我,我觉得你也不会这么做的。我忘了这可能会给他带来麻烦。他要是出事了,我可受不了。"他哽咽起来,瘦削的身体也因此不停地颤抖。

我想伸出双臂拥抱他,但两只手得一直按住纱布,纱布上浸透出来的鲜血已经逐渐凝固成了浓稠的褐红色,所以我只能找到他的一只手后紧紧握住不放。

"你真勇敢,"我说道,"你是个英雄。卡林顿不会有事的,你不必担心。好好休息一下,尽量轻松地呼气、吸气。"

他的呼吸变得越来越轻，越来越轻，直到最后没了呼吸。我环顾四周想找个人过来帮忙，想找个人解释一下当时的情况，想找个人确认他已经撒手人寰。

　　但周围一个闲人也没有。大家全都自顾不暇。

　　另一种生活方式甫一开始，却已戛然而止。一颗遥远的恒星刚发出灿烂的光芒，就消失在一片虚无之中。

　　人类是多么微不足道啊，永远无法做好准备应对一切。

空军上尉亨利·布兰普顿-博伊德写给维尼夏·温斯洛普的信

空军基地 9463，道斯希尔

白金汉郡

1940 年 6 月 4 日，星期二

亲爱的维尼夏：

亲爱的，在过去的几个星期里，我和战友们一直都在拦截德国空军轰炸在敦刻尔克等待救援的战士，我很想跟你说说这场仗打得有多艰难，但任何语言都无法将其准确地描述出来。今天，最后几艘船开走后，我们就疲惫不堪地飞回基地庆祝胜利。现在我已经成了战斗英雄，大名远扬。

我参与的近距离空战大多发生在内陆，前三天都是把德国空军拦截在敦刻尔克领空之外。第四天我追上了三架梅塞施米特式战斗机①，把它们全部击落。就算我一直都说这算不得什么大事，但基地的这帮家伙却非说这是个壮举。

再过一个月左右我就可以回家休假了，而且我已经让我妈帮我安排好了订婚庆典。亲爱的，我想马上跟你一起开启蜜月之旅，到

---

① 梅塞施密特战斗机（Messerschmitt）的名字来自 Me-262 "燕子"（德语：Schwalbe），是德国梅塞施密特飞机公司在第二次世界大战末期为德国空军制造的一种喷气战斗机。

时候你就是我的人了。

  给你我全部的爱。

亨利

姬蒂·温斯洛普的日记

1940 年 6 月 12 日，星期三

很长时间以来都是风平浪静，但现在我们正处于战争之中！

敦刻尔克撤退简直惊心动魄！我们几乎把英国所有军队全都给救了出来，同时也救出了大部分的法国军队。此举远远超过了所有人的期待。大家都在说，这一切都多亏了那些"小船"，平民百姓抛下一切，匆匆起航，奔赴海滩去接战士们回家。爸爸也驾驶着家里的游艇前往海滩营救，还说他一共救了三百多个战士的命。"一路上的轰炸就没停过！"他说。对此他颇为自得，村民们都在村子的广场上排队跟他握手。

"对于这次行动来说，我们这些小船发挥了关键作用，"爸爸对聚在身边的村民如此说道，"我们可以直接开到海滩上，再把战士们运到深水区登上那些准备开往英国的军舰。那场面简直令人毛骨悚然。成群结队的战士像蚂蚁一样在海滩上爬到海里，趟着海水往前走，有时候海水深到只能露出个脑袋，而纳粹的战机就在头顶上不停扫射。我们不断把战士们从浑浊的海水中拖出来，有些人已经身受重伤，所有人全都精疲力竭，子弹不断射入周围波涛汹涌的大海。这一幕真让我永生难忘啊。"

大卫·蒂林虽然又累又饿，却安然无恙地回到了家。他真幸运。蒂林太太也如释重负，让他在床上躺了两天好恢复气力。还好上校没跟大卫抢房间，自己跑到利奇菲尔德的一家旅馆开了个房间，否则我觉得奇尔伯里村可能也会发生一场战争。

拉尔夫·吉布斯回来时状态不太好，肩膀脱臼了，还断了几根肋骨。他一向好勇斗狠，大家都在想知道他到底是在打仗时受的伤还是在部队里跟别人打架斗殴时受的伤。眼下他可以待在家里，但大卫·蒂林几个星期后就又要返回部队，可能就要被派往北非战场了。大卫整天都郁郁寡欢，四处闲逛，一直想要讨好维尼夏，结果维尼夏却一直待在斯莱特先生左右，根本无暇顾及他。

布太太说亨利终于成了战斗英雄，而且一定会获得一枚勋章。他在敦刻尔克击落了三架纳粹战机！我一直都希望他也能休假，但他们空军却忙着帮助惨遭德军蹂躏的法国。法国真是太可怜了。

缝纫组波蒂斯太太的儿子不幸阵亡。纳粹战机炸毁了他乘坐的小船。有人驾驶着另一艘船把他拖出了水面，但他伤得太重，还没抵达多佛市就已经一命归阴。从那以后波蒂斯太太就一直不言不语，只是慢慢地做着手头的针线活。我们都劝她加入唱诗班，也许这能对她有点帮助吧。

丘吉尔先生说我们绝不屈服！

丘吉尔先生当选首相这事让爸爸开心好久，但很多人都说他这是空欢喜。人人都想和纳粹达成和解而不是公开宣战，说实话，我们的胜算不大。

"他们全都是胆小鬼！"爸爸大声咆哮，"在战斗中倒下去比屈膝投降更光荣。我们绝不能让他们欺负我们。"

丘吉尔先生说这场战争将会以空战形式发生，要求全国人民把锅碗瓢盆全都上交给政府，这样就可以将钢铁熔化后制造成轰炸机。我在厨房里总共找到了十一只铁锅、铁盆，怎么也能制造出一个机翼吧。

侵　略

如果不投降，我国将成为继法国之后下一个遭到德国入侵的国家。奇尔伯里村离海岸只有一万一千米远，很有可能在猝不及防的情况下就已经被纳粹军队占领，半夜三更吵醒村民的可能就是坦克撞掉大门的声音。

如果被纳粹占领会发生什么？

他们会把我们的食物分给纳粹军队，我们都会被饿死。

他们会把所有还能打仗的人全都带走，要么送到前线，要么直接开枪打死。

他们会强迫剩下的村民全都进工厂上班，包括像我这样的小孩子。

我们必须让纳粹军队住进家里来，或者他们把我们赶到大街上，自己住在家里。

他们会开走我们的汽车，所以如果不是步行或骑自行车的话，我们就哪儿也去不了，而且我们也不能坐火车。

对于任何不遵守命令的人，他们要么监禁，要么射杀。

他们会监禁或射杀任何他们不喜欢的人。

村民们已经开始陆续从村子逃离。邓恩一家已经去了威尔士，因为莉齐是个聋子，希特勒不喜欢那样的孩子。很多犹太人都搬离海岸前往内陆地区，所以当我们带西尔维去犹太教堂时，那里看起来空空荡荡的，即便教堂已经决定继续向军队中的犹太人开放也无济于事。当然，我们也都替西尔维担惊受怕。妈妈想让我们去苏格兰的一个表亲家住上一段时间，但爸爸不同意。

"不管那些纳粹分子能不能得逞，我都坚信我们永远都是英国人。"他的态度很强硬，但又充满了自负，一边说，一边用马鞭敲打着无辜受过的椅子腿。一方面，这种无畏的民族精神立刻引起了我的共鸣，我顿时感到精神振奋；但另一方面，我又害怕得要死，因为如果有六把纳粹手枪同时对准你时，这种民族精神可一点用也没有。

所有人都不正常，都在指控别人是间谍。德国人和意大利人全都给抓起来遣送到了马恩岛①上的集中营，妈妈的桥牌搭档巴隆夫人也未能幸免。她可是善良到连蚂蚁都舍不得踩死。我根本无法想象她住在集中营里的情形——她那些毛皮大衣和漂亮的帽子放在哪里好呢？所有人都奉命要提防隐藏在普通民众中的间谍，要密切注意邻居的一举一动，一发现有可疑行为必须立刻上报。我也考虑过要不要找个人说说普罗格特的事情，因为他总是鬼鬼祟祟的。上星期我亲眼看见他在爸爸的书房里翻阅几份文件，结果他跟我说他正在寻找丢失的袖扣。可如果他们把普罗格特带走，爸爸肯定会揍我一顿。在伦敦这一带除了他也雇不到其他人可以当管家。

我们接到通知，说纳粹轰炸机可能很快就会飞过来投掷炸弹，还说教区牧师接手了空袭警报员的工作。大多数人都在自家花园里挖个大洞，把安德森防空洞②放进去。防空洞是一种金属质地的小棚子，看上去轻薄脆弱，在炸弹面前肯定不堪一击。不过令我感到欣慰的是，家里有个宽敞的地窖，尽管里面全都是厚厚的尘土和数不清的蜘蛛，但至少可以在里面睡觉。

---

① 马恩岛（the Isle of Man）位于英国西北海岸的爱尔兰海域，是英国属地，英联邦半自治区。
② 安德森防空洞是第二次世界大战时一种预制好的小型防空掩蔽所，可在花园里部分埋下并用土掩蔽。

政府已经下发了宣传手册，告诉大家纳粹入侵时该做什么（保持冷静），不该做什么（惊慌失措和狼狈逃窜）。手册中有纳粹分子的照片，还有一张清单，上面写着如果大家发现了纳粹分子该怎么做（去找警察）和不该怎么做（和他们讲道理，结果被打死）。大家一直都在忙着移除各种路标，这样等纳粹军队打过来时，至少搞不清楚自己具体是在什么地方。

很明显，欧洲其他国家的人民猝不及防，一味地惶恐不安，结果轻而易举地便被纳粹占领。我不知道政府打算如何阻止装备精良的侵略者入侵，但以上就是他们要求老百姓必须做到的。

准备抵制入侵

保持冷静——不要逃跑。

不要相信谣言，不要怀疑各项指令——检查各项指令是否由政府发布的。

把所有地图、食物、燃料、工具和其他补给全都藏起来——伞兵会掠夺这些东西。

在海滩、田野和道路上设置混凝土碉堡、埋设地雷或安装带刺铁丝网之类的防御设施。

在公路和铁轨上挖沟，阻止坦克通过——这条大沟将横贯全国，阻止纳粹军队向北挺进。

用汽车以及其他大型障碍物或砍伐下来的树木来阻塞道路。

如有必要，可以用铁丝或铁链或仿制炸弹（装有电缆的箱子）封锁道路。

只有敲响教堂的钟声才是警告敌军入侵的信号。

村里剩下的那几个男人组建村民自卫队——爸爸正在将为数不多的几个男人组织起来。

各村组建反入侵委员会，确定本村实现自保。

奇尔伯里村反入侵委员会

布太太负责协调反入侵委员会的相关事务。自从家里最后一个仆人辞职后，她就变得特别专横，因为得要自己养活自己，于是便向蒂林太太索要各种食谱，但大家都怀疑布太太其实是靠克拉里奇酒店寄来的大食篮里的食品为生。今天下午，她将女子志愿服务队的全体成员召集到教堂大厅召开了反入侵委员会特别会议。

"纳粹即将入侵我村。身为服务队队长，我觉得自己有责任让全体女性为此做好准备。首先，假如明天早上一群可恶的纳粹暴徒闯进广场，我们该如何应对？我想先听听大家的意见。"

"可我们也不知道纳粹到底会不会来，是吧？"吉布斯太太结结巴巴地问道。自打拉尔夫回来后，她总是一副忧心忡忡的模样。不知道她是更怕拉尔夫还是更怕纳粹。

布太太大步走到她面前，像个军士长似的把脸凑近了吉布斯太太。"我们必须做好准备。"她大声咆哮道。接着她又转向其他在场人等，继续说道："希望大家提建议时严肃认真。"

"我会先把我先生以前用过的气枪找出来，"蒂林太太建议道，"我还不知道怎么开，但有枪总比没有的好，对吧？"

"那倒是，可你必须得学会怎么开枪，"布太太大声喊道，"所有家里有枪的队员都要擦洗枪支，确保自己知道如何开枪，还要把子弹装满。"她气势汹汹地环顾了一下四周。"奎尔太太，你呢？"

奎尔太太自信地答道："我擅长使菜刀。"我和哈蒂相视而笑，哈蒂正轻轻摇晃着婴儿车，罗斯就躺在里面。想象一下这样的情景：奎尔太太和牧师喝茶的时候发生了争执，然后突然拿出来一把切肉刀！

布太太显然对大家缺乏勇气的表现大失所望，于是便演示了如何使用居家物品，比如拨火棍、台灯或三层银蛋糕架之类的东西猛刺敌人、发起攻击。大家对她的演示心悦诚服，散会时都感觉自己已经无所畏惧。

当然，随后召开的会议却并不像第一次会议那样顺风顺水，因为奇尔伯里村村民自卫队横空出世了。

奇尔伯里村反入侵委员会与奇尔伯里村村民自卫队

爸爸亲自组建了村民自卫队。大家都认为他这么做是因为布太太从他眼皮子底下"偷走了"反入侵委员会，而他需要自己的人马。

村民自卫队由村里剩下的那些形形色色的男人组成。他们准备在万一纳粹军队打过来的时候，或者纳粹真的打过来的时候保护全体村民。好像所有人都觉得这个想法不错，但实际上只有爸爸、普罗格特、道金斯老先生、两个农场工人、几个行将就木的老头、牧师、尔夫·吉布斯（但他当天没露面）以及斯莱特先生这几个人而已。可能你会觉得难以置信，但是按照维尼夏的说法，斯莱特先生竟然认为整件事"相当有趣"。

自卫队成员每周组织两次活动，爸爸总是在活动时大吼大叫。自卫队假装自己是一支真正的军队，不是来来回回地巡逻，就是举着干草叉互戳互刺，因为他们没有趁手的武器可用。

问题是，布太太的反入侵委员会每周也在教堂大厅开两次会。昨天，布太太传授如何用三层蛋糕架猛刺敌人，一群女人围着她练习同样的动作。"瞄准，猛冲，刺。"就在此时，自卫队的成员们举着干草叉走了进来。

"大厅现在该归我们用了，"爸爸大模大样地宣布道，"你带着你手下的这帮女人赶紧出去吧。"

"不可能。"布太太反击道,朝着爸爸的方向挥舞着蛋糕架。

"我们要为纳粹军队入侵做好充分的准备,"爸爸提高了嗓门,"带着那群该死的婆娘赶紧走。"

"准将,我想提醒你,反入侵委员会是我们村防止纳粹入侵的最重要的机构。刚才你也看到了,我们正在进行重要的战斗训练。"

"可我们早就已经预订了大厅,是不是啊,牧师?"爸爸转身去找藏在斯莱特先生身后的牧师,拉着他的衣领子把他拖到了前面,"是不是啊,牧师?"

"是啊,没错,但大厅本来就是让大家共享的……"

"无所谓啊,"布太太边说边粗暴地把牧师推到了一边,"我们先来的,你们得等我们用完再说。"

"这么说来,我们就得采取强制手段了。"爸爸转过身对着那群开始向门口退去的自卫队员大声吼道:"全体队员,集合!"

自卫队员们拖拖拉拉地走进大厅,挤在女人中间站成了一排,举着干草叉立正站好。

女人们一个个都站在那里,一脸沮丧地看着他们。突然,布太太大声下达了指令:"瞄准,猛冲,刺。"

女人们闻言顺从地猛冲出去,大多数都是朝着挡路的男人身上猛冲过去,显然布太太的目的就在于此。

随后便发生了骚乱。许多上了年纪的男男女女开始朝着门口逃去,有几个人还受了伤。但这种状况只持续了几分钟,突然门砰的一声就给关上了,接着一个尖锐的声音急促地问道:"这是怎么了?"语气听起来就像个老师在问话。

大家循声望去,原来问话的是哈蒂,她推着蓝色婴儿车正站在门口。"你们到底在干什么呢?"

"准将没事找事,"布太太开始解释,"现在是我们使用大厅的时间,结果他们不但硬闯进来,还要吓唬我们。"她骄傲地环顾着站在周围的女士。"但我们也展示了自己的实力,对不对?"

"已经轮到我们用了,可她们都不走。"爸爸说这话的时候鼻孔朝天,就好像即便是说起这件事都有失身份似的。

"好吧,我建议双方都放下武器,握手言和,"哈蒂说,"然后我们打开收音机,听一听有关真正的战争的新闻。"

大家都开始一言不发地把手中的武器放到一边,不过布太太还是厉声说道:"我刚才就说让他们都放下武器。"

坏消息——对唱诗班和我的歌唱事业而言都不是好消息

唱诗班决赛被无限期推迟了。普里姆在唱诗班排练时宣布了这个消息,但她很快就说我们下周将举行一场特殊的唱诗班表演,每个村民都会应邀出席。至少我还可以接着上声乐课。普里姆借给我一堆现代音乐唱片,让我在家跟着唱。有些是爵士乐,听起来非常刺激。以后的声乐课上我就要试唱一下。

今晚唱诗班排练时,我们演唱了一首特别具有挑战性的赞美诗《耶路撒冷颂》,快唱完的时候大家的嗓音都变得相当沙哑,因为纳粹的缘故无法前往圣保罗大教堂唱歌,对此大家都感到非常恼火。你可能会认为,我们这群看起来毫无章法可言的女士正准备拿起手提包,向敌人冲去。对于那十三个慷慨激昂的女人所展现出来的力量和决心,即便是希特勒又能知道多少呢?至少,我怀疑他从未想过三层蛋糕架的潜在杀伤力到底有多大。

埃德温娜·帕特里小姐写给温斯洛普准将的便条

教堂街 3 号
奇尔伯里村
肯特郡

1940 年 6 月 17 日,星期一

亲爱的准将:

我已经等了一个多月还没拿到你欠我的那笔钱。现在我冒昧地提醒你,我俩做过一笔交易,你还欠我一半钱没给。我该做的都做了,现在轮到你了。

星期六上午十点我在石头房子外面等你。

E.M. 帕特里小姐

1940年6月17日星期一张贴在奇尔伯里村村公所布告栏上的告示

为了纪念在敦刻尔克阵亡的将士们,本周三晚唱诗班将举行一场特殊的表演,欢迎全村男女老少届时光临。

普里姆　启

蒂林太太的日记

1940 年 6 月 19 日，星期三

　　为了参加普里姆举办的唱诗班特殊表演，大家早早就到了排练现场。有的人聊着普里姆会让大家演唱什么歌曲，有的人则互相交流着对敦刻尔克战役的一些看法。我说服了波蒂斯太太来参加唱诗班的活动。她是女子志愿服务队缝纫组的成员。她的独生子在敦刻尔克战役中阵亡。从那以后，她就一言不发，除了做做针线活外，完全沉浸在自己的世界里。

　　那么多人都来到了现场，倒有些出乎我的预料。奇尔伯里村女子唱诗班的全体成员、女子志愿服务队缝纫组的全体成员，还有其他一些没参加唱诗班的女士也来了。除此之外还来了几个男士，包括牧师和斯莱特先生，甚至还有马拉德上校。我故意对上校视而不见，但他非要走过来跟我打招呼。幸好就在他还没走到我跟前时，沉重的大门被人一把推开，普里姆沿着过道走了进来，我和上校正好就用不着寒暄了。

　　普里姆没有像往常那样用夸张的语调跟大家讲话，而是示意在场各位安静下来。

　　"今晚对大家来说是个特殊的夜晚，对于已经发生的事情和正在发生的事情，我们都要坦然接受。请在场诸位都从后面搬一把椅子到圣坛上来，围成一个圈。"

　　大家都依言行事。我邀请可怜的波蒂斯太太坐在我身边，她脸色苍白、神情悲哀，仿佛灵魂早已经死去，但肉体仍然存活于世，行尸走肉一般,就像一台没有生命的机器。

"年轻的时候,"普里姆开始发言,"我去过意大利。就是在那里我学会了一种不同类型的演唱方式,可以让人的内心平静下来,让人接受生命和死亡的自然循环。这种方式就是圣咏[①]。"她向两边伸出双手。"现在就请在座各位手拉手,连成一个圆圈。"

大家小心翼翼地互相拉着手。这一举动如此简单、如此孩子气十足,但在这个忙碌、冷漠的世界里非常罕见。我拉着波蒂斯太太的手,摸了摸她那遍布皱纹、青筋突起的手背,感到那只手因为我这一亲密的举动而微微颤抖。就好像我们撕下了日常佩戴的面具后,躲藏在后面的那些受惊的孩子就暴露在大庭广众之下。

"现在请大家闭上眼睛,开始单音哼唱。"

普里姆率先开始哼唱,声音微弱,哼唱的是既不高也不低的一个中间音符。起初声音很轻,后来就越来越有信心,声音也越来越响亮。

接着我听到的是姬蒂柔和的声音,然后传来的是奎尔太太的哼唱。没过一会儿,洪亮的单音哼唱就开始在四周回响,这种震颤的感觉将大家融为一体,这种声音足以令人忘却混乱不堪的尘世。

哼唱声逐渐降低,慢慢地越来越弱,直到最后变成了窃窃私语,或者只是窃窃私语的回声而已。

哼唱结束后,普里姆发下来几张乐谱。"这是一首简单的格里

[①] 圣咏(chant)是西方艺术音乐的源头之一,早在 4 世纪以前就存在于世,属于基督教会音乐。在 18 世纪以前,欧洲音乐主要以教会音乐为主,而教会音乐则以圣咏为主。圣咏是指单声调,没有固定节拍的基督教歌曲,分东方圣咏和西方圣咏,前者例如亚美尼亚圣咏、拜占庭圣咏等,后者例如安布罗西圣咏、格里高利圣咏等。

高利圣咏①,"她跟我们解释道,"是哀悼死者的挽歌。"

她先哼唱了一个音,然后我们大家就加入进来,姬蒂带领的是上方声部②的哼唱。这首圣咏动人心魄。一曲唱罢,回声渐渐融入了周围的寂静后,大家却仍然坐在那里,手拉着手,品味着寂静带来的暖意。

普里姆一马当先站起身来,接着就要求大家如法炮制。她没有再说话,只是把椅子又搬回到后面,拿起了装着乐谱的拎包。

"希望今天夜里大家都能保持镇定自若,心平气和。"她温柔地说道,然后就步履轻盈地飘了出去,仿佛漂浮在平静的万顷碧波上。

大家随后也慢慢地站起身来,低声交谈着。就连布太太似乎也平心静气了一阵子。"今天晚上太不寻常了,一开始我心里还真没底,可刚才我们大家都跟修女没什么两样。"她咯咯地笑着说。

有趣的是,唱歌竟然让大家走到了一起。每个人都沉浸在自己的小世界里,有着各自的问题,接着转瞬间,似乎一切全都凭空消失,然后大家才意识到此时此刻只有彼此支撑才能承受得住一切。

这一点至关重要。

---

① 格里高利圣咏(Gregorian chant)使用于罗马教会礼拜仪式,以教皇格里高利一世命名,因需表情肃穆、风格朴素,也被称为素歌。格里高利圣咏的歌词主要来自《圣经》和《诗篇》,音乐服从于唱词。由于其宗教性质,因此旋律音调一般平缓,音域常控制在较为狭窄的范围。

② 指多声部音乐中的上方声部。

西尔维的日记

1940年6月19日，星期三

敦刻尔克战役后，每个人都很伤心。普里姆举办了一场特殊的唱诗班表演，演唱圣咏。我坐在姬蒂和波蒂斯太太中间。她儿子死于敦刻尔克。她的手一直都在颤抖，所以我把她的手握得紧紧的。

后来我们演唱了格列高利圣咏。

这首圣咏太美了。我哭了起来，想起了祖父去世后，头七的每天晚上都要吟唱圣歌。波蒂斯太太当时也泪流满面。

纳粹军队马上就要打过来了。到时候温斯洛普太太会把我藏在阁楼里。可当时他们打到捷克斯洛伐克时，把所有藏起来的人全都给搜了出来。纳粹士兵在大街上打人，还把那个尖叫的女人拖进了一所房子。后来她浑身是血，刀伤遍体，差点就没命。

我不愿意回忆过去，可怎么也忘不了。

我给姬蒂唱了我们的哀歌《珈底什》[①]。她把歌词记了下来。也许我们可以唱给波蒂斯太太听。

[①] 《珈底什》(*Kaddish*) 是犹太教每日作礼拜时或为死者祈祷时唱的赞美诗。

埃德温娜·帕特里小姐写给姐姐克拉拉的信

教堂街 3 号
奇尔伯里村
肯特郡

1940 年 6 月 22 日,星期六

亲爱的克拉拉:

我们还没有完全失败,克拉拉,但说实话我们现在的确遇到了一些麻烦。第一件麻烦事就是要求准将交出剩下的钱。今天我跟他在石头房子外碰面,结果他怒气冲冲地说他不会把钱给我。

"为什么不给我?"我边问边抓紧黑包,准备狠狠地打他一顿。

"因为你这傻婆娘太不善于掩盖自己的行踪了。"他压抑着愤怒,就像一头被拴着的狼一样随时准备爆发。我觉得双腿有些打颤,但还是挤出了一丝笑容。

"这事儿我做得神不知鬼不觉、干净利落。我的风格一向如此。"

"可那些风言风语都是从哪儿来的呢?"他又走近了一步,摆出一副咄咄逼人的样子,我顺势后退了一步,结果一脚就踩进了荨麻丛中,隔着长筒袜都能感觉到这东西扎得我生疼。"蒂林太太一直盯着我太太追问生孩子的事。你怎么就不能编出来一个比呼吸机更好的设备呢?怎么就不能让两个孩子遭遇不同的状况呢?"

"我觉得你不了解这当中的难处,准将,"我不卑不亢地说道,"我们已经达成了协议,对吧?该做的我都做了,你得把剩下的钱给我。"

"我早就跟你说过,要是别人开始疑神疑鬼,我就一分钱都不给你。你这么粗心大意,要是那个婆娘因此知道了整件事的首尾,"他像个凶狠的陆军上将似的一边愤怒地咆哮着,一边把脸凑近了我,"你就死定了。"

我俩之间的距离太近了,那股口臭熏得我直接向后跌坐在蕨菜丛中。等我爬起来,拿掉扎在裙子上的小树枝时,准将看起来煞是得意。这家伙痛恨女人,这种人不论出现在哪里我都只需看一眼就能分辨出来。干我们这行的,能从女人那里听到各种各样的遭遇,有时甚至能听到男人的亲口讲述,自认为他们虐待可怜女人的做法太聪明了。我看得出来,准将认为女人除了伺候男人和生孩子别无他用。当然,还可以用来发泄兽欲。他根本没意识到女人也是人,有头脑,有爱心,也会用非法手段中饱私囊。

"她永远也不会知道,"我说,"一切都会过去的,流言蜚语什么的也会平息下来。那笔钱是你欠我的,不给我的话,可就别怪我不客气了。"

"你还不至于傻到这么小题大做吧?这事如果败露,你就等着坐牢吧,"准将一边捻着嘴唇上的小胡子,一边一脸精明地威胁道,"不过,我还是要跟你完成这笔交易。要是立秋前再没有什么风言风语传来传去的,我就把钱给你。在这段时间里,你不要再犯傻,不要再散播谣言,也不要再写什么便条。我还以为你挺精明的,应该知道咱俩之间就不能互相通信。要是信件落到有心人手里,要不了一小时,咱俩就都得给抓起来。"

他把一个小纸团塞到我手里,一转身就怒气冲冲地走了。那纸团就是我写的那张便条。我一边继续摘掉沾在裙子上的蕨菜叶,一边在想，至少还有两件事让我略感欣慰：第一，蒂林那个婆娘肯定还是一头雾水；第二，只需耐心等待，剩下的钱很快就会落到我手里。

事情的发展跟我想的不太一样，但总比只拿到一半的钱好。

下一个我要解决的问题就是那个傻丫头埃尔西。她来我家时表现得就好像拿住了我的七寸。

"我知道你干的好事了，"她边说边迈着大步走了进来，像一只皮毛光滑的猫一样懒洋洋地躺在沙发上，"我也要分一杯羹。"

"你什么意思啊？"我微笑着问道，心下不解。

"你干的好事呀，换孩子呗。我什么都知道。"

"亲爱的，你到底在说什么呀？"

"别跟我装疯卖傻。我看到你换了。你干的事我全都知道，你还拿了钱。"

"谁会让我这样做呢？"我问道，心中惊疑不定。

"准将呀。告诉你吧，我一直都在想这件事，把细节串到一起就明白了。不瞒你说，我可不像表面上看起来那么傻。"

"说实话，埃尔西，你表面上看起来比实际要聪明得多。"

她没有对我的话做出回应，可能她根本就没听懂。"他给你钱就是为了要个儿子，是吧？见者有份啊。"

"可你什么都没做啊。"我说道，决定开始谈正事。

"当时我不是帮着你把一个孩子抱走的吗？不管怎么说，没谁比我更清楚这事，而且我还可以去告诉别人。这还不够吗？给我两百镑。"她朝我伸出一只手，脸朝上看着我，脸色苍白，骨瘦如柴。

"你怎么知道他给了我多少钱？"

"像你这样的女人，不到两万镑肯定不会答应的。"

我一脸痛苦，当时真应该开个高价。

"一口价，五十镑。要是你敢把这事告诉别人，就把钱给我吐出来,"我忽然想到了准将说过的话,就一脸凶相地补充道,"而且你就死定了。"

我走进卧室拿了几张钞票出来。这可恶的小妮子,我当初就不该相信她。整天跟埃德蒙·温斯洛普在一起鬼混的人哪还有什么道德可言?

我把钞票拍在她手上后,她一下子就跳了起来。

"我不会给你惹麻烦的。手头的事一办完,我就马上离开这个肮脏的地方,准将也可以另寻他人做这份傻到不能再傻的工作。如今没人愿意当女仆,原因我不说你也知道。为了赚点小钱,我一直都在给他们当牛做马,现在我终于有了出头之日。"她瞥了一眼自己那件旧外套的口袋,里面鼓鼓囊囊地塞满了钱。"现在既然我有钱了,就可以开始新生活。以前我还能找到埃德蒙呢,对吧?所以现在我要再找一个有钱人。一旦他知道我的妙处,我就能让他乖乖听话。你就等着瞧吧!下次你再见到我时,肯定认不出来。"

说完她就愤愤地冲出门去。当时我就想这小妮子可真蠢。她连像埃德蒙·温斯洛普那样的傻瓜都抓不住,又怎么能对付得了任何一个稍微有些理智的男人呢?不过,我还是真想知道她又看上了谁。

克拉拉,现在我被困在这个活像沥青池子的村子里,在拿到剩下的钱之前丝毫动弹不得,还得拼死保证这个见不得人的秘密不要泄露出去。这封信还是阅后即焚吧,我会尽快联系你的。

埃德温娜

维尼夏·温斯洛普写给安吉拉·奎尔的信

奇尔伯里庄园

奇尔伯里村

肯特郡

1940 年 7 月 3 日,星期三

亲爱的安吉拉:

你绝对想不到昨天村里所发生的事情。我一直都希望这事不要引起任何骚动,但真的太可笑了。这一切得从昨晚阿拉斯泰尔家说起。大约午夜时分,狸貂酒吧正要打烊时,广场上传来了几个男人的大喊大叫声。自从敦刻尔克战役结束战士们纷纷返乡后,就开始到处胡作非为。我听说拉尔夫·吉布斯一直都在惹是生非,上个星期他刚把一个人的鼻子给打得鲜血直流,就又举着匕首去威胁另一个人。大家都说他开始插手黑市买卖了。

昨天晚上我到的时候,阿拉斯泰尔已经准备好了晚饭,这你可没想到吧?而且还是烤鳕鱼。他已经布置好了一张小餐桌,桌上摆放着一个装了水的果酱罐子,里面插着一朵不知道从哪里找来的粉红色玫瑰花,娇艳欲滴,香气袭人。

"你在哪儿学会做菜的?"我有点好奇。

"走到哪儿就学到哪儿,"他笑了,还是什么都没透露,"能得到大小姐的赏识,本人荣幸之至啊。"

他把一支蜡烛摆到了餐桌上，借着闪烁的烛光注视着我。"要是我们每天晚上都能这样，是不是很浪漫呢？"

"那当然，"我说。"可惜大多数晚上我都得在家吃饭，无聊透顶。"

他咧嘴一笑。"其实我一共只会做三道菜。所以等到了礼拜六，晚餐就没得选了。"

我俩一起哈哈大笑起来。他伸出手，把我散落下来的一缕头发捋到耳朵后面，又顺势摸了摸我的脸颊和脖子。"真希望你能一直都待在这里，"他温柔地说道，"你可以把头发放下来，让我看到真实的你，看到真实的维尼夏，而不是那个浮华不实的你，不是那个假装调皮、假装自信满满的你。"他脸上露出了微笑，但周身又散发着一种让人无法抗拒的严肃，眼神中透着一丝紧张。

我觉得很不舒服，身子不由自主地靠在了椅背上。"可我就是这样的人啊。"我平静地说道，其实我也不知道自己到底是不是这样的人。

晚餐后我俩去了客厅。他点燃了几支蜡烛后就把它们随意地摆放在小画室几个昏暗的角落里，烛光就像发光的星星一样点缀着整个房间，空气中弥漫着一股蜡香味，地上铺着厚厚的地毯，上面摆放着几个天鹅绒面料的靠垫，温暖舒适。我一丝不挂，像往常一样摆好姿势等着他画我。一个人竟然会习惯于一丝不挂，为了艺术而赤身裸体，简直令人瞠目结舌。阿拉斯泰尔每隔几分钟就停下笔，跑到我跟前在我耳边说些甜言蜜语，但一直都画得不错。但是今晚，就在他快要画完最后几笔时，突然传来巨大的敲门声，或者应该说是砰砰的砸门声，有人在攥着拳头砸门。

"斯莱特，我知道你在家。"一个粗哑的声音喊道。我俩随即对视了一眼，我立刻听出来是谁在砸门，阿拉斯泰尔也听出来了。我不由得笑了起来。

"开门，斯莱特！"门口那人继续咆哮着，可能是喝酒喝多了，声音听上去含糊不清。

砸门的是大卫·蒂林。显然他在酒吧里喝醉了，变得更加失魂落魄，就想要开始报复。自打从敦刻尔克回来后，他就一直在四处吹嘘自己是怎么排除万难回国的，搞得好像自己是个英雄。但只要大家一想到亨利在一天之内击落了三架纳粹战机，他就无论如何也不能算个英雄。大卫留起了小胡子，不知道的还以为他参加了皇家空军，令人忍俊不禁，而且他还开始抽烟了，简直可笑至极。

他在跟踪了我之后，便发现了我和阿拉斯泰尔之间的事；我所有的空闲时间都和阿拉斯泰尔待在一起，我俩的爱情就是这样火热！从那以后，大卫的冷嘲热讽就没停过，比如"斯莱特配不上你，维尼夏。你干吗和一个胆小鬼待在一起？"或者更让人感到糟心的话："维尼夏，你这是自甘堕落。"我只能得出这样的结论：他在军队里学到的可不仅仅是如何打仗，肯定还学了很多其他东西；当兵之前无论如何他也说不出这种话来。

接着讲昨天晚上的事。听到他在砸门，阿拉斯泰尔就放下画笔，不慌不忙地朝着门厅走去，随手关上了客厅的门。我连内裤都没穿就直接穿上了连衣裙，这么做是不是太离经叛道了？你觉得呢？

"啊，晚上好，大卫，"我听到阿拉斯泰尔一打开门就开始大声寒暄，"什么风把你给吹来了？"

"我得跟你缩（说）句话，斯莱特。"大卫口齿不清地大声说，跟阿拉斯泰尔的泰然自若相比，他显得那么幼稚愚蠢。

接着便传来了几声巨响，好像有人被打了一拳，还有什么东西掉到地上发出的叮咛哐啷声。我有点不安，因为大卫个头高，而且刚参加完军训回来。刚才肯定是他打了阿拉斯泰尔几拳。

我偷偷地朝着门厅方向张望。

结果我发现阿拉斯泰尔毫发无伤，钳制着一动也不能动的大卫，地板上有个破酒瓶子，肯定是大卫带来的。

我看着阿拉斯泰尔，内心充满了敬畏之情。他是在哪儿学的那些格斗技巧呢？

"你到底想干什么，大卫？"阿拉斯泰尔漫不经心地说道，"拿破酒瓶子扎我可不是什么有效的沟通方式。"

"我知道她就在你家，斯莱特，"大卫的声音越来越响，"滚开，别挡路。"

接着他就从阿拉斯泰尔身边狂奔而过，冲进了客厅。而此刻，我摆出一副乖乖女的模样坐在客厅的长沙发上，双手交叉放在大腿上，绿色印花连衣裙上便起了几道精致的褶皱，嘴角上挂着一丝淡淡的微笑。"你好，大卫。"

"维尼夏。"他神情沮丧，张着大嘴，嘴角微微下垂。当时我就想，要是他进门时发现我一丝不挂，还不得惊掉下巴？

他走上前来，一屁股坐到我身边，伸出双手抓住了我的两只手。"维尼夏，我想看看你，明天我就要上前线了。"他喝的比我预料的还要多，两只手又凉又湿，满口酒气几乎能熏死人。"既然你和全村的男人都不清不楚，那我也想最后再亲你一口。"

我扇了他一个耳光，但没有特别用力。我知道这是他为了激怒我故意说的。"大卫，我想跟谁在一起就跟谁在一起。你得搞清楚，谁也不能掌控我，尤其是在战争期间。我们都要自由自在地做自己想做的事。"

我边说边笑。我和他一样做不到自由自在。阿拉斯泰尔让我神魂颠倒。

突然，大卫扑过来吻我，那两片松软的嘴唇像条冷冰冰的鱼一样噘住了我的嘴。

"大卫，住嘴！"我惊声尖叫。

阿拉斯泰尔一把就把他从我身边拉开，大卫站稳后转过身来抡起拳头就朝着阿拉斯泰尔打过去，阿拉斯泰尔随即闪身躲过，结果大卫完全失去了平衡，直接就飞到了客厅的另一边，摔倒在角落的地板上。

接着他转过身来，一眼就看到了我那张肖像画。

"我的天哪，维尼夏。"他喘着粗气叫道，抬着头目瞪口呆地盯着那幅画。

我一直坐在长沙发上没动，一脸的天真无邪。阿拉斯泰尔冲过来，拿着一块大黑布遮住了画架。

"希望你能明白，这是我凭空想象着画的。"阿拉斯泰尔漫不经心地说道，憋住了笑。

"维尼夏，你居然一丝不挂地给这个混蛋看？"大卫站起身来，一把扯掉了大黑布，一切尽收眼底，那些曲线，还有……嗯，剩下的就留给你去想象吧，安琪。我只想说，该不该他看的他全都看到了。

"这是艺术，大卫。"我淡淡地说道，若无其事地朝后甩了甩头发。"画家都这样画画。"

"你竟然为这个杂种脱光了，"他愤怒地咆哮着，脸涨得通红，一脸痛苦状。"你让他画你，还让他摸你，是不是？"

"大卫，我已经成年了。"

"我还是个成年男人呢。"大卫站在那里，一言不发地看了看我，又看了看画像，强压着怒火。

"大卫，就算你明天就要上前线打仗，现在也必须走了，这里可是斯莱特先生的家。你不能这样随便闯进别人家里……"

"我去告诉你爸，"他态度坚决地打断了我，"他会把斯莱特的肠子抽出来当吊袜带用。"他笑的比哭还难听，听起来还有点局促不安。"你爸可有办法让他收手。"

"不许跟我爸说,大卫。"事态的发展就要失控。我爸会杀了阿拉斯泰尔的,可能也会杀了我。"我知道你不会做对不起我的事。"

大卫和我对视了一阵子,然后他的目光就顺着我的身体往下游走。我感觉他当时脑子里想做的事就是摸我,撩起我的裙子,摸遍我全身。

突然,大卫一把抓起那幅画,冲进了午夜的冷风中。等我跑出去追赶他时,他当着我的面"砰"的一声甩上了大门。我一把拉开门,跑进了黑夜之中,但在灯火管制期内周围漆黑一片,才几秒钟的工夫他的身影就已经无处寻觅了。

阿拉斯泰尔跟着我一起追了出来,我俩绕着村子的草地狂奔,想辨别一下大卫逃跑的方向,可他就像人间蒸发了一样了无痕迹。我没想到他会如此大胆妄为,更没想到他会跑得这么快。

我被一块石头绊了一跤,朝着池塘方向脚步踉跄地摔了过去,几只正在打盹的鸭子给吓得四散奔逃。就这样,我俩的搜寻工作就此结束。

"你没事吧?"阿拉斯泰尔一边小声问我,一边走到了我身旁。

他还没来得及再问一句,我就把他拉到我身上,我俩就开始在草地上接吻。

你觉得要是布太太当时看到了我俩会怎么说呢?

所以我俩一晚上都没找到大卫,他今天早上就出发上前线打仗去了。不知道他有没有时间跑到我爸那里去给他看这幅画,但很显然他没去,因为我爸还没开始杀人。不管怎么说,就算大卫只是传个口信也可能会有生命危险;我爸可是个手持猎枪的疯子。你还记得去年那个偷猎者的下场吗?

不知道大卫会怎么处理我的画像,因为那幅画太大了,他不可能随身携带,也肯定不会把画留在家里,万一让蒂林太太无意中发现了呢。也许他把画交给了别人保管,但愿不是我认识的人,比如拉尔夫·吉布斯。

与此同时,我一直都缠着阿拉斯泰尔,让他跟我讲讲他到底是怎么接受这些防御训练的,可他总是转移话题。安琪,我越了解他,就越觉得他在谋划着什么大事。

星期日做完礼拜后,大家像往常一样都聚集在教堂外面的小路上。就在此时,一件出乎意料的事情发生了。阿拉斯泰尔竟然现身,还说自己愿意来听我们唱诗班唱歌。一听这话,布太太一下子就冲到了他跟前。

"我来给你介绍一下大家吧。"她坚持道。说完就开始给他一一引荐。

问题是,当他俩走到马拉德上校跟前时,我发现阿拉斯泰尔有点缩手缩脚。

"我真得走了,布太太。"他一边彬彬有礼地说着,一边往后退。

"别开玩笑啦,"布太太的声音低沉有力,"如果你想赚钱的话,就得结识这里所有的人,嗯,是吧?"她拿胳膊肘轻轻怼了他一下后就咯咯地笑了起来。

奇怪的是,马拉德上校似乎也有点不太自在。他没心思去结识阿拉斯泰尔,所以当布太太勉为其难地把他俩拉到一起时,场面怎么说都有点尴尬。

"幸会。"他俩同时说道,接下来很长一段时间就都无话可说了。

"天气不错嘛,你说呢?"阿拉斯泰尔终于开口了,但是我怀疑自己看错了,是有什么事把他给逗乐了吗?像往常一样,他的嘴唇微微上翘,彬彬有礼地微笑着,站姿笔直,一如既往地放松,但声音里流露出一丝忍俊不禁。

好像他们两个人以前就见过似的,但不是在这种日常情况下。

"马上就要变天了。"马拉德上校似乎在嘲笑他,说完就迅速转过身去,好像终于想起来有什么重要的事情要和牧师探讨,看上去真令人费解。

阿拉斯泰尔认识马拉德上校吗?如果认识的话,是以什么身份认识的呢?这一切都让我感到百思不得其解,所以我决定礼拜结束后到哈蒂家去喝下午茶,顺便问问她是怎么想的。

"你了解上校吗?就是住在蒂林太太家的那个?"

"蒂林太太说他非常没礼貌,几乎都不跟她说话,"哈蒂打开了话匣子,"但蒂林太太对他也从来都不客气。上星期上校从利奇菲尔德开车回家时还厚着脸皮非得让蒂林太太坐他的车。当时正下着倾盆大雨,蒂林太太正骑着自行车回家,上校把车停在她旁边,几乎是生拉硬拽地让蒂林太太上车。"她咯咯直笑,"你能想象他们开车回家时车里的紧张气氛吗?"

"不过大卫回来后上校的确把房间让了出来,自己跑到利奇菲尔德的一家旅馆里住。蒂林太太还跟我说他能这么做一点也不意外,"哈蒂耸了耸肩,"依我看,他俩这是杠上了,谁都没打算休战。你问这个干什么?"

"他和斯莱特先生交谈的方式很奇怪,好像是老熟人,但都对彼此有敌意。我怀疑斯莱特先生在搞什么非法勾当,比如黑市交易什么的。"

"哦,天哪,"哈蒂的眼光开始往下瞟,"我本来想早点告诉你,可又不知道该怎么说。前几天的一个晚上,大约凌晨两点的时候我和罗斯都还没睡,我看到斯莱特从家里出来,大步流星地穿过广场。天晓得当时他在干什么呢。"

"你亲眼看到的?"我真不敢相信她说的是真的,"他什么时候回来的?"

"那天凌晨三点我才睡觉,在那之前都没看到他回来。"她换了条胳膊抱罗斯。"维尼夏,斯莱特似乎一直都是神出鬼没的,现在马拉德上校一出现,他就表现得别别扭扭。这就表明他确实心怀叵测。"

"可村里其他人都很喜欢他呀。上星期村里举办旧货义卖,斯莱特没来之前,奎尔太太忙得人仰马翻,还不是他把桌子摆起来才理清了头绪。他还开车帮缝纫组把她们缝制的巴拉克拉法帽[①]运到了利奇菲尔德。还有,西尔维在布尔森河边从马上摔下来后,是他把西尔维送回家的。这事你不是也知道吗?西尔维觉得斯莱特人很好。"

"可是大下午的他跑到布尔森河边干什么去了?这事根本就说不通嘛。"哈蒂说。

"可能他只是想做一点黑市买卖,好省点钱吧?"

"那倒也说得过去,可你看他真的是财源滚滚而来,开着汽车,穿着考究的衣服,还送你那么多礼物。"

"也许他是卖画赚的钱呢?"我想替他辩解一下,"布太太一直都想买他的画。"

"一共卖了几幅啊?"

"一幅也没有,"我耸了耸肩,感觉自己的斗志渐渐消失了,"他连一幅素描都没卖给布太太,还老是躲着她。他所有的画都还放在作品集里。"除了大卫·蒂林抢走的那幅肖像画,天晓得那画现在在哪儿。"这可不是好兆头,对吧?"

"肯定不是啊,维尼夏,你不愿意听,我也得说呀。"哈蒂答道。

[①] 巴拉克拉法帽(balaclava)发源于克里米亚地区的巴拉克拉瓦(Balaclava)。在克里米亚战争期间,由于气候寒冷,当地居民都带着这种帽子保护脸和脖子不受到寒冷和强风的侵袭。后来英军入乡随俗,将这种帽子带回英国,巴拉克拉法帽就成为这种帽子的名称。

我呆呆地坐在那里，心里难过了一阵子，然后就打起了精神。"算了，这种事我也不会处理，只能跟着他算了。"

"哎呀，维尼夏！这太危险了。你为什么不先看看能不能找到其他证据，然后再做决定呢？"哈蒂问道。

关于这件事我俩又讨论了好长时间，她劝我多打听打听，再做决定。当时我答应她会照办，但心里觉得希望很渺茫。我和他在一起的时候，一切似乎都那么完美，我就觉得自己怀疑他的念头简直愚不可及，可等到我俩一分开，无法解释的事情就接二连三地出现，我就忍不住想搞清楚他到底是个什么样的人。

亲爱的安琪，说了这么多，你肯定觉得无聊透顶，我就先写到这儿吧，等有了新消息再写给你。估计你觉得我该换个人祸害了，可就算我不知道阿拉斯泰尔到底是个什么样的人，我还是觉得他就是我的真命天子。有了新消息我再告诉你吧。

爱你。

维尼夏

蒂林太太的日记

1940年7月13日，星期六

今天，我乘坐公交车前往帕纳姆，好把伯克利的戒指交给卡林顿。这事已经拖了好几个星期了，真希望当时自己不要那么嘴快答应。我不知道卡林顿长什么模样，万一碰巧有不止一个人叫卡林顿的，我都不知道哪个才是我要找的卡林顿。可我只能抓紧时间跑一趟，因为纳粹飞机已经开始轰炸港口了。多佛市上星期遭到了轰炸，很多大楼都夷为平地，老百姓也死了不少。要不了多久纳粹就会来袭击我们村，我们在自己的国土上就会沦为俘虏，非但不得外出，还会被迫长时间工作。一想到这些我就吓得心惊胆战，所以就尽量不去想。

坐在公交车上，我一直都在想着戒指的事。我从来没见过同性恋，当然除了伯克利。我一直都以为这种情况只是生命中的一个阶段而已，比如青春期的暗恋持续的时间太久。哈罗德以前老是说他们这种人不正常，不知道我要见到的会是个什么样的人，也不知道他会做出何种反应。真希望卡林顿不是什么危险人物，这种事谁也说不准，万一他真的不正常怎么办？这场可怕的战争把我们都置于何等可笑的境地！真不知道我当时是怎么想的，怎么就一口答应了呢？

我在利奇菲尔德换乘下一趟开往帕纳姆的公交车。和我坐在一排的是位女士，非常健谈，显然熟知村里的各种八卦。我觉得运气倒还不错，就是觉得有点烦人，于是便问她在哪儿能找到卡林顿。

"哎呀，你不知道呀？他就住在帕纳姆庄园。你竟然不知道卡林顿子爵。"她故意操着上流社会的口音开玩笑道。

"是吗？我还真不知道。"我说，一点也没觉出来有什么好笑的。我想知道的本来就是这些嘛，只不过没想到他竟然是子爵！"他年纪不大吧？"

"不小啦，已经有两个儿子了。老大加入了皇家空军，上流社会典型的势利小人。老二在法国打仗时腿受了伤，现在在家休养。这小伙子人不错，但好像和子爵处得不太好。"

"子爵是他父亲，对吧？"

"没错，"语气中流露出一丝鄙视之意，"子爵为人傲慢传统，看不惯老二到处闲逛的样子。要我说，他一见老二气就不打一处来。"她抿起嘴唇，轻蔑地点头表示赞同。"不瞒你说，这全都是他家仆人跟我说的。"

没过多久，公交车在村边停下后我就下了车，要到庄园还得再走上一段路，但我宁可走走路让自己镇定下来。我很少跟贵族老爷们打交道，就算他们已经风光不再，却仍然让我感到惶恐不安。我要是布太太就好了。据说她跟王室成员有亲戚，而且她永远都那么自信满满，但我怀疑她不会管这种事，尤其这事看上去就是个人人敬而远之的非法勾当。希望老天爷保佑可怜的卡林顿吧。如果换成是布太太，她准会一见到卡林顿就找人把他押送到帕纳姆警察局去。

完成这项嘱托既不令人感到身心愉悦也不像看起来那么手到擒来，我心里一直都七上八下的，无法冷静下来。我该找哪个儿子好呢？如果只有子爵一个人在家，如果他逼着我说出事实真相，那我该怎么办呢？我该说点什么好呢？

在庄园的私人绿地里走了好长一段时间后，一座大宅子才映入眼帘。主宅占地面积很大，外立面具有摄政风格①，两侧各有一条楼梯盘旋而上，通往气势宏伟的正门，在正门口处合而为一。刚走近一点我就觉得不寒而栗，因为我注意到有个人影在一楼的窗子后面一晃就不见了，肯定有人在暗中观察着我的一举一动。这个人已经料到我会按门铃，估计已经开始考虑我此行的目的何在了。

老态龙钟的管家只把门打开了一半，以一种盛气凌人的口吻毫不迟疑地告诉我说子爵不在家，然后就等着我赶紧转身离开。

"我是来找他儿子的。"我一边赶紧解释，一边绕过他走进了大厅。走了这么远的路才到，可不能就这么让人给忽悠走。

"我得先进去禀报一声。"管家傲慢地说完便把我领进了一间阴冷的会客室。

会客室内部装修豪华，却没什么家具，看上去空空荡荡的，相当惨淡凄凉。原本鼠尾草绿和鸽子蓝相间的墙纸随着时间的流逝已经完全褪色，变成了灰蒙蒙的一片。我当时就想，要是边上有块抹布，我肯定会忍不住拿起来把房间打扫一番。扑鼻而来的是上光蜡和有些年头的樟脑丸混合在一起的气味，更令整个房间阴郁到令人无法呼吸。我觉得自己跟这里的环境格格不入，有一种手足无措的感觉。

就在此时，门开了，一个年轻人走了进来。谢天谢地，我一看见他就知道他就是我要找的人。他年纪不大，中等身高，偏瘦，面色和皮肤都不太白，走进门时显得非常从容稳重，但步履缓慢，走得不太轻松。显然，他的一条腿受了伤，一瘸一拐地向前挪着，腿上缠着绷带，显得那条裤管鼓鼓囊囊的。他抬头看了我一眼，就不

---

① 英国的一种装饰艺术风格。盛行于威尔士亲王乔治摄政时期（1811—1830）。受法兰西帝国风格的影响，广泛使用外来的深色木料和饰面。主要设计者制造出很重的家具，表现出对希腊、罗马古代艺术的浓厚兴趣。同时，东方题材也风行一时。宫廷出现摹拟竹子的中国式绘画、日本式漆器等。

再跟我对视,先是从阳台的大窗户往外瞥了一眼,接着又看了一眼壁炉。他看起来很脆弱,内心隐藏着一种深深的不适,似乎周围的一切都让他感到陌生。

"你好。"我热情地笑了笑,突然意识到如果我完成了这项使命,跟他所认识的大多数人相比,我跟他的关系会变得更加密切。"我是奇尔伯里村的玛格丽特·蒂林太太。"

"请坐。"他说话时操着一口上流社会的腔调,却没有露出一丝微笑。他这么做虽然情有可原,但也太没礼貌了。不过,他又怎么能知道我此行的目的呢?长沙发上套着的是一尘不染的米色锦缎。我贴着沙发边沿坐了下来。

他一瘸一拐地走到对面的沙发前,落座之前轻轻地拿起来一个靠垫,估量着坐下去的每个动作可能会对他的腿所产生的影响。他叹了口气,再次朝着窗外眺望,目光越过连绵起伏的山峦,望向蓝色的大海,内心苦乐参半。纳粹占领的法国就在海那边,只有三万二千米远的距离,像终究会现身的恶魔一样在地平线上愤怒地嘶吼着。

"蒂林太太,你有什么事吗?"他的问题中规中矩,虽然符合礼仪规范,但听得出来他因为要跟我打交道而感到有些恼火。

"伯克利先生让我给你带个口信。"

他不错眼珠地盯着我,直勾勾地不再挪开。下唇微微张开,完全领会了我的意思。他的脑子里一定涌起了千万个念头。

"什么口信?"他低声问道。

"我是护士,曾经在多佛市护理过他。他嘱咐我一定要把这个亲手交给你。"我张开手,露出了躺在手心里的戒指。

卡林顿轻咳了一声,但我觉得他是在掩饰自己不要哭出来。他没有急着去看戒指;他一定对这枚戒指熟悉到不能再熟悉了,不仅见过、摸过、还拥有过。他坐了一会儿,然后走过来拿起了戒指,塞进了上衣内侧的口袋里。然后他走到阳台的窗子前，眺望着修剪整齐的花园、起伏和缓的小土丘、整齐排列的古典雕像以及错落有致的灌木丛。

"不瞒你说，这戒指是我的，"他轻轻地说完这句话就转过身面对着我，"四年前我送给他了。当时我们俩一起在寄宿制学校上学。"他有些忸怩不安，低头看了一眼自己的手。"他说什么了？"

"他让我告诉你，他爱你，"说出这句话的时候我不由自主地浑身颤抖，"他当时就快不行了。"我说不下去了，脑子里再次浮现出有关伯克利的残酷记忆，他眼中充满了绝望的恐惧，年轻的身体变得软弱无力，毫无生气。

我看了一眼卡林顿。等他艰难地让自己的表情恢复如常后，眼中流露出来的却是悲痛欲绝。他看向窗外，眺望着远方的地平线，泪水无法控制地涌了出来。就这样几分钟过去了，令人心碎。我突然怀疑自己是不是把事情给搞砸了。也许他还不知道自己的朋友已经牺牲了。我是不是在不经意间把这个最可怕的消息告诉了他呢？

"对不起，"我结结巴巴地说道，"还以为你已经知道了呢。我还以为，嗯，我刚才也不知道是怎么想的。"

"我已经知道了，"他含含糊糊地说完就清了清嗓子，"他母亲打电话通知我的。她知道我们是朋友，但从来不知道……"他突然打住话头，皱起了眉头，显得有些深不可测。"即便你把我交出去，我也不介意，你懂的，"他说，一脸的严峻和骄傲，眼泪也止住了，"你尽管冲着我来，我什么都不在乎，也没什么好隐瞒的。"他若有所思地看着空中飘浮的云朵，又用一种梦幻般的口吻补充道："我什么都没有了。"

"我不会把你交出去的，"我尽可能温柔地说道，"我答应过他。"我停顿了一下，心想这一切比我原来想象的要怪异得多。

他走过来，重新坐在我对面的沙发上。"跟我说说详细情况吧。"

"他不停地说起你们的事——说你们如果没有彼此就会迷失方向，还说他比你死得早其实是件好事——然后他翻过身去，呼吸的频率渐渐地越来越慢，直到最后……"我觉得自己快说不下去了，"停止了呼吸。"

真实情况并不是我所描述的那样，这一点我也心知肚明，但这肯定是伯克利想让我转述的话。记得在哈罗德临终前，我真希望他能喊出我的名字，或者给我留几句话，但事与愿违。我能做的就是不让别人带着遗憾活下去，这样我也能获得内心的平静。

卡林顿低下了头，伸出两只大手捂着脸开始痛哭起来。我坐在他对面看了一阵子，觉得自己坐在那里好像有些多余，想着是不是应该马上站起身来告辞。然后我也开始眺望着远方的地平线，意识到无论人处于何种境地，失去亲人的痛苦都是一样的：势不可挡，不可抗拒，振聋发聩。当我们独自一人留在世上，尽自己所能填补内心的空虚时，就能慢慢地学会如何继续生存下去。人类真的韧劲十足啊！

但也有可能被空虚淹没。

我走过去坐到他旁边，过了片刻，我伸出胳膊搂住了他，他转过身来，趴在我的肩膀上默默地流泪。我在想是不是只有我一个人知道他俩的事，他只能趴在我的肩膀上哭泣。

远处传来开门的声音，随后门厅里就传来沉重的脚步声，子爵回来了。卡林顿急忙站起身来，一瘸一拐地走到窗前，开始努力平复心绪，拿起手帕擦去脸上的泪水。

"是我父亲，"他头也不回地解释道，"他不会理解的。"

"是呀，我也感觉他没那么善解人意。"

"谢谢你给我带来的口信。"卡林顿又慢慢地补充了一句，我觉得他这是在暗示我该走了。很明显，他不想让他父亲打听我来访的目的。

我站起来，挺直了身子。这时，他转过身来说："真心感谢你，呃，你是……"

"蒂林太太。"

他微微一笑。从他的笑容里我看到了另一个人，另一个的世界，那是一个英俊的年轻人，要不是被卷入了这场血腥的战争，他本可以恣意享受生活。

"蒂林太太，"他说，"我以后能去拜访你吗？我的意思是，等这场残酷的战争结束后我还没死，能去拜访你吗？"

我耸了耸肩。"当然可以啊。我住在奇尔伯里村的常春藤之家。"他又笑了，眼中真情流露。我当时就知道以后肯定还会再见到他，只不过我希望是在一个更加美好的日子里，在一种更加快乐的情况下。"你要相信，一切都会好起来的。"

卡林顿打开会客室的门，我俩一前一后走进了装饰华丽的大厅。两侧的楼梯盘旋而上，到了二楼就汇合在一起形成一个具有皇家建筑风格的阳台，俯瞰着一楼铺着木地板的宽阔大厅。耳边传来落地钟没完没了的滴答声，我只想冲出去，离开这个压抑的地方，走到空气新鲜的野外去。

老管家正在门口等着我们。他看了我一眼，接着就转过身去，朝着年轻的卡林顿小心翼翼地递了个眼色。

"我跟子爵说您有客人，子爵就要求见见您的客人。"管家盛气凌人地说道。"夫人，劳驾你在这儿等一下，我马上去请子爵。"他又鞠了一躬，迈着大步朝着走廊走去。

我心里一沉。不管我是不是心甘情愿，都得要去见子爵。卡林顿的脸色一下子变得苍白。"我猜他只是想看看你是不是年轻漂亮。大概是想发展一段浪漫的故事，你知道我是什么意思吧？"他边说边想要挤出一丝微笑。

"我知道。"我有点不耐烦,真心希望他猜对了,但又觉得不大可能。

他猜错了。子爵怒气冲冲地走进大厅,大声咆哮着:"怎么回事?"不管从哪方面看,子爵都是个大块头,满头白发垂下来,和酒红色的领结缠在一起。穿着打扮干净利落,却怒容满面。他大步流星地朝我走过来,粗声大嗓地问道:"我能问一下你是谁吗?你找我儿子干什么?"

"我是玛格丽特·蒂林太太,"我尽量心平气和地说道,祈祷着自己千万别说错话,"我在多佛市当护士,你儿子的一个朋友让我给他捎个口信。"我停顿了一下,但他就那么盯着我,等着我往下说。"他自己来不了。"

"如果是那个猪猡伯克利,他还是死了的好。"子爵朝着卡林顿大吼道,而后者则一脸平静地看着他。"用那些观念毒害我儿子——"

"他已经死了,"空旷的大厅里传来了我响亮的声音,任谁都能听得一清二楚,"他在敦刻尔克抵抗纳粹时受了伤,当天晚上就在多佛市牺牲了。他是个勇敢的战士,值得人们永远铭记在心。"

"大家应该记住的是他这个家伙道德败坏,早就应该给绞死。"

"可他为这个国家献出了自己的生命——他的生命!——难道这还不够吗?为什么你这么心胸狭窄?你就不能摘下有色眼镜,看清楚眼前到底是什么吗?伯克利只是个孩子,为了你能多活一天,为了这个国家能多存在一天,他拼死战斗,拼命活下去。"

子爵惊慌失措的样子一下子就把我拉回到了现实。我永远也说服不了这个暴君。我只想着赶紧离开这里,不能让卡林顿的日子更难熬。谁都知道,只要身后的大门一关上,这个可怜的年轻人就会受到严惩和诋毁,直到他放弃生命为止。

"你该走了,"子爵不屑一顾地下着命令,"我不知道你是谁,但我强烈建议你应该学点必要的礼仪,臭婆娘。"

我瞥了卡林顿一眼,发现他不卑不亢,若有所思,沉默不语,然后我就迈着大步朝门口走去。

管家已经为我打开了大门,我径直走了出去,沿着气势恢宏的石头楼梯往下走,来到了车道上。车道两侧的草坪平缓整齐,向远处蔓延开来,堪称草坪修剪的典范之作。远处的荒野、连绵的群山和起伏的森林都有属于自己的严格的等级制度,按照指挥系统发布的命令行事。

我沿着车道大步地往前走时,深深地吸了一口气,夏日的气息就像是甜蜜的糖浆,蜜蜂翩翩起舞,鸟儿浅吟低唱,心里不由得开始感慨这个世界是多么美好。不管我们还能活多久,只要能活在世上,就是这世界的组成部分,就是三生有幸啊。

坐在公交车上返回奇尔伯里村的路上,我开始后悔,刚才真没必要跟子爵这种家伙说了那么多话。这种人恶毒傲慢、冷酷无情,即便面对着整个国家都要遭受彻底毁灭的命运时,却依然故我,不知悔改。有时我对人性感到失望,面对着勇猛果敢、为国捐躯的年轻人,为什么这种人会表现得那么凶狠贪婪,那么心怀怨恨?

一直萦绕在心头的到底是责任感还是负罪感,我不得而知。从某种程度上说,我也有责任,因为这些年来在这些傲慢自大的家伙面前我表现的缩手缩脚,而我本应该鼓起勇气再次坚定自己的想法。如果在上次战争之前,或者在这次战争之前,或者在多年以前,女性就拥有了坚定的信念,那我们就会生活在一个完全不同的世界里。

那卡林顿呢?那个痛不欲生、伤心欲绝的年轻人!和他,和伯克利,即使只是短暂的会面,也让我不由得开始思考,为什么大家都对同性恋情这么大惊小怪。怎么说这也算不上是弥天大错吧?在这个充满了暴力和哀痛的世界里,两个人相亲相爱不是比彼此仇恨要好得多吗？在我看来，他们之间的爱情似乎含有一丝示好的意味，能让他们熬过这场可怕的战争，只可惜其中一个还是没能幸免于难。

回到奇尔伯里村时，夕阳在商店和广场上投下了长长的阴影，我感到心神郁结，于是就决定去教堂看看能不能让心绪平静下来。这些日子以来，我越来越愿意待在教堂里，希望自己能做到平心静气。傍晚柔和的空气中弥漫着野生薰衣草和山楂树的清香。穿过杂草丛生的墓地，我在一个年代久远但装饰华丽的青年英雄墓前停下了脚步，一头睡狮的雕像卧在墓顶上，虽然已经风化，但伸出来的那四只肥硕的爪子似乎还在觊觎着躺在墓穴里英雄的宝贵遗体。

但"宝贵"二字是对谁而言呢？两百年后，还有谁会记得这个男人？谁会记得曾经有人小心翼翼地将他安葬在此？还有谁会记得他曾经也有过爱人？也曾真实存在过？现在剩下的只不过是一堆大致呈现出人形的尘土，脆弱的肉体早已经腐化不见，但墓穴上的石狮子却依然如故。

泪水终于夺眶而出。对我来说，这场战争太过沉重。我不是那种要和子爵一决高下的女人，也无法从容面对在前线冲锋陷阵的儿子，也许我的遭遇和伯克利没什么两样。他脆弱的肉体跟其他人的也没什么分别，都会慢慢腐烂。这场战争会将我吞噬殆尽。

我瘫倒在坟墓旁的草地上，双手捂着脸无声地流着泪，真希望自己能逃离这一切，把时钟拨回到战争爆发前，再昏睡上一千年。

几滴豆大的雨点把我拉回到了现实。雨水顺着我的后背流淌下来，冰冷得就像活生生的现实，让我浑身战栗。我慢慢地站起来，转身走向教堂。此时雨下得更急了。

我轻轻地推开教堂拱形的双开门，悄悄地溜到后面的木质长椅上，安静地坐了下来。坐在后排我可以静心冥想，而不用担心各种念头在脑子里天马行空地飞来飞去，从而迷失自我。

今天，前几排的长椅上竟然坐着一个人，跟我一样也坐在左边。光线透过圣坛上方的彩色玻璃窗照射下来形成了蓝紫色的薄雾，将他笼罩其中，他把头埋在双手里。

那个人居然是马拉德上校。

这是我常来的教堂，他怎么能不请自来？他的出现令我怒火中烧，令我忘记了种种烦恼，但发现自己开始对这场战争、对这些不断发号施令的家伙感到愤怒不已而又无计可施。我当时打算站起来转身就走，但转念一想决定还是再待上一阵子，在他走之前离开教堂。但几分钟后，他站了起来，转身沿着过道朝着我的方向走过来，这就毁了我的原定计划。他发现我的那一刹那脚步停顿了一下，但随后继续往前走，经过我身边时侧过脸点了一下头。我假装没有注意到他，强迫自己的目光直视前方，故意对他视而不见。

大门在他身后关上后，我又坐了一会儿。然后，突然之间，我觉得自己必须恢复正常，于是我站起身来冲向外面的世界，径直穿过墓地，走下山坡，朝着家——我可爱而温暖的家的方向奔去。

我边走边思考自己对世界的看法发生了怎样的变化。想不到我会对子爵如此言辞激烈！我无视法律的存在，自作主张决定帮助那个身受重伤的年轻人。也许这场战争并非一无是处：一切都发生了逆转，所有的不公正都被无情地昭示出来。战争让普通的女性有了发言权，让我们敢于为自己和他人挺身而出。

毕竟，在这个充满混乱和死亡的世界里，我们没有什么可失去的。

姬蒂·温斯洛普的日记

1940 年 7 月 24 日，星期三

有关西尔维父母的消息

今天尼基舅舅来我家做客。我激动不已，因为我最喜欢跟舅舅谈天说地。如果晚上天气好的话，我俩通常会坐在阳台上，聊聊天下大事，谈谈成年人之间的话题。可今天他没有时间跟我闲聊。他给西尔维带来了一些消息，于是我们没去阳台，而是郑重其事地坐在会客室里。

"西尔维，恐怕你父母和弟弟都已经失踪了。他们有可能为了躲避纳粹藏在某个地窖里，也有可能是想从陆路逃到这里来跟你会合。我们也都希望他们能逃出来找你，但是现在纳粹已经控制了所有港口和海关出入口，想逃出生天真的是难上加难。"

西尔维只是瞪着她那双又大又黑的眼睛，一句话没说，一滴眼泪也没掉。

"你一定要坚强，"尼基舅舅说着，将她的双手紧紧地握在自己手里，"尽量往好处想。"

西尔维微微欠身行了个屈膝礼，就好像张不开嘴说声谢谢似的，然后小心翼翼地走出会客室，随手关上了门。此时耳边传来的是她小跑着穿过大厅、顺着楼梯跑上楼的急促的脚步声，随后就是卧室门"砰"的一声关上的声音。

妈妈让我去看看她是否还好。大家都认为我是完成这项任务的最佳人选。我轻手轻脚地上楼敲了敲她的房门,但她没有应答,所以最后我就直接推门走了进去。毕竟她不应该独自一个人承受这件事。

她躺在床上,脸朝里,一声不吭。

"打起精神来,西尔维,"我坐在床边安慰道,"你家里人可能正在来这儿的路上。"

但这段旅程非常危险,因为几乎整个欧洲大陆都在纳粹的控制之下,这简直让人不寒而栗。即使在村子里,我们也能感觉到纳粹军队的脚步越来越近。纳粹战斗机已经开始飞越沿海城镇和港口的上空,对多佛市的空袭几乎达到了每周一次的频率。西尔维觉得纳粹是来抓她的,每当我们听到那些令人无法忍受的嗡嗡声时,她眼睛里流露出来的恐惧之情任谁都能看得一清二楚。

"他们离我们越来越近了。"她小声对我说道,声音低到几乎听不见。

我有时会想,她在捷克斯洛伐克是不是看到了什么,是不是亲眼目睹了纳粹的暴行。也许她又想起了一些令人毛骨悚然的暴力场景,只不过这次受害者是她自己或者她家人。

趁着尼基舅舅还没走,我赶紧问他纳粹占领捷克斯洛伐克后到底发生了什么事情。

据我所知发生在西尔维身上的事情

1938年,希特勒占领了捷克斯洛伐克的西部地区。1939年,坦克军和陆军部队开进了该国其他地区,抢夺食物等各种物资,殴打任何敢于反抗的当地人并将其投入监狱。

许多民宅和商店遭到毁坏,身穿黑色制服的党卫军士兵在街上游行时张贴了很多纳粹党的卐字标志。

很多人被投入监狱后惨遭枪杀,纳粹甚至向他们的家人征收处决他们的子弹钱。

纳粹在犹太人的身份证明上做了特殊标记,所以西尔维必须趁着还没出事赶紧逃走。

了解到这些情况后,我对西尔维的态度比以前更和善。她还是什么都不说,但如果我经历了那一切,也许我也会选择沉默不语。

那天晚上我问妈妈,如果西尔维父母在战争结束前都来不了村子,那西尔维怎么办?

"遗憾的是,要是你爸不同意,我们就不能一直把西尔维留在家里。但她可以先在我们家待上一段时间,然后再看看到底把她安置在哪里比较好。"妈妈擦掉眼角的一滴泪水。她也想让西尔维住在我家,但必须服从爸爸的命令。

后来见到爸爸时,我试探着说想让西尔维继续住在家里,但他还是一如既往地顽固不化。

"天知道这些逃难的都是打哪儿来的,怎么能让他们一直跟我们住在一起?还想成为我们家的一分子,做梦吧?"他大声说道,"姬蒂,你这个想法简直可笑至极,你妈的想法也没什么两样。"他在房间里走来走去,暴跳如雷,抓起报纸和几本书狠狠地摔在地上。"你知道现在还在打仗吗?"他咆哮道,"纳粹的战斗机在我国领空飞来飞去。上星期有一架战斗机在多佛市附近坠毁,但当地的国防志愿军至今都还没有找到那个该死的飞行员。国家正处于严重的危险之中,可你满脑子想的却是那个可恶的小家伙!"

事情的经过就是这样。显然,我得想出一个绝妙的计划让他做出让步。

又和维尼夏打了一架

维尼夏简直让人无法忍受。今天早上,她穿着衬裙冲进了我的卧室,双手叉腰,满面怒容地东张西望。

"我那件天蓝色的连衣裙呢,你这个小偷?"

"那裙子你穿着太小,我就直接征用了,"我机智地朝她微微一笑,"妈妈也会让我这么做的。"

"我穿着正好,你这个小混蛋。我的连衣裙全都不见了,我就知道是你偷走了,"她的态度很粗暴,"不管怎么说,你拿之前是不是得先问我一声?起码得讲点礼数吧?"

她径直朝我走来,站在离我只有三十厘米远的地方俯下身,那张疯狂扭曲的脸都快贴到我脸上了。我往后退了一步。

"我就拿了那一件,"我说,"我可不知道其他裙子都在哪儿,没准儿是女仆给拿走了。当时我是为了去野餐才拿了那条裙子。"

"什么野餐?跟谁去的?"

"就西尔维和我,我就是想让她体会一下过去的美好时光是什么样的。我指的是没打仗前。"

"你还记得我们和亨利一起去博士山的那次野餐吗?"她又站直了身子,似乎暂时忘记了连衣裙所引发的争端,思绪又回到了七月的那天。"那是亨利第一次向我求婚,"她笑着说,"多么有趣的一天啊!你还记得我是怎么……"

我打断了她,感到血直往头上涌,脸也涨得通红。"可他那天是向我求婚!"我简直不敢相信她所说的话,"他的求婚对象是我!"

"别冒傻气了,姬蒂,"她得意地笑着说,"他只可能向我俩中的一个人求婚。"她往后一站,双臂交叉抱在胸前,微微一笑。

"当时他是向我求婚的。"我一动不动站在那里,两只拳头攥得紧紧的,只想着朝维尼夏那张可恶的嘴巴打过去。

"啊,现在我想起来了,我拒绝了他的求婚,所以也许终究是你说得对,"她以一种居高临下的口吻开玩笑地说道,"也许他在被我拒绝后感到非常伤心绝望,然后就见到了你这个小不点儿,觉得对不起你。谁都知道这么多年来你一见到他就神魂颠倒。"

要是爸爸的猎枪在手边,我一定会直接举起枪,扣动扳机,朝着她那颗恶毒的心脏开上一枪。

"可他当时的确向我求婚了,而且我也答应了。"我火冒三丈。

"姬蒂,他当时肯定是在跟你开玩笑,"维尼夏哈哈大笑。"像你这么笨的小屁孩他怎么会感兴趣呢?他想娶的是我,一个真正的女人。"说完,她嘟起了双唇,看起来就像一条湿漉漉的大鲑鱼似的,简直可笑至极。我厌恶地退后了一步。

"不管你长啥样,我都不稀罕,亨利也不喜欢你。"

"他当然喜欢我,亲爱的,"她脸上是一副不容置疑、掌控一切的坚定表情,"他想娶我想得都快要疯了。"

"那为什么他向你求婚,你不答应呢?"我质问道。

"我在等更好的人啊。"

"就像那个黄鼠狼斯莱特?"

"他可不是黄鼠狼,"她移开了目光,但我在那一瞬间看出了她的迟疑不定,"他比亨利强一万倍。"

"真的吗?维尼夏,"我亮出了底牌,"他一个黑市贩子怎么会比亨利强?"

闻听此言她放下了抱在胸前的双臂,虚张声势的架子轰然倒塌。

"你是怎么知道的?"她似乎并没有感到意外,只是小心翼翼地试探着,想要了解事实真相。

现在轮到我洋洋得意了。"我亲眼看见他在皮斯波特森林跟一个叫老乔治的坏蛋做生意。"

"什么时候的事?"

"我为什么要告诉你?"我走到梳妆台前,开始整理头上的发夹,"你得先求我,还得跟我道歉,谁让你说亨利没向我求婚来着?"

她一动不动地站了一会儿,然后转身向门口走去。"你这个小泼妇,我才不干呢!我自己会把一切都搞清楚的。"

说完,她咬牙切齿地冲回自己的房间,把连衣裙、野餐和求婚的事都忘得一干二净。我把那条天蓝色的连衣裙翻了出来,又试穿了一遍。下次见到亨利时我得穿着这条裙子,这样就可以提醒他我俩已经订婚的事实。我相信这会唤起他的记忆的。

中尉卡林顿写给蒂林太太的信

帕纳姆庄园
肯特郡
电话：帕纳姆 47

1940 年 7 月 26 日，星期五

亲爱的蒂林太太：

对于你能亲自来到帕纳姆并把戒指转交给我，我深表感谢。一想到此行可能会给你带来种种麻烦，再一想到你其实并没有义务完成此项托付，对于你的来访我就更加感激到无以言表。

自从上次见面后，我就重新开始工作了。一方面，我不能老待在家里；另一方面，有点事情做就会让我有更多的东西去思考，而不是整天只想着战争和牺牲的朋友。外科医生来给我看过腿伤，说我暂时不适合上前线，所以我就接受上级安排到利奇菲尔德庄园的指挥中心上班，主要就是负责把文件上传下达，还有就是给相干人员打电话传达文件的内容。这工作挺无聊的，但据说他们会尽快给我安排更有价值的工作。我希望能调到伦敦去，那我就可以搬出去住了。

如果你碰巧来庄园附近办事，请一定要过来打个招呼，因为我觉得上次自己没有尽到地主之谊。你不辞辛苦地来到我家，我当时真应该好好谢谢你。如果有什么可以为你做的，也请尽管开口。希望能尽我所能回报你的善良之举。
　　再次感谢。
　　此致
敬礼

中尉鲁珀特·卡林顿

维尼夏·温斯洛普写给安吉拉·奎尔的信

奇尔伯里庄园

奇尔伯里村

肯特郡

1940 年 7 月 27 日,星期六

亲爱的安琪:

事情变得越来越复杂了。昨天,我被派到多佛市去估算空袭所造成的破坏损失。半个城市都已经被夷为平地,"地狱火之角"的绰号也已经远近皆知。甚至当我还在多佛市的时候,几架敌机就出现在半空中,轰隆隆地盘旋着,机身上的纳粹党的卐字标志清晰可见。我当时就感觉自己快要吐了。几名空军驾驶着喷火式战斗机和飓风战斗机出来迎战,于是城市的上空就发生了一场混战。一些当地人从商店里跑出来,站在大街上大声给空军呐喊助威,但我真的无法忍受下去。我觉得所有这些举措都是在装样子,目的就是为了掩盖更多人的死亡,让大家看不到已经毁灭的生活。人们这都是怎么了?

自从我上次给你写信至今,似乎已经发生了很多事情。最重要的一件事就是我觉得我怀孕了。我根本不知道该如何看待这件事,我更希望的是没怀孕。我以为自己一直都很小心,可这种事谁又能说得准呢。我跟谁都没有透露过一丝口风,包括阿拉斯泰尔在内。

安琪，此时我真希望你在我身边。估计你可能会觉得处理这事的方法很简单，只要阿拉斯泰尔和我结婚就万事大吉了。可是，不瞒你说，我也开始怀疑阿拉斯泰尔卷入了黑市交易。我可能不会成为一个浪漫画家的太太，住在河中孤岛上一座摇摇欲坠的城堡里，而是要嫁给一个不知悔改的罪犯，永远都在狼狈逃窜，永远都在提心吊胆。说实话，安琪，这根本不是我想要的生活。

这件事情的真相我竟然是从姬蒂口中得知的。当时我正跟她吵架，就在我以为我俩已经吵完了，她突然恼羞成怒，朝着我大喊大叫，说她亲眼看见阿拉斯泰尔在皮斯波特森林和一个远近闻名的骗子做生意。闻听此言我无法释怀。他是个性格温柔、技法精湛的画家，怎么可能做出这种事来？的确我也曾心下生疑。但这也太离谱了吧！

我怒不可遏地夺门而出，却又得打起精神去参加今天下午罗斯的洗礼仪式。

奇尔伯里村女子唱诗班的成员此前增加了几次排练时间，这样就可以让表演更具魅力。大家从唱诗班的席位里走出来，围绕在哈蒂和罗斯身边，齐声吟唱一首动听的《万物有灵且美》①。当唱到"每一朵小花盛开，每一只小鸟歌唱"这句时，大家就都围拢在她们母女周围，哈蒂看起来简直欣喜若狂。

仪式结束后，大家一起前往教堂街，到哈蒂家参加一个小型的下午茶聚会。聚会结束后我没走，留下来帮忙收拾打扫，其实我是想听听哈蒂对阿拉斯泰尔这件事的看法。

"姬蒂在皮斯波特森林看见他和一个黑市贩子搅在一起。哈

---

① 《万物有灵且美》(*All Things Bright and Beautiful*)是英国一首很有名的诗歌。一开始是英国国教的一首赞美诗，赞美上帝创造万物，上帝给了人类眼睛，看到这美好的一切。后来被塞西尔·弗朗西斯·亚历山大（Cecil Frances Alexander）改编成一首儿歌，广为传唱。

蒂，他俩居然在做生意！"我有点心烦意乱，一边在客厅里走来走去，一边清理着那几个盘子里的东西，再把盘子哗啦一声都丢进水槽里。

"天哪，"哈蒂边感慨边把罗斯的婴儿车挪到一边——她越来越像一只保护小鸡崽的老母鸡，"嗯，维尼夏，你放手吧。可能你觉得我心肠太狠，可我真的替你担心，依我看，你和他在一起是不会给你带来幸福的。"

"我也不知道，"我一屁股坐在椅子上，"唯一能确定的是，要是不跟他在一起我肯定会心痛欲碎。这话听起来很可笑，可要是查不出个水落石出来，我怎么能轻易放手。这事对我来说意义太重大了。"

"你妈对你的事是什么态度？"

"我妈把全部心思都放在劳伦斯身上了，因为小宝宝还是不肯吃奶。她还忙着照顾我爸，我爸最近变得喜怒无常。据我所知姬蒂到处乱窜，西尔维有姬蒂和老保姆戈德温两人一起照看。似乎没有人关心我在干什么，也没有人在乎我出了什么事。"

"嗯，那就暂时先把他们的事放一边。先想想你自己能做些什么吧，"她轻轻地拍了拍我的手，"在你做出最后的决定之前，有没有办法了解更多情况呢？"

"我决定了，他走到哪儿，我就跟到哪儿。"我突然决绝地对她说道。

她深深地叹了一口气，我突然醒悟过来，她是唯一一个真正照顾过我的人。"好吧，那你一定要小心点，"她嘱咐道，"太危险的话，该放弃就放弃。维尼夏，你没必要面对任何事的时候都表现得那么勇敢无畏。"

我走到门口，回头看了她一眼，感受到了她目光中的温暖和关心。"等这事有了进展，我再来找你吧。"

"维尼夏,你可不要让我担惊受怕啊。"听到她这句话,我的眼泪差点掉下来。于是我飞快地转过身,步履坚定地穿过草地,几只鸭子怕被我踩到,摇摇摆摆地跑开了。我深深地吸了一口夏日的温暖空气,祈祷着自己经历过这一切后仍然能活在世上。

我会尽快给你写信,告诉你事情的进展,祝你好运。

维尼夏

蒂林太太的日记

1940年7月29日，星期一

今天，我无意之间萌生的想法把我自己都给吓了一跳。现在我还在考虑这件事。早上一如往常，我赶到了手术室，不是帮助医生处理伤员的伤口，就是处理病人的各种小毛病。自从战争爆发开始，有些人一感到不舒服就来找我，有时候他们其实并没有什么大毛病。自打特纳先生在多佛市的一次空袭中遇难后，特纳太太毫无来由地就开始咳嗽个不停，而且一直也不见好。大多数时候，她都是来找我看病。我想说些话安慰一下她，可她一直往后缩，好像一句安慰话也听不得，而且脸色苍白得就像见了鬼一样。我能做的就是要么再给她泡杯茶，要么再帮她开点阿司匹林。奎尔太太邀请她加入了唱诗班。一开始，整整半个小时里她一声不吭，但最终她还是唱了几句《赞美我的灵魂》。对唱诗班所有成员来说，这一刻感人至深，就好像大家在用歌声让一只遭受重创的小鸟起死回生一样。

午饭后，我去哈蒂家串门。她不停地跟我唠叨说小罗斯长得跟她爸维克多一模一样，但我觉得很奇怪，因为罗斯长得一点都不像他们俩。事实上，一头黑发的小宝宝劳伦斯看起来更像哈蒂，接着我又想起来一件事，在受洗仪式上我注意到罗斯的肤色和她教母维尼夏的别无二致。这一发现让我陷入了思考：恶心的药水，两个小家伙在同一个下午出生——碰巧就是我去利奇菲尔德的那个下午。两个小家伙当时都面临同样的呼吸问题，都需要抱到帕特里小姐家做心肺复苏。

那天在广场上遇见帕特里小姐的时候,我就觉得——当时我还琢磨着自己的想法真可笑!——有声音从她黑包里传出来。有没有可能里面装着的是个小宝宝?她会不会把两个孩子给调包了?这个可怕的念头一出现我就觉得不寒而栗。哈蒂碰了碰我的胳膊肘问道:"蒂林太太,你没事吧?"当时我看上去一定是有点不知所措。

我立刻打起精神,在没把一切搞清楚之前,没有找到确凿证据之前,不能让任何人心下生疑。

"没事,亲爱的,"我笑着说,"我刚想起来今天得早点走,我还得去看看温斯洛普太太的儿子。"我沉思了片刻,然后问道:"你还记得可怜的罗斯出生后出现呼吸问题的事吗?"

"这事我怎么能忘呢?那可是我一生中最难过的时刻。"

"在帕特里小姐把小罗斯抱走之前,你仔细检查过吗?"

她眼神里充满了怀疑之色,对我的问题有些不解,我只好赶快让她放松下来。

"我的意思是,在她把宝宝抱走前,你至少应该抱一抱、看一看的吧?"

哈蒂瘦削的小脸上立刻满是泪水。"没有,帕特里小姐把宝宝抱走的时候匆忙得很,根本就没给我留时间,我都没看到宝宝那张漂亮的小脸儿。"她低头看了一眼怀里的罗斯,紧绷的肩膀放松了下来。"她把宝宝整整抱走了五分钟。我当时都快疯了。我从床上爬起来,强撑着爬到了大门口时,她才抱着宝宝回来。"

她低下头轻轻地吻了罗斯一下,母女二人正好面对面。哈蒂的脸虽然瘦削但长得精致,小家伙则金发白肤碧眼,一张小脸呈心形。我突然开始了自我质疑,把我的想法公诸于众有意义吗?毕竟,温斯洛普太太不也很喜欢她儿子吗?她家不正需要一个男孩来继承遗产吗?

就在那时我忽然茅塞顿开。可能换孩子这事不仅仅是一个肆无忌惮的助产士一时间的心血来潮。也许事情远比表面上看到的要复杂得多。

随即我起身告辞，匆匆忙忙地赶往奇尔伯里庄园，碰巧温斯洛普太太在家。我俩在会客室落座后，她就让埃尔西上茶，那感觉就好像战争从未发生过一样。她显得疲惫不堪，心烦意乱，这意味着准将又开始无事生非了。

"眼下我正在做一些研究，涉及新生儿出生时遭遇的呼吸问题，所以我不知道能不能再问你几个关于劳伦斯出生时候的问题。"我小心翼翼地打开了话题。我可不想让她疑神疑鬼。

"之前不是已经跟你说过一遍了吗？"她叹了口气，"这事一想起来就让人心里难受，我不想再提了。"

"就几个问题而已。当时帕特里小姐是直接就把劳伦斯抱走了呢？还是先让你看看、抱抱才把宝宝抱走的呢？"

"没给我看也没给我抱，当时她必须得马上把劳伦斯抱走。当时宝宝非常痛苦。"

她的说法和我的推理不谋而合。于是我乘胜追击。

"她是不是把劳伦斯装在黑包里带回来的？"

"当然不是！"温斯洛普太太大声否认，我意识到自己问得太过分了。不管怎么说，就算帕特里小姐再笨，也会事先把孩子从包里拿出来。

就在此时埃尔西端着茶走了进来。我不清楚她是不是听到了我们之间的对话。她微微一笑，问道："要加糖吗？"

我不可能马上就起身告辞，于是就浪费了点时间讨论了一些无关紧要的话题，然后就赶紧回家坐下来打算把这一切都想得清楚明白。这个想法似乎太荒诞无稽，一个人怎么能有如此不合规的举动。

除非有人给她钱。

姬蒂·温斯洛普的日记

1940 年 7 月 31 日，星期三

普里姆提出了一个绝妙的想法。女子唱诗班将举办一场追悼会，把所有人都聚到一起帮助那些痛失亲人的村民。我觉得普里姆有这个想法大概是受到了蒂林太太的启发。蒂林太太先是跟她提起了特纳太太的事，说特纳先生在多佛市的一次空袭中遇难，后来又谈起了可怜的波蒂斯太太的事。

"让他们知道我们和他们一起追思故去的人，对他们来说很重要。"普里姆在声乐课上跟我说道。今天的声乐课是在教堂里上的，音响效果听起来就更胜一筹。我演唱的是《主祷文》[①]，教堂里绵绵不绝的回声让我的声音听起来非常饱满，非常专业。普里姆说我可以在几个星期后举行的追悼会上独唱这首歌。

每逢唱诗班排练，我总是提前到场，因为那段时光总是非常美好，一唱起歌来就觉得精神百倍，大家都很高兴见到彼此，今天也不例外。尤其是现在纳粹军队随时都会打过来，这给大家带来了巨大压力，所以我们必须得人尽其才，物尽其用。

"我这一天到晚的片刻不得闲，一直都在给女子志愿服务队的会议做准备工作，"布太太抱怨道，"从来没有人跟我说过一句感谢的话，我连休息的时间都没有。"

[①] 传统中所用的《主祷文》是指圣主耶稣给教徒教导和传授的、向在天之父祈祷的经文。这里指的是同名的基督教歌曲。

"你得告诉我们该怎么帮你,我们才能真正帮到你呀。"蒂林太太说。

"只可惜这里唯一能做主的人只有我。"

蒂林太太刚张嘴说:"我可以……"

"谁都甭想插手。"布太太的大嗓门直接压过了蒂林太太的话头,就像龙卷风一过境,舒爽的清风转瞬不见一样。

"奎尔太太说……"蒂林太太还想继续往下说。

"若想事业有成……"布太太说道,声音低沉有力。大家都知道她的下一句是什么,于是就异口同声地接话道:"必须自力更生。"

普里姆赶到的时候刚好听到了最后几句话,看到了布太太气得七窍生烟,而有些成员则用手捂着嘴咯咯地笑个不停。

"女士们,不要再浪费时间啦,"普里姆一边憋着笑,一边下达着指令,顺便让大家把新乐谱互相传一下,"我们将在奇尔伯里社区举办一场追悼会,让大家在悲痛的时刻也能团结在一起。"

大家虽然默不作声,但都点头表示同意,随后便打开了乐谱。

"我选择了莫扎特《安魂曲》中的一首《落泪之日》,这首歌歌名的意思是泪流满面,完美地总结出这首歌感人至深的特点。这首歌比大家平时演唱的圣歌和赞美诗要复杂得多,但我觉得可以试一试。这是我最喜欢的一首曲子,听起来就像一座浩瀚的悲伤海洋。"

大家纷纷打开乐谱,映入眼帘的全都是复杂的音符组合。

"大家一起试唱一下吧。现在,请全体起立。大家演唱时一定要不遗余力,全身心地投入到音乐中去,不要担心也许会唱错之类的问题。"

前奏结束后一进入主歌部分,我就完全明白了她的意思。这首曲子就像连续不断的海浪不停地涌向你,离你越近,波涛越汹涌,越力道十足,直到最后那句阿门,听起来简直振聋发聩,令人难以置信,就好像大家不但挺过了一切,而且比以前更加强大。

"太好了。"普里姆说道。随着她挥动手臂的最后一个动作,整首曲子也戛然而止。她激动地吸了一口气后说道:"大家再练习一遍。这次,大家要试着去感受这首歌的悲伤,把自己融入音乐里,让音乐传达出悲痛之情。"

前奏再次响起,这次速度更慢了一些,听起来仿佛若有所思。主歌的旋律一响起,大家就开始了演唱。

在演唱的过程中,特纳太太突然瘫坐到女低音部的长椅上,蜷缩着身子掩面而泣,哭得浑身颤抖。波蒂斯太太在她身边坐下来,搂着她的肩膀,自己也失声痛哭起来。不知不觉间,我们的歌声中多了一些担忧之情,仿佛大家都在为她们歌唱,在为每一个失去亲人的人歌唱,也在为每一个可能会失去亲人的人歌唱。

唱到结尾强有力的和弦部分时,大家几乎全都泪流满面,歌声比之前更嘹亮,更振聋发聩。等唱到最后一句阿门时,大家的心全都连在了一起,坚信唱诗班一定具备一起面对这场战争的力量。

"今天晚上就到这里吧。"普里姆轻声说道。

大家默默地合上乐谱,走到特纳太太和波蒂斯太太身边,拥抱她们,握着她俩的手,低声表达着哀悼之情。唱诗班的成员先是拥抱了痛失埃德蒙的妈妈,接着又拥抱了远离家人的西尔维,然后又拥抱了蒂林太太和其他几位战士的母亲和妻子,因为她们都在为在前线浴血奋战的亲人们担惊受怕。

"我们都是你的坚强后盾,"奎尔太太对特纳太太说,"我知道我们不能取代你家先生,但请别忘了我们大家全都在这里。奇尔伯里村女子唱诗班永远和你并肩作战。"

维尼夏·温斯洛普写给安吉拉·奎尔的信

奇尔伯里庄园

奇尔伯里村

肯特郡

1940 年 8 月 1 日，星期四

最亲爱的安琪：

今天黎明时分刚醒来时，一想到要去跟踪阿拉斯泰尔，就差点把我自己给吓得起不来床。今天上午原本我打算安排些活动，但他借口说忙着要去见几个人，给严词拒绝了。

当然，昨晚我几乎一夜没合眼。我觉得跟踪他可以让我摆脱困境，但有可能也会让自己面临死亡，于是我就蜷缩在被单下，妄想着能获得额外一层保护。最后我还是决定从床上爬起来，因为我忽然想到自己有孕在身已成事实。我得搞清楚下一步该怎么做。

大约凌晨四点左右，我就爬了起来，轻手轻脚地穿好衣服，向四周看了最后一眼——我还能再见到我亲爱的卧室吗？我蹑手蹑脚地顺着后楼梯下了楼，穿过储藏室，走出了大门，眼前一片黑暗，万籁俱寂。

我轻手轻脚，沿着小路慢慢往前走，觉得自己是附近唯一一个还在喘气的活人，其实道金斯农场里的一些雇工此时早已经开始在下田干活了，这一点我心知肚明。空气中弥漫着一层薄雾，笼罩着整个村庄，四周寂静无声。

到达广场时，银灰色的薄雾阻隔了我的视线，结果我几乎撞上了停在商店外面的一辆黑色小货车。这车无疑也是拉尔夫·吉布斯从黑市弄来的，希望这事与阿拉斯泰尔无关。以前他跟拉尔夫说过话吗？在我印象中好像没有。可这有什么意义呢？我的回忆有意义吗？还是我一直生活在一个不完整的世界里？生活只是一个接一个的梦？

我绕到教堂街的街尾，躲在树篱后面开始了我的监视工作，从那里可以清楚地看到阿拉斯泰尔家的前门和后门。于是，我就开始了等待。坐在黑暗中等待别人出现本来就令人感到枯燥乏味，尤其对这计划到底是否合理可行还不太有把握时，更是如此。大约六点，我正怀疑手表是不是坏了的时候，阿拉斯泰尔的身影终于出现在后花园的小路上。他径直走出小门，走进了草地。像往常一样他穿的干净清爽，西装外面套着一件米色风衣，脚步轻快地往前走，离我越来越远，只是偶尔停下来品味一下清新的空气——黎明到来，薄雾散尽，呈现出一个如天堂般美好的清晨，万物都披上了一层淡淡的金黄，露珠晶莹剔透。真希望这个可恶的行动计划赶快结束呀！

我敏捷地从树篱后面跳了出来，蹲在旁边，发现他正沿着田地边大步朝前走，越走越远，速度也相当快。他穿过下一块田地后，便朝着庄园方向走去。没想到他竟然走这条路，太出人意料了。我一路小跑着跟在他后面，看着他突然拐了个弯，穿过林边的灌木丛，冲过小路，然后又急匆匆地转了两个弯，朝着皮斯波特森林走去。我发现很难在不被发现的情况下观察到他的去向，并且怀疑他之所以这么兜来兜去就是怕遇到熟人，同时也是为了甩掉任何一个可能跟踪他的人。

但他可甩不掉我。

过了那片空旷的田野就是皮斯波特森林了，可田野两边既没有灌木丛也没有树篱，我无处藏身，只能趴在地上眼睁睁地看着他走进了森林。就在我好不容易找到一片荆棘丛刚刚藏好后，他突然转过身来环顾四周，仔细查看，有那么一瞬间我都觉得他可能已经发现了我的行踪，接着他的身影就消失在森林里。转念一想，我觉得他也有可能没看见我。如果他发现了，肯定会过来把我揪出来的吧？但刚才那一刹那还是把我给吓得连大气都不敢喘。我必须加倍小心。

我飞快地跑上羊肠小道，一头扎进了森林。上一次走进皮斯波特森林已经是好几年前的事了，幸好我至今还记得每条岔路，还记得那条通往蘑菇圈的羊肠小道。阿拉斯泰尔正朝着栗子地走去，那是我和姬蒂小时候常去玩耍的地方。栗子树那粗大的桶状树干就像英国这个国家一样古老而结实。忽然我想起了姬蒂，想起了很久很久以前我俩还能友好相处时的事情。

阿拉斯泰尔突然在一块空地上停下了脚步，见状我立刻冲到一棵比较粗大的栗子树后面，探出头去偷偷张望。

接着我就发现前面有个男人朝着阿拉斯泰尔的方向走过来。来人身材短粗，敦实得就像个角斗士，身上的那套衣服破旧得很，一看就不是他自己的，袖子短到露出一截胳膊，裤子短到露出一截小腿。

他俩低声交谈了一会儿。我直勾勾地盯着那个陌生人，那家伙肯定干过不少违法犯罪的勾当，整天东躲西藏地过苦日子，没准儿就住在森林里。

看得出来，那个家伙好像因为什么事正大发雷霆。我突然开始惶恐不安起来，既为了阿拉斯泰尔也为了我们这个小村庄，不知道万一那家伙发现我就躲在一旁会有什么后果，一想到这我真有点丧胆亡魂的感觉。

阿拉斯泰尔则一脸的镇定自若，一边和那家伙说着话，一边打着手势，好像是要让对方冷静下来。接着，阿拉斯泰尔从上衣的内口袋里掏出一个小包递了过去，那个家伙小心翼翼地接过来，想顺势塞进口袋，但后来又改变了主意，打开小包开始检查里面装的东西。不知何故，我真希望里面装的是一大笔钱，但事实并非如此。小包里装的是两个黑色封面的小本子。趁着那家伙把小本子翻过来看时，我发现上面那本是定量供给簿，下面那本是护照。阿拉斯泰尔要帮着那家伙逃离英国。

那家伙越说话火气越大，把两个小本子扔回小包里后就把小包塞进了口袋里。他的嗓门越来越大，隔着蕨菜丛都能清楚地听到他的大声咆哮，就在此时我忽然意识到他说的不是英语，顿时感到惊恐万状。这家伙说的竟然是德语。

这家伙在这里干什么？他是间谍吗？怎么来到我们村的？是跳伞来的吗？他的衣服为什么那么不合身？他会把全村人都杀光吗？我们收到的通知说要对敌人保持警惕，但我从未想过自己真的会亲眼看到一个敌人。

也从没想到阿拉斯泰尔会跟他打交道。

我竖起耳朵仔细倾听阿拉斯泰尔的回答。听到他嘴里冒出来一连串的德语单词时，我觉得自己快要吐了，那语调跟他平时说英语时的语调截然不同。我突然意识到了事态的严重性。我对他真的几乎一无所知啊！

那家伙又咬牙切齿地大吼了几句后，就迈着大步向森林深处走去，幸亏他没朝着我的方向走过来。阿拉斯泰尔站在那儿望着那家伙的背影远去的方向，就那么站了好一阵子后才转过身来，径直朝我藏身的地方走过来，我给吓得汗毛都快竖起来了。

我一闪身躲到了栗子树后，大气也不敢喘，后背和两条胳膊都贴在树干上一动不动，听着他穿过了灌木丛，脚步声离我越来近。我不知道他是不是已经发现了我,也不知道他现在到底是要走出森林,还是朝着我的方向走过来,好抓我个现行。他会如何处置我?我使劲咽了一口口水,越来越惊慌失措,却也只能拼命忍住不动。

他在栗子树旁停下了脚步,就站在我背后,直到那时我才确定他早就知道我藏在树后。我又听到他一声不吭地绕着树走过来,看见他慢慢地出现在我眼前,手指放在嘴唇上示意我不要出声。他慢慢转身绕到我身边,后背半贴着我,半倚着粗大的树干。就在我俩都贴着大树站着时,他伸出手摸到了我的手指后,就轻柔地和我十指相扣。我感到有一股热流立刻通过手指沿着手臂直接涌上了心头。我这是怎么了,安琪?我很怕他会一把将我拉过去割断我的喉管,但我太想要他了,想得我激动到无法呼吸。

他既没有把我拉过去,也没割断我的喉管,只是扭过头来看着我,眼里流露出来一种不同寻常的神情,一种我在他身上从未见过的忧郁之色。

片刻后,他才挪开视线不再盯着我看,随即朝大树旁边扫了一眼,然后,他突然抓起我的手,拉着我转身就跑。我跟在他身后,飞快地穿过森林。有几次我差点摔倒,他却一直使劲地拉着我向前冲。我心惊胆战,疲惫不堪。他到底想把我怎样?

突然间,我俩误打误撞地跑进了一片空地,清晨金色的阳光从树梢的缝隙中照射进来,仿佛整个世界都从死气沉沉中恢复过来,在淡金色光辉的映衬下显得如此灿烂夺目。

"走哪条路?"他气喘吁吁地低声问道,周围的空气是那样温暖宜人。

"跟我来,"我低声答道,一把抓住他的手,领着他穿过森林,"沿着这条路往前走就能走出森林,然后绕过果园就能看到布尔森河。那条河流过道金斯农场的后院,过了河你就能回村了。"其实当时我脑子里想的通往农场田地的最近路线，因为那里有雇工在干农活。假如我大声呼救，总会有人听得到。

等我俩走出果园，走进河边的树林里时，就放慢了脚下的速度。他仍然握着我的手没放，大拇指轻柔地抚摸着我的手指。这个举动有点出乎我的意料，因为我俩都不喜欢让人在公共场合看到我们在一起。我一直都很小心谨慎，唯恐我爸会看到我俩。嗯，他也一直都非常谨小慎微，现在才明白他这么做纯粹是有意为之。当时在树林里，我俩就像年轻的情侣一样手牵着手，河水在光滑的灰色岩石上淙淙流过，叶片反射着耀眼的光芒。我俩一会儿走在阳光下，一会儿步入树影中，光影交错之间仿佛善与恶的界限都变得模糊不清，令人错愕不已。

"维尼夏，你可比我想象的要厉害得多。"他轻声说道。

"你不也是！"我有点语无伦次，真不知道从哪儿说起的好。

"为什么要跟踪我？"他问道。

"没想到你竟然参与了黑市买卖，"我答道，"但跟你干的其他事相比，黑市买卖简直不值一提。"

他愣了一会儿，接着说道："哦，是姬蒂跟你说的吧。"似乎这样一句话就能把一切都澄清了一样。

"我跟踪你只是想了解更多关于黑市买卖的真相，但没料到竟然还发现你是个纳粹间谍，"我没打算让他把话说完，"阿拉斯泰尔，还有什么违法的勾当是你不敢干的吗？"

他微微一笑。没错，他竟然微微一笑，就好像深以自己为荣似的。"嗯，我干的坏事还真不多，除非你把入室盗窃也算在内。以前我伪造过几个签名，还挺有意思的。说实话，我的艺术水平还因此提高了不少呢。"

闻听此言我目瞪口呆，不由得停下了脚步，这么大的信息量我得消化上一阵子。我的意思是，我知道他是个黑市贩子，但他的话听起来让我感觉他是个彻头彻尾的叛徒,是个罪犯,毫无良知可言。

"现在你又成了卖国贼。"我有气无力地说道。我抬起头,望着他那双清澈的棕色眼睛,从我嘴里冒出来的这个词那么丑陋、那么拙劣、那么令人作呕。"你怎么能在我们自己的土地上帮助敌人呢?"我怒不可遏,一方面是因为他让我大失所望,另一方面是因为他的所作所为,"没想到你竟然会说德语!阿拉斯泰尔,你到底会说多少种语言?"

"很多,"他的回答简单明了,"我还会说法语,是不是这么说能让你心里好受点?"

"为什么你这么说能让我心里好受点?"我一边问,一边又开始自顾自地往前走。

"维尼夏,事情比你想象的要复杂得多。现在我还不能告诉你,但你一定要相信我。"他追上我,抓住了我的手。

"怎么会变得更复杂呢?"我反唇相讥,顺便抽回了手,"你犯了罪,现在还要卖国。大多数人只干一样坏事就够了,要么犯罪要么叛国,但阿拉斯泰尔·斯莱特觉得不够,他非得把坏事干尽才行。"接着我又补充道:"而且还嫌不够,还当个穷得叮当响的画家才行。"

他闻言哈哈大笑:"哦,维尼夏,我当画家可没那么差劲吧?"

"就是很差劲,"我心里有点难受,"你画得根本就不像我,你根本就不了解我。你一直都在误会我。"

"我明白了,好像是不太了解,"他得意地笑了笑,但我看得出他被我的话给激怒了,"维尼夏,我重画。等找到那幅画后我就重新画一遍。我要把你画成温柔的女神。"

"有必要这么费事吗?"我大声叫道,"那个伦敦的小骚货才符合你的画风吧?"我转过身来面对着他。"你满口谎言,掩过饰非,竟然还有脸说让我相信你。"

他握住了我的手。"维尼夏,也许你并非完全言过其实,但我对你一直都是赤诚相待,"他的声音温柔顺滑,语调平稳严肃,"维尼夏,我爱你。我深知你也爱我。我们注定是要在一起的。"

"我不知道我能不能忍受和一个卖国贼在一起。"我说道,声音哽咽,眼泪夺眶而出,接着我惨笑一声,笑声有些颤抖。"黑市贩子还可以接受,"我说道,"但卖国贼不行。"我低下头,站在树林里泪如雨下,四周的树木寂静无声地包围着我俩,向世人展示着它们的坚韧不拔。

"维尼夏,一切都没你想的那么糟糕。"他伸出双臂搂住我,把我拉到他怀里,紧贴着他的胸膛,想重温我俩以前那些温馨的夜晚时光。"你一定要相信我。这事远比你想的要复杂得多。"

我沉浸在他温暖的怀抱里,就像品尝着一种令人欲罢不能但又后劲十足的酒一样,让人永远保持活力,但我深知,早上的跟踪行动让我不得不换个角度看他,重新思考我俩之间的事。

"那你倒是跟我说说啊!"我抽身后退,对他毁掉了我俩之间的一切感到怒火中烧,"跟我说说为什么会这么复杂。"

"我不能说,"他的回答干脆利落,眼中流露出的却是极度的自责,"我只能告诉你我爱你,你一定要相信我。"他把手伸进口袋,掏出来一样东西,一个小小的吊坠,上面没拴着细绳,也没串在项链上。那是个银质吊坠,上面蚀刻的图案已经磨损的快要看不清了。

"拿着吧。"他说。

我还没想好到底要不要,但好奇心战胜了一切,于是我拿起来,放在手心里翻来覆去地细看。这是一枚圣克里斯托弗奖章,是个幸运符。

"这是我爷爷约翰·麦金太尔给我的,"他的声音很温柔,追忆往事让他脸上泛起了微笑，"他可是全世界最聪明的人，"他合上了我的手心，"拿着吧。"

"我不要，"我边说边再次张开了手，"最需要它的人是你，"我淡淡地笑了笑，"现在肯定有好几十个罪犯和间谍都想抓你，更不用说还有警察和军事情报部门了。"

"我不怕他们，但我害怕失去你。"

他的眼神有些奇怪，我看不太懂；是悲伤？是恳求？抑或是祈祷？

我瞥了他一眼，心中游移不定。"你从没跟我说过你爷爷的事。"我说。这一刻太不可思议，仿佛世界都停止了转动，空气突然静止，四周一片寂静。

"我不喜欢谈论自己的事，"他边低声回答边握住了我的手，"但你知道我对你的感觉。等这一切结束后，咱俩就可以结婚了。"

风吹过树枝，吹到了我的脖子和脸上，我感到了一阵寒意。我感觉自己深陷在弥天大罪中无法自拔，摆在我面前的只可能是耻辱、仇恨、贫穷和死亡，而与此同时肚子里的宝宝却还在不断发育成长。我摇摇晃晃地后退了一步。

"我需要时间，好把这一切都想清楚，"我犹犹豫豫地说道，话一出口就觉得自己的声音听起来底气不足，显得我心慌意乱，于是就又大着胆子补充道，"你不是也需要时间摆脱森林里的那个纳粹吗？"我摇了摇头，还是有些难以置信，想要把那家伙的形象从脑海中抹去。"你不怕我把你交出去吗？"我问道，他没提这事倒让我有些意外。

"不怕。"他淡定地给出了答案。

"天哪，你也太自信了吧？"我脱口而出，"你以为你已经把我迷得神魂颠倒了吗？"

"维尼夏，我可没这么想。我只是不怕你把我交出去，"他一边温柔地说着，一边伸手摘掉落在我头发上的一片翠绿的叶子，"我更害怕失去你。"他眼中流露出一种渴望，我知道如果待的时间再长一点，我就沦陷了。

"我不知道你是谁，阿拉斯泰尔·斯莱特，"我怒气冲冲地说道，他避而不谈的态度让我怒火中烧，"我不知道你在玩什么把戏，不过你还是再去给你自己寻找一个新的缪斯女神吧。"

说完，我便不再理睬他，大步走出树林，向果园方向走去。微风吹过，树枝投下来的阴影斑驳摇晃，就像生命在光明与黑暗之间闪烁。一只巨大的雄鹰在我头顶的上空盘旋着，在淡金色的晨光中奋力地拍打着翅膀。

快要走出树林时，我忍不住回头看了他最后一眼，他还站在原地没动，默默地看着我，身边树上的叶子反射着朝阳的光芒。我愤怒至极，转过身去，大步流星地穿过果园，一路跑回家。

现在我正坐在书桌旁，怒火中烧却又困惑不已，不知道到底该怎么办。我渴望得到他。可我怎么能爱上一个卖国贼呢？我有可能怀上了他的孩子，但如果这个人背叛了祖国，背叛了世界，背叛了我心爱的小村庄，我又怎么能信任他呢？目光所及对我而言都是至爱，女子唱诗班、缝纫组成员、布太太、哈蒂和她的小宝贝罗斯、西尔维，甚至还有姬蒂，无一例外。他怎么能把大家都置于危险之中呢？他怎么能用如此直接的方式置我们于死地呢？

正当我往最坏的方面想时，忽然感到口袋里有个什么东西。原来是圣克里斯托弗奖章，肯定是我在气头上不小心放进去的。我掏出奖章，放在手里翻来覆去地端详，忽然想起来就在我感觉时间停止的那一瞬，他跟我说事情比我想象的要复杂得多，还反复叮嘱我让我相信他。安琪，我也想信任他，但我该怎么做才能相信他呢？

有人轻轻地敲了敲门。原来是姬蒂。

"我刚才听见你哭了，"她小心翼翼地走进房间，轻声细语地说道,"你还好吧?"

"嗯,不太好,出了点岔子。"我突然觉得姐妹情深的日子重现眼前,便招呼她过来和我一起坐在床上。我俩紧挨在一起,就像小时候我爸对着我俩大吼大叫时那样。那时候,我俩会一起逃到森林里,紧紧地抱在一起,觉得这样就可以保全性命。

"我能帮你做点什么吗?"姬蒂问。

"不用了,我就是觉得不舒服,胃里很难受。"

"你应该去找蒂林太太看看。她总有办法能让我感觉舒服很多。"

就在我俩结成同盟的那一刻,我觉得去拜访一下蒂林太太也不是个坏主意。

我一定会很快给你写信的。

维尼夏

蒂林太太的日记

1940年8月1日，星期四

今天下午我从医院回来时，发现家里来了个不速之客。一辆蓝色自行车靠在门边刷得雪白的墙壁上。那车子是维尼夏的，但我没看到她的人影。

现在该怎么办呢？我一边暗自思忖，一边开始四处寻找她。后来，我绕到了房后，发现她正坐在门廊里的一张藤椅上，门廊边上的木兰树就像一个粉白色的遮阳棚罩住了她。她靠在椅背上，闭着眼睛，秀发在阳光下闪闪发光。她美得就像一幅画；她天生丽质，金发白肤，身上那条绿底小花的连衣裙更显得她可爱至极。只可惜她做起事来总是那么鲁莽，即便安吉拉·奎尔在这方面想对她施加点影响也无济于事。但就算她浓妆艳抹，装模作样，我还是觉得她的本性是善良的。

"维尼夏。"我边说边把手轻轻地放在她的胳膊上。

她眨了几下眼后终于睁开了眼睛，看得出她疲惫不堪。她在利奇菲尔德庄园的工作时间的确不短，而且我有理由相信她在其他地方也浪费了很长时间。

"我刚才肯定是睡着了。"她边说边坐直了身子，迷迷糊糊地拍了拍身上的灰尘，仿佛还没完全醒过来。

"你来找我有事吗？"我开口问道。整个下午我都很忙，而且还要准备晚餐，真希望她不要浪费我的时间。

"嗯，有点事，"她看着我的眼神一瞬间显得有些紧张不安，珍珠般白嫩的双手抓住藤椅两侧的扶手,身体稍微前倾便站了起来,"能进屋说吗?"

我打开后门,她跟着我走了进来,穿过厨房,穿过走廊,来到了客厅。早上走的时候我没关窗子,门前花园飘进来的薰衣草香味让整个房间闻起来清新宜人,就像洗干净的床单一样沁人心脾。白色的网眼窗帘在窗口飘来飘去,洋溢着夏日的温暖,仿佛战争从来都不曾爆发一样。

见我坐在米色的单人沙发上,她也就在对面的长沙发上落座。我决定不给她沏茶,我太忙而且也不大情愿这么做。

"什么事呀?"我问道,希望她不要拐弯抹角地绕来绕去。

她似乎看懂了我的心思。

"我怀孕了。"

接着她就沉默了很长一段时间,低着头,一双手搓来搓去,不知道往哪里放才好。我脑子里一下子蹦出来好多事情,可我不愿意细想,于是便继续追问。

"几个月啦?"

"我也不知道……"

"上次月经结束是什么时候?"

"哦,大概五六个星期前吧。"

她抬起头来看了看我,发现我一脸的不悦之色。

"这事是个错误,"维尼夏轻声说道,"是个天大的错误。我……"她说不下去了,开始号啕大哭。她向来坚强任性,这对她来说是多么少见的一幕啊。这一幕也让我想起了曾经认识的那个小姑娘,那个被她父亲或哥哥吓得四处躲藏的小姑娘。我走过去搂住她,她激动的情绪消融了我们之间的距离感,就像夕阳的暗淡色调映入了黑夜一样。

"孩子是斯莱特先生的,对吧?"

"是的,"她一边呜咽一边含混不清地说道,"我该怎么办呢?"

"你跟他说了吗?"

"没有,"她从我的怀抱中抽身出去,动作很坚决,仿佛不管情况如何都会如此似的,"我想先确定一下,想先搞清楚我自己的感受再告诉他。"她突然看着我,眼神中充满了恐惧不安之色。"你不会跟别人说的,对吧?"

"不会的,我当然不会告诉别人,"我握住她的手说道,"但大家迟早都会知道的。"

她又哭了起来,这次哭得更凶了,哭声中充满了绝望。"我想找个人把孩子打掉。我听说有些女人……"

"维尼夏,这种事你千万别干。"我打断了她。我可不会让她去利奇菲尔德的小巷子里去找尼斯太太那样的人。"干这种事不但违法而且会有性命之忧。"

"可我不能要这个孩子!"她勃然大怒,开始在客厅里踱来踱去,"我不敢相信这种事竟然会发生在我身上!总会有人愿意帮忙把孩子打掉吧?"

"维尼夏,"我温柔地说道,想让她平静下来,"首先,我们都知道这种事是怎么发生的,对吧?你就不要在这装清纯了。"

她低下头,脸一下子变得通红,那张美丽的脸庞有点扭曲变形。

"其次,像尼斯太太那样的女人根本不知道自己在做什么。她可能会帮你把孩子打掉,这是一定的,可你知道自己要付出什么样的代价吗?你可能会感染,从此丧失生育能力,这些后果是你能承受得起的吗?或者还有可能会要了你的命!"

"可这种情况很少见吧?"

"她那把剪刀都不知道用了多少年了,不光钝了,还锈迹斑斑,"说着说着我的眼泪就顺着脸颊流了下来,"去年有个小姑娘来住院，她才十五岁。有一次她叔叔去她家做客，发现只有她一个人在家，就把她给强暴了。这姑娘跟我们讲了自己痛苦的遭遇。当初她就躺在尼斯太太家肮脏的客厅地板上，尼斯太太前前后后花了一个小时的时间，其间使用了各种各样的器械，但没有一个消过毒。结果这姑娘就晕倒在大街上，警察把她给送进了医院。"

维尼夏坐了下来，一动不动地盯着地毯上的图案。

"维尼夏，后来她死了，"我咽了口口水，恐怖的回忆让我不由自主地噘起了嘴唇，"她得了败血症，死了。"

客厅里一片寂静，静得让人心慌意乱。我几乎可以感觉到维尼夏内心的跌宕起伏，她的目光在地毯上游移不定，仿佛在掂量着自己将要付出的代价。

"她这不是犯罪了吗？怎么能不受到惩罚呢？怎么能任凭那个姑娘那样死了呢？"维尼夏终于轻声问道。

"维尼夏，双方都犯法了，她当然就可以为所欲为。"

"肯定得有人能把这种事处理得妥妥当当吧？比如说那些能使用医疗设备的。"

"没有，维尼夏。也有人会做流产手术，她们会使用消过毒的医疗设备，采用合理的步骤，也有临床经验，但总会出纰漏。维尼夏，流产的风险大到难以估量，打死我也不会让你去做这种手术的。"

"那你呢？你就不能帮我把这孩子做掉吗？"

一时间我惊诧到语塞。

"维尼夏，我更不行。我没有做这种手术的资质，这种事也不在我的能力范围之内。这是违法行为。要是做了，咱俩就都会给抓起来。"

"但是没有人会发现的——除了你，谁也不知道我怀孕了。"

"我倒不在乎这个，维尼夏。主要是我不知道该怎么做这种手术，而且我也不想成为杀害你的凶手。"

她终于不再开口，但接着眼泪就又刷地流了下来。

"我不知道该怎么办。"

"在这种情况下，你可以像大多数姑娘一样，去告诉斯莱特，让他娶你。"

闻听此言她又开始号啕大哭。"我都不知道自己还愿不愿意嫁给他了。"

"你到底是什么意思啊？"我有点生气了，"这几个月你不一直都和他在一起吗，所以才怀的孕？怎么你又不想嫁给他啦？我以为你挺喜欢他呢。"

"我是挺喜欢他的。说实话，我爱他爱得心都要爆炸了，但实际上他不是自己口中描述的那个人，我很害怕，蒂林太太。"我伸出一只胳膊搂住了她，她顺势靠在了我的肩膀上。"我非常害怕。"

"孩子，你怕什么呀？"

"我不能告诉你。"她抬起头，眼里充满了泪水，两汪泪水似乎都要把她给淹没了。

"你想留下这孩子吗？"

"当然想，可我无法想象我的生活会变成什么样子。我不能嫁给他，而我爸会把我扫地出门，这一切都太可怕了。"她抬头看着我。"蒂林太太，求求你帮我把孩子打掉吧。"

我坐在那里，她的脑袋就靠在我的肩膀上，我心神不安，权衡着非法堕胎的道德影响和实际影响。自从卡林顿这件事发生后，我不但开始重新思考同性恋的道德立场，还花了更多时间去思考自己的价值观，问自己一些原以为早已经知晓了答案的问题。这些问题会涉及人与社会并存的关系，涉及披着各种伪装的人的真实面目。

"不行，维尼夏，"我最后说道，"我帮不了你，也不会让你见尼斯太太或者任何一个可能让你丢掉性命的家伙。"

她坐直了身子，擤了擤鼻涕，好像她早就知道恳求我没用。

"那我该怎么办？"

"你应该去和斯莱特先生谈谈。"

她站起身来，把手帕塞进包里，反驳道："我不能去找他。"然后她怒气冲冲地看了我一眼，补充道："那我还是去找帕特里小姐吧。她应该能帮助我。"

"求你了，维尼夏，"我恳求道，"不管你做什么，都要离尼斯太太那种人远点。"

"可是帕特里小姐知道……"

"帕特里小姐也并不总是把病人的最大利益放在心上，而且我相信，如果她把你介绍给尼斯太太那样的屠夫，肯定会从中捞一笔。"我走到她身边，握住了她的手腕，就像她是个小孩子一样。"要是不能跟斯莱特先生说，那你就来找我，我会帮你安全度过孕期，把孩子生下来。然后我们还可以把孩子藏起来。"

她的眼神时而流露出来的是怀疑之色，时而又闪耀着希望的光芒，时而又透露出深深的恐惧。这些情绪似乎在她的脑海里盘旋不散，让她饱受恐惧和痛苦的轮番折磨。最后，她轻巧地从我手里把手腕抽走，大步走出了房门，甚至连再见都没说。

等她骑上自行车离开后，我深深地吸了一口气，不得不承认自己现在已经和这事脱不了干系，而且等她把事情闹到无法收场后，要求助的那个人肯定是我。想到这，我就走到里屋，准备把储藏室腾出来。那里面有张小沙发，上面堆了些大大小小的箱子。谁知道呢，可能等准将发现了这一切后，维尼夏就得另寻住处了。

马拉德上校回来时，我正拿着一堆单子和毯子楼上楼下地跑来跑去，他若有所思地看着我。"要我帮忙吗？"

"不用了，谢谢。"我边回答边走进储藏室，准备把里面的几个箱子挪动一下，好腾出一些空间。

"要来客人吗？"他边问边跟着我走进来，想帮我搬箱子。

"挪到那边去就行啊。"我含含糊糊地吩咐道，不情不愿地接受了他的帮助。毕竟他又高又壮，还是有些用处的。

他把其他一些大物件都给挪到了一边，又把箱子按照大在下小在上的顺序摞起来，最后又把沙发上的东西全都搬走，腾出来了一个相对来说很大的空间。

"谢谢你，"就算对他表达谢意时，我心里还是有些不太情愿，"不是的，没什么客人要来。"透过小窗，我朝着种在后花园的那棵大树望过去，一只孤零零的喜鹊正栖息在高高的树枝上看着我。"至少，现在还没有。"

埃德温娜·帕特里小姐写给姐姐克拉拉的信

教堂街3号

奇尔伯里村

肯特郡

1940年8月1日，星期四

亲爱的克拉拉：

今天偶然之间我搞到了非常有价值的消息，一张可以战胜所有王牌的绝对王牌。准将的女儿未婚先孕！无论如何你也想不到我是从哪里搞到这个秘密的——是那个傻丫头亲口跟我说的。

今天下午四点左右，有人轻轻地敲了敲我家大门。我去开门时，发现她就站在门口，打扮得漂漂亮亮的，但显然有些慌里慌张。她从我身边挤过去后直接就冲进了客厅，然后还回头看看有没有人发现了她的行踪。她举止粗鲁这一点可是远近闻名，却激起了我的好奇心，于是我嘴角上挂着微笑以示欢迎，跟着她一起走进了客厅。

"帕特里小姐，你能不能帮帮我？"她问道，声音有些颤抖。

我坐了下来，眼前的情景令我双目放光。"当然可以啦，亲爱的。我要怎么帮你呢？"

"我要堕胎。"维尼夏咬牙切齿地说道。我的心头涌起了一股难以遏制的狂喜之情，就像一个肉眼不可见的唱诗班正在放声高歌，歌颂着一个前所未有的崭新机遇。

你了解我的,克拉拉。我是不会让机会白白溜掉的。

"有多少人知道你怀孕了?"我急忙问道。

"可是你能帮我吗?"她打断了我的话。她情绪低落,那张脸扭曲变形,活像她那个死了的恶心的哥哥。

"当然能帮你啦,亲爱的,"我走过去拍了拍她的大腿,"我在利奇菲尔德认识一个专家,这种事她做起来简直就是轻车熟路。"

她一脸痛苦地往后挪了挪身子,我微笑着朝她探过身去。"但这事必须保密,所以还有其他人知道吗?你父母知道吗?"

"他们当然不知道。"她立刻给出了否定的答案,接着就站起身来,捋平了裙子。她皱皱鼻子,好像闻到了这里到处都是猫散发出来的气味。"你说的不会是尼斯太太吧?"

"尼斯太太?"我皱着眉头迅速重复了一遍这个名字。如果她知道这个名字,那她还跟谁说过这事呢?当然这附近姓尼斯的只有一家,但我得假装自己认识的是别的专家。"什么尼斯太太?没听说过啊,"我一脸无辜地说道,"像你这样的好姑娘,我可不会给你介绍坏人的,你就不用担心啦。我说的那个专家可厉害啦,人家以前可是个医生。"

她没有坐回去,只是看着窗外的池塘,好像又想起了什么。"为什么他现在不当医生了?"

"姑娘,你的问题太多了。我就跟你直说了吧,他过去干得不错,手底下没死过一个病人,"我轻咳了一声,"据我所知。"

她突然泪流满面,转身向门口跑去。

"我要不要问问他有没有空?"眼见着她跑过草地,我在她身后喊道。她的鞋跟陷进了草地,白色披肩在她身后被风吹得鼓了起来,就像那些希腊雕像一样,也像一个完美无缺的邻家女孩。

只不过我知道恶魔正在她那见不得人的小子宫里蠕动着。

返身走进家门后，我顺手锁上了门。反正我也不想给她堕胎，这样的傻事我可不干。吸引我的是准将手里攥着的那份更大的奖赏，闪闪发光到让人无法直视。当他得知女儿这朵鲜花让一个平头百姓给摘走时，他得受到多大的打击啊。到时候我就马上朝他讨要剩下的钱，要是他敢不从命，我就打出这张绝对王牌。

我得赶快出手，以防准将先从别人那里得知这个消息，然后我忽然想起来在唱诗班排练时，无意中听姬蒂说起准将今天人在伦敦。你看，加入这个可笑的唱诗班还是有点用处的。姬蒂说准将是去参加一个所谓的战争会议，如果你问我的话，我觉得他更有可能是去和情妇约会。很快我就算出来他会坐晚上九点二十一分的那班火车回来，于是吃过晚饭我就去火车站等着他。

我到得太早了，就站在车站外面假装看时刻表，以防被人发现。我可不想在我和准将谈话时还有旁人在场。但从那班火车上下来的只有牧师一个人，他刚从利奇菲尔德回来。

我怒气冲冲地在原地转了几分钟，正打算转身离开时忽然听到站台上传来了说话声。我从拐角处探了探脑袋，发现准将正对着列车长语气严厉地说着什么，先是抱怨火车晚点了，接着又说车厢不整洁，最后还谴责说火车太颠簸了。果然他乘坐的就是九点二十一分的那趟车。

显然他心情不太好。

我缩回了脑袋，深吸了一口气。天已经完全黑了下来，天空呈现出一片斑驳的深蓝色，偶尔露出来几颗星星眯着眼看着大地，火车重新启动驶入了未知的世界。我突然感到有点不舒服，不禁打了个寒战，可这事非做不可。我得时刻记住我可是有杀手锏的人。

"准将，"他的身影出现在门口时，我轻轻地叫住了他，"我等你好久了。"

"什么？谁呀？"他一边粗声粗气地问，一边挺直了身子，开始环顾四周，一副气势汹汹的模样。

我往前走了一步。"你的合作伙伴。"我笑了笑说。

他一下子变得惊慌失措起来，四下里张望着，生怕旁边有人目睹这一切。"你来这儿干什么？"

"来找你聊天啊，"我说，"我可以陪你一起回家。不过，你最好现在就把剩下的钱全都给我。"

他一时间好像没反应过来。"你是不是傻啊，臭婆娘。就算你想要钱，也得等到夏天过去，"他粗暴地吼道，"家里的仆人还在传来传去，你最好给我小心点，不然你就得给逮起来。"

该死的埃尔西。我在村子里见过她，她在商店里从我身边经过时还朝着我傻笑。我就知道她嘴不严。

"可是，准将，你还是先听听我要说的吧，我掌握的消息可能会让你的家族名声毁于一旦。"

"你什么意思？"他一边问，一边继续往前走，"你是在威胁我吗？我能让你吃不了兜着走。"

"如果这消息不仅会让你颜面扫地，还会带来你无法承担的后果，你怎么办？"我轻声说道。

他停下了脚步。"你这个臭婆娘，这世上就没有我不知道的事。现在你给我滚。"

"开玩笑，你怎么可能什么都知道？"我不屑地说道，"你大女儿怀了斯莱特孩子的事你肯定不知道吧？"

当时我还以为他会直接在我面前晕倒在地。听到我的话他的脸一下子涨得发紫，手抓向了心口位置，身体开始摇摇晃晃，然后就发出一声长长的、刺耳的怒吼声："谁给你胆子在这儿胡说八道的？"

"我说的都是实话。"我一边喃喃地澄清，一边往后退。我觉得他当时可能是要朝着我扑过来，把气全撒到我身上。

"撒谎，"他大喊大叫，"胡扯八道。"说完，他就怒气冲冲地朝着小山上冲去。"这事不算完。"

"那我的钱呢？我不是还得替你保守这个见不得人的小秘密吗？"我一边问，一边跑着追上了他。

他突然停下脚步，伸出一只皮包骨头的手，一把就抓住了我的胳膊，手指甲抠进了我肉里。"这事你别插手，帕特里，"他咆哮道，"否则你就死定了。"

他的眼白在月光下闪烁着，凶光毕现。他已经气疯了。当初我怎么就没有仔细考虑过这个问题？他可能会因为我知道了这事而杀人灭口。

"臭婆娘，胆敢泄露半个字，我就要了你的命。你赶紧有多远就给我滚多远。"

说完，他就狠狠地推了我一把，结果我一屁股就摔倒在地，摔得太重了，疼得我一时半会儿都没站起来。等我爬起来时，他的身影早已经消失在黑暗中。

我挣扎着站起身，摇摇晃晃地往家的方向走，为自己感到难过。我的计划出了问题，战术上也有缺陷。没想到他会不相信我的话，也可能是因为我说的都是实话，他自己接受不了，就宁可杀我灭口。

现在我正坐在客厅里，数着到手的这一半钱。亲爱的姐姐，我现在必须得降低损失，所以我打算明天天一亮就走。准将无论如何都会杀我灭口，而且要是埃尔西这个大嘴巴到处胡说的话，我就完蛋了。我已经在劫难逃。

过几天我就去找你，到时候咱俩一起把计划制定好。

埃德温娜

姬蒂·温斯洛普的日记

1940年8月1日，星期四

我自己为战争做出的努力

今天的坏消息更多了。纳粹入侵了海峡群岛①。年轻人全都应征入伍，其他人也开始了忍饥挨饿的日子。所有人都知道下一个就轮到我们了。所以我觉得自己有责任告诉别人我在森林里见过老乔治和斯莱特先生的事，还得说说我对普罗格特的怀疑，他肯定不光是在我家当管家而已。没准儿到最后还会授予我一枚奖章，那我不就成了村里的英雄了嘛。

一开始我打算骑着自行车去利奇菲尔德警察局，可路程太远，而我现在又忙着排练歌曲。接着我就琢磨着是不是应该问问蒂林太太该怎么办，因为她在这一带一直都是以热心肠著称，然后仿佛电光火石之间我就找到了解决方法。有一位从利奇菲尔德庄园来的上校现在就借住在蒂林太太家里，他很喜欢我在比赛中的表演。对于我反映的情况，他肯定能给予应有的重视。

于是，今天晚上吃完晚饭，我骗妈妈说要去普里姆家补一堂声乐课，就拿起手电筒，借着暗沉的琥珀色夕阳余晖朝着村子走去。四周一片死寂，不但容易受惊的蝙蝠一动不动，而且狐狸现在也不

---

① 英国的海峡群岛（Channel Islands）在英吉利海峡内，靠近法国的诺曼底，在法语中称"诺曼底群岛"，为英皇领地，面积194平方千米。

见了踪迹,以前经常可以看到那些小家伙蹑手蹑脚地穿过森林。这一切似乎都预示着今晚可怕的事情即将发生,或者有什么邪恶的东西正在悄无声息地潜入人类的世界。

一想到这些我就不由得胆战心惊,老觉得有几个坏蛋趁着我看不到他们的身影正在跟踪我,于是我开始一路狂奔,跑到常春藤之家时都快喘不上气来了。我按了下门铃,片刻后,门开了一条小缝,蒂林太太迅速把我拉了进去。

"姬蒂,怎么是你?"

我站在门厅里,眼前是熟悉的花墙纸,走廊尽头的厨房门敞开着,砂锅菜的香味扑鼻而来,我不由得心下一松。

"我来找上校,"我大着胆子说道,"他在家吗?"

蒂林太太一时间显得有些错愕,接着就耸了耸肩。"到客厅来吧,"她说,"他正吃晚饭呢。我去泡一壶茶,他吃好了就过来。"

上校身材魁梧。我在村子里偶然跟他碰过面,在唱诗班比赛上也见过他,但在蒂林太太家的客厅里离他这么近的距离时,却让我产生了一种恐惧的窒息感,我不由得后退了一步。在我见过的所有人当中,他应该就是个头最高的那个。他体格魁梧,肩膀宽阔,胸部肌肉发达得像头熊。

"天哪,你简直是个巨人。"我想都没想就脱口而出。

他微微一笑。"你说得没错,当年我比你大一点的时候就这样了。蒂林太太说你有事找我。"

"是的,"我结结巴巴地说道,"我是姬蒂·温斯罗普,奇尔伯里庄园的,我觉得我发现了一个……"我扫视了一下周围,屏住了呼吸,"隐藏在我们中间的间谍。"

他的嘴角刚往上翘就迅速咳嗽了一声,换了一个更加严肃的表情后,便坐在套着碎花布罩子的长沙发上,还示意我坐在对面的单人沙发上。"你跟我说说详细情况吧。"

"好的，我和西尔维，西尔维就是住在我家的那个逃难来的小姑娘，我们俩在皮斯波特森林玩的时候，看到那个叫老乔治的黑市贩子和斯莱特先生在一起。老乔治有个灌木丛，里面放的都是他在黑市里买卖的东西。斯莱特先生是个画家，就住在教堂街哈蒂家的隔壁。我觉得他俩当时是在做生意。西尔维跟我说，她老是在皮斯波特森林里看到我家的管家普罗格特，而且我也在那儿见到过他一次。我怀疑他可能是个间谍，没准儿他和斯莱特先生也有点关系，没准儿他也做黑市买卖。"我一口气讲完后就低下头看了看放在腿上的双手，不由得把两只手紧紧地握在一起。

"天哪，"他慢慢地说道，伸出一只大手挡住嘴后轻轻地咳嗽了一声，"你的警惕性可真高！我们村就需要像你这样的村民！"他打量了我一会儿，仿佛在估算着我的身高和年龄。"蒂林太太跟我说，你无论什么时候都能保持清醒的头脑，这是不是意味着你会认真考虑我接下来要说的话呢？"

我赶紧点头表示认可。蒂林太太说我头脑清醒，这让我很开心，那我肯定能保持清醒的头脑。

"我希望无论你走到哪里，都要保持敏锐的观察力，但不要刻意去挖掘事情的真相。我们有很多训练有素的人员都在盯着这件事，我跟你交这个底是希望你能信任我，我不希望你处于危险之中。好吗？"

我点了点头，但心里有些失望。

"现在咱俩谈论的是非常危险的黑社会，所以你得跟我保证，不能把这件事告诉任何人。"

"当然不会啦，"我气愤地说道，"我完全靠得住。"

"我当然相信你，"他笑了笑，整张脸都开始容光焕发，这让他看起来跟普通人没什么区别，甚至还显得很和善，"不瞒你说，我有个女儿，和你差不多大小。你有十二岁了吧？"

"不对，"我马上反驳道，"我都快十四了。"

"你都快十四啦？我女儿才十二，是家里的老小，和她两个姐姐一起住在牛津的姑姑家。我觉得她也能保守秘密，但这对她来说太难了。"说完他就大笑起来。突然间他看起来既可笑又友好，就像一条蓬头垢面的大圣伯纳德犬，又像一条挨了揍的老泰迪犬，我不由得莞尔一笑。

"以后有时间的话，她能来我们村做客吗？"我问道。

"希望她能来，"上校轻声说道，"希望有朝一日她们全都能来，亲眼看看我现在生活的地方，看看这个美丽的小村庄，看看我们身后那连绵起伏的山峦。"

"我怎么看不出来我们村子漂亮呢？我在这里生活了一辈子，对我来说这里只是我的家而已。你真这么看吗？"

他顿了一下，我不知道他是否听明白了我的意思，但最后他终于开口说话了。"这里有自己独特的生活方式，我相信任何战争都无法将其摧毁。就算所有人全都不在世上，这种生活方式也会继续存在下去。"他仿佛一下子从沉思中挣脱出来一样，猛地站起身来。"我会告诉我女儿，是你邀请她来的。她叫亚历山德拉。"他一边说一边伸出一只巨大的手，握住了我纤细的小手。"如果你还发现了别的什么情况，也一定要告诉我，姬蒂。但千万不要再去皮斯波特森林了，这样做太危险。我知道你是个聪明、成熟的姑娘，能够保守秘密，但千万不要让普罗格特怀疑你知道了什么，好吗？"

"好的。"我答道，终于有人承认我成熟了，真开心。

蒂林太太走了进来，让我跟她到厨房说句话。上校跟我道了晚安后，就问蒂林太太他是否可以借用一下电话。我怀疑他可能是要给总部打电话，向上级汇报我反映的情况，还会跟他们说我是个英雄。

蒂林太太开始收拾茶具。"你妈妈知道你来我家吗？"

"不知道。"

她叹了口气，回头看了看我。"我不知道你今天晚上为什么会来找马拉德上校，我也不是想让你把一切都告诉我，但是你最好还是不要卷入这场战争，姬蒂。"

"可是不管我们愿不愿意，我们早就已经深陷其中了呀。"

"姬蒂，有的人的确如此。有的人的确陷进去了。"她看着我，眼中突然流露出悲伤之情，看得出来大卫让她有多担惊受怕。她捏了一下我的肩膀。"好吧，你回家吧，尽量不要惹麻烦啊。"

我走到门厅时，无意中听到马拉德上校在打电话。"是的，排气管坏了，需要换个新的，"他说，"立刻就换。"这太出乎我的意料了，他竟然在忙着谈论汽车的事。

蒂林太太打开大门的那一刹那，我俩就都听到了从南方传来的飞机的嗡嗡声。我走到了小路上，想看得更清楚一些，蒂林太太紧跟着我也来到了小路上，就站在我身后，像只松鼠一样一动不动，侧耳倾听着预示着危险将至的声音。马拉德上校也一言不发地走到了我俩身边。嗡嗡声的频率越来越快，声音也越来越杂乱，就好像有许多不同音调的引擎朝着我们轰鸣而来。我们三个人遥望着教堂塔楼后面的天际线，月亮突然从浓密的云层后面现身。那是一弯纤细的新月，银色的光辉仿佛源自天堂，泼洒在教堂上。

接着我们就看到了几个小黑点。那几个黑点越来越近，越来越清晰，打头是一架纳粹轰炸机，后面还跟着两架，就像不断向前移动的毁灭之箭，做工精良，目标精准。

我们仨眼睁睁地看着纳粹的轰炸机朝着我们的方向飞过来，接着这股毁灭一切的浪潮就从头顶上一掠而过，令人不寒而栗。这是从多佛市飞过来的吗？是要飞往泰晤士河吗？上校走到了大路上，以便更准确地判断出轰炸机的飞行路线。

防空警报器开始大声鸣叫,声音尖利刺耳,令人毛骨悚然。这是第一次因为真正的空袭而拉响的警报。警报器就像一只幽灵一样在向我们怒吼,让大家赶紧躲起来。

"赶紧去地下室吧,"蒂林太太一边飞快地下达指令,一边把我们领进屋里,"我觉得这些轰炸机是奔着我们来的,还是小心为上。尤其是姬蒂还在这儿呢,我们就得更加小心。"

她走在前面带路,打开厨房里的一扇窄门后,一条狭窄的木楼梯直接通向地下室。等她把灯打开后,我发现她家地下室明显装修过,空间狭小但很舒适,不像我家地下室那样不但到处都是灰尘,而且还有虫子满地爬,我不由得松了一口气。地上铺了一块旧地毯,靠墙位置摆着一张小长沙发,看来也有些年头了,对面是一张单人沙发,两张沙发上摆放着好几个手工刺绣的靠垫。边上是一个小书架,上面放着一只时钟、十几本书和一个黑色的金属箱子,我猜里面可能装满了各种食品。还有几个枕头和几张毯子也都整整齐齐地摆在一旁。我想,在这样一个温暖舒适的小地洞里,就算蜷缩在地板上应该也很舒服吧。

上校挤进那张单人沙发后,就问蒂林太太有没有纸和笔,他想继续把信写完。蒂林太太手忙脚乱地在书架上翻了一阵子,找出来几张纸,一言不发地递给了他。我很好奇蒂林太太为什么不喜欢他。他对我似乎还不错嘛。

"好了,姬蒂,"蒂林太太说道,"我来看看这里有什么书适合你。"她弯下腰,扫视着书架。"《远大前程》看过吗?或者托尔斯泰的《安娜·卡列尼娜》,这本书可能更适合成年人看。"

那也适合我,于是我从她手里接过《安娜·卡列尼娜》,翻开了第一页。幸福的家庭都是相似的,不幸的家庭各有各的不幸。这也太令人匪夷所思了。奇尔伯里村是不择手段的黑市交易中心,普罗格特是个危险的间谍，维尼夏的斯莱特先生是个黑市贩子。很明显，上校他们能掌控这些情况的确是件好事，但我必须承认我有点难过，因为在我唯一一次主动提出来愿意为战争出把力的时候，一次简短的谈话却直接把一盆冷水浇到了我脑袋上。

　　幸福的家庭都是相似的，不幸的家庭各有各的不幸。这是我们第一次遭受空袭，也许以后还会有很多次，炸弹会瞄准我们的房子，摧毁我们拥有的一切。我聚精会神地侧耳倾听，轰炸机肯定已经飞走了。时钟的滴答声与周围的环境融为一体时，我觉得自己已经被时间困在原地。仿佛每一刻都变得漫长无比却又稍纵即逝，仿佛因为是我们生命中的最后一刻而变得更加意义非凡，但也就因为是最后一刻而变得如此短暂且毫无意义。所有这些时刻一起构成了我的生活，就像一条由颜色不同、形状各异的花布拼接而成的棉被，美好的日子和糟心的日子同在，一起组成了一个不舒服、不和谐的整体。

　　就在此时，危险解除的警报声响起来，其实这声音还是同样可怕的空袭警报声，但只拉响一次，所以听起来就让人倍感友好舒适。上校看了蒂林太太一眼，蒂林太太站起身来，掸了掸她那件咖啡色的羊毛裙，然后转过脸对我说，就好像上校根本不存在似的："好了，姬蒂，你现在跑回家应该不会太晚吧？但要是你愿意，也可以一直待在这里。"

　　"蒂林太太，我还是回去吧，不然我妈该担心了。"

　　她带着我上楼时，我扭头向还在写信的大块头上校道别。

　　"晚安，"他抬起头来微笑地看着我，轻松地说道，"谢谢你。"

　　我向蒂林太太道了晚安，就匆匆地出了门，沿着大路向广场走去。惨淡的月光照亮了墓地，处处透着不祥。几百年来，村民死后都被葬在地下，尸体全部腐烂消亡，只有墓碑成为唯一留存下来的痕迹——死亡的印记。

我越跑越快，没过多久就跑到了大道上，大道左边就是大片的皮斯波特森林。刚跑到一半时，森林里突然传来一声震耳欲聋的枪响。我吓得浑身发抖，立刻就停下了脚步。不一会儿，又传来了一声令人毛骨悚然的巨响。爸爸带我去打过几次猎，可枪声不像这次。这次的枪声更响亮、更清晰，就像一道闪电划过了晴朗的夜空。

我凝神倾听，等待着枪声再次响起，尽量让自己的呼吸平稳下来，让心跳恢复正常，可我什么也没听到。一动不动地站了几分钟后，我轻手轻脚地继续往前走，接着就拐到了小路上。转弯时，我恍恍惚惚地看到前面有什么东西，听到树丛里有动静，便立刻停下了脚步。借着暗淡的月光，我发现普罗格特耸肩弓身地正穿过森林里的灌木丛。

我一声不吭地又站了几分钟后，才继续蹑手蹑脚地向前走，然后一个箭步朝着家门冲过去，轻轻地推开了侧门。我原本以为一切都会变得混乱不堪，会跟平日有所不同。

但情况并非如此。一切如常，简直不可思议。

餐桌上的玻璃罩子下面有两个新鲜出炉的面包卷，于是我顺手把面包卷全都装进口袋后，就朝卧室走去。妈妈正往楼下走，一眼就看到了我，她直愣愣地瞪着我的样子就像一只受到惊吓后一动也不敢动的老鼠。爸爸一定又大发雷霆之怒了。

"你去哪儿了？听到警报声了吗？"她小声问道。

"去蒂林太太家了。"我说，想从她身边走过去上楼。

"看见维尼夏了吗？"声音就像冰裂开那样尖利。

"没看见，怎么啦？"

她似乎一时间看穿了我的心思，但随即又恢复了镇静。"我只是想问她一些事情，仅此而已。"

"出事了吗？"

"当然没有，"她紧张地笑了笑，"该睡觉了。晚安。"

我大步上楼走进了自己的卧室，拉上窗帘后爬上了床。不知道维尼夏出了什么事能让妈妈如此害怕。她要是不出事才怪呢。

但也可能什么事都没发生。

西尔维的日记

1940 年 8 月 1 日,星期四

今天晚上,准将冲着维尼夏发了很大的脾气。他到家已经很晚了,一到家就对着她大吼大叫。他说维尼夏怀孕了。也就是说她要生孩子了。是斯莱特的孩子。这太糟糕了。准将拉着她进了办公室,扯着嗓子把她大骂了一通。然后又打了她一顿。她一直尖叫,然后就跑到外面的夜色中去了。

"我要杀了他。"准将一边大吼,一边去拿枪。

我很害怕,就跑出去追她,可她已经不见了。

所以我就躲在自己的房间里。然后我听见姬蒂上楼来了。然后一架飞机在低空飞行,轰鸣声越来越大。我把毯子拉起来蒙住脑袋,害怕极了。

《肯特郡时报》的头版

1940年8月2日,星期五

炸弹摧毁奇尔伯里村

昨天深夜时分,一架纳粹轰炸机在村庄上空投掷了三枚炸弹,摧毁了教堂街上的一些建筑并引发大火。当地救援志愿者彻夜奋战,抢救伤员,扑灭了大火。三人失踪,或已死亡。

维尼夏·温斯洛普写给安吉拉·奎尔的信

> 常春藤之家
> 奇尔伯里村
> 肯特郡

> 1940 年 8 月 2 日,星期五

亲爱的安吉拉:

  我已经心力交瘁。你肯定已经知道奇尔伯里村昨晚遭到轰炸的事。空袭发生的时候我就在现场,亲眼看着整个世界在我面前给炸成了碎片。我还是跟你从头说起吧。

  我和我爸大吵了一架,因为他发现我怀孕了,还威胁要杀了阿拉斯泰尔。我就趁着夜色跑了出来,急切地想去警告阿拉斯泰尔,迫切想要告诉他我俩已有孩子的事。刚跑出来我就听到森林里传出一声枪响,接着又是一声,我想肯定是爸爸发现了他,把他给打死了。我吓得魂飞魄散,开始沿着小路向村里跑去。我得看看他是不是安然无恙。不管付出什么代价,我必须尽快赶到阿拉斯泰尔家。

  远处传来飞机的轰鸣声。一开始我并没当回事,但等我走到通往广场的路上时,轰鸣声越来越大。飞机不断在低空盘旋,在云层中穿来穿去,发出嘶哑的咆哮声。我一路上都在奔跑,想要逃离自己所处的环境,想要逃离这场战争,想要远离这一切。

就在我马上就要跑到广场上时,轰鸣声突然变得震耳欲聋,那架轰炸机就在我身后低空飞行,紧追着我不放。

我听到广场那边传来了喊叫声,肯定是有人叫牧师去拉响防空警报。片刻后,缓慢响起的警报声越来越大,与飞机的轰鸣声融为一体。那轰鸣声是如此之大,我觉得耳膜都要给震碎了。

太晚了。一切都为时已晚。一片阴影笼罩着我,我抬头看到一架纳粹轰炸机正向我的头顶逼近,引擎声震耳欲聋,深灰色的庞然大物吓得我抖若筛糠。飞机像死神一样在我头顶盘旋。等我抬头看到它那庞大的黑色机腹时,发现上面的投弹门被打开了,致命的炸弹一个接一个地冲进夜空,直扑教堂街。

我不顾一切地往前跑,希望在炸弹爆炸前赶到阿拉斯泰尔的小屋,告诉他赶紧躲起来。飞机在头顶呼啸而过,准备掉头,甚至都不愿意亲眼目睹这场即将发生的灾难。

眼前突然闪过一道刺目的白光,第一颗炸弹的爆炸撕裂了夜空,接着是第二颗,然后就是第三颗,爆炸声在夜空中久久地回荡着。房屋、家具和人体的断肢残片全都给抛到半空中,然后又翻滚着落回到地面上。大火在废墟上空肆虐,镶着蓝边的巨大金色火焰气势汹涌,冲上了烟雾弥漫的天空,空中各种碎片纷飞。

爆炸的冲击力将我击倒在地,玻璃碎片划破了我的脸和胳膊。我起身向火场跑去。教堂街的大部分建筑都被炸弹摧毁,断壁残垣之间全都是炸弹炸出来的大坑,熊熊烈火舔舐着一切,而情况最严重的似乎就是阿拉斯泰尔的家。鲜血从我受伤的胳膊上不断滴落下来,但我只是不停地往前跑啊跑。在炸弹命中目标前,住在这条街上的人来得及逃跑吗?有没有能幸免于难呢?阿拉斯泰尔还活着吗?哈蒂呢?哈蒂怎么样了呢?

我开始尖叫:"阿拉斯泰尔,阿拉斯泰尔!"可无人应答。只有巨大的劈啪作响的火焰燃烧声,还有不时发出的剧烈的爆炸声,不知道又引燃了什么易爆的物品。

等我走近时,我发现烈火正吞噬着一切。我只能看到阿拉斯泰尔家和隔壁哈蒂家房子的轮廓。

我站了片刻,眼见着大火越烧越旺,关于阿拉斯泰尔的每一段回忆和他生活的点点滴滴都被卷入了熊熊烈火。我开始号啕大哭,高喊着他的名字,却没顾得上捂住口鼻,只希望老天爷能让阿拉斯泰尔平安无事,能从火场中走出来。

就在此时,我耳边传来了哭喊声,吓得我立刻闭上了嘴巴,开始侧耳倾听。竟然是婴儿的啼哭声。是罗斯,哈蒂的女儿。我朝着她的小房子望去。比起阿拉斯泰尔家,她的房子还算完整,至少二楼还在,但马上就要被大火烧塌了。

我回头看了看,身后空无一人。

"来人啊,救命啊。"我对着广场大喊,但无人应答。

罗斯又大声啼哭起来,听得我的心都揪在了一起。我小心翼翼地走到她家房子前,抬起脚踢了一下前门,前门立刻碎成一堆木片,堆在我的脚边。房子烧的只剩下一个空壳,但火势却丝毫不见减弱。我往后蹦了一步,又开始大声呼救。

"救命啊!"

到处都弥漫着烟雾和灰尘,我只能退后几步做个深呼吸,但哪里都是一样滚烫,空气稀薄到令人无法呼吸。接着我将两条胳膊交叉起来遮住前额,便冲进了屋里。楼梯就在门边,我顺着楼梯跑上去后,发现罗斯就躺在小卧室里的婴儿床上,蓝色的火焰舔舐着对面墙壁,黑烟滚滚让人透不过气来。我连毯子带孩子一股脑全都抱起来,像箭一般地冲出卧室的门。空气灼热的令人无法忍受,我往楼下狂奔时感觉脚下的楼梯已经开始融化。我屏住了呼吸,祈祷着自己能在房子坍塌之前逃出去。

就在我跑到楼梯最下面的时候,最后一道楼梯断裂,我跟跟跄跄地扑倒在门边的地板上,最后一刻我支起了胳膊肘给孩子撑起来一个小小的空间,以免自己整个砸在孩子身上。鲜血一下子就从我的胳膊上涌了出来,流到了毯子上,染红了我的裙子。我将孩子紧紧地抱在胸前,挣扎着爬起来,跌跌撞撞地冲出大门,翻过瓦砾堆,摸索着继续朝前面奔跑。最后,我感觉自己已经走出了很远,周围的空气开始变得凉爽宜人,灰尘和烟雾也消失不见了,于是我停下脚步喘了口气,转过头正好看到她家房子发生了爆炸,一转眼就变成了数不清的碎片。

我紧紧抱着孩子,看着熊熊烈火和此起彼伏的爆炸,身上的几处伤口不断往下滴着血。我爱怜地抱着这个小宝宝,仿佛抱着的是整个世界最后的希望。突然,一个高大魁梧的男人向我走来,我心里不由得一惊,但出人意料的是他停下了脚步,朝着我喊道:"维尼夏!"

来人是马拉德上校,他看上去煞是焦虑紧张。

"你抱着的是孩子吗?"他问道,声音与平时截然不同。说完,就急匆匆地从我手中抱走了孩子。就在那一刻,我感到脚下的大地在摇晃,似乎有什么东西要冲出来吞噬我这具虚弱不堪而又鲜血淋漓的身体。我瘫倒在了瓦砾堆上。

当时我肯定是突然昏过去了,因为我不知道自己是怎么到蒂林太太家的,甚至不知道最后醒来是什么时候。我只知道自己是在一个陌生的小房间里,躺在一张柔软的小床上。我几乎动弹不得,浑身疼痛难忍,特别是胳膊痛得最厉害。我只是躺在那里,在黑暗中眨着眼睛拼命看,后来我才看清自己原来是躺在蒂林太太家小后屋的一张床上。我的胳膊上缠着厚厚的绷带,穿着一件白色的旧睡衣。一切看上去都模模糊糊的,真令人难以置信。咳嗽的时候就觉得喉咙里好像全都是沙子。

"你还好吗?"蒂林太太抚摸着我的额头问道。看着她眼里流露出来的担忧之色,所有的痛苦就都涌上了心头,我开始泪如泉涌,但并没有号啕大哭。一切都让我痛彻心扉。

"孩子怎么样了?"我一边抽抽搭搭地哭着,一边问。

"孩子很好,不哭不闹,现在在楼下的抽屉里睡着呢。"

"抽屉里?"

"是啊,我家没有婴儿床,所以马拉德上校清空了他衣柜里的一个抽屉后,就把抽屉抽出来放在厨房的桌子上,里面垫上几条毯子做成一个柔软的小窝。可能用抽屉当婴儿床是有点奇怪,"她耸了耸肩,"但对罗斯来说并不打紧。多亏了你,她终于活下来了。"

"那她妈妈呢?哈蒂……"

蒂林太太摇了摇头。"可惜她没活下来。"她低声说道,喉咙里隐隐作痛,好像马上就要窒息。"普里姆也没了。"脸上掠过一丝愤愤不平的表情,但她很快就表现出来她一贯奉行的实用主义精神。"我们都不知道小罗斯将来会怎么样。她没有其他近亲。维克多有个姨妈,是他母亲的姐姐,住在威尔特郡,所以我会给她写信的。"

这个消息像一团风暴云在我头顶掠过,随时都会降下倾盆大雨。哈蒂死了,普里姆也死了。说起来轻松,但要完全接受她俩已经不在人世这个事实可就难了。

"阿拉斯泰尔呢?"

蒂林太太握住了我的手,我的手上也缠满了绷带。"不知道他现在怎么样了,"她轻声说道,"他昨晚应该在家待着吗?当时他是在等你吗?"

我看着她,不太明白她问这些问题是什么意思。

"不知道他去哪儿了,"她又慢慢地接着说道,小心地措着词,"谁都不知道空袭发生时他在不在家。我们还以为没准儿你知道呢。"

我的头脑一片混乱。他会去哪里呢?所有他可能去过的其他地方都一一在我脑海里闪过。他可能在和某些间谍或黑市贩子会面，也可能已经被我爸打死了，尸体就躺在皮斯波特森林里。我又想起来跟他见面的那个怒气冲冲的高个子男人，我记得那家伙的上衣和裤子都太短了，还记得阿拉斯泰尔把护照递给了他。

为什么我以前就没想到呢？那个高个子家伙一定就是那个被打下来的纳粹飞行员，国防志愿军一直都在寻找他。这就可以解释为什么那家伙的上衣和裤子都那么短，也就可以解释为什么他想要逃离这个国家。我简直不敢相信，阿拉斯泰尔竟然在帮助一个敌人。他怎么能做出这种事？

我怎么能爱上这样的男人？

我痛苦不堪，头晕目眩。就算怀疑与恐惧不断纠缠着我，我还是无法忍受他可能已经不在人世的想法。他昨晚有可能在自己家里吗？我真的以为他会在家吗？我俩并没有约好要见面。我俩最后一次见面还是昨天早上我怒气冲冲地穿过果园，分别时连再见都没说。

我俩竟然连再见都没说。

我又哭了起来，先是轻轻抽泣，后来就成了默默流泪，蒂林太太握住了我的手。这一切都让人无法接受。阿拉斯泰尔失踪，普里姆死了，我亲爱的朋友哈蒂也死了，她的孩子失去了母亲。这一切太让人受不了了。

不知道什么时候我又睡着了。蒂林太太一整个晚上都坐在我身边陪着我，第二天早上我醒来时，她还坐在那儿，罗斯的哭声响彻了整幢房子。

"谁在照看孩子呢？"我问道。虽然我觉得哭就是孩子的天性，目的就是让女人站起来动起来，但一听到哭声我还是感到紧张不安。罗斯的哭声戛然而止，可能是有人把她抱了起来吧。

"马拉德上校，"蒂林太太回答，"他还挺有本事的。"她扬了扬眉毛,好像感觉有些不可思议,但不知怎么的,我倒觉得这似乎是情理之中的事。

"罗斯没事吧?烟那么大……"

"有点咳嗽,不过说实话,维尼夏,她能活下来就已经是个奇迹了。你也一样!"她看着我,有一丝愠怒,"你进去救她的时候,就没注意到那栋楼马上就要爆炸了吗?"

"没有。"我想要下床,不知怎么地感觉头脑更加清醒,想要站起身来,想知道阿拉斯泰尔到底怎样了。"我受不了孩子的哭声,嗯,就觉得自己好像是迫不得已才去救她的。"就在我说话的时候,忽然那一刻的情景又出现在我眼前。"当时我大喊着救命,可附近一个人都没有,孩子就在那里一直啼哭,不停地大哭。除了我在那儿再没别人。我必须去救她。"

"我觉得你最好还是卧床休息,维尼夏,"她又让我躺回到床上,把被子拉过来给我盖好,"你失血太多了。"

我看着胳膊上的绷带,想起了那个伤口。"伤口大吗?"

"缝了几针。"她平静地说。

"孩子呢?我的孩子怎么样?"我小声问道。

"孩子暂时没问题,"她说,"但你得了脑震荡,还受了重伤。要是你老想着起来活动,孩子恐怕就没希望了。要不要我叫你妈来接你?"

我抬头看着她。"可我得先找到阿拉斯泰尔。"

蒂林太太慢慢地摇了摇头。"维尼夏……"她说话的语气让我马上意识到接下来肯定不会有什么好事,我不由得号啕大哭起来。她拍了拍我的肩膀,让我躺好。"要是昨晚他在家的话,肯定活不了。"

我大哭了几声。"你这话是什么意思?你是怎么知道的?"

"谁都不知道他当时在不在家。维尼夏,他一直都是在家等你吗?"

"嗯,大多数情况下他会等的。"我没说实话。他经常不在家,一直等待的人其实是我。我会躺在沙发上,翻阅他的诗集,带着敬畏和厌恶的双重情感欣赏自己的裸体,感受着房间里色调和氛围的变化,每次就在他走进门的那一刹那,灰色和棕色的主色调就会变成金色和青铜色。我也可能会迟到,因为从奇尔伯里庄园溜出来很难,恶劣的天气啦,爱管闲事的妹妹啦,暴躁苛刻的父亲啦等等,这些全都是拦路虎。但我俩都愿意等,等多久都行。

"好吧,既然这样……"她犹豫着,有点说不下去了。

片刻后,我果断地把脑子里的想法说了出来。"我爸可能已经把他给打死了。"

闻听此言,蒂林太太立刻停下手,不再擦拭我的额头,满脸焦虑之色。"你爸知道你怀孕的事啦?"

"知道了,"我抬起头看着她,"昨晚他回家之前可能有人已经告诉他了。"

"会不会是帕特里小姐?你跟她说了吗?"

我倒吸一口凉气。"她知道我爸肯定会要了我的命,应该不会跟我爸说的吧,"我突然有点口干舌燥,"你觉着呢?"

蒂林太太皱了皱眉头。"亲爱的,这我可不知道,"她摇了摇头,满脸惊诧之色,"这我可说不准。"

她帮我掖好被角,就说要去拿些热牛奶过来给我喝,好让我再次入睡。她担心我会流产,我也忐忑不安,无法形容自己有多害怕。如果阿拉斯泰尔真的已经不在人世,无论是让炸弹炸死的,还是在森林里让我爸拿枪打死的,那这个孩子就是他留给我的唯一念想,我知道这听起来既伤感又可笑,可我想他,就好像我正在以某种方式死去,我的内心正在融化,慢慢地融化成虚无。这个孩子是他的孩子,也是我唯一的希望,是我在绝望中看到的一颗闪闪发光的星星。

哦，安琪，你不在我身边让我感到无所适从。可怜的哈蒂，我仍然无法相信这个可爱、善良、长着一双明亮眼睛的朋友已经离我们而去。我不知道没有她我该怎么活下去。她的声音还在我脑海里回荡着："维尼夏，你得学会照顾自己。"听到罗斯咯咯的笑声，我觉得和她很亲近，这真应该感谢哈蒂，因为哈蒂就像我的姐姐，而我觉着自己就像罗斯的姐姐一样。

你一定要尽快给我回信啊。

爱你。

维尼夏

蒂林太太的日记

1940年8月3日,星期六

这几天太可怕了。对于这场战争,我有一种不祥的预感,我们会遭到纳粹军队的侵略,进而亡国,随即丧失自己的文化和自由。战争会让我们付出一切,我们会全力以赴地战斗,寄托上所有的希望和梦想,甚至奉献出自己的生命。然后纳粹就会打过来,一切都将化为泡影。我们将成为一堆空空如也的骷髅,任凭他们在我们身上肆意践踏,任由他们控制我们的生活、我们的家、我们的孩子——如果还有孩子能活下来的话。

根据马拉德上校的说法,轰炸机可能飞过了多佛市,迷路了,然后不得不投下炸弹才能再飞越英吉利海峡回去。轰炸机不应该袭击平民。死伤那么多,损失那么大,却只是个可怕的错误。当然,这是他事后的想法。

维尼夏今天早上回家了,她的状况还是不太好。失血过多,我担心她会流产。脑震荡很严重,行为举止都有些反常。她对哈蒂的离世非常难过,而且一直都在谈论斯莱特,就好像他会回来似的。在他家的废墟里并没有发现他的尸体,维尼夏也不知道他可能会在哪里。

广场的一边被炸出来一个大坑。我们这些人,当然我是说村里的所有女人一直都在努力地做着清理工作,尽量利用砖头瓦块和炸碎的那些东西物品填埋平整广场,其中有些东西一看到就令人深感不安,比如哈蒂常穿的连衣裙、普里姆的金饰碎片。与此同时,越来越多的人开始趁火打劫，开始在断壁残垣中搜寻珠宝首饰。昨天，我亲眼看见拉尔夫·吉布斯把一个女人推到一边，就是为了先抢到财宝，他的眼睛里充满了贪婪。这场战争已经把他变成了一个怪物。

帕特里的房子也被炸毁了，但幸好救援人员把她从废墟中救出来时发现她只是髋部骨折。她被送进了利奇菲尔德医院，所以等我有空的时候我得去问问她有关孩子的事情，主要是这事不由得令人心下生疑。

昨天奎尔太太发现了普里姆那台留声机，幸好没炸碎，还有其他一些东西。牧师跟我们说，我们可以亲自把这些东西交给普里姆的姐妹们，因为她们明天要来参加主日崇拜①，还要发表特别悼词。

我们还找到了哈蒂的一些东西，包括一个装着信件的金属饼干盒。大家都说我应该先暂时保存，等维克多的姨妈来接孩子的时候再交给她。于是我就把盒子拿回了家。盒子已经熔化变形，无法直接打开，我就请上校帮我把它撬开。

"这么做不太合法吧？"他问道，一副洋洋自得的样子，估计是觉得公理正义全在他自己那边。

"撬开吧，"我说，"要是你觉得这么做有问题，责任由我来负。你要是不愿意帮忙，我就自己想办法把它撬开。"

他看着我的样子，就好像我脑子不正常。

"总归得有人把它撬开，"我平静地说，"我觉得哈蒂宁愿撬开盒子的是我，而不是维克多的姨妈，你说对吧？"

他哼了一声，然后就开始拿螺丝刀撬盒子。刚撬开一条缝，他

---

① 主日崇拜（Sunday Service）是在一个星期开始的第一天，也就是星期日，耶稣的门徒聚集在一起，以唱诗、祷告、奉献、读经、讲道和其他圣礼等方式来庆祝主耶稣的复活，敬拜三一真神。

就把盒子递给了我，我飞快地翻看了一下里面装的东西。

"你不觉得你这是在窥探别人的私生活吗？"

"不觉得，眼下我可没时间考虑这样的问题。"我又翻了一阵子，接着就停了手，抬起头看着他。"我只是想确保他姨妈家的人会爱这个孩子，会珍惜有关哈蒂的记忆。他们会欢迎孩子的到来。"我又低头看了看盒子。"这封情书不是她外甥写的，就不能让他们看到，"我一边说，一边把一封信挑出来，和我挑出来的其他东西堆到了一起，"这封也不行。"

"没错，没错，"他连连称是，"有道理。你真善解人意啊。"

我停下了手中的翻捡活计，抬起头看着他。"这也是我想让别人帮我做的事啊。"话一说完，眼泪就要涌出眼眶。我了解哈蒂，知道她有多爱她的孩子，也知道有多爱她的丈夫。她一直都担心在大西洋上某个地方的维克多会出事，结果她自己却先走一步，真是世事难料啊。

"你真勇敢。"上校柔声说道。他伸出一只大手抓住我的胳膊，过了一会儿才放下。他的举动竟然让我感到了一丝安慰，这也太匪夷所思了吧。

盒子里面有一张哈蒂和其他几个人的合影：维尼夏、亨利、安吉拉·奎尔，还有我家的大卫和拉尔夫·吉布斯。他们几个人沿着小路向奇尔伯里庄园走去。有人趁他们没注意的时候抢拍了这张照片，也许是维克多拍的？照片上的几个人没有聚在一起。哈蒂和维尼夏走在最前面，笑容满面地挽着胳膊；大卫和拉尔夫哈哈大笑着互相推搡，看起来是那么年轻、那么天真，但战争一来，他们就拔苗助长般地迅速成熟了。后面跟着的是安吉拉和亨利，手牵着手，但有一半身子给遮住了看不到。安吉拉在亨利耳边窃窃私语着什么，另一只手抓着他的胳膊，亨利正咧嘴笑着。他们俩看起来就像是一对。我不知道为什么以前没注意到这个问题。安吉拉爱上了亨利,但亨利却一直迷恋着维尼夏。如果仔细看这张照片,就会发现维尼夏走在前面时,亨利的眼睛一直盯着维尼夏,而安吉拉则斜着眼睛看着亨利。不知道维尼夏是不是知道这一切。可能不会吧。

"你打算怎么处理这些东西?"上校瞥了一眼被我挑出来堆在一边的那些东西后问道。

"装在信封里,等罗斯长大成人明白事理了,就交给她。"我一边说,一边轻轻地把那一小堆东西捋整齐,仿佛将来这些东西会变成一堆珍贵的礼物一样。"只在父亲的陪伴下长大的话,她没法了解到所有关于母亲的事情。这些东西应该能弥补一些缺憾吧。"

"对于已经过世的人是没有办法准确地把他描绘出来的,"上校直截了当地说道,"相信我,我曾经试过。关于一个人,有太多难以捉摸的东西,所有的细微琐事,过往的种种,那些令人讨厌的小习惯,说话的方式,天生的体香,等等。正是这些东西——还有数不尽的其他东西——让他们的生活变得充实饱满,而这些是根本无法重新创造出来的。我们可以用照片、肖像画、诗歌、气味,以及任何能找到的东西来提醒自己不要忘记他们,但要把一位母亲的精髓传达给她的孩子,最多只能传达出一个大概而已。"

"你太太不在了吗?真对不起……"当时我的脸肯定涨得通红,因为我忽然想起来自己一直那样凶巴巴地对待这个可怜的家伙,而他实际上也是个孤家寡人,跟我一样。可我从来没想过要问问他。

"不在了,"他瞥了一眼花园,微风吹拂着铁线莲,摇曳着盛开的紫罗兰花,"维拉去世时,三个女儿中老大十岁,老二九岁,老小只有七岁。在她们的记忆中,维拉一直重病缠身,对孩子们要求苛刻,难以相处,而且通常让她们感到害怕。想让孩子们相信她们的母亲也曾经活力四射、容颜俏丽简直是难上加难。"他拿起哈蒂的照片,满面悲伤地低头看看。"她也有活力,也有梦想,就像这个可怜的女人。"

他的话深深地打动了我。以前他也在无意间提到过自己的几个孩子,可我并不知道他太太已经去世。突然之间我替他感到非常难过,毕竟,我深知一个人独当一面的感觉,一边抚养孩子,一边勇往直前。

"哈罗德去世时,大卫才八岁。我们母子俩互相支撑着继续活下去,关系也越来越亲密。你那三个孩子现在都在哪儿?"

"都住在牛津的姑姑家,就是我姐姐家,现在她们都大了,老大十五,老二十四,老小十二。我一直都想着在村里租个地方把她们接过来一起住。不瞒你说,我很想她们,"他微微咳嗽了一下,以掩饰自己直言不讳,"可现在……"

"是呀,现在可能住在牛津更好。"我轻声说道。他竟然不想住在常春藤之家,而是一直都在考虑着搬走,去租一所房子,这太出乎我的意料了。他不喜欢住在这里吗?那他为什么不告诉我呢?也许我应该让他觉得这个家还是欢迎他的到来的。

于是我又重新沏了一壶茶。等到我俩都在厨房的餐桌旁落座后,我就问了他很多问题,让他把三个女儿的事情详细地讲给我听。

姬蒂·温斯洛普的日记

1940 年 8 月 5 日，星期一

没有普里姆的生活

今天晚上，唱诗班的排练很特别，这是第一次在没有普里姆指挥的情况下排练。一想到她永远都不会出现在教堂里，我就觉得教堂冷得像冰窖，就算走进去都让我难以忍受。我们这个唱诗班再也无法回到从前了。普里姆的葬礼将在伦敦举行，我们很多人都无法出席，所以牧师昨天特地为她举行了一场主日崇拜。

牧师让我讲几句话，这让我感到非常荣幸，于是我决定跟大家讲讲我和普里姆相处的美好时光。她对我们的生活竟然产生了如此巨大的影响。然而，轮到我讲的时候，我却不知道自己是否能把想说的话全都说出来。站到讲坛后面时，我既紧张又悲伤，结果浑身抖个不停。

但后来我想起了普里姆，她一直都希望我能保持坚强的意志。

"记得在普里姆家上第一堂声乐课时，我们俩谈到了死亡。她告诉我以前她差点死于疟疾。她还说她不介意考虑死亡的事。意识到自己总归会归于尘土实际上会让生活变得更美好，因为只有到那时，我们才会决定过自己真正想要过的生活，而不是别人希望自己过的生活，才会好好享受每一分钟。"

我停顿了一下，好让自己的精神振作起来。全村人都来了，还有一些人来自利奇菲尔德，大家都在等着我继续往下说。"她的离去让人心碎，但她最期待的一定是，这场主日崇拜的主题是对她生命的庆祝，而不是纪念她的死亡。她是最有活力的人、精力最充沛的人、最真实的人，对我来说，她永远都活在这个世界上。"

我的泪水夺眶而出，蒂林太太走上来扶着我回到座位上。普里姆已经离我而去，但这个事实太难以接受了。

大家在齐声高歌《降临吧，神圣的爱》的时候，全都泪流不止。谁都忘不了她对音乐的热爱、她的故作勇敢。环顾着唱诗班席位上的众人时，我在想，这种气势是否已经渗透到每个成员的骨子里去了呢？只要在她身边，我们就会变得更加凶猛、更加勇敢，准备好从她的角度直面整个世界。

人死了以后会怎样？

灵魂可能会升入天堂，我死后可能会在那里再见到他们（但我不知道他们到时候会是什么样子）。

尸体埋进地下，成为蚯蚓的大餐。

凡是认识他们的人，都不会忘记他们曾经存在过，就好像我们一遇到他们就肩负了这样的责任一样，甚至在没人要求我们这样做的情况下也是如此。

他们的精髓会折射到宇宙中，他们不同的色彩会让天空变得五颜六色，最终会染红夕阳，最终化成了晚歌中的亡灵进行曲。

谁将领导奇尔伯里村女子唱诗班？

今晚唱诗班排练的主题就是，我们得搞清楚明天在哈蒂的葬礼上该怎么完成表演。不出所料，布太太很快就自作主张地取代了普里姆的位置，但与大家记忆中普里姆平易近人的做事风格相比，布太太干起事来就像一只忙碌的大马蜂，总显得那么仓促草率，毫无章法可言。

"悲惨的一周终于过去了，今天大家聚到这里就是为了在哈蒂葬礼上的演出排练，"布太太开始说，"她是唱诗班的第二女高音，我们应该为了她全力以赴，用心彩排。"

"这是我们最起码能为她做的，"蒂林太太走上前插嘴道，"唱诗班没了她还要唱下去，一想到这我就很难受，但我知道这也是她想要看到的。她也会希望我们大家为她献上感人至深的丧歌。"

大家纷纷低声咕哝着表示同意，接着布太太就要求大家都安静下来。"是啊，是啊，蒂林太太，这些大家都知道。谢谢你把自己的想法跟我们大家分享。我们会考虑的。"她示意蒂林太太坐到后面去，可蒂林太太正忙着翻阅摆在前面的几份乐谱根本没有理会她，任谁都看得出来布太太给气得火冒三丈，但她还是继续说了下去。"经过再三考虑，我认为我们最好在葬礼上再把《万福玛利亚》演唱一遍。在我的领导下，大家全力以赴，一定可以重现我们在利奇菲尔德的辉煌。"

现场顿时乱作一团。谁也不愿意再唱一遍《万福玛利亚》。不知何故，只是把为了赢得比赛而演唱的歌曲再临时充数翻唱一遍，这样做让人感觉心里很不舒服，而且就算是再唱一遍也肯定不会再有任何获胜后的喜悦之情。大家都看向了蒂林太太，而她正低着头忙着翻看一堆乐谱。

"我们不能演唱那首歌！"蒂林太太抬起头来大声说道，"在这种情况下这样做是不对的。不行，我们得再选一首别的歌，一首专门献给哈蒂的歌。"

"也许我们可以演唱莫扎特的《落泪之日》，普里姆正在筹备的那个特别的追悼会不是……取消了嘛。这首歌我们还得好好练练，毕竟很适合在葬礼上演唱。"奎尔太太提议道。

"不行，那首歌也不合适，"蒂林太太叹息道，"那首歌太沉重了，情感起伏太大。哈蒂肯定想要一些简单的东西，比如她最喜欢的赞美诗之类的。"

"真的吗，蒂林太太？"布太太开始变得咄咄逼人，"你心里到底怎么想的，快跟大家说说吧。"

"好吧，牧师把教堂里的老乐谱全都给我们了，有点脏，但我相信我们能在这堆乐谱里找到点思路。"

我走上前去跟她一起翻看起来。有些乐谱破烂不堪，即便是三四个人共用一份乐谱都不够。短时间内我们也不可能找到足够多的乐谱。

"这个怎么样？"我举着挑中的乐谱大声问道，"亨德尔的《弥赛亚》[1]？"

"姬蒂，这首有点太欢快了。"蒂林太太一边和蔼地回答我的问题，一边继续翻看着。"啊，找到了，《奇异恩典》[2]，有史以来最能打动人心的一部作品。"

所有人都开始小声交谈，都承认这是一个上佳选择。

"它那美妙的赞美诗凝聚了所有的生命力，"蒂林夫人若有所思地说着，然后又果断地补充道，"就是它了。"

她把乐谱分发下来后，大家就开始一边哼唱着曲子，一边走到

---

[1] 亨德尔的《弥赛亚》是一首包含了《圣经·旧约》及《新约》中注重灵修、思考有关救主"弥赛亚"的作品，写的是关于基督的诞生、受难、复活，但没有故事情节，用一种间接、象征性的方式叙述。其咏叹调丰富而独创，旋律常加上非常动听的华饰和拖腔，以加强情感的抒发；合唱简朴深厚，常让复调与主调织体交替出现，和声坚实有力。

[2] 《奇异恩典》(*Amazing Grace*)这首歌最初由英国牧师约翰·牛顿作于1779年，开始是一首传统的民谣，或黑人灵歌，它表达了宗教的忠诚，其中包含着一个平淡但是极富深意的赎罪的故事。歌的主题和《圣经》的主旨相符：忏悔、感恩、赎罪、重生。

各自的席位上，抬起头来准备开始排练。

"你要当咱们唱诗班的班长吗，蒂林太太？"我问道。答案很明显，非她莫属，因为她不仅会识谱，而且还有一副好嗓子。

"对呀，你来当指挥吗？"低音部有人喊道。

"嗯。"蒂林太太欲言又止。普里姆刚去世没几天，而且她曾经是那么独特的存在，那么具有权威性，现在要由蒂林太太接替普里姆的位置，任谁都看得出蒂林太太浑身不自在。

"说话呀，蒂林太太，"奎尔太太坐在风琴旁边叫道，"只有你才是最合适的人选。"

刚才一直站在前面的布太太走到了队员中间说道："好了，我们不要强迫可怜的蒂林太太。毕竟，她只是站出来帮大家挑选适合表演的歌曲。现在既然歌曲已经找到，低音部还是缺她不可的。"她和蔼地对着蒂林太太微笑着，伸出手示意蒂林太太回到自己在唱诗班的席位上去。

有那么一瞬间，蒂林太太似乎真的要回到低音部去，但好像又有什么东西挡住了她的去路一样，她挺直了身子，朝布太太笑了笑。

"我相信我能做到，"她说，"虽然会和普里姆在世的时候不一样，但我们都要尽力而为。我有能力指挥大家开始演唱，让大家保持状态，保持节奏，确保渐强和渐弱部分的演唱恰到好处。那我就来当指挥吧。"

"这就对了，蒂林太太，"大家纷纷点头表示认可，奎尔太太的声音最响亮，"我们这些人当中就属你最棒。你肯定能做得很好！"

布太太走回到自己的席位上，高昂着头，掩饰着内心的恼火。我从没见过她输得这么惨，尤其是被她一贯忠诚的支持者蒂林太太给打败了。真是风水轮流转啊。

蒂林太太没有指挥棒，但她举起胳膊，对奎尔太太点点头，示意管风琴开始演奏。然后她又直视着我,仿佛知道我会带领高音部开始演唱。一想起可爱的哈蒂,我的泪水就又开始扑簌簌地流下来。她一直是我的世界的组成部分,而我的世界正在缓慢地解体,进而以一种永远无法逆转的方式消失殆尽。

维尼夏是奇尔伯里村的英雄!

村里的广场上一片混乱,商店也关门了,但最糟糕的是,维尼夏成了时下的英雄!无论我走到哪里,都有人不停地问我关于维尼夏的事。她是怎么把那个孩子给救出来的?奎尔太太给她烤的蛋糕,她吃了吗?她会被授予勇敢勋章吗?耳边传来的全都是"可怜的维尼夏"和"干得好,维尼夏"之类的话。

她很幸运,在正确的时间出现在正确的地点。这事放在谁身上,都会像她那样做。如果当时我在场,肯定也会去救人。那我也就会成为英雄了。

但是维尼夏怀孕了!

今天上午,女仆埃尔西做了新鲜的烤饼。香甜的味道诱惑着我走进了厨房,结果她就跟我爆出了这条大新闻。

"家里出事了,你知道吗?"她一边轻声地问我,一边很大方地帮我在另一张烤饼上涂满了黄油,又把一盘草莓酱推到我跟前。

"出什么事啦?"我还没来得及把嘴里的烤饼咽下去就赶紧问道。

"维尼夏要有孩子了。"她边说边转过身去,生怕我看到她的面部表情。她身材苗条,就像个芭蕾舞演员,身上戴着的围裙随着她转身的动作也跟着旋转绽放。她个子很高,长得也如花似玉,从远处看还是挺漂亮的,可近距离细看,就会发现她眼中流露出来的闷闷不乐之情。整体效果就这样完全被破坏掉了。不过,今天她看上去有点兴高采烈,绿色的大眼睛闪闪发光,就像一只在巫师身边来回游走的猫。

"我听说的是她救了个孩子。"我刚张嘴,埃尔西就粗鲁地打断了我。

"不是,是她自己的孩子,"她转过身来面对着我,差一点就把那张尖尖的小脸贴到我脸上了,"是斯莱特先生的孩子。"

我后退了一步。"维尼夏怀孕了?"

"嘘,"她马上示意我小点声,"不要跟别人说是我告诉你的。"她肯定是害怕有人说她一天到晚只知道说长道短,或者说她还不嫌事少。她转身冲出了厨房,留下我一个人在那里惊惶失措,坐立不安。

突然之间一切都说得通了!

为什么爸爸会对维尼夏暴跳如雷?
为什么维尼夏不和爸爸说话?
为什么妈妈这么关心维尼夏的健康状况?
为什么斯莱特失踪的事让维尼夏这么难过?
为什么每个人的行为都这么古怪?
最可恶的是,为什么所有人都对我只字不提?

然而,最后竟然是埃尔西跟我说了这件事,这让我觉得有点匪夷所思。平时她几乎都不跟我说话,所以我经常在想,她是不是因为当用人而愤愤不平。维尼夏说,这就是为什么现在招聘员工这么难。没有人愿意被别人吆来喝去的。也许埃尔西是在报复我们,尤其是自打普罗格特走后,她的工作量增加了一倍。大概有一整天时间谁都没看到普罗格特的人影,于是家里人强行打开了他的房间后才发现,里面已经空无一物。他肯定是在爆炸当晚走的。大家都一头雾水,除了爸爸,他给气得脸色铁青。

我决定去找妈妈,想问问她为什么不告诉我维尼夏怀孕的事,但等我发现她在婴儿房里正哄着哭哭啼啼的劳伦斯时,我就决定什么也不问了。有时候最好装得跟平常一样,就不会有人怀疑我什么都知道了。不过,我一整天都在想这件事,脑子里翻来覆去地全是这件事。一想到维尼夏就要完蛋了,我就禁不住嘴角上翘。

这事将让她的余生永远处于被动。

蒂林太太的日记

1940年8月6日，星期二

阴冷的午后，细雨蒙蒙。我们大家泪流满面地聚在老教堂外，冻得浑身发冷，紧张不安地等待着哈蒂葬礼的开始。这是亲爱的哈蒂的一生中最后的一步了。这个看似合理的最终结局本来应该给她的一生画上圆满的句号，但对于她这样一个充满活力、热情似火的人来说反而显得如此不合时宜。

"她再也不会像往常那样脸上挂着灿烂的笑容，突然从拐弯那里猛地冲出来了，真让人无法接受。"姬蒂深深地吸了一口气，低声说道。闻听此言，大家都朝着哈蒂可能会出现的那个街角处望去。

"我觉得她在精神上一直都和我们在一起。"我回答道，把小罗斯抱得更紧一些。今天她的世界将永远改变，而且几乎可以肯定的是只会变得更加糟糕。在这样可怕的一天里，她那张小脸上却挂着微笑。

"她不知道自己已经没妈了，是吗？"姬蒂喃喃地问道。

"不知道，还得过几年她才能懂事。她对哈蒂不会有任何印象，只认识维克多和那些照顾她的人。"

"维克多回来之前，谁来照顾她呢？"姬蒂的目光飞快地从孩子身上转到了我身上。

这个问题问得好。

维克多的姨妈来信说他们夫妇年老体衰，无法过来把罗斯接走。我不知道他们夫妇现在都已经处于耄耋之年。他们甚至都不能来参加哈蒂的葬礼，真是一桩憾事。所以罗斯暂时和我们——我和上校——一起生活在常春藤之家。我得给她找个家，找一户好人家收养她。

上校找人查找了维克多任职的那艘船，那船似乎一直都在大西洋上的一处偏远海域正常运行，但几个月来，维克多却还是杳无音信。他可能还不知道哈蒂的死讯；可能还以为太太和刚出生的女儿仍然幸福地生活在那个小而舒适的家里，而面对炸弹的只是他自己。为了让家人自由自在地生活，他宁可冒着生命的危险。唉，世事难料啊。

牧师在还没打开教堂大门将众人放进去之前，先悄悄地溜出来，来到了我跟前。

"没人扶灵。"他急匆匆地小声说道。

我一脸茫然地看着他。

"没有人抬棺材。"他解释道，干咳了一声以掩饰尴尬之意。我俩一起朝着四周望过去。哈蒂教过的那些小学生和陪伴学生一同前来的那些母亲都已经到了，但除了老道金斯先生和那个显然没心情抬棺材的准将之外，其余的全都是女人。眼前的世界似乎一下子变得黯淡无光。亲爱的哈蒂就像我的女儿一样，年纪轻轻的就抛下众人而去，可我们甚至都不能给她举办一个像样的葬礼。

"对不起，"牧师低声说道，"以前扶灵的那些人要么在战场上打仗，要么在上战场的路上，要么在造炸弹。我也无计可施。"

"这段时间以来谁的日子都不好过。"我小声说道。这场可恶的战争让大家忙得其他任何事都没时间做，这使我大为光火。一旦有什么事情要完成，就得由我们这群女人出手。

突然我灵光乍现。

"抬棺材的事我们来吧。"我大声宣布。

闻听此言,所有人全都抬起了头。

全都一脸震惊之色,看看我又看看牧师,观察着我们这边的情况。

然后,大家先是一阵窃窃私语,接着又是一阵嘀嘀咕咕,然后就开始一个接一个地走上前来。第一个走出来的是姬蒂,接着是温斯洛普太太和维尼夏,吉布斯太太,特纳太太和波蒂斯太太,跟着就是布太太,很快大家就都默不作声地走上前来,自愿扶灵。

"奇尔伯里村女子唱诗班将承担这一重任,"布太太宣布,并以她一贯的态度开始大包大揽,不过这次她的态度倒真的发挥了作用,"我们将抬着忠贞不渝的第二女高音哈蒂,陪着她走完最后一程。"

牧师带领大家朝着法衣室走去,此时我才意识到得找个人抱着小罗斯,环顾四周后,我发现别无选择,只能请准将代为照看。

"你能帮我抱一会儿罗斯吗?"我一边毫不客气地说着,一边将孩子一把塞进了他怀里。准将有点目瞪口呆,眉头紧锁,低头看着蓝披肩裹着的罗斯。我没有马上就走,而是站在准将对面,心想,如果我猜得没错,准将是不是已经意识到这个漂亮的小姑娘就是自己的亲生骨肉了呢?他会不会感到一丝悔恨呢?

"牧师,快点!"布太太催促道,大家跟着牧师走进了法衣室。法衣室里摆着一副棺材,其实只是一个材质单薄的长木箱,里面装着的就是哈蒂的残骸。看到灵柩所有人都不由自主地屏住了呼吸,心里非常难过。曾经活泼可爱、活力四射的年轻女子,现在变成了一堆没有生命迹象的灰白尸体残骸,一动不动,放在一个长木箱里,令人感到悲从中来。

"怎么抬呢?"吉布斯太太紧张地问道。

"力气大的抬四个角儿,剩下的一起抬边儿。"布太太下达了指令。

当大家合力把这位唱诗班曾经的成员抬起来时,气氛一下子就变得肃穆起来，起初大家动作不一致，都有点摇晃，但后来都挺直了身子后，就开始朝门厅走去，等在那里的奎尔太太开始弹奏管风琴。

只不过奎尔太太的想法跟我们不太一样。

就在大家抬着灵柩沿着过道走向前面的圣坛时，《与主同行》①那沉重的前奏开始响彻整座古老的教堂，简单而凄美的曲调从管风琴中轻柔地流淌出来，鼓励我们大家团结起来一起歌唱，为哈蒂，为普里姆，为我们这个规模虽小但坚韧不拔的社区，为我们亲爱的、马上就要分崩离析的祖国歌唱。

> 夕阳西沉，求主与我同居；
> 黑暗渐深，求主与我同居。②

于是，十二个悲痛欲绝的女人齐声歌唱起来，只是声音有些颤抖。一开始唱得很轻，后来就越唱越坚毅果敢，大家边唱边慢慢地沿着过道往前走。大家齐声高歌，仿佛歌声就是生命，仿佛歌声将我们向往自由的心、将我们的激情和勇气全都激发出来，好让我们去坦然面对摆在面前的暴行。只要团结一致，就会强大无比。就在那一刻，我意识到没有什么东西可以摧毁奇尔伯里村女子唱诗班的精神。什么东西都不行。

起初，我无法聚敛心神唱歌，因为完全控制不住情绪。我们这支扶灵队伍的凄婉歌声在空空荡荡的教堂里回响着，听起来令人心

---

① 《与主同行》(Abide with Me) 是一首流传甚久的著名赞美诗歌，是 19 世纪英国一位乡村牧师亨利·弗朗西斯·莱特（Henry Francis Lyte, 1793—1847）所写。1861 年英国一位著名的唱诗班指挥威廉·亨利·芒克发现了这首感人的圣诗和曲谱，重新为圣诗再谱新曲公开发表，引起了极大的反响，并留存至今。
② 此处采用的是刘廷芳在 1933 年的译文。

碎,根本无法掩盖死亡的可怕结局;灵柩的重量让我感到无法承受,胳膊和腿都开始打颤。我前面的姬蒂正竭尽全力抬着灵柩,她的歌声像破碎的瓷器一样断断续续地传出来;我身后的维尼夏悲痛欲绝,泪如雨下。别人教导我们,说要把死亡看作灵魂从一个地方平稳地到达另一个地方的通道,但一位年轻母亲因为野蛮轰炸而丧生似乎与这一说法背道而驰。死亡对一种非常真实而又强大的精神造成了可怕的毁灭。

身后的维尼夏伸出一只手覆在我的胳膊上,我突然感觉自己在对人类的悲观思考过程中不再形单影只,而且也找到了演唱的动力。一开始,我的歌声中带着哭腔,沙哑而低沉,但很快就变得坚强、清晰、从容不迫。后来我觉得所有人的歌声汇聚到一起后就像温暖的光环一样包围着我们、保护着我们,让我们意识到自己所拥有的宝贵生命,认识到生命的意义以及生命可能持续的时间。

唱到最后一个宏伟的音符时,我们全都挺直了身子站在圣坛前,凝神倾听着歌曲的尾奏在周围回荡。

经过一番努力,我们轻轻地把灵柩放到矮桌上,布太太声音嘶哑地小声提醒着:"轻点儿,吉布斯太太,轻轻地放。"

然后,我扫了一眼正厅,发现还有很多座位空着没人。学校的孩子们和陪着来的母亲坐在左边,右边只有老道金斯先生、抱着罗斯的准将和亨利。亨利到的时候我们还在法衣室。

目光扫过教堂的最后一排时,我注意到上校不知道是什么时候溜进来的,就坐在左边的最后一排——那是我一直喜欢坐的位置。他抿着嘴冲我微微一笑,那笑容比哭还难看,我朝着准将的方向点了一下头,希望上校能明白我的暗示,去准将那里把罗斯抱回来。上校随即走到前面抱回了罗斯。当唱诗班的全体成员默不作声地走进席位时,他仍然站在前面没动。

牧师显然很沮丧,但还是带领着大家完成了这场令人心碎的主日崇拜。任何文字都显得苍白无力，根本不足以表达出我内心所感受到的悲哀。我一直都在压抑着自己的情绪，脑海里却不断闪现出大卫的身影，想象着万一丧电来了，我该怎么办，这念头就像从未来投射过来的一道不祥之光。

"接下来奇尔伯里村女子唱诗班要为我们演唱。"牧师的一句话一把就将我从痛苦的深渊里拽了出来。

此刻唱诗班的成员都已经站在席位上等着我。我深吸了几口气后走到前面，心里却忐忑不安，感觉自己无法履行一个领导者的责任。为了可怜的哈蒂，我在这一非常时刻做出了前所未有的选择，去接替一个刚刚故去的女人的位置，而这个女人竟然是普里姆这个具有传奇色彩的人物。

突然，一股怒火袭上了心头：到底是怎样邪恶的禽兽才会这样对待她们？接着，一种从未有过的情感占据了我全部内心：正义感，对我们所代表的一切，我都深感骄傲和自豪。我们为哈蒂感到骄傲，因为她在父母因车祸丧生后，仍然努力奋斗；为普里姆感到骄傲，因为她对唱诗班满怀信心并将其提升到了一个新的高度；也为自己，为奇尔伯里村女子唱诗班感到骄傲，因为我们履行了自己的职责。她们二人让我们备受鼓舞，让我们更加变得坚强不屈，让我们百折不挠地对抗敌人，她们不能白白牺牲。

管风琴开始演奏《奇异恩典》的前奏，乐声在空荡荡的教堂里响起，就像一阵清爽宜人的风吹过心头。我拿起指挥棒，示意唱诗班的全体成员做好准备。我们的一生虽然犹如昙花一现且变故丛生，但一定要给出最精彩的表演。清澈、剔透如水晶般的歌声穿透了天空，将女性的声音所能展现出来的一切美感完美地呈现出来，犹如一只白鸽冲破了战争那永恒的喧嚣后在空中展翅高飞。悲剧之美冲击着我的内心，敬畏之情油然而生。

等我们演出结束后，牧师宣布学校里的孩子们要为他们亲爱的老师献唱一曲。看着这些孩子，我的心都要碎了。他们大多数都只是八九岁的孩子，可能都不太清楚善良的洛弗尔老师到底出了什么事。

接下来的场景是我所见过的最悲惨的一幕。一曲唱罢，孩子们都举起小手捂住了眼睛，不敢看哈蒂的灵柩，死亡的残酷现实已经让他们心惊胆战：死亡怎么能将如此温暖鲜活的生命摧毁得这么彻底？

落葬时，大家心情沉重，默默无语地站在一旁，看着哈蒂的灵柩被缓缓放进湿透了的墓穴里，和她父母放在一起。随后，大家一起到我家喝茶，吃三明治。我和上校一起走回家，他把熟睡的罗斯放进了婴儿车里。利奇菲尔德的一个护士朋友借给了我一辆黑色婴儿车，哈蒂对原来的那辆蓝色婴儿车爱不释手，只可惜那车在空袭中被炸得粉碎。我记得当时她把婴儿车推过来给我看，高兴得几乎手舞足蹈。第一个关于哈蒂的回忆就这样拉开了帷幕，太多这样的回忆在随后的日子里一直在我心头挥之不去。

我开始思考有关哈蒂和普里姆以及她们生活的一切，想到自己在这个星球上所剩的时间简直微不足道，想到生命可能会因为空袭、侵略或者其他任何原因戛然而止。那天晚些时候，来我家聚会的唱诗班成员内心忧郁，拥抱告别时无不泪流满面。等大家走后，我便跟上校谈起了这件事。

"这场葬礼差一点就成了我的葬礼，"我坐在餐桌旁轻声说道，指甲顺着桌面的缝隙往下抠着，"当时炸弹也可能会从不到三十米远的地方朝着我们这个方向飞过来，然后直接命中目标。"

"倒也不是没可能，但事情毕竟没发生，所以也没必要杞人忧天，对吧？"上校边回答边把椅子拉近了一些。黄昏时分，阴沉灰暗的天空逐渐转暗变黑，黑的好像一场暴风雨马上就要来临。

"但如果在生命结束之前都不考虑死亡的话，又怎么能决定自己想过一种怎样生活呢？"我盯着自己的双手，瘦削纤细、满是皱纹、皮包骨头，早已经失去了娇嫩，"如果这是我的葬礼，那将会成为一件憾事。"

"你太累了，"上校说着站了起来，"我给你泡杯茶吧。"他走过去将水壶灌满。

"我一直都在想着哈蒂和普里姆她们俩，我一辈子都在努力让别人感到快乐，为什么却没有让自己的生活变得更有意思，让自己更快乐呢？也没有让生活目标变得更明确呢？真搞不懂啊。"

他重又坐了下来。"哎，你先听我说，"他说话的语气就像在发号施令一样，丝毫不容置疑，"你的日子过得令人羡慕。你有一个人见人爱的家，把大卫养大成人……"

我打断了他的话："大卫正在打仗，也许都无法活着回来。"

"你有一个儿子，"上校继续说道，"对身边每个人，你都给予了帮助和支持，真令人难以置信。"他一边斩钉截铁地表达自己的见解，一边把手放到了桌子上。"难道你看不出来这个村子有多么需要你吗？没有你，大家都会找不到方向的！"

我低下头，有些忸怩不安，然后就猛地站起身来，一把抓起抹布。"不能再这么放纵自我了，"我喃喃地说道，"我得赶紧去做晚饭，恐怕今天吃饭会有点晚。"

他走到我身边，伸出大手坚定地扶着我的肩膀，把我又推回到餐桌前。

"你还是坐下来休息吧，"他温柔地说道，"今天的晚饭我来做吧。"他走到了食品柜跟前，扫了一眼里面摆放的食材。"还不错嘛！还有几个鸡蛋，我最擅长做鸡蛋了。"他把装鸡蛋的盒子拿出来后，马上就开始找平底锅。"是炒着吃，还是煮着吃？"他一边问，一边打开碗柜，开始叮呤哐啷地乱翻起来。

"炒着吃吧。"我笑着回答道。上次别人给我做晚饭是什么时候我一点印象都没有,哪怕是鸡蛋也没有人给我炒过。

"明智的选择啊,夫人,"他笑着说,"我三个女儿都说在整个牛津郡,要是我做的炒鸡蛋排第二,就没人敢排第一。"

尽管鸡蛋炒得有点老,但他确实做得不错。他边炒鸡蛋边唱《漫漫长路到蒂伯雷利》,跑调跑得都快到太平洋了。我实在听不下去了,觉得非常有必要跟着他一起唱,因为他竟然连歌词也唱不对,于是很快我俩就开始合唱。我俩一边做炒鸡蛋,一边在厨房里唱歌,真可笑,却的确让我的心情跟着好了起来。

所以,亲爱的日记,今晚上床睡觉时,我觉得这场战争对我来说已经成为一个转折点。我必须要更加明确自己的想法,充分利用剩下的时光。

站起身来,让大家都能听清楚我要说的话。

埃德温娜·帕特里小姐写给姐姐克拉拉的信

利奇菲尔德医院

利奇菲尔德

肯特郡

1940年8月6日，星期二

亲爱的姐姐：

　　为什么这种事会发生在我身上？房子被炸成了一堆瓦砾，自己躺在这该死的利奇菲尔德医院里动弹不得，钱都被埋在碎砖烂瓦里却没法出去找，只能眼睁睁地看着那帮拾荒的家伙不劳而获。

　　可能你还不知道都发生了些什么吧？这一切都是因为那颗该死的大炸弹，全都是那炸弹造成的！上周四晚上，我刚把被子角掖好准备睡觉，就听到外面传来空袭的警报声。我觉得好累啊，却也只好拖着身体爬起来，刚要去撬开地板拿钱，突然，轰隆一声巨响过后我就不省人事了。等我在这该死的医院里苏醒过来时，一边屁股疼得要命，腿上也缠满了绷带。

　　"帕特里小姐，请你保持冷静，不要大声叫喊，"护士俨然以一种施恩于人的态度对我说，"只是髋关节骨折。几个星期后就可以出院。我们这里有的病人受的伤比你的重多了。"

　　可我的钱怎么办？我真想大喊大叫。

　　事实是，我并没有大喊大叫，而是一边用两只手捂着脸小声抽泣,一边开始盘算着下一步该怎么办。忽然,我有主意了。隔壁病床上的那个女人有点惹人厌烦,是道金斯农场送过来的,专门负责摘啤酒花。前两天有几个年轻人来探望过她。昨天我问她能不能让她外甥帮我个忙,当然这个忙也不是白帮的。如果他靠得住,我就用他一次。于是今天她就叫她外甥到我的床边来问我要帮什么忙。

"帕特里小姐,你想让我干什么?"他直截了当地问道。我上上下下地打量了他一番,心里直打鼓。他又高又瘦,邋里邋遢得像个扫烟囱的,两只手看上去绵软无力,皮肤潮湿,面无血色。

"你就是汤姆,对吗?"我说,尽量克制住自己皱起眉头的冲动。这个计划真的是我能想到的最佳计划吗?"好吧,汤姆,你能让我信得过吗?你能做到说话算话吗?我有一件大事要交给你办,但你必须保证,你能让我信得过。"

"我绝对信得过!"他双手叉腰,一脸轻松地回答。我对这件事没太大把握,可还得硬着头皮做。

"实话实说啊,我家的破砖烂瓦下面埋着点钱,其实也没多少。可你知道嘛,这钱是给我那可怜的姐姐攒的,我想给她买个轮椅。"

"可能现在真正需要轮椅的人是你。你看你的腿,还有你的身体状况。"他脱口而出,尽量显得彬彬有礼。我当时第一个念头就是不想再跟他谈下去了。

"以后我可能会用得到,等我好了我姐姐还可以接着用。但长话短说啊,我现在住院出不去,很可能就有人趁机到我家偷东西。我想让你帮我把钱挖出来,拿到这儿来。不会让你白干的,我付给你工钱。"

他看着我,咂吧了一下嘴。"你给我多少钱?"

"十先令。"我假装用一种不容置疑的语气说道。

"好吧,"他有点忿忿不平,用衣袖擦了擦鼻子,"那你把钱埋哪儿了?"

我有些犹豫不定，就先让他给我拿点水喝。他一下子就满口答应反而让我的心里开始打鼓。眼下他只要十先令就够了，可等他一看到那么厚的一摞钞票，肯定会马上改变想法。那我还有机会再看到那些钱吗？他怎么不讨价还价呢？这使我对他产生了怀疑。

"帕特里小姐，给你水。"他把水递给我。没准儿是我误会他了。可能他只是一个想要帮忙的普通孩子。

亲爱的姐姐，我现在已经没得选了。钱可能已经没了，或者已经烧成了灰。想把钱拿回来，这可能是唯一的路子，也是我唯一的指望了。

"那好吧，你好好听我说啊。"他低下头凑近了我，我告诉他钱藏在哪里，还得让他明白，炸弹的威力太大，可能会把地板炸飞或者把钱炸到别的地方去，所以他得把所有砖头瓦块全都翻遍。

"我尽量找。"他说道，歪嘴一笑，露出来的牙齿个个长得歪歪斜斜，我的心随即沉了下去。这世界怎么了？

我会随时告诉你这件事的进展情况。他答应我，说一找到钱就回来，眼下我只能躺在病床上祈祷了。

埃德温娜

维尼夏·温斯洛普写给安吉拉·奎尔的信

奇尔伯里庄园

奇尔伯里村

肯特郡

1940 年 8 月 6 日，星期二

亲爱的安吉拉：

说出来你可能都不会相信，我们这儿自打空袭以来到处都混乱不堪，人人都悲愤不已。我去参加了哈蒂的葬礼，当时我的心就像是给撕碎了一样。现在一想到这事，我就觉得自己快要崩溃，所以只能待在卧室里休息。至今仍然不敢相信她已经不在人世。我们从一出生就是好朋友，从小就黏在一起。一起度过了童年、少年，一起成长为成熟的女人。或者更确切地说，现在只剩下了一个女人——我，那感觉就好像我过去的生活给抹掉了一大块一样。

我现在还是浑身没劲。蒂林太太每天都来看我，对我深为不满，认为我康复的速度太慢。我妈一直以来对我都还不错，给我炖了很多汤，还给我做了很多好吃的，帮助我恢复。我怀疑她不光是把自己的口粮都给我吃了，可能还把姬蒂那份也都给我吃了，因为这个星期我至少已经吃了三次鸡蛋和咸肉。我爸发现我妈对我这么好大发雷霆，幸好他已经有好几天都不在家，我觉得自己还是有点小运气的。我觉得我爸玩的是拖延战术，先忍气吞声地埋伏在一旁，静等着我身体恢复，好给我致命一击。

我爸希望我赶快嫁人，这样就可以假装孩子是我新婚丈夫的。就算大家嘴上不说，其实都知道我要嫁的这个人就是亨利。这样一来，事实真相从此就石沉大海。只不过我爸没想到的是我谁都不想嫁，只想着让阿拉斯泰尔回到我身边。我一直都在想他是不是就在外面某个地方，如果真的如此，他为什么不回到我身边呢？我想象着他走进门来，拥抱着我，就好像什么都没有发生一样。我知道现在应该恨他，可我做不到。我觉得自己更爱他了，全身心地爱他。就好像空袭让我把一切都想得清清楚楚一样，现在我只想要他。

但空袭已经过去五天了，阿拉斯泰尔活着的机会每天都在减少，不然他会在哪里呢？有三个原因可以解释他的失踪，但都不是什么好事。第一，我爸或者他的一个手下在森林里把阿拉斯泰尔给枪杀了，而他的尸体可能早就给丢进了某条沟里；第二，就算大家都说在他家的废墟里没有找到他的尸体，但很有可能他已经给炸死了；第三种可能是，我俩吵架后，他当天晚上就离开了村子，此后就一直没回来。

他给我的圣克里斯托弗勋章我从不离身。我把勋章贴着前胸塞进了连衣裙里，这样就没人能发现。这样做让我觉得他就在外面的某个地方想念我，不管他现在是仍然活在世上，还是已经升入天堂，他一定一直在看着我。

这几天，亨利也回村参加哈蒂的葬礼，今天下午来探望我了。葬礼结束后我见过他，当然就是在大家都在谈论哈蒂的时候。我必须承认，他在现场让我很高兴，毕竟从童年时候起我们就是玩伴。他现在很温柔宽容，让人很难不对他产生好感，看上去似乎也不像春天时候那么情绪激动了。不知道有关阿拉斯泰尔的事他听说了多少。布太太可能不知道我和阿拉斯泰尔之间那些私密事，但她最喜欢的就是一天到晚张家长李家短地说三道四。亨利肯定不赞成我和阿拉斯泰尔在一起,但他显然不会表现出来。

我妈求我下楼去见见亨利。后来,她搀扶着我走进了会客室,其实我一点力气也没有,一路上都靠在她身上。和我的小卧室相比,会客室的光线显得更加充足,空气也更加新鲜,一切都那么井井有条。她打开了通往露台的门,可能是刚刚修剪过草坪,一股清新的青草气息随着一阵凉风飘了进来。阳光反射在壁炉上方巨大的银色镜子里,令淡色墙壁和四周的家具都闪烁着微光。我在想,如果生活在过去的时代里,人人都彬彬有礼、悠然自得,一切都按部就班,那该有多好啊。在那个时代,人们不会被炸弹无缘无故炸死,也不会凭空消失。

"你好,亨利。"我一边小心翼翼地问候了他一句,一边跟他握了握手,然后就在整洁的灰色沙发上坐下来。不知什么原因,我相当紧张,甚至还涂了口红,把头发梳得一丝不乱。他一身戎装干净整洁,握手时那么有分寸,整个人显得泰然自若、气场十足。

"你好,维尼夏,"他看着我的眼睛微笑着说,"能见到你真开心啊。"他环视了一下会客室,选了我对面的一张长沙发坐了下来,摘下军帽放在身边。"我听说你现在可是这一带的大英雄啊。"

"大家都只是随口说说而已,"我尴尬地笑了笑,"实际上,冲进马上就要爆炸的房子相当愚蠢。"

"但你可真勇敢,可不是每个人都会那么轻易地去拿自己的生命冒险的哟。大家都在夸你,说你当时的举动有多厉害,都在讨论你受伤了等等之类的话题。"

听到"等等之类的话题"几个字,我不由得往后缩了一下,心想他会不会出于某种疯狂的原因已经知道了我怀孕的事。不会的,他当然不可能知道。就连阿拉斯泰尔都还不知道我怀孕的事呢。我看见他注意到了我的举动,急忙强装镇定。

"这是小题大做吧,本来就没什么大不了的,"我微笑着,想着赶紧换个话题,"你也很勇敢啊,布太太说你将会荣获一枚勋章呢。"

"嗯,我妈高兴得太早了,我自己都还不知道能不能获得呢,不过敌人倒真是打下来不少,这话也没说错。"

"多亏有你们这些飞行员在,能抗击纳粹。要不是你们把他们给吓跑了,没准儿他们现在早就打过来了。"我努力让自己的声音听起来勇敢坚强,可这几句话一出口却像是先在路上的坑洼里绊了一下后再跌跌撞撞地滚出来一样。

看得出来,他接受了我打算变成正常人的想法,仿佛我不再像以前那么靓丽迷人,而是变得更加不修边幅,就好像他正在思考我到底变化了多少一样。的确,我已经变了,可我不愿意让他这么想。我想让他觉得我和以前别无二致。

"恐怕我看起来有点邋遢吧,"我一边说着,一边像往常一样把头发往后一甩,声音也更加铿锵有力,"自从空袭以来,我的身体一直都不太好。"

"是呀,我听说了,"他的声音听起来很温暖,"我来看你,结果却搞得你不得不出来见我,还耽误你休息,给你添麻烦了啊。"

"没有啦,和你聊聊我还挺开心的。不管怎么说,过几天你就要走了,还是见一面的好。"

"发生了那么多事之后再回来,真让人觉得处处有点不对劲。空袭,普里姆和哈蒂,那个家伙也失踪了,他叫什么来着?"他站起身来,走到壁炉前,抚摸着壁炉上精致的白色镶边,仿佛对镶边的做工很感兴趣。

"斯莱特,"我赶紧说,尽量让自己说出这个名字时音调不发生任何变化,"斯莱特先生。谁都不知道他到底出了什么事。"

"听说突袭那晚你去了他家,"他没有转身,只是继续研究着壁炉台,"你是不是去找他啦?"

"嗯，当时确实是找他去了。"我勇敢地说道。现在大家都知道了，我也不能信口开河，但我打心眼里不愿意跟亨利讨论这个问题。我不想让他知道，这也不关他的事，可不知怎么的，我觉得就算我反对也没什么用。"可这又不是什么大不了的事，只不过是去找点乐子罢了。"

"哦，我明白了。"他转过身来，直视着我的眼睛，"我就是想知道到底是怎么一回事，仅此而已。"他朝我走过来，在我身边坐了下来，满脸忧虑。"你没事吧，维尼夏？我的意思是你真的没事吗？心里难过吗？"

我差点就要失声痛哭了。

我当然难过。我爱的男人不知所踪，他的孩子正在我体内不断生长。我怕得要死，生怕孩子留不住，一天到晚都躺在床上。一想到可能会发生的事情我就感到心惊肉跳。

"真的没事啦，"我平静地答道，重新整理了一下裙摆，"真的，我很好。"

"你看起来大不一样了，跟以前的维尼夏判若两人。你看起来，嗯，"他沉思了一下，"就好像已经迷失了方向。"

我不得不站起身来。我和他一向关系亲密，而他对我又如此直言不讳，真让我受不了。对我来说，趴在他肩膀上失声痛哭简直是分分钟的事。我俩从小就彼此熟识，而且他是我最好的一个朋友，但我知道要是把一切都和盘托出对我来说没有任何好处。于是，我走到钢琴前，开始整理上面乱七八糟堆在一起的乐谱。

"可能当时失血过多了吧。说实话，就是因为失血过多我才总觉得浑身没力气。"

"是呀，"他认可了我的说法，但脑子里似乎在思考着什么别的事情，"这事放在谁身上都一样啊。"我俩的目光交织到了一起，他想读懂我的心思，想知道我的真实想法是什么。他当时一定是看到我放松了警惕,就迅速站起身来,朝我逼近了一步。

"维尼夏。"

不知道他走近我是想要拥抱我、亲吻我,还是只打算离我近一点,但我还是后退了一步,不想让他离得太近。

"我都忘了叫人给你上茶了,真不好意思。"我一边说,一边朝着门口冲去。走出会客室时,我察觉到他对我的逃避感到失望,或者应该说是有点恼羞成怒。一想起来我俩最后几次见面时我一直都对他鼓励有加,就觉得有种忐忑不安的感觉。大卫告别派对上的可怕场景在我脑海中挥之不去。当时我为什么要和亨利玩那些可笑的游戏呢?

几分钟后我回来时,亨利正站在门外的露台上,俯视着楼下泛黄的草坪、无人修剪的玫瑰和为了省水而关闭的喷泉。他说起话来就像变了个人,魅力四射,却摆出一副置身事外的样子,就像一名正在做短途旅行的英国皇家空军飞行员,一边驾驶着飞机,一边跟伙伴们讲述着最新鲜、最有趣的故事。此时的他显得机智过人,尤其听他讲到他朋友同时和好几个姑娘约会结果穿帮的时候,我忍不住笑出声来。飞行员非常受姑娘们的欢迎,而他与人为善、温和友好的性情也远非常人可比,但不知何故,我却开始怀念起刚才的紧张时刻,还想重拾刚才的话题,但他仿佛下定了决心一样,一直保持着轻松的状态,笑话不断,却多了些疏离感,少了些人情味。

直到他告别离开为止。我把他送到大门口后,我俩并排站在悬崖边,原本明亮的天空已经渐渐暗淡下来,森林里传来猫头鹰的叫声,打破了沉寂。他转过身来,双眼又一次紧紧地盯着我,抓起了我的手。

"我不想就这样离开你,维尼夏。我真的想帮帮你。"他对我行了吻手礼,如今已经很少有人会这样做了。他抬起头,双眸闪着光,凝视着我的眼睛,然后就微笑着说了声"再见",转身沿着小路走了。我靠在门框上，看着他的身影消失在傍晚的薄雾中。戎装加身的他显得很有男子汉气概，冷静理智，丝毫没有感情冲动。我已经很难回忆起他曾经的模样了，当初我俩在河边接吻时也不过只有十四岁。当然，这件事很快就被抛到了九霄云外，我俩谁也没有再提起过。然而，当我站在大门口看着他的身影渐行渐远，我不禁在想，做亨利的太太会是什么样子呢？可能也没那么不堪吧。

整个晚上，我都在苦苦思索阿拉斯泰尔的事。他去哪儿了呢？为什么离开我？即便他不知道我怀孕的事，那他对我的爱呢？难道对他来说我就那么无足轻重，他就能弃我于不顾吗？要是他已经葬身火海了怎么办？要是他被我爸或其他间谍或黑市贩子给杀死了怎么办？要是警察、军队或者情报机构正在追捕他，而他正在四处逃窜，那又该怎么办？我竟然爱上了这样一个人，真不知道当初是怎么想的？

然而，一想起来我们之间的激情，诗歌……

可是，安琪啊，当初的激情都到哪里去了呢？他又到哪里去了呢？他怎么能在我最需要他的时候就踪迹皆无了呢？

我开始从现实的角度看待这件事。如果他到处东躲西藏，或者藏匿于一个陌生但又安全的地方，那他就是不在乎我了，我就得靠自己的力量活下去；如果他已经不在世上，我也得活下去。不管怎么说，我都不能干坐在房间里等他回来。我肚子里还有个宝宝正在茁壮成长，如若再不处理这件事，可能就来不及了。

今天晚上，我把圣克里斯托弗勋章摘下来放在掌心里时，几乎感觉不到它的重量。从敞开的窗户遥望夜空，当第一颗星星出现在天边时我就开始祈祷，全心全意地希望他能回来。

所以，亲爱的安琪，今晚我上床睡觉时心情颇为沉重。也许等明天到来时，他就会出现在房门口。然而，随着时间一天天地过去，他再次现身的机会似乎也变得越来越渺茫，就像一颗遥远的星星正在逐渐消失,慢慢地变成了几乎微不可查的小光点,隐匿于深不可测的记忆中。

  我很快就会再给你写信的。

维尼夏

蒂林太太的日记

1940 年 8 月 8 日，星期四

最近，每天上午我都会绕路到奇尔伯里庄园去探望维尼夏。她的状况一点儿也不见好转，失血过多，脸色苍白，身体虚弱。任谁都看得出来她伤心欲绝。为了能买到维尼夏最喜欢吃的肉类和水果，温斯洛普太太几乎要把整个村子翻个底朝天，但维尼夏要么一声不吭，要么一张嘴说话就泪流满面，大多数食物只要一看见就别过脸去，避之唯恐不及。我担心她会流产，可有时候我又觉得她是不是——嗯，还是静观其变吧。

今天我走的时候，温斯洛普太太跟我聊了几句，说亨利来探望过维尼夏了，还说他正在休假。可一想到英国皇家空军每天都在外面打仗，伤亡人数不断增加，我就觉得他的心思简直不言自明。

"亨利跟她求婚了吗？"我问道。

"没有，不过我觉得他应该会。很明显他对斯莱特知之甚少，对孩子更是一无所知。"

"她会接受求婚吗？"

"不知道，"温斯洛普太太久久地凝视着我，"她知道自己现在走投无路，还赌咒发誓说斯莱特爱她，可那家伙到底去哪儿了呢？"

晚上回到家里，我和上校吃好晚餐，等我全部都收拾妥当后，就端了壶茶进了客厅。上校正在看报纸。我挑了个离他很近的位置坐下来后，就一言不发地等着他放下手中的报纸，以便有机会张嘴说话。最后，他终于微笑着抬起头来。

"我知道你在看着我，"他温和地笑着说，"是有事要跟我说吧？"

"我想问你个问题，"我觉得直截了当地把想法说出来应该是最好的选择，"我想了解一下斯莱特先生的情况。凭直觉我认为你知道他出了什么事。"

他抬起头，目光越过报纸扫了我一眼，然后就开始稀里哗啦地翻报纸，煞有介事地要把那页报纸整整齐齐地折过去。"蒂林太太，你知道吗？有些事我真不能跟你说。"他平静地说道。

"我知道，可我就想知道你能不能通融一下，就违反一次规定呢？就违反一点点规定呢？你看，就因为他，一个年轻姑娘伤心欲绝，而且现在就要接受另一个小伙子的求婚了。"我停顿了一下，琢磨着应该怎么说才能让我的话发挥出最佳效果。"我知道你不能告诉我，但如果你能给我一点点暗示，让我知道他到底是死是活，我就感激不尽了。"

"嗯，对不起我不能说。"他又低下头去看报纸，好像完全被上面的内容给吸引住了。

"要不这样吧，要是他还活着，你就直接翻到下一页。"我觉得自己完全是在碰运气，也就没抱什么希望。

他坐在那里沉思了几分钟后，翻到了报纸的下一页。

"他是在坐牢呢，还是只是出于某种原因不能接近她呢？"

这一次，他眼皮都没抬，立刻就把报纸翻到了下一页。

"所以她不应该嫁给另一个小伙子，是吗？"

听了这话，上校把报纸放到腿上，直视着我。"如果斯莱特还活着，那是因为他运气好。总有一天他会死，或者被关到某个监狱里。要是你问我的话，我觉得她嫁给另外一个小伙子会更幸福。"

"可她不爱那个小伙子，她爱的是斯莱特。"

"唔，这完全不合情理啊，他可不是那种应该让人爱上的人。"上校又把报纸拿起来，使劲甩了两下，抻平了报纸，又继续读起来。

"爱上一个人有时候并不是我们理智选择的结果。"我说道，对他的麻木不仁颇为恼火。

他放下报纸，盯着我看了一阵子，突然若有所思地回答道："你说得没错。"

我倒好了茶。"那我该不该叫她等他呢？"

"这得看她还有多少时间，"他平静地答道，然后又想了想补充说，"还得要想清楚，当他一次又一次地冒着生命危险，直到最后失去生命时，她会经历多少痛苦。"

从他那里我只能问出这么多消息。即便千方百计地再问他其他任何事情，他的态度都很坚决，一律拒绝回答。真叫顽固不化！

就在我开始考虑还有没有其他方法可以打探出更多关于斯莱特的消息时，我忽然想到了卡林顿，他现在也在那个部门工作。也许他能帮我查一下斯莱特的事。他比任何人都清楚我这个人最靠得住。

尽管天色渐晚，我还是给他打了个电话。

"这里是帕纳姆庄园。"管家接电话时的语气煞是殷勤。

"我找卡林顿中尉。"我说道，尽量让自己的声音保持着自信和坚定。

"他现在没空。"

"我找他有急事。"我马上说道。

对方顿了一下，轻轻地咳嗽了一声。"容我先去通报一声。请问你是哪位？"

"玛格丽特·蒂林太太，奇尔伯里村的。"

片刻后，卡林顿那带有上流社会发音特色的柔和嗓音在电话线的另一端响起，声音不大，但听得出来他那边的房间里有回声。"你好，"跟我通话他似乎听起来心情不错，这是个好兆头，"奇尔伯里村的空袭对你没影响吧？"

"没影响，不过我的一个朋友现在遇到点麻烦，是感情方面的问题。不知道你能不能利用你在利奇菲尔德庄园的人脉，帮我打听一个人呢？"

"我会尽力，"他马上回答道，"但不能打包票。你说的这个人是谁？"

"阿拉斯泰尔·斯莱特先生。他可能是个黑市贩子，可能已经给抓进了监狱，也可能已经死了，但你们那里的人肯定谁都知道实情。我只是想知道他到底怎么了，我的朋友是不是应该为他坚持到底。"

"好的，我明白了。这事我马上就去办。"他的语调听起来很欢快，显然想为了掩饰我俩谈话的真正内容。然后他顿了一下，我听到了他那边有别人在说话。"不好意思，"他低声说道，"恐怕我得挂电话了。我知道你的意思，我先去打听打听，如果有发现就给你打电话。再见。"说完他便挂断了电话。

上校从楼上下来时上下打量着我，一脸狐疑，于是我顺手拿起一把掸子飞快地掸了一下电话，热情洋溢地朝他微微一笑。

姬蒂·温斯洛普的日记

1940 年 8 月 8 日，星期四

钱

今天早上，我和西尔维去村子广场看了看，那边周围的房屋都给炸成了大堆大堆的砖头瓦块。很多人都已经开始在破砖断瓦上挖来挖去，有的人是想给原来的住户帮个忙，帮他们找到自己家的财物，但大多数都是在趁火打劫，不管找到什么东西，全都据为己有。

出乎意料的是，我俩竟然在现场发现了汤姆的身影。他双手叉腰，站在一堆瓦砾上，浑身脏兮兮的，活像个强盗。

"我在找一个装钱的信封，"等我俩爬到他身边时，他压低嗓音说道，"是帕特里小姐让我帮她找的。她说把信封藏在地板下了。"

"那你可找错地方了，"我严肃地对他说，"帕特里小姐的房子紧挨着哈蒂家，就在这儿。"

我把他带到帕特里小姐家的废墟上，接着我们三个人在上面绕了一圈，就开始找信封。我希望找到信封的那个人是我，这样我就也能成为像维尼夏那样的英雄。最后，竟然真的是我把信封给找到了。我把它高高地举在半空中，朝汤姆喊道："找到啦！"

当然，大家全都循声望了过来，有的人则直接走过来看看我到底找到了什么。

拉尔夫·吉布斯站在一边，眼睛紧盯着这个厚厚的信封。"你知道里面有多少钱吗?"

"不知道。"汤姆说。但叫我恼火的是,他一把抓过封信就往自己短裤前面一塞,他塞在哪儿不好,非得塞在那里。"好啦,姬蒂,我们走吧。"

"可我是刚刚问世的英雄!"

他粗暴地抓起我的手,拉着我就走,西尔维则跟在后面跑。

我们飞奔过小路,穿过田野,跑向啤酒花采摘人住的那排小房子,冲进了汤姆的小屋,随手关上了门。一边笑一边打开信封,把所有钱都拿了出来。

所有钱!

这钱也太多了吧!"她从哪儿弄来这么多钱?"

"不知道。"汤姆低声说。

"来吧,咱们开个派对庆祝一下,"我说完就站了起来,"我去看看在谷仓干活的那些农场工人那里有没有饼干或牛奶。"

"我也去,"汤姆说,"看好钱,西尔维。"

我俩又开始一路奔跑,虽然我就没想着跟汤姆比赛,但他还是以微弱的优势赢了我。但谷仓那里连个人影也没有,仔细地搜寻一番后,我俩很快就意识到这里真的是什么东西都没有。

我刚查看完最后一个死角,汤姆就一把搂住了我的腰,把我拉到他身前,直接在我的嘴唇上吻了一下,弄得我的嘴唇湿湿的。

"停,停!"我一边大声叫喊,一边把他推开,"你不知道我已经订婚了吗?"

"真的吗?你订婚啦?"他笑着擦了擦嘴,一脸的不可置信。

西尔维突然出现在我俩身边,一脸天真地问道:"你们俩在干什么?"

"什么也没干,西尔维,"我挽着她的胳膊朝着谷仓门口走去,"没有饼干,我们就没什么可吃的了,是吧,汤姆?"

他走到我身边，挽起我的另一只胳膊，咧着嘴冲我笑着，这真让人恼火。我们仨大步流星地回到了小屋。

刚走到汤姆家门口，我们就发现房门不但是开着的，而且还在来回张合着，发出吱吱嘎嘎的声响。

"西尔维，你拿信封了吗？"汤姆问道。

西尔维摇了摇头，一句话也说不出来。

我们仨跑进去找钱，其实不用想也知道结果。

钱不见了。

而且没有发现有人进来过的痕迹。我们仨面面相觑，都想到肯定有人一直在跟踪我们。西尔维和我悻悻地回了家，留下汤姆自己琢磨要对帕特里小姐如何解释才好。

"嗯，幸好那不是我俩的钱。"我和西尔维绕过森林时说。

"你为什么不亲汤姆一下？"西尔维问道，"他人很好。"

我突然停下脚步。"西尔维，我已经和亨利订婚了。我可不能到处去亲那些摘啤酒花的小伙子，你说对吧？"

她怎么能有这种想法呢？

维尼夏·温斯洛普写给安吉拉·奎尔的信

奇尔伯里庄园

奇尔伯里村

肯特郡

1940 年 8 月 8 日，星期四

亲爱的安吉拉：

今天早上醒来时，一种令人窒息的恐惧感就开始在我的内心深处翻江倒海，就好像我已经预先知晓这一天会如何发展，会发生什么事情，会做出什么决定一样。

十点整门铃响了。片刻后，我妈敲了敲我的卧室门，告诉我亨利又来拜访。对此我丝毫不感到惊讶，而且我立刻明白自己希望的是前天的一切不要再次上演。我不需要他的同情或者他对我评头论足，当时他是怎么说的来着？"迷失了方向。"于是，我穿上了黄色无袖背心裙，整个人显得神采奕奕，还把一头金发梳得一丝不乱，闪闪发光。我希望他像以往那样对待我，就好像什么都没有改变，就好像一切都跟半年前别无二致，而我才是这个村子里无可争议的女王。

我打量着镜子里的自己，涂上了以前常涂的那款大红色口红，外貌上的变化让我深受鼓舞。一个人怎么能外表看起来像个女王但感觉像个不堪一击的影子，这也太匪夷所思了吧？

他和前天一样，还是坐在那张长沙发上，穿着一身整洁的军装。我想在露面的时候就艳光四射，就像在这一切都没有发生之前那样，于是我扭动了一下腰肢，裙摆就像瀑布一样顺着门框倾泻而下，然后我魅惑十足地伸出一只手一边轻抚着秀发，一边大声嘲笑道："嘿，亨利啊，我就知道你离不开我。"

但整体感觉有点淡而无味，而且有点过于夸张了。

他站起来，身子显得有些僵硬，但仍然礼貌地微笑着。亨利一直都是一副彬彬有礼的样子，真搞不懂他那样到底是可爱还是乏味。我不再扭动腰肢，开始努力思考自己下一步应该采取的策略。我有点忸怩不安，既想让他像往常一样对我爱慕有加，但又不是真的想让他爱我。很抱歉，安琪，可能这话说得有些自相矛盾。其实我也知道这话说得毫无道理可言，可我真的不知道自己到底应该考虑的是什么了。

"你今天感觉怎样？"他走过来拉住我的胳膊，想引导着我走到一张单人沙发跟前去，就好像我是个病人似的。

"我很好，亨利，"我一边喃喃地回答，一边推开他的手，仍然站在长沙发旁边，"喂，今天就不要再谈论我的事了。我更想听你说说你的事，讲讲你的飞机，还有你打赢了多少场空战。"我抬起头来看着他，一脸恳求之色，他盯着我看了一会儿，接着就温柔地笑了，还微微歪了一下脑袋。

然后他就单膝跪在地上。

一时间我愣在原地没动。我不知道自己对这次会面有什么样的期待，但我知道我爸觉得只要我一张嘴，亨利就会直接跑过来，我爸对此深信不疑，可我已不像以前那么自信了。现在我对任何事都有点半信半疑。要不是事出有因，让我更加渴望、更加需要婚姻，我怎么会突然对他向我求婚感兴趣呢？为什么他突然觉得自己还有机会呢？

现在的他就好像在钢丝上行走,是继续当一个好朋友,在困难时期提供帮助和支持,还是当一个趁虚而入的男人,发现机会后就立刻把握住?只可惜他两头都不靠。

"我亲爱的维尼夏,"他一边说,一边把我的双手捧在他自己的手心里,又轻轻地按了一下,带着一丝急切的暗示,"答应我,让我带你离开这里,用我心中所有的爱和幸福包围你。"他的笑容非常温暖,他用眼神爱抚着我,眼神中充满了希望和幸福。我一下子就开始热泪盈眶,一颗泪珠顺着脸颊滚落下来。我心想,要是我能爱上这个男人就好了。要是我从没见过阿拉斯泰尔,就不会知道什么是真爱。可要是真的没遇到过阿拉斯泰尔,我就不会处于现在这样的境遇,那我可能就还是以前的维尼夏。如果我还是以前的维尼夏,就绝对不会心甘情愿地跟亨利·布兰普顿-博伊德过一辈子。

"维尼夏,你愿意嫁给我吗?"他把我的手放到自己唇边,柔声问道,"我可以让你活得非常精彩,不但有天堂般的布兰普顿庄园、舒适惬意的生活,而且,我对你的挚爱永远不变。"

一连串的画面在我的脑海里闪过:一个身怀六甲的孕妇先是被藏在她父母家里不见天日,然后就被丢进了一个肮脏的女修道院,她心爱的孩子被人从她的怀抱里抢走,从此再也没有出现过。一想到可能会再也见不到孩子,我就要发疯,因此我必须做出选择。既然有人给了我一条出路,要在两种牺牲之间做出妥协,即便残酷,我也知道自己该怎么做了。

"我愿意。"我说道,这话传到我的耳朵里就好像是另一个更务实的维尼夏说出来的。这个维尼夏想过着安逸的生活,想拥有财富、地位,拥有合法的孩子,按她已经习惯的方式住在宏伟的布兰普敦庄园。这个维尼夏总是带着无法摆脱的悔恨和内疚的神情望着长子或长女,心中永远意难平。

这个维尼夏会是我吗?

我把双手从他手里抽出来后坐了下来，用尽全身力气强忍住马上就要夺眶而出的泪水，坚定地微笑着，毫不气馁，面对现实。我意识到这就是作为一个成年人的感觉，学习从一大堆棘手的选择中做出选择，在可怕的妥协中尽自己所能做到最好。学会微笑。即便周围的世界似乎已经全部崩塌，自己身处的地方变成了一个孤岛，变成了一张幻想破灭的灰暗照片时，也要学会把最好的一面展现出来。

　　当他在我旁边的沙发上坐下时，我浑身都僵住了。我挪了挪身子，重新整理了一下黄色裙摆，接下来可能要发生的事情令我不寒而栗。

　　我看见他的脸朝着我的脸贴了过来，我竭力不让自己往后躲。他轻轻地将嘴唇放在我的唇上——尽管世界没有停止转动——这一吻倒也不令人反感。自从在果园的那次初吻以来，他的吻技有了很大的改进。初吻那次我只记住了湿乎乎的口水，很恶心。这个吻却很温柔，没有压力，没有激情，一点也不像我和阿拉斯泰尔的吻，每个吻都那么激情四射，那么炽热难挡，与这个吻有着天差地别。

　　"亲爱的，"他说，这话从他嘴里说出来，听起来真的很怪异，"我一生中最快乐的一天就是今天。"他笑了，看上去真的喜出望外。我挤出了一丝微笑，尽量在表情和举止上跟他配合，可这太尴尬了。

　　"我们需要尽快定下日子。"他一边俯在我耳边轻声说，一边亲吻我的脖子、我的喉咙。"我觉得我一分钟都等不了了。"

　　"好的，那就尽快吧，"我装作满怀热情的样子对他的说法表示赞同，心里想的却是我还能把怀孕这件事瞒多久，"越快越好。"

　　"这么说，我俩的想法竟然不谋而合！"他叫道，高兴地用手拍打着膝盖，"我一回基地就向上校报告。这个月下旬他们应该能给我几天假。"他握住我的手，放到唇边，先亲吻了手背，然后把手翻过来,展开我的手指,开始亲吻手心。

会客室的四面墙好像一起朝着我的方向挤压过来,又冷又潮,令人窒息。我真想跳起来,一把推开露台的门,一步不停地开始跑,跑到草坪上去,像匹野马一样跑到山谷里去,一直跑啊跑,永远不停歇。我知道永远都会是这样。我会用尽余生一直跑下去。

"我们去把这个消息告诉我妈吧,"我一边大声建议,一边缩回手去朝门口走去,"我真想看看她的反应。"

我迈着大步走进了大厅,顺着宽大的楼梯往上走,每走一步都紧紧抓住楼梯扶手,迫切地想要得到某种喘息的机会,而他就跟在我身后。

我俩在育儿室找到了我妈,她正在帮西尔维修补洋娃娃的衣服,一边缝,一边还不厌其烦地向西尔维演示如何使用反针法才能把衣服缝得更结实。我和姬蒂小的时候,我妈也是这样教我们的,可那已经是很久以前的事了。

"妈妈,"我从门口上气不接下气地喊道,"我们要结婚了。"

我妈手忙脚乱地站起身来,但当亨利走到我身边时,她那惊慌失措的表情迅速变成了微笑。"哦!太好了!"她一边说,一边冲过去打开窗户,新鲜的微风随即涌了进来。她深深地吸了一口气,然后转过身来,在亨利的脸颊上吻了一下。"我太开心了,"她盯着我的眼睛,离我只有二十厘米远,说道,"你要结婚的消息肯定会轰动全村的。"但她的眼睛看上去就像是要被几吨沉重的黑煤压碎了一样,充满了绝望。我知道当初我妈为了家庭被迫嫁给我爸,她和我爸在一起从来就没有开心过。这么多年来所承受的重压全都在这副表情里体现出来了。她想让我做出正确的选择,但她忍不住联想到了自己一直无法摆脱的生活,没有爱情,饱受迫害。

她回头看看西尔维这个需要自己保护的女孩,然后对亨利说道:"赶紧回去告诉你妈妈。如果她发现自己不是第一个知道的,她肯定会大发雷霆的！维尼夏就别去了，我们一起讨论下一步该怎么做。"

"说得对，她肯定会勃然大怒。你太了解她的为人了！"他咯咯地笑着，心情肉眼可见地愉快，我发现自己已经开始讨厌他了。"那么，亲爱的，"他又握住了我的手，"我先走了，今天下午我再来。到时候咱俩可以一起出去散散步，顺便制定一下结婚计划，婚礼啦、蜜月啦之类的事也得定下来。"他双眼放光，肆无忌惮地在我身上扫来扫去。

他兴高采烈地走出了育儿室，我们默默无语地站在原地没动，听着他走下大理石楼梯的脚步声在门厅里回响，然后是砰的一声，前门关闭的撞击声沉重而又压抑。最后一切归于沉寂。

我再也站不住了，我妈把我扶到摇椅上坐好后，吩咐西尔维去端茶。

"我只能这么做，妈妈，"我呜咽着说，"你知道我没得选了。"

她什么也没说，只是一声长长的、低声的"嘘——"，就好像她知道，世界上所有的烦恼都可以一厢情愿地给吸收掉、掩盖掉，即便这过程很缓慢，但一直没停。就在那一瞬间，我突然明白，她在过去的二十年里一直都在用这样的方式压制各种噪声。

西尔维端着茶回来了，我们静静地小口喝着，谈论着接下来的事情。如今，婚礼举办的速度都很快，在战时状态下，速战速决有百利而无一害，不过一想到婚礼有可能会在下个星期举行，我还是有些害羞。

"当然，你可能也愿意，嗯，就这么说吧，尽早完婚。"我妈说得很快，看上去相当尴尬。她很快又补充一句："这样他就不会怀疑孩子的出身了。"当时我看着她的眼神就好像她脑子不正常一样。我妈朝西尔维笑了笑，西尔维看上去特别警觉。我真不敢相信，她俩那样子好像还想着继续装下去，假装西尔维不知道到底发生了什么，假装她也不知道到底是怎么回事。

片刻后，我疲惫不堪地从舒适的育儿室里出来，直奔自己的卧室，开始给你写信。有几个问题一直在我的脑子里打转：为什么我会在这里？我在想什么？在还有其他选择的情况下，为什么这样做成了最佳选择？他在哪里？阿拉斯泰尔在哪里？我的痛苦在宇宙中呈指数级膨胀，痛苦的尖叫声永不停息，已经贯穿了无数个星系，他难道就没听见吗？

他到底在哪里呢？

我坐在梳妆台旁，拿出奖章，希望他会像身穿闪亮铠甲的骑士一样出现，然后把我带走。或者等我醒来后，忽然发现这一切都只是一场可怕的梦，发生在另一个维尼夏身上，发生在另一个星球上，发生在遥远上空的某个地方，发生在残酷而冷静的宇宙中。

我会很快给你写信的。

爱你。

维尼夏

埃德温娜·帕特里小姐写给姐姐克拉拉的信

利奇菲尔德医院

利奇菲尔德

肯特郡

1940 年 8 月 8 日，星期四

亲爱的克拉拉：

今天真的诸事不顺啊！首先，那个傻小子过来告诉我，说他把钱给弄丢了。我都不敢相信自己怎么就把全部财产托付给这么一个一无是处的小白痴。他找到了信封，拿到小屋后就让某个可恶的家伙给偷走了。他觉得这事可能是拉尔夫·吉布斯干的，所以等我出院后，我得去找拉尔夫谈谈。

还有啊，今天我正躺在医院那张凹凸不平的病床上，蒂林那个婆娘突然来访，迈着大步经过几张病床朝着我走过来时，那双圆溜溜的小眼睛就一直盯着我，她整个人就好像刚刚下定了某种决心后浑身散发着耀眼的光芒。身穿着一件我从未见过的海军蓝外套，衣服很合身，扣子个个都扣得好好的，和她平时穿的那种松松垮垮的灰色旧外套简直就是两种风格。手里拎着一个咖啡色皮包，看起来就好像她只要抡起皮包朝着别人砸过去，就能把那家伙给砸得鼻青脸肿一样。

"休息得不错吧？"她叽叽喳喳的说话声就像在唱歌一样，脸上虽然挂着微笑,但一看就是那种硬挤出来的不怀好意的笑容。那种笑容多半会在法官脸上看到,笑容退去,法官就该判定你有罪了。"难得能放松一下,对吧?"她拍了拍我的腿。一想到万一惹得她不痛快,她有可能会给我施加多大的痛苦时,我就有点心惊肉跳。感谢老天,她没有趁火打劫,但我不得不承认,她已经不再是那个处处受气的寡妇了。这场战争给了她极大的鼓舞。从她的行为举止上就看得出来,她现在腰杆挺得笔直,再也不像以前那样一天到晚缩着肩膀耷拉着脑袋,无精打采,愁眉苦脸。以前她总是迈着小碎步紧追着别人的脚步,现在她走起路来大步流星,目标明确,好像她比我们其他人都更值得尊敬,为了支援战争,她为整个社区做得更多,放弃的也更多。所以呢,我们大家最好对她尊重一点。

"啊,蒂林太太,哪阵风儿把你给吹来啦?"我摆出了一副甜美的微笑,"你能来看我真让我感动啊,你看我多可怜,受伤了还得住院。我刚才还在想,也就只有像你这么正派、这么善良的人才会来看我。"

"嗯,"她叹了口气,"其实我来是想问你几个问题的,就是关于两个孩子出生当天的事情。"

我的脸上始终挂着平静的微笑,但我做梦也没想到她会这么穷追不舍。"没问题,你尽管问好了。那天可真忙啊!"我拿起床边的杯子喝了一小口水,润了润喉咙。

她拉过来一把椅子,身材瘦小的她只坐了椅子边。

"我一直在想,"她开始压低声音说道,声音里透露出一种不祥之兆,"两个孩子似乎都遇到了同样的呼吸问题,都需要做心肺复苏,而且都是在你家做的治疗,也未免太巧了吧?"

"是的,那天真的挺难熬的,但这事放在谁身上都必须全力以赴。说实话,这种事比你想象的要常见得多。幸好我有合适的设备。十年的接生经验可以意味着生与……"我故意停顿了一下,为了达到效果又眯起了双眼,"……死的差别,想想都觉得难以置信。"

"当时你能在现场真的很幸运,"她扬起一条细细的眉毛说道,"不过如果你不在现场,这两个孩子可能就会跟他们真正的母亲在一起了。"

当时我脑子一懵,唯一的念头就是,我们完蛋了!

但就在此时,她嘴角上扬,竟然露出了微笑,恶心得我差点连隔夜饭都吐出来。看得出来,她认为自己赢定了,但是克拉拉,可能我伪装过很多种不同的身份,但我绝对不是个失败者,于是我马上就收敛心神,开始认真思考对策。对她来说,站出来,把事实真相说出来,就意味着她认为她可以吓唬我,逼着我承认。问题是,不管她有多接近事实真相,也休想从我这里得到证实。

"你这是什么意思?"我微笑着问道。

"只有家里同时有两个孩子,才有可能把他俩调包。很可能你把男孩给了温斯洛普太太,却把女孩给了哈蒂。"

"简直不可理喻。"我气急败坏地说道,感觉自己的声音有点沙哑。我决定一笑置之,让她听起来像个疯子。"蒂林太太,这么可怕的念头你是怎么想出来的?你疯了吗?"我一脸厌恶地摇了摇头。

"我这不是凭空捏造,帕特里小姐,"她直视着我的眼睛,声音冷静而镇定,就像法官说出了最后一句判词,"诸多事实都让我坚信,我刚才所说的就是这件事的真相。"

我深吸了一口气,开始搜肠刮肚地寻找有利的事实。突然,我灵光乍现。"我把孩子抱走前,两个妈妈都已经知道孩子的性别了。她俩都很开心,我也很高兴。我为什么要做这么可怕的事?"

"帕特里小姐,你把孩子抱走之前,两个妈妈都没来得及近距离看到自己的孩子,"她的声音圆润,像一颗熟透了的李子,音调虽然降低了一些，但信心倒显得增加了不少，"她们俩都告诉我说，是你先说了孩子的性别，她俩才知道的。"

"哦，嗯，你不要再把她俩的话拼凑到一起编故事了。你是因为当时不在现场心里觉得难过，可这也是没办法的事啊。"

她身体前倾，紧盯着我不放。就在这时，她突然说了一句话，完全出乎我的意料。"你和准将做了一笔交易，对吧？"

这话把我给吓得汗毛根根直立。如果她知道准将牵涉其中，并且让准将得知她已经知晓此事，那我就死定了。"你在说什么呀？"

"我知道你在发生空袭的那天晚上见过准将，你想卖给他的消息我也知道得一清二楚。"

我大惊失色，不由得抬起头看着她。她是怎么知道的？当时周围可是一个人都没有。我敢拿身家性命起誓，当时只有我和准将两个人，再无别人。"我们俩只是碰巧遇见，顺便聊了聊火车的事。火车晚点，太可怕……"

"那时候赶火车是不是有点晚了？"

内心深处压抑着的某些东西突然爆发了。这个傻婆娘有什么权利走进来就不断指控我、纠缠我？不管怎样，和平友好的处理方法并没有让我得偿所愿。对她来说，我只是个活靶子。我得把她赶出去。

"蒂林太太，我想什么时候坐火车就什么时候坐火车。"我对她怒目而视，嗓门也提高了八度。我坐直了身子，把摊在床上不能动的那条腿调整了一下位置。"谁给你的胆子跑到这里来的？还一进来就开始拿这些荒谬至极的罪行指控我！谁给你的胆子？别忘了你还是个护士呢！让病人在康复阶段保持安静，保持冷静，这些不都该是你早就知道的吗？"

她泰然自若地坐在那里，看着我心烦意乱得快要爆炸，她脸上却呈现出一种安详的平静。

"就在我看到维尼夏抱着小罗斯的那一刻,我就什么都知道了。"她一边说,一边炫耀着自己是有多聪明才能看穿这一切,就像可恨的马普尔小姐一样。"这孩子看起来和维尼夏简直就是一个模子里刻出来的。如果维尼夏不是这孩子的妈妈,"她看着我,试探性地扬起了眉毛,"就一定是她姐。"

那孩子真该死,维尼夏那丫头更可恶。如果她不是那么漂亮的话,谁会注意到这些呢。我觉得自己已经陷入了绝境,就像一只钻进小洞里爬不出去的黄鼠狼。

突然,我灵机一动,想到了怎样才能把她那小小的威吓化解掉。我伸手拿起床边的玻璃水罐,扯着嗓子大声喊:"护士!护士!"然后微微一笑,松开手指,水罐瞬间滑落,掉在了空心砖铺就的冰冷地面上。

一阵巨大的撞击声打破了寂静,数不清的碎玻璃片飞到半空中后又倾泻下来,在地板、病床和家具上镀了一层银光,晶莹剔透。

要想清理干净怎么也得花上几个小时的时间吧。

几个护士闻声冲了过来。有的拿着扫帚和拖把,让蒂林太太站到一边又把椅子挪开就开始四处打扫。有的帮我换毯子,安慰我说有她们在不必担心。

我摆出一副紧张慌乱的样子但又装得非常无辜,频频向几个护士点头表示歉意。我偷偷地瞟了一眼蒂林太太,发现她皱着眉头站得离病床很远,两只手紧紧地抓着皮包,一脸怒容。眼见着她的脸色渐渐变得铁青,似乎马上就要爆发,所幸一个护士走过来跟她说了句话,又走到我床边拿走了她的海军蓝外套,把她引到门口。护士把她带走时,她回头看了我一眼,拉着长脸,眼里充满了恼怒之色,就像昔日的蒂林太太的幽灵重现,又一次被人推来搡去。只不过这次她将自己愤怒的情绪给表达出来了。她现在想按自己的方式做事。她一出去病房门随即关上,但我感到脖子后面升起一阵寒意。

她下一步会怎么做呢？我的第一个想法当然就是她可能会贿赂我，朝我要封口费。可问题是，这不是蒂林那个婆娘的风格。她的钱多得是，足以维持她那种讲求实际的生活方式。她做事情更有可能是出于道德原因或者说是为了面子，或者诸如此类的原因，总之让人感觉不舒服。她有一种病态的愿望，想在整个社区中保持诚实正直的形象，如果成功了，就足以让她一直高高在上。

当然，也有可能她会放过所有人让这事就这么过去。说到底，她为什么要大费周章地追查到底呢？她没有证据。一则她的宝贝哈蒂现在已经死了，二则温斯洛普太太得了个儿子早已经欣喜若狂，这时候要是把孩子换回来的话对谁都没好处，只会打破社区的宁静，进而引发轩然大波，然后每个人都会恨她多事。她不至于傻到连这种后果都考虑不到吧。

这也让我想到了最后一个，也是最让我无法接受的后果。她可能会去向准将告密，告诉他我背叛了他，借着这件事在这个小村子里获得某些特权。

准将会到医院来拧断我的脖子，就像他此前威胁的那样，如果有人发现的话，我就死定了。老天啊，我感觉自己活像一只被猎犬层层包围的狐狸，已经走投无路了。

出于安全考虑，我要求他们把我的病床挪到护士旁边。我刚安顿好，埃尔西竟然就走了进来。身穿一件绿底碎花连衣裙，花枝招展的就像一只漂亮的天鹅，可等她一张嘴说话，就只剩下惹人生厌了。

"我听姬蒂说有个小伙子正在帮你找钱，"她弯下腰，脸贴近了我，"那笔钱里有一部分应该是属于我的。"

"不要威胁我，你个小丫头片子，"我说，"不管你说什么，我都没钱，什么都没了。有人发现后把钱全都给偷走了。你想要钱的话,最好换个地方碰碰运气吧。"

她轻抚了一下头发,自我感觉颇为良好。"我也是这么想的,"她说,"我的计划是嫁个有钱人,但同时还得赚点零花钱,明白吗?我得打扮得像个贵妇人。"

我从鼻子里哼了一声,笑了。"要想嫁个有钱人,光长得好看没用,还得做到位。"

"那你就等着瞧好吧,"她轻蔑地说道,"但我需要钱,而且你的事我全知道,你还是乖乖掏钱吧。"

我怒火中烧。"埃尔西,我可没钱给你。"

"嗯,那钱都到哪儿去啦?"

"汤姆觉得钱让拉尔夫·吉布斯给偷走了。你愿意的话,就去跟他说,让他把钱给我还回来,"我已经怒不可遏,"那全都是我的钱,他知道得清清楚楚。"

那张漂亮的脸上掠过一丝若有所思的神情,嘴唇也抿得紧紧的。"哦,那我还是先走吧。"她说,很明显她已经下定了决心,没准儿是想亲自去把钱抢回来。话音刚落,她就往门外跑去,嘴角露出了自信的笑容,那张嘴大得就像能直接吞下一只癞蛤蟆。

我把脑袋靠在枕头上,叹了一口气。这是我想要的结果吗?除了蒂林那个婆娘和准将早就对我穷追不舍外,如今又多了一个想分钱的家伙。

克拉拉,看完这封信后还是把它烧掉吧,其他的信件也一起烧了吧,你都不知道还会有谁会听到风声,还是以防万一吧。别忘了,隔墙有耳啊。

埃德温娜

姬蒂·温斯洛普的日记

1940 年 8 月 8 日，星期四

不应该做的事

维尼夏和亨利的事我听说了。西尔维专门跑到马厩来找我，跟我说了这件事。

"你听说了吗？"当时我正在马厩前的院子里给阿玛多伊斯上马鞍，西尔维一看见我就大声喊道。阿玛多伊斯一下子就变得很紧张，踢踢踏踏地走到了一边。

"听说什么？"

"维尼夏就要嫁给亨利了，"她气喘吁吁地跑到我身边，一脸的紧张不安，"她当时就同意了！"

"什么？"

"亨利跟维尼夏求婚，维尼夏答应了。"她又说了一遍，一脸担忧之色。

"不可能，"我实事求是地说道，"她怀了斯莱特的孩子。"

"我知道。这就是她要嫁给亨利的原因。"

"这不公平！"我说，这一切真让我无法接受，"亨利太可怜了！他以后发现了怎么办？婚礼不就得取消了吗？"

"我不知道。"她一边说，一边走到了我身边。

"可是他既然已经和我订婚了，为什么还要向她求婚呢？"

"可能他忘了吧，"西尔维轻声说道，"他很喜欢维尼夏，姬蒂。

他老是想跟她说话。"

我转过身扯着嗓子对她尖叫道:"你什么都不懂。"

她立刻转身就跑,跑得很快,比我以前见过的任何一次都快。我一个人留在原地,一边抚摸着阿玛多伊斯,一边安慰自己说西尔维肯定搞错了,这不过是个荒唐的玩笑而已。

"走吧,阿玛多伊斯,"我贴着它的脖子小声说,"我们去兜风吧。"

爬到高高的马背上,眺望着这片绿金两色交织而成的美丽乡村,心情放松了很多,便开始考虑西尔维告诉我的消息到底是真是假。

维尼夏不能嫁给亨利的几个原因

她爱的是斯莱特先生。
她怀的是斯莱特先生的孩子。
亨利要娶的人是我。

事情的发展本来不应该是这样的。幻想未来的时候,生活在布兰普顿庄园里的一定是我和亨利。除了我俩外,还有四个孩子、三只猫和一条名叫莫扎特的大狗。那里根本就没有维尼夏的影子。她不适合住在布兰普顿庄园里,而且我觉得她也不想生那么多孩子,她甚至不喜欢养狗,也不喜欢莫扎特。

这根本行不通啊。

我骑着阿玛多伊斯先是沿着小路小跑,接着就任由它在草地上纵情驰骋。一开始我也没想好要走哪条路,所以当我发现自己已经站在布兰普顿庄园门前时,并没有丝毫惊讶之感。这座庞大的哥特式红砖建筑在灿烂的阳光下熠熠生辉。一百多年前,布兰普顿家从事贸易的祖上在印度发了大财就建造了这座庄园。现在他家已经是本地的一个赫赫有名的家族，但布太太仍然决心要继续光大门楣。

按响门铃后，来开门的是亨利本人，看上去有点慌乱不安。我记得他家的仆人全都已经辞职走了。

"你好，亨利。"我微笑着打招呼。

"姬蒂？你好。"

"一起出来走走可以吗？"

他回头向大厅里瞥了一眼。"好吧，等我跟我妈说一声啊。"

他没关门，直接迈着大步走到里面去了。

我回到阿玛多伊斯身边。"我就说嘛，他没和维尼夏订婚。肯定是西尔维搞错了。"

等他回来后，我俩就沿着小路朝着前面那条窄道走去。他一边走，一边匆匆忙忙地扣上衣领上的扣子，又往后捋了捋头发。我没骑马，走几步之后就得再跑几步才能跟得上他的大步子，而阿玛多伊斯就一路小跑着跟在我身边。我俩很快走到了那条窄道上。两旁高出路面的草堤上长满了青草。天空湛蓝，万里无云。

"姬蒂，今天我不能走太远，"他开始说，"嗯，我有个好消息要告诉你。"

"哦，有关打仗的事？"我问道，感觉脚下的大地摇摇晃晃，就像一场地震正在酝酿之中，马上就要开始大爆发一样。

"不是，"他眉飞色舞地看着我说，"就算我瞒着所有人，我也不能瞒着你呀。维尼夏同意嫁给我了，我现在可是世界上最幸福的男人。"

我停下脚步，呆若木鸡地站在那里，心慌意乱。"是真的，"我说，阳光刺眼，晃得我什么都看不见了，"竟然是真的。"

"是的，"他也停下脚步，转过身面对着我，"你是不是已经听说这事儿啦？喂，姬蒂，你没事吧？"

我抬头看着他。"可是亨利,你应该娶的不是我吗?"我大声喊道,"你说过等我长大了我们就结婚。你以前就是这么说的。"大颗的泪滴成串地顺着我的脸颊滚落下来。

亨利看上去有些不知所措。"姬蒂,"他轻声说道,"这话我可从来没说过呀。什么时候说的?在哪里说的?我怎么不知道?"

"去博士山野餐那次在河边说的。当时你说,要是我帮你找到维尼夏,你就跟我结婚。"

"我当时真这么说的?这话说出来可要吓死人了。非常抱歉,姬蒂。这当中肯定有误会,可能当时只是在开玩笑,也可能是想表达什么别的意思之类的。"他摊开双手,干笑了一声又戛然而止,尴尬至极。"可现在你是我妹妹,我是你哥,这不比结婚更好吗?"

"不好,一点都不好,"我喊道,"我可不想让你当我的傻哥哥,就算你最后娶了我姐也不行,而且你也娶不了她。"

"你这话是什么意思?"

"她怀孕了,孩子是斯莱特的。"我对着他的脸大叫,唾沫横飞。他向后退了一步,脸上毫无表情,看着我。

"喂,姬蒂,你怎么能拿这样的事情开玩笑?"

"那你就去问问她吧。她爱上了斯莱特,想要给他生孩子,可惜他失踪了,所以只能跟你结婚。"

他那两个肩膀瞬间耷拉了下来,两只眼睛也变得空洞无物,我感觉自己就像正面对着一面恐怖的镜子,眼看着我那痛不欲生的心绪从我身上转移到了他身上,就像一股黄黑相间的浓浆从我身上喷出来,带着愤怒和绝望一股脑地冲进他的身体。他在青草茂密的草堤上坐下来,膝盖抵住前胸,双手抱着脑袋,喃喃自语着什么。我站在那里看了他一会儿,我的英雄竟然当着我的面变得如此心灰意冷,我开始意识到刚刚自己可能犯下了弥天大错。

"你走吧。姬蒂。"他说道,声音不高,听上去内心似乎也没什么波澜，但也没有抬起眼睛看我。

"亨利，对不起，我……"

"谢谢你告诉我，你还是走吧。"他抬起头，眼里突然充满了愤怒和野性。

"但是，亨利……"

"离我远点，"他低声咆哮道，站起身来，俯视着我，"要是我告诉你，现在我打算怎么对付你，你肯定会后悔跟我见面的。赶紧走！马上！"他大声叫喊着，听起来让人心惊胆战。我怎么也想不到他会变成这样，他那双美丽的蓝眼睛变成了黑色，仿佛里面藏着一群愤怒的纠缠在一起的蛇。

我一把抓起阿玛多伊斯的缰绳转身就跑，再也无法控制住自己的心情，开始抽噎起来，感觉世界末日真的到来了。

一回到光线暗淡、影影绰绰的马厩，我就在马厩一角铺上一条旧马毯，躺在上面蜷成一团。我泣不成声，阿玛多伊斯用它那柔软的鼻子拱了拱我，它也在同情我吧。

我为什么要这样做？他为什么要这样做？

几个小时后，我听到身后传来窸窸窣窣的声音。西尔维正朝着我这个角落张望。

"你来干什么？"我问道。

"我给你拿了三明治。"她小声说道。

"放在外面的长凳上。"

"大家都在找你。"她说。

话我是听到了，但我不想理睬。爸爸当然会勃然大怒。他原本就想让维尼夏嫁给亨利。一切似乎都在顺理成章地发展着。维尼夏卧病在床，爸爸想跟她摆事实讲道理，妈妈想用母女情深打动她。最后维尼夏改变了主意，同意嫁给亨利。妈妈又哭到深更半夜。再往后呢？如果维尼夏不先找到我，爸爸肯定会杀了我。

"谢谢你给我送来三明治。"我低声对西尔维说道,说完才想起来她现在是我唯一的盟友。她退回暮色中,不知道选择我做朋友是否明智之举。

我回到屋里时天色已经很晚。我又冷又饿,吓得浑身发抖。食品储藏室的门没锁,有人在面包箱里放了一个面包卷。我拿起面包卷,蹑手蹑脚地爬上后楼梯溜进了卧室。亲爱的日记,我终于和你见面了。家里一片寂静。原以为一家人都在等我,不是在大喊大叫,就是在痛哭流涕。但没想到如此安静,不知何故,越安静,我越觉得惶恐不安。

我想,等今晚过了午夜,大家都睡着了,我就收拾几样东西,然后离家出走。

维尼夏·温斯洛普写给安吉拉·奎尔的信

奇尔伯里庄园

奇尔伯里村

肯特郡

1940 年 8 月 8 日，星期四

亲爱的安吉拉：

这是我今天给你写的第二封信，这次是要告诉你：订婚取消！整个过程简直太不可思议了。感谢老天让我死里逃生——我真不知道亨利·布兰普顿-博伊德竟然会是这样一个怪物！我感到浑身麻木，疲惫不堪，经历过这事我又开始发烧了，于是只能卧床休息，这我倒觉得求之不得呢。

才过中午，我听到他来了，心里真是百感交集。他本来说要到傍晚时分才会过来，主要是我妈坚持说我需要休息，而我也期待着能有机会尽快从磨难中恢复过来。突然，大约一点钟左右，我听到有人拼命拉门铃，接着又拉了一下，然后扯着嗓子提高调门的说话声便响彻门厅，有人在大喊大叫着我的名字，吵吵嚷嚷个不停。

我的第一反应是出事了，一定是亨利发现了事实真相。我深深地吸了一口气，把黄色连衣裙抻平捋顺，就走到了可以俯瞰整个大厅的楼梯平台上。亨利正抬着头看着我，满脸通红，怒不可遏，两只拳头攥得紧紧的，浅金色的头发凌乱不堪，军装领口敞开着，歪歪扭扭地站在那里，令人担忧。

"维尼夏！"他大吼道。我从没见过亨利发脾气，所以无论如何也想不到他会像当时那样凶狠、疯狂。他总是那么温柔、那么高贵。他发起火来就像是一条拉布拉多犬转瞬间变成了一头狼。

我慢慢地走下宽大的楼梯，屏住呼吸，祈祷这次会面快点结束。

"我有话跟你说，维尼夏。"他压低声音说道，一把抓起我的胳膊，把我拖进会客室，顺手关上了门，这样我妈就只能一直在门厅里转来转去，却无法跟进来。事实上，进不进来没有什么区别，因为就算待在外面的门厅里，她还是能听到会客室里传出来的每一个字。我从来不知道亨利的嗓门有这么大。整座房子都随着他的吼叫声一起震动，水晶大吊灯在他身后噼啪作响。

"跟我说实话，"他一下把我推倒在沙发上，站在我面前暴跳如雷地开始质问我，"你怀孕了吗？"

我慢慢地点了点头。说实话，安琪，我被他这出表演搞得筋疲力尽，根本没有力气反击。他把我吓得心惊胆战，我从来没想到他竟然也有这么有血性的一天。说实话，他要是和我分手的话，我就会有一种如释重负之感，有一种重获自由之喜，不管他的举动可能会给我带来何种负担，我都无悔。从那一刻起，我就知道，不管有没有家人的支持，我都会勇敢坚强地挺过这一切。

"没错，亨利，"我提高了嗓门说道，"我怀孕了。"

"什么？"他咆哮道，愤怒导致他整张脸憋得通红，五官都挪了位，"明知道怀着别的男人的种还想要嫁给我？"

"对不起，亨利。是我错了，我现在知道错了。"

"你真觉得自己做了这种事会不遭报应吗？"他站在我对面，气势汹汹地瞪着我。

"不知道，"我盯着自己的双手，坦白说道，"我原以为这是最好的选择，但现在我发现我错了。"

"我们俩原本可以结婚的！而且很有可能我俩在一起很多年以后我仍然什么都不知道！要不是今天上午姬蒂告诉我了，究竟什么时候才会有人跟我说出实情呢？"

"姬蒂说的呀。"我低声说道。姬蒂告诉他也是理所当然的事，因为她爱亨利，使用的也是她手里仅有的一张王牌。然而，事情虽然是她做的，我却不由自主地为她感到高兴，几乎是以一种常人难以理解的方式为她感到骄傲。究其原因，可能是因为有人告诉了他事实真相，结束了这场可怕的游戏，而我也如释重负。可当时我竟然认为这才是最佳选择，简直滑天下之大稽。

"你要说的就这些吗？'哦，姬蒂说的呀！'怎么好像你一点都不在乎似的？"

"你知道了，挺好的。"我生硬地说道。

"你是不是有点后悔了？"他明显是在挖苦我。他坐在我旁边，俯下身来面对着我，脸上写满了威胁和报复，"你有没有发现，如果往你内心深处挖掘一下，没准儿还真能挖出来一丝良知呢？"

"良知我还是有的，"我不安地说道，"这件事从一开始就是错误的。"

"哦，"他好像给吓了一跳，随即站起身来，"这位女士意识到怀着别人的孩子嫁人是'错误的'。厉害，真厉害啊，维尼夏。"他哈哈大笑起来，语气中全是讽刺之意。"现在我终于想明白了，你的吸引力有一半正源于此：你缺乏良知，极度自恋。我现在就在想，以前怎么就没看透你。维尼夏，你只是个空壳，外表漂亮，内里却没有灵魂。"他大步走到露台门口，看着枯萎的紫藤和破碎的鹅卵石，然后小声地、几乎是自言自语地补充道："最后终于看到了真实的你，好开心啊。"

接下来我俩谁都没说话，会客室里一片寂静，我本应该说点什么，比如给自己辩护几句，跟他道个歉，安慰安慰他什么的，可我什么都没做。阿拉斯泰尔早就已经证明了我是个有血有肉的人，而亨利所了解的只不过是我的外表。他说的一切都无关紧要。他现在不了解我，也许从来就没有了解过我。我只是在生我自己的气，因为我当初竟然同意嫁给他，我在心里暗暗祈祷着这折磨人的时刻快点结束。我浑身酸痛，脑袋也隐隐作痛，总感觉有一阵看不见的冷风嗖嗖地吹过房间，吹得我脖子后面、头皮表面全都冰冰凉。

"但是，维尼夏！"他转过身来，声音全变了，现在听上去是一种恳求，一种悲伤的渴望，"你为什么要这样对我？你知道我有多爱你。我们俩认识这么久了，你为什么要这样做？"

一阵阵恶心的感觉开始向我袭来。"亨利，我当时觉得这么做也无可厚非。我从来没想过要伤害你，原来我以为嫁给你其实也是让你如愿以偿，因为我知道你一直都想娶我。这种做法可能并非十全十美，但我当初想的是我可以忘掉过去、重新开始，那我很快就会宣布怀孕，也没有人会知道这孩子不是你的。很多人不都是这么做的嘛。"

"可我们又不是'很多人'，"他咆哮道，向我冲过来，"维尼夏，我是一个人啊。有时候我真想知道你到底有没有意识到这一点。"他在我身边坐了下来。"看着我，维尼夏。好好看我一眼。"他的声音坚定而生硬，当我抬头看向他时，他便直视着我的眼睛。他整个人看上去和我以前见过的每一次都截然不同；他感情外露，活力四射，这一刻仿佛成了他生命中最辉煌的一刻。

"你说得对，我全都知道。"我喃喃地说道。当我俩的目光交织在一起时，他的眼神变了，整个人放松下来，但很快又眯起了眼睛，他的愤怒不见了，取而代之的是对我的渴望。

"维尼夏，我想要你想得快疯了。我真想不管你怀没怀孕都要把你娶回家。所以我试着不去想这事，可我发现我忍不了。我恨死姬蒂了,为什么她要告诉我这一切?要是她没来我家,没让这一切全都毁于一旦,那我的生活得有多完美!我会是全世界最幸福的人,而你就会是我的了。"他的目光扫过了我的身体,一只手摸到了我的腰上。"你就会是我的了。"他重复道,两只手快速地在我身上摸来摸去,粗笨的手指在我的大腿上抓来抓去。我当时就大声喝令他住手,拼命要把他的手从我身上推开,但他根本不停手,边摸还边咆哮着:"你不就是这样的人吗,维尼夏?你不就喜欢这样吗?"

我意识到我得赶紧从会客室里出去,于是我用尽全力推开了他,站起身来就往外跑。但他很快就恢复了平衡,大步流星地追上了我,重重地扇了我一耳光,我扑通一声就倒在地上。

当时我妈就站在门外,尖叫着:"怎么啦?你干什么呢?"

亨利立刻停下来,往后捋了捋头发。

"亨利,你赶紧走吧。"我妈马上下了逐客令,摸了摸我的额头,把我扶了起来。

他有点恼羞成怒地噘着嘴。"是得走了,我已经受够她了。"他意味深长地说道,然后就大摇大摆地走出了会客室。

那天,大理石铺就的大厅里再次传来了亨利沉重的脚步声,接着就是送他出门的女仆的说话声,最后大门砰的一声关上了,细小的尘埃仿佛受到了惊吓一般开始慢慢地向空中荡漾开来,就像一个四处飘荡的魂灵终于找到了归宿一样。我妈一脸忧郁地看着我,我俩四目相对。

我痛哭失声,浑身疼痛难忍,脑袋里嗡嗡作响。我妈把我扶上楼后,我一头栽倒在床上。

我睡了一会儿,就听到我爸在楼下破口大骂。我妈原本坐在床边守着我,听到楼下的动静便一言不发地站起身来,拿起钥匙把门从里面锁上了。我知道她为我感到害怕,实际上她比我更怕我爸。

我爸他来或是不来,我都不在乎。我知道怎么应付他的暴脾气;不管发生什么事,我全都能应付得如鱼得水。我已经完全麻木了。

　　安琪,我现在正坐在床上,想要理清这一团乱麻。我妈说我发烧了,我的确觉得异常疲劳。就先写到这吧,我先去休息了啊。

维尼夏

蒂林太太的日记

1940 年 8 月 9 日，星期五

这是一个多么悲伤的夜晚。

姬蒂在大门上又敲又砸时已经过了午夜。上校应声开门后就上楼来找我。我套上哈罗德的棕色旧睡袍后打开了卧室的门，啪嗒啪嗒地跑下楼梯，想看看到底出了什么事。

"维尼夏有点不对劲，想麻烦你到庄园去看看，"她小声地解释着，接着又略带颤音地补充了一句，"我能在你家待会儿吗？"

我告诉姬蒂她可以待在小房间里休息，便匆匆回到卧室，多套了几件衣服，拿上急救包，然后就冲进了夜色中。我一路狂奔，跑到了那条窄道上。微弱的手电筒光在前面崎岖不平的小路上闪过时，我脚步有些踉跄，有两次差点摔倒在地。跑到庄园的大门口后，我直接推开侧门，朝着后楼梯走去，走到门口停下来喘了口气后，就开始敲门。

我一走进房间就发现我最担心的事情果真发生了：维尼夏流产了。整个场面简直惨不忍睹。借着她床头灯发出的淡紫色的黯淡光芒，我看到维尼夏痛苦地平躺在床上，哭着说她永远都不会原谅自己。床上有大片的血迹，一股浓烈的血腥味扑鼻而来。温斯洛普太太正拿着几块毛巾和几块布跑来跑去。

我坐到了维尼夏的身边，一边小声地跟她说话，一边揣测她正处于哪个阶段，我可以做些什么，是不是应该把她送到医院去。现在她正处于孕早期，所以至少眼下她并不是在分娩胎儿，那么到了凌晨时分，尚未成型的胎儿就会慢慢地从她虚弱的身体里排出来。

"她应该没事吧？"温斯洛普太太问。

"理应如此。"话虽这么说，可我心里也有些忐忑不安。她体重过轻，疲惫不堪，精神上还受到了打击。正在发烧，还失血过多。

"她和亨利吵起来了，"温斯洛普太太继续说道，"亨利发现她怀孕了，就打了她。结果维尼夏就重重地摔倒在地。"

我俩一起在床边坐下来，我伸出胳膊搂住了她的肩膀。在维尼夏失血过多、身体虚弱、心痛欲碎之际，亨利的大爆发肯定就成了她无法忍受的最后一根稻草。我俩看着维尼夏，谁都没有说话。黎明前后，维尼夏的情况终于开始稳定下来，我松了一口气，她也进入了浅睡。

"你去睡觉吧，好歹睡几个小时，八点左右我就得走了。"我低声对温斯洛普太太说。

"脑子太乱了，根本睡不着，"她说，"我去给咱俩泡点茶吧。"

我留在原地没动，静静地观察着维尼夏的发烧情况，而温斯洛普太太则蹑手蹑脚地进进出出，端来了一壶茶后，又端进来一个花瓶，里面插满了刚从花园里摘来的紫色绣球花。她把窗帘拉开了一条小缝，太阳从麦田覆盖的山丘上升起，柔和的琥珀色阳光闪烁着洒满了房间。

危机终于结束，维尼夏仍然活在世上。

她醒过来后，郁郁寡欢地躺在床上，很长一段时间里都一动不动，那双大眼睛睁得大大的，直勾勾地盯着天花板上，一闭上就开始泪水涟涟。

"我都做了些什么呀？"她不时地低声质疑自我，"我在想什么呢？我不可能嫁给亨利的。我都做了什么呀？"

我和温斯洛普太太彼此对视了一眼，就好像整桩事情发展到现阶段已经到了高潮，而她的内心也已经崩溃了。

准将在楼下把家里的瓶瓶罐罐砸得粉碎，接着就甩门而出，响声震耳欲聋，仿佛楼下正在发生一场战争一样，与我们这个安静而又悲伤的小角落形成了鲜明的对比。

八点过后，我心情忧郁地回到村子里，想在上午进手术室之前先休息一下，睡眠不足的后遗症就是头晕目眩。到家时正好跟上校打了个照面，他要去利奇菲尔德庄园上班。

"维尼夏没事吧？"他问道，我没跟他提起这件事，他怎么知道我去了哪里？我有些不解。

"嗯，"我回答说，"她会没事的。"

"你呢？"他在我面前停下了脚步，庞大的身躯让我产生了一种压迫感。

"我……"像往常一样，我正要说我没事，可事实恰恰相反，"我累了。说实话，这种事让人心里非常难过。"我看着他，对他淡淡一笑。

"那你为什么不去躺一会儿呢？"他微微低下头，"今天上午的手术就算你不去也还会照常进行。"

我真想靠在他那宽大友好的肩膀上大哭一场，但我最终还是站在原地没动，告诫自己不要那么浪漫，强忍住了眼泪。"可那些在等我的人怎么办？"

他站在那里看了我一会儿，然后伸出双臂，也许是想拥抱我，却在半空中停住了，最终还是决定把双手紧紧地搭在我的胳膊上。"你自己必须先休息好，不然别人的忙你也帮不了。"

"好吧，"我边说边退后一步，对于我俩之间的亲密接触感到很不自在，"姬蒂呢？我得给她做点早饭。"

"姬蒂刚给我做了些吃的，要是你客客气气地跟她说，"他微微一笑，扬了扬眉毛，"她也会给你做的。"

姬蒂·温斯洛普的日记

1940 年 8 月 9 日，星期五

白昼的强光

今天早上睁开眼睛，我才想起来自己是在蒂林太太家的小后屋过的夜。我眨了眨眼睛，过了好几分钟才把昨天那些可怕的种种拼凑到了一起，才发现自己在盛怒之下已经跌进了一个永远无法脱身的深渊。

我的未来

爸爸发泄了怒火——我将不得不灰头土脸地离开家。
维尼夏余怒未消，不停地折磨我。
从此颜面无存，耻辱将像死亡的阴影一样跟随着我。
我破碎的心把五脏六腑融化成熔岩。
梦想破灭——一切都化为泡影。

我信步下了楼梯，走进厨房想找点吃的。
"蒂林太太起来了吗？"我问上校。
"她还在庄园没回来，"他说着，开始在碗橱里翻来翻去找东西吃，"一整晚都在那儿。"
"哦，天哪，"我咕哝着，伸手去拿燕麦，"肯定是为了维尼夏。

希望她没事。"

在给上校沏茶煮粥的时候，我情不自禁地想起了维尼夏，想到她和亨利大吵一架的事其实都是我的过错。亨利肯定对维尼夏大发雷霆。我真后悔跟他说了这事。我真无法想象，坏人怎么能在干了坏事后又做到心安理得的？又是怎么带着自己的罪孽活下去的？我觉得这种负罪感潜伏在我体内，就像一种有毒的黏液从我身体里往外涌，无论我做什么或者说什么，全都变成了黄褐色的黏液，散发着令人作呕的臭味。

上校在餐桌旁坐下来，拿起昨天的报纸边看边不断发表着评论。

"嗯，现在官方给这场战争命名为不列颠之战①。纳粹正在轰炸我们所有的机场和工厂。"

"是吗？"我随口答道，其实我一个字也没听进去。

他抬头看了我一眼，我慢慢地搅拌着燕麦粥。"我看看报纸上有没有什么更有意思的消息啊。"为了提升民众的士气，报纸上总会刊登几个幽默故事或者有着大团圆结局的故事。他给我朗读了一个防空队员的故事。当时这个队员正在上利村（Upper Leigh）巡查，突然觉得背后有人举着枪抵住了自己，就以为是纳粹分子打进来了。他迅速地举起双手，慢慢地转过身来，结果发现是一只体形巨大的苍鹭挡住了自己的退路。原来由于灯火管制，周围漆黑一片，他往后退时正好撞到了那只苍鹭的喙上。

我笑了笑，可情绪还是很低落。他在动身前往利奇菲尔德庄园之前重重地拍了拍我的肩膀。要是他知道了事情的全部经过，就不

---

① 不列颠之战（The Battle of Britain）是第二次世界大战期间1940年至1941年纳粹德国对英国发动的大规模空战，而这次战争亦是第二次世界大战中规模最大的空战。

会对我这么友好了吧。

我去收拾厨房时,听见蒂林太太进了门。他俩在门厅里轻声交谈,接着就传来了上校出门后大门随即关上的声音。

"早上好,"蒂林太太脚步轻快地走进厨房,大声说道,"上校跟我说你刚才给他做了早饭,你真会照顾人啊。那现在你去烧壶水,咱俩聊会儿吧。"

"她没事吧?"我急忙问道,边忙着去把水壶灌满水。

"她会好起来的,"蒂林太太答道,这让我如释重负,"可肚子里的孩子没了。"

我知道这话是什么意思。维尼夏最不希望发生的事就是我把她怀孕的事告诉亨利。自从空袭发生以来,她的身体一直很虚弱。我的举动肯定已经把她逼得走投无路了。我一屁股坐在椅子上,将两条胳膊交叉搁在桌面上后,就把脑袋直接埋了进去。"都是我的错。"

"姬蒂,这事错不在你,"蒂林太太把手搭在我的肩膀上说,"亨利应该对他自己的行为负责,就算你跟他说了实情,可能从中也没起多大作用。当时两个人吵得太凶了。维尼夏到最后根本承受不了。"

当然,就算我竭尽全力忍住不哭,最后还是号啕大哭起来。可怜的蒂林太太现在有那么多事要处理,肯定不希望一个惹人生气还到处搬弄是非的小姑娘趴在她肩膀上大哭,但每次我刚停下来,没过一会儿就又忍不住失声痛哭,而且哭得比刚才还厉害,一波接着一波,就好像我的整个人生就是由一系列可怕的事件组成,而这些事件全都想争先恐后地冲出来一样。

蒂林太太抚摸着我的后背。"大家都知道,你还小,生活中还有那么多东西要学。亨利不该让你觉得他会娶你,但还有很多事比这事更重要。你妈妈应该告诉你维尼夏怀孕的事,而不是假装什么事都没发生。维尼夏不该骗亨利向自己求婚。你爸爸不该给维尼夏施加那么大的压力,逼着她接受亨利。亨利不应该打维尼夏。斯莱特不应该突然失踪,让维尼夏伤心欲绝。整件事简直如同一团乱麻。而你也没有理由独自承担全部责任。"

"可亨利原本可以爱我,为什么还要爱她呢?我才是真正想嫁给他的人。为什么人们不能去爱那些爱他们的人呢?为什么大家全都爱错了人呢?"

"姬蒂,看着我,"她下达了指令,我抬起头,视线有些模糊,"长大成人并非易事。我们无法选择会爱上谁,也无法选择谁会爱上我们。姬蒂,无论你的生活中发生了什么,都要记住你无法改变别人对你的感觉。爱是一种非常奇怪的情感,与常识几乎没有任何关系。有时候爱是一种温暖舒适的感觉,就像把自己裹在一条柔软的厚毛毯里,但有时候爱又会完全淹没你,让你完全身不由己。"说到这,她停下话头,仿佛在思考着什么问题,然后突然又从中抽离出来。"我相信亨利爱你就像哥哥爱妹妹,但他对维尼夏的爱完全不同。"

"可我知道爱上一个人是什么感觉,"我哭着说,"别跟我说,我的感觉是假的!"

"是真的,姬蒂,"她把手搭在我的肩膀上,"你的感觉非常真实。"

泪水止不住地滚落下来,我把一切都毁了,维尼夏会恨我,亨利永远也不会爱我了。他从我的生活中永远消失了。

"你可以再找别人。"蒂林太太说。

"我不要,"我摇了摇头说,"我才不会找别人呢。没有人跟亨利一模一样。没有人比他更帅、更有趣,也没有人看我的眼神会跟他一样。只要亨利一出现,就像太阳升起来一样,发生在我身上的一切坏事,发生在全村、全国、全世界的一切坏事都会成为好事。

只要他一出现，一切都会变得完美无缺、妙不可言，就像在天堂里一样。"我张开嘴喘了口气，然后拿手捂住嘴又开始号啕大哭。"可现在再也不会有天堂般的生活了。他走了，所有坏事全都留在这里，永远都不会变成好事了。"

蒂林太太去医院了，而我却一直坐在餐桌旁，也不知道坐了多久。不过，到了下午两三点钟的时候，我决定出去走走，走出房门的那一刻我还是没想好要去哪儿。可我走着走着，忽然发现自己正走在回家的路上。我有些忐忑不安，想跟维尼夏好好谈谈。离家越近，我就越坚定地认为必须跟她好好谈谈。我得向她道歉。

可她会原谅我吗？

打开侧门时，我才意识到自己竟然把主要对手给忘了：我爸爸。如果他看到我，肯定会杀了我的。他会把自己对心爱的维尼夏所怀有的所有压抑和愤怒之情全都发泄到我身上。毕竟，我年龄最小，也没有能力直接反抗他，而他总是习惯于拿我撒气。他应该没有理由打破自己终其一生的模式吧？他那猛烈的报复会像飓风一样向我袭来，连续打击我直到我毫发无存，只剩下破碎的灵魂和永恒的沉默。

我蹑手蹑脚地朝着后楼梯走去，吓得浑身抖若筛糠。屋子里静悄悄的，门厅里回荡着落地式大钟发出的怪异的滴答声。我悄无声息地溜上后楼梯，小心翼翼地敲了敲维尼夏卧室的门。开门的是蒂林太太，她早上做完手术后就直接来了我家。

"姬蒂，"她压低声音问道，"你来这儿干什么？"

"我得和维尼夏谈谈。"

"可要是你爸看见你了怎么办？"她焦虑不安地说道，一把把我拉了进去，房间里光线暗淡。

"我得看看维尼夏。"我边说边朝四下里打量着。窗帘拉得很严实，只有一盏小小的床头灯——维尼夏的紫色台灯——在房间里洒下斑驳的光。卧室明显已经清理干净,那些四处乱放的衣服,几个胡乱丢在地上的香水瓶,堆在一起的书籍和首饰盒等等司空见惯的东西全都不见了。就连梳妆台上的东西也摆得井然有序,全都消过毒,似乎都在等待着新的一天的到来。

维尼夏在床上动了动。蒂林太太走到她身边,告诉她,说我来看她。接着就借口说要给我们泡茶,打算先出去。

"不要刺激她,"蒂林太太对我说,"姬蒂,别忘了才发生了什么。眼下你在她心中没你想的那么重要,所以如果她还在生你的气,你也不要难过。"

蒂林太太走后,我在原地站了几分钟。

"姬蒂,过来坐。"床上传来了一个微弱的声音。

我走过去坐了下来。

"对不起,维尼夏。对于这件事我追悔莫及,我心里太难过了。我犯下了弥天大错,我知道错了,就算你不说我自己也意识到了。我知道亨利爱你,也知道你是为了大家好,现在什么都明白了,可我昨天真的不知道。对不起。"

她静静地躺在那里,我不清楚她是否可以强打着精神和我谈话。她那两只大眼睛茫然地盯着我,似乎陷入了沉思、不解,或者神经已经错乱。我不知道她在想什么。

"一开始我瞧不起你,因为是你告诉了亨利,你知道吗?"她开口说话了,声音沙哑,"但后来我转念一想,其实这事也未必就是坏事一桩。我知道你不是故意的。不管怎么说,现在我们都知道就算亨利生得一副好皮囊,却生性邪恶、残忍无情。你会找到更好的人的,姬蒂。"

我一句话也没说,只是看着她。她面容憔悴,头发粘在头皮上,发梢打着绺儿垂在肩上。虽然周围喷了一些薰衣草香水,但还是掩盖不了一股难闻的味道,可能是血腥味。泪水和汗水打湿了床单。我可从没见过她这个样子。

我哭了起来。

门开了,蒂林太太匆匆忙忙地走了进来。"姬蒂,你赶快跑。你爸回来了,他知道你在家。他停车的时候看见你正从车道上往屋里走。"她抓起我的胳膊把我拉了起来。"快跑,赶紧跑!他说要狠狠地打你一顿。"

她把我推出卧室,我尽量悄无声息地跑向后楼梯。我的心怦怦直跳,一种前所未有的惶恐不安袭上心头,我伸手去抓楼梯扶手时觉得手指全都麻木到没了知觉。一下到底楼,我赶紧贴墙边站好,偷偷朝着四处张望,看看有没有人。最危险的一段行程就在我面前——冲过大厅,冲进厨房,但路上要经过爸爸的书房。

书房的门半掩着,我听见里面有动静,虽然看不见房间内部的一切,但从里面传来的沙沙声就可以判断出来爸爸肯定正在翻阅文件。速度决定一切,于是我在心里默数着,一、二、三,然后就箭一般地冲过光滑的大理石地板。匆忙中,脚下一滑,我直接摔倒在地板上。我跌跌撞撞地爬起来,继续朝前跑去,却发现一个性情粗暴、反复无常的家伙拦住了我的去路。此人不是别人,正是爸爸。

爸爸一看到我,就猛扑下来,一张脸已经气得发紫,龇着牙对着我疯狂地咆哮着。两只手朝着我的喉咙掐下来,好像要把我当场勒死。我惊恐地往后退去,挣扎着站了起来。

"啊,这不是那个小叛徒吗?是吧?"他低声嘶吼着,"我有话跟你说。"他拽着我的胳膊把我拖进书房,然后就直接把我抛到办公桌前的地板上。"你今天必须给老子说清楚,你为什么要毁了我们家的名声?"他大步走到桌子的另一边,一把抓起马鞭,又回到缩成一团的我的身边,有节奏地拿马鞭敲打着靴子,他每走一步,马鞭就发出一声清脆的声响。嗖,啪。嗖,啪。嗖,啪。

"不要打我。"我小声哀求着,早已经吓得魂飞魄散。有一次,爸爸拿鞭子抽一匹马，差点就把它给打死。最后家里人不得不把这匹马给杀了，因为它的伤势太重了。说实话，我可不想冒这个险。"求求你，听我说。你听我解释。住手！"

但爸爸已经挥起鞭子开抽了。他没什么特别的技巧，只是使着蛮力拼命抽打我，打到哪儿算哪儿。我向前弓着身子，肩膀和后背首当其冲。鞭子抽下来的时候，我能感觉到连衣裙的后背布料一下子就被抽开一条大口子，紧接着就传来一阵剧痛。接着又有几鞭子抽下来，我感到鲜血从皮肤里渗出来后，顺着后背往下流，湿湿的，和汗水混合在一起。我再也控制不住自己，泪水滂沱而下。当时我鸣咽着、叫喊着、呻吟着，不知道该怎么办。每次我想站起来，他就会一脚把我踢倒在地。我完全无法摆脱他的控制。我朝着他的靴子爬过去，伸手抓住了他的脚踝，想迫使他停下来，结果他一抖腿把就我甩到一边，更加怒不可遏。"你这个没用的……"啪！"不忠的……"啪！"善变的……"啪！"卑鄙的……"啪！"可怜虫。"

就在此时，我听到了另一个人的声音。

"准将，你在干什么呢？赶紧放下鞭子。"一开始我几乎都没听出来是谁，这声音和她平时轻柔的说话声天差地别。今天，这声音听上去响亮、铿锵、冷静。一听就是一个位高权重的女人在发号施令。

来的人是蒂林太太。她正站在敞开的书房门口，腰杆挺得笔直，神情泰然自若，就像一个被淘气男孩的恶作剧捉弄到的女校长，一脸厌恶之色。

"滚出去，你这个爱管闲事的小老太婆，"爸爸怒气冲冲地咆哮着，"这事与你无关。"

"当然有关。"她的回答很干脆。

一阵沉默。我和爸爸都转过身来，看着蒂林太太这个最温柔、最温顺的女人正小心翼翼地关上门,神态威严地向前迈了一步。

"你说什么,臭婆娘?"爸爸一边怒吼,一边朝着蒂林太太走过去,手里的鞭子啪啪地敲打着自己的小腿,一脸威逼之色。

"别惹我,准将,"蒂林太太严厉地说道,"如果有个人不但了解你的为人,还知晓你那笔不道德的交易,你敢与她为敌吗?"她的声音突然变得尖利起来,听起来就像一台缝纫机正在高速地缝一条旧褶边。

闻听此言爸爸停下了脚步,眉头紧锁,怒容满面。

"目瞪口呆"这四个字都不能表达出我当时的感受。这辈子我就没见过蒂林太太敢反抗过任何人,更不用说反抗爸爸了。现在,在我最需要别人帮助的时候,她却找到了力量走进书房救了我一命,真是一个魅力四射的女人啊!我真想跑过去,满怀爱意和感激之情扑进她的怀抱,并提醒她我们得尽快逃出去!

"不要威胁我,蒂林太太,"他厉声说道,"你什么都不知道。"他眯起眼睛,凶相毕露。

"我不怕你,准将。"蒂林太太坚定地站在原地没动,身形挺拔,沉着冷静,仿佛她刚被提升到了一个代表着力量和正义的新职位。"我知道的事情足以让警方立刻启动全面调查。如果你想要看到这样的结果,"她一字一顿地说道,"我只要拨个电话就能让你梦想成真。"

"别耍花招了,蒂林太太,"爸爸命令道,"你根本不知道自己在玩什么游戏。要是你把这事给搞砸了,就太不负责任了。你会让整个社区都处于危险之中,就算这场可怕的战争没有摧毁大家,凭你一己之力也足以摧毁所有人。"

爸爸大发雷霆时会让人感到毛骨悚然,一时间我有点担心蒂林太太会做出让步,会小心翼翼地走出书房,而鞭子又会立刻抽打在我身上。

但蒂林太太站在那里一动不动。我甚至看到她的嘴角闪过了一丝微笑，一种冷静克制的微笑，那种你可能会在国际象棋锦标赛上看到的笑容，在别人还没有意识到之前，微笑的一方就已经知道自己胜券在握了。

"别摆出一副居高临下的样子，准将。"蒂林太太朝着爸爸的方向走了两步，离他只有三十厘米远。"你吓不到我的，"她轻轻地拂去爸爸肩头上的一点灰尘，这是在示威，一种蔑视对手的表现，"我却可以把你吓到半死。"

爸爸肉眼可见的烦躁不安起来。他后退了一步，望着书房的另一头，好像在寻找反击的灵感，寻找某种强有力的依据。他愁眉苦脸，眼神黯淡，薄薄的嘴唇耷拉着，像个处处受挫的小学生。

我又往角落里缩了缩。蒂林太太能勇敢地对抗爸爸是一回事，但她拿什么把柄来威胁爸爸又是另一回事。我不知道爸爸会做出何种反应。他在情绪最好的时候也不喜欢女人，对妈妈和我们两个女儿的存在都只是容忍而已。蒂林太太到底知道了什么才能强迫爸爸做出让步呢？我从没见过爸爸认输，在他形形色色的战斗中，一次都没有输过。就连布太太在爸爸身边走过的时候也都小心翼翼，谁都知道布太太有多残酷无情。

蒂林太太远远地看了我一眼，示意我站起来。

我摇摇晃晃地站起身来，环顾四周，发现镶花地板上那一个个小血点已经变成了黑色，往下拽了拽几乎被鞭子抽成了碎片的连衣裙，捋了捋头发。

"现在说对不起。"蒂林太太从容不迫地对爸爸下达着指令。

"说对不起，姬蒂。"爸爸朝我吼道。

"不是她！"她大声吼道。没错，蒂林太太大声吼道！"你向她道歉。她才十三岁，你却拿马鞭抽她。你应该为自己的行为感到羞耻。"

"呃，蒂林太太，我不明白为什么……"

"道歉。"她眼中闪烁着一种我从未见过的眼神，就像正义女神正在权衡着天平上的砝码，想找到爸爸所缺失的东西。

"对不起，姬蒂，蒂林太太好像疯了。"爸爸有点尴尬地说道。

"不对，你不要为我的行为道歉。如果有必要的话，我自己会直接道歉。但现在你要向姬蒂道歉，因为你拿鞭子抽了她。"

"对不起，姬蒂，"他艰难地说道，双手紧紧地攥成了拳头，怒气冲冲，看也不看我们俩，"现在，你可以走了，姬蒂；你也闹够了吧，蒂林太太。"他的声音变得尖利起来。

"没有。"蒂林太太走过来，搂着我，把我领到门口。"你们全家人早就已经受够了你的专横跋扈。这么多年来，她们一直都在忍受着你的残酷无情，我就搞不懂她们为什么还要继续忍受下去！"她停下脚步，转身面对着爸爸，用手指着窗户。"外面的那场战争还没结束。那可是真正的战争。很多人为了保卫亲爱的祖国惨遭杀害，而你所能做的就是把你的亲生骨肉打到服软为止。这种事不能再发生了。你明白吗？"

蒂林太太又转向我。"姬蒂，你现在去梳洗一下，你爸爸不会再威胁你了。如果他再威胁你，你就马上告诉我。"她说这话的时候眼睛盯着爸爸，确保他听明白了。我点了点头，急忙跑了出去。我屏住呼吸，一步两级台阶地往楼上跑，飞快地跑进维尼夏的卧室，轻手轻脚地关上门。

"姬蒂，我听到有人尖叫，出了什么事？"她低声问道。

我给她看了我的后背。

"哦，天哪，又挨打了！"她叹了口气，示意我从梳妆台上拿一块绒布过来。

我把绒布拿过来后，又倒了一杯水把绒布浸湿，然后就坐在她身边，让她在床上支撑着身体给我清理伤口。一个受害者在帮助另一个受害者，这个场面真可怜，可不知怎么的，却感觉再正常不过，就好像我俩是彼此的天然盟友一样。

我跟维尼夏讲述了刚才蒂林太太和爸爸对峙的事。

"谁能想到蒂林太太竟然还有这种本事？"维尼夏惊叫道，一脸的困惑不解，"她到底知道些什么呢？"

"可能是爸爸有外遇了？"我说，"但我无法想象他会如此担心这种事会泄露出去——他从来都不在乎妈妈的感受。也有可能是他从查塔姆的那个黑市贩子手里买了汽油，不过我觉得，凭他的社会地位以及他在军队的关系，就算他真的犯了罪也只能是神不知鬼不觉。他还跟我说大家都这么做。不对，肯定是别的原因。肯定是非常非常见不得人的事情。"

"你说得有道理，肯定是别的原因，"维尼夏顿了一下，继续给我擦伤口，每次触碰都会让我痛得缩一下身子，"最近蒂林太太跟以前大不相同，就好像她在自己的内心世界里发掘出了更多的东西。"

"肯定是因为战争，"我回答，"战争让所有人都改变了立场，是吧？"

"没错，"维尼夏微微一笑，对我的观点立刻表示赞成，"现在是我们女性主宰一切。"说这话的时候，她又恢复了过去那种目空一切的神态。"奇尔伯里村女子唱诗班将统治世界。"

她为我清洗伤口时我的确感到疼痛难忍，但我发现自己正咧着嘴笑。周围嘈杂无比，一片黑暗，我却萌生了一种奇怪的感觉，觉得一切都会好起来的。

埃尔西·科克尔写给空军上尉亨利·布兰普顿-博伊德的信

奇尔伯里庄园

奇尔伯里村

肯特郡

1940 年 8 月 10 日,星期六

亲爱的亨利:

我幸福得都快要手舞足蹈了,因为你让我成为全英国最幸福的姑娘。一想到我现在是你的人了,就觉得既舒服又温暖。今天下午的情景我永生难忘。从庄园出来后,我陪着你回家,在森林的那座石头房子里我平复了你的坏心情,直到现在我仍然无法想象这样的幸福会真正属于我。无论发生什么,我都知道你会在那里一直记挂着我,等这场愚蠢的战争一结束,你就会再次和我在一起。

所以我按照你说的,向奇尔伯里庄园递交了辞呈。我以为他们会问我下一步打算做什么,但他们似乎并不在乎。这就好比要是我告诉他们我和你要结婚时,不管他们会做出何种反应,我都不在乎一样。准将为人老派保守,要是他得知女佣要嫁给一个大人物时,肯定会吓得心脏病发作的。哈哈,那可就有的瞧了!

我现在还没想好要去哪里。离职通知期限一到我就得搬走。既然我俩现在已经在一起了,我其实很想问问你母亲,我能不能去和她一起住。如果她知道你要娶我可能会不大愿意,但她只要习惯了就好。也许你可以先给她写封信，把咱俩的事跟她说说，问问她我能不能到你家去住。

亲爱的，我先写到这了。我无时无刻不在想你，想着我俩在一起的那个美好下午。请尽快给我回信。

全身心爱你的
埃尔西

埃德温娜·帕特里小姐写给姐姐克拉拉的信

利奇菲尔德医院

利奇菲尔德

肯特郡

1940 年 8 月 10 日，星期六

亲爱的克拉拉：

我觉得自己还能活在世上，真的太走运了！可我担心自己就快完蛋了。克拉拉，我差点就给吓死，吓得我不知道怎么办才好。

准将在上午的探视时间突然走进了病房，两边嘴角上全是白沫子，活像一只有毒的癞蛤蟆。身上穿着的还是那套百年不变的军装，上面挂着的各色勋章和各种七零八碎的东西，无时无刻不在向世人宣告谁才是老大。上半身向前微倾，好像随时都在准备冲锋陷阵。他扫视着每一张病床上躺着的焦虑不安的女病人。尽管我拉过毯子遮住了半张脸，他还是发现了我。准将几步就走到了我的病床前，像座铁塔似的站在那里怒容满面，一张脸涨得通红，脖子和太阳穴上的青筋暴起，像一条条青蛇一样跳动着。

"你跟蒂林太太说什么了？"他对我大吼大叫，"我早该料到你根本就是成事不足败事有余，你这么傻头傻脑的只会惹祸上身。我就不该相信一个娘们。"他弯下腰，拳头拄着床，一张脸正对着我的脸晃来晃去，他呼出来的口气闻起来就像烂猪肉或其他已经腐烂的动物肉的味。

"我什么都没告诉她，你这个笨蛋，"我压低声音，憋着满腔怒火一字一顿地对他说道，"全都是她自己凭空猜测的。"

"她怎么能猜得出来？"他大吼道，站直了身子，双手叉腰，看上去就像一个野蛮的独裁者，"要是你能做到滴水不漏，她又怎么能猜得到呢？"

我意味深长地看了他一眼，又瞟了一眼护士。护士正坐在办公桌前，很明显对我俩的谈话内容非常感兴趣。

"嗨，你好。"我对她微微一笑，轻轻地挥了挥手。

他终于压低了嗓门，开始小声说话，但听上去还是那么野蛮。"要不是你手脚不干净，蒂林太太怎么能猜得到呢？"

"那个小丫头简直就是和维尼夏一个模子里刻出来的，"我实事求是地开始解释，"小小子一看就像哈蒂，其他的不就全都顺理成章了嘛。她只不过是侥幸猜对了而已。"

"她知道得太多了，不可能单凭猜测。"

"她没有任何真凭实据，除非咱俩告诉她，否则她不可能拿到任何证据。"

有那么一阵子我俩谁都没说话，他只是低头盯着自己的手，那双手有点泛红，手指细长结实，就像某种晒干后的海鲜，一种贝类海鲜，软体从壳里爬出来后表面开始变成硬皮。突然他转过身去，扑通一声坐在床上，一脸沮丧。

"她在威胁我。"他小声说道。

"想敲你一笔？"我轻声问道。

"简直无耻至极。就算换成你那个榆木脑袋也能想得到！"他咬牙切齿地嘟囔道，"曝光。"他望着窗外，厚厚的云层聚集在一起，好像一会儿要下雨似的。"坐牢。"

"好吧，咱俩只要否认一切，什么都不承认不就行了，"我口气严厉地说道,"谁都没证据。他们只能先撬开咱俩其中一个人的嘴,那咱俩就团结起来一致对外。"说完这句话,我就转向护士。"我的客人要走了,能不能麻烦你帮我挪挪腿呢?"我一脸平静地说道。她走过来看我需要什么,态度极为恭顺。

准将厌恶地看了我一眼,就迅速地站起身来。"跟你这样的人待在一起简直就是天底下最恶心的事。帕特里小姐,等你出院,有你好看的!"然后他又威胁道:"到时候咱俩得好好聊聊这件事。"说完他就转过身去,先冲着我恶狠狠地哼了一声,又对着护士凶巴巴地哼了一声,然后就步伐坚定地朝门口走去。

我砰的一声向后倒在床上,就像一具从悬崖上坠落的尸体,朝着岩石密布的海滩猛冲下去。

我唯一的计划就是等我髋部骨折痊愈,他们让我出院的那一刻我就消失得无影无踪。不过我得先去一趟奇尔伯里村,想办法让拉尔夫·吉布斯把钱给我吐出来。这事不好办,但我自有办法,克拉拉,我有点万念俱灰,想要做出一些让步。然后我就去伯纳姆伍德跟你会面。这么做并不能让我高兴起来,现在我只想着能活下去就好。老天爷,为什么我老是麻烦缠身?气死我了。真希望当初没蹚这趟浑水。

为我祈祷吧,克拉拉,但愿我能从这一切中解脱出来。

埃德温娜

空军上尉亨利·布兰普顿-博伊德写给埃尔西·科克尔的信

> 空军基地 9463，道斯希尔
> 白金汉郡
>
> 1940 年 8 月 12 日，星期一

亲爱的姑娘：

真没想到会收到你的来信，信里面提到的事情更让我感到震惊。在此我想就我对你的感觉以及咱俩关系的本质向你解释一下，以免造成任何误解。

首先，你所说的"我俩在一起的那个美好下午"就只是一个美好的下午而已。我从没想过让每个下午都变成美好的下午。事实上，这正是那个下午的美好之处：对现实世界的一种逃离。可能我提到过让你转行，但那只是单纯从战争的需求角度考虑，因为战争让越来越多的女性不得不参与进来。与其在平民家里当个客厅女仆[①]，整天帮人家端茶倒水，把精力浪费在这些琐事上面，还不如接受培训当个护士或者参军，你不觉得后者才是更加正确的选

---

① 客厅女仆这项工作过去多数为男仆的工作，后来逐渐被女仆取代。主要负责接待访客以及用餐时的服务。而一些传送书信和应对进退这些本属贴身女仆的工作，在后期也为客厅女仆所取代。由于是负责接客工作，故需要外貌好、个子高、柔丽的双手和好的接待客人技巧，穿着比其他女仆华丽。

择吗?

其次,联系我母亲纯粹多此一举。我必须提醒你,如果你选择无视我的警告,她会暴跳如雷,到时候你要想在这一带混下去可就难了。

祝你在新的岗位上一切顺利。

空军上尉亨利·布兰普顿-博伊德

维尼夏·温斯洛普写给安吉拉·奎尔的信

奇尔伯里庄园

奇尔伯里村

肯特郡

1940 年 8 月 12 日，星期一

亲爱的安吉拉：

这不是很奇怪吗？一系列重大事件接二连三地发生——灾难、疾病、死亡——结果一两个星期后，一切似乎又恢复了正常。今天我回去上班了，搭乘的是七点四十分开往利奇菲尔德的公交车，下车后走过街角的电话亭，满目所见仍然是那些同样的面孔，头顶上空飘来飘去的云彩似乎也还是原来那几朵。我朝着我们以前的办公室走去。伊丽莎白正在沏茶，像往常一样把那个缺了个小口的杯子递给了我。我在办公桌前坐下，把刚送来的文件浏览了一遍。只不过几个星期没来上班，却感觉好像离开了这里好久一样。这样说也不准确，实际上我是觉得自己就像完全变了个人。原来的维尼夏消失不见了，现在来上班的是一个新人，她长得很像维尼夏，也还记得怎么处理维尼夏的工作，但她跟原来那个维尼夏没有任何相似之处。

除了马拉德上校，没人知道到底发生了什么。上校走过来亲切地问我现在感觉如何。大家都知道我救了那个孩子的命，因为各大报纸上全都报道过。但他们不知道我失去了另一个孩子。每当有人进来向我表示祝贺时，我都会有种不寒而栗的感觉。他们会说"你救了那孩子的命，真勇敢！"或者"你现在肯定想自己生一个了！"我知道他们的本意是想哄我开心，但我不得不每隔几分钟就跑到女卫生间去检查一下睫毛膏是不是哭花了，这真让我很恼火。

下班后，马拉德上校提出让我搭他的车回奇尔伯里村，我正好顺道去跟蒂林太太和小罗斯打个招呼。她真是个可爱的小宝宝，胖乎乎的，会一直咯咯地笑。我有时候也会喂她吃饭。

"我想帮忙照顾她——这是我欠哈蒂的。"我一边说，一边把罗斯放在腿上摇晃着。

"是呀，你说这话我倒能理解。"蒂林太太笑着说。一想到自己曾经那么自私、傲慢，对哈蒂尤其如此，我就羞愧得满脸通红。

"当初真应该对哈蒂好点儿，幸好现在还可以照顾她的宝宝。"

"嗯，你照看她的日子长着呢，你妈已经同意在维克多回来之前把孩子接到你家去。这样一来，罗斯就会跟你一起在奇尔伯里庄园生活了。"

我喜形于色，把孩子紧紧地抱在怀里，但接着我就想起来一件事。"我爸那儿怎么办？"

"没关系，维尼夏。你再也不用担心他了。"

我记得姬蒂说过蒂林太太知道一些事，但没想到会派上这么大用场！

我喜出望外，把怀里的罗斯抱得更紧一些。星期五她就会带着东西正式搬过来，这样一来我每天晚上都能喂她吃饭了。

奇尔伯里庄园目前非常安静。姬蒂一直在乞求我原谅她，但她真的很贴心。我爸一天到晚都见不着面，他把全部心思都投入到保护奇尔伯里村不受纳粹袭击的战斗中去了。他要求村民自卫队成员每两天碰一次头，以便行使管理权力。看到他找到别的地方去发泄精力，我们几个全都松了一口气。

　　我妈要求我一下班就回家休息。她终于意识到可以把劳伦斯宝宝交给保姆照顾，宝宝同样也会茁壮成长。晚饭后，为了让大家的心情全都好起来，姬蒂和西尔维决定把留声机搬到我的卧室。普里姆在空袭前借给了姬蒂一些唱片，我们便一起播放聆听。当时普里姆的姐妹来收拾她的遗物时，姬蒂曾经想把这些唱片还回去，但她们坚持说让我们保存，说可以随时欣赏，还说这也是纪念普里姆的一种方式。

　　那天夜晚大家全都自得其乐。我们四个人围坐在留声机周围翻看那些唱片，一共有四十多张，其中很多都是美国出品的。我妈端来了茶，我从指挥中心拿了些饼干回来，于是我们就开了个小派对。

　　"这张是我的最爱。"姬蒂从唱片套子里抽出一张唱片。"普里姆以前跟我说过，这也是她最喜欢的唱片，所以我希望她现在正在天堂里一边看着我们，一边欣赏着音乐。"

　　"什么唱片啊？"我妈问道。

　　"等一下你就知道了。"姬蒂一边说，一边把唱片放在唱盘上，提起了唱针。

　　一阵吱吱啦啦的响声后，音乐就流淌出来。原来是一支乐队演奏的一首节奏很快的美国歌曲，听起来活泼有趣。姬蒂和西尔维显然最近一直都在听这首歌，里面的唱词她俩一清二楚。

　　"保持年轻靓丽。"她俩一边跟着唱，一边在房间里扭来扭去。姬蒂随手抓起一条小毛巾，假装是一条长羽毛围巾甩来甩去。

　　这场表演妙趣横生，大家都笑得前仰后合。然后我找到了一张名为《蓝月亮》的唱片，于是就把它也放到了唱盘上。演唱这首歌的是美国的一对姐妹。我们边听边跟着唱，姬蒂唱和声，这首歌真令人着迷。

我妈选了一首老歌，名叫《盛装打扮去丽兹》。

"这首歌让我想起了我和你外公去跳舞的情景。有时人们会跳起查尔斯顿舞①。我当时一直都想试一试。"我妈回忆着过去，有些害羞。

姬蒂和西尔维站起来，来来回回跳了几步，就拉着妈妈一起跳。西尔维跳得相当不错，可姬蒂跳的真让人难以忍受，我觉得很有必要站起来教她们怎样跳出正确的舞步。我妈破天荒的没叫我回到床上去休息。

"下一首歌我们大家一起跳。"姬蒂放了一首大家都会唱的英语歌曲《晚安，军士长》。我们排成一行坐在床边，手挽着手，左右摇晃着，结果姬蒂摇晃得太厉害，从床边掉了下去，哈哈大笑着瘫倒在地板上。

"我们应该举行一场演出！"姬蒂建议道，那张小脸因为激动都变得明媚了起来。"把歌词全都背下来，表演出来！"

"你为什么不把歌词全都写出来呢？也许下次我们可以合唱。"我也提了个建议，心里祈祷着我妈千万不要横加阻拦，千万不要说我的身体受不了之类的话。

但我妈竟然说道："这个主意不错嘛。我们还可以邀请唱诗班的几个成员一起表演。"

"太棒啦！"姬蒂欢呼起来，西尔维拍着手，在座位上直接跳了起来。

"我们可能会因为这次演出重新焕发活力。"我说道。"奇尔伯里村女子唱诗班将会上演一场歌舞秀！"

---

① 查尔斯顿舞（Charleston）是美国的一种摇摆舞。其舞蹈旋律来源于 1923 年詹姆士·P. 约翰逊在百老汇创作的《查尔斯顿》一歌。查尔斯顿舞的流行期是 1926 年中期到 1927 年。

如果真能够成功上演，我会随时告诉你有关歌舞秀的消息。我相信有姬蒂掌舵，让她半途而废很难。

爱你。

维尼夏

蒂林太太的日记

1940 年 8 月 13 日,星期二

很显然,希特勒已经决定对英国发动一次空袭以决定胜负,因为在过去的几天里,一支战斗机编队在我们头顶的上空呼啸而过。纳粹飞机打击的一直都是军事目标,但大家都在担心他们会袭击利奇菲尔德庄园或帕纳姆机场。

今天下午我到家时,卡林顿正在等我。他身材清瘦,衣着整洁,坐在房前门廊里的白色长椅上,欣赏着金色的夕阳。他穿着军装,手里拿着军帽,夕阳洒在脸上,他正闭着眼睛享受着阳光的温暖。

他看见我回来就站了起来,匆匆忙忙地跑过来帮我停好自行车。

"你好,卡林顿。"我跟他打了个招呼。看到他那热情的笑容,我很开心。"你的腿好点了吗?"

"好了,已经全好了。只不过医生说我再也不能正常跑步,但这些日子以来我总觉得自己还能活在世上就已经相当走运了。"

"进来喝杯茶吧,"我边说边邀请他进屋,"你在利奇菲尔德庄园的工作怎么样?"

他跟着我进了屋,我俩走到客厅里坐了下来。"我现在在情报部门工作,一点也不枯燥,可我还是希望能调到伦敦去。"

我把泡好的茶端进来,坐在他对面,等着听他跟我讲打听到的消息。

"我打探到了一点消息,"等我倒好茶后,卡林顿说道,"可就算这点消息能打听到也大费周章,幸好到最后我还是找到了一条线索,找到了一个人,他知道那帮家伙都是怎么操作的,剩下的事就水到渠成了!你的问题就有了答案。"他看上去颇为自得。"但是,蒂林太太,你一定要答应我,绝对不能把我要跟你说的话透漏给任何人。这真的是最高最高级别的机密,一旦有人发现这个消息遭到泄露,咱俩可就大难临头了。"

"你就放宽心吧。"我立刻说道,其实我知道在我把伯克利的戒指交给他后,他还是非常信任我的。

"斯莱特是间谍,是我方能力最强的一个间谍。他来这里是为了瓦解一个强大的纳粹情报网,这个情报网主要关注的就是利奇菲尔德庄园的动向。他找到了一个线人——可能是某个大户人家的管家——然后就和他还有另外一个人一起逃往伦敦。他在伦敦端掉了一个完整的纳粹间谍网。他跟战斗英雄没什么两样,真的。"卡林顿端起茶,靠在单人沙发的靠背上,而我则已经震惊到了无以复加的地步。

如此说来,我对斯莱特的看法自始至终就是错的。但至少有一件事我是对的:他肯定不只是表面看上去的那么简单!上校上个月对我说的那些话像洪水一样涌上心头,说他一次又一次地冒着生命危险,直到最后失去生命,维尼夏将承受多大的痛苦。当然,现在这一切都说得通了。

"他是在空袭当晚走的吗?"

"没错,但他那天走和空袭没有任何关系,一切全都是巧合而已,他碰巧就是在那个晚上突然动身去伦敦的。他们伝有理由相信有人已经对他们产生怀疑,据说是个姑娘。"

我心想那个姑娘肯定就是姬蒂,我又想起来那天晚上她和马拉德上校的谈话,随后他就打电话,然后轰炸机到来,防空警报拉响，炸弹接二连三地投掷下来。

"一到伦敦，他们就与一位高级官员取得了联系，斯莱特很快就端掉了整个情报网。他们中有的人成了'双重间谍'，所以他们继续回去当卧底，但为我们工作。"

我满脑子都是各种各样的问题。"如果他是卧底，就算有个姑娘问他，他也不可能跟那个姑娘提及他真实的个人情况，更不可能讲述他所做的任何事情，是不是这个意思？"

"没错。"

"难怪她总是对此感到一头雾水。"

"的确如此。他参与黑市交易很明显是为了巩固自己的地位。实际上，他是一名伪装成纳粹间谍的情报人员，有时候伪装成黑市贩子，有时候则伪装成画家。这小伙子聪明能干得很。"

"他为什么一定要假装成黑市贩子？"

"他得给纳粹搞到非法证件，这样他才能提供食物和定量供给簿。他得为他们服务，以此来证明自己是他们中的一员。"

"那他完成这项任务后会做什么呢？他能把这一切都告诉那个姑娘吗？"

"他们接下来要做的就是把他送走。他绝对不能一五一十地讲给那个姑娘听，但我相信他可以适当作出一些解释。"

大门打开的声音和说话声从大厅里传了过来，于是我俩就都住了嘴。幸好我俩都没再说话，因为没一会儿，维尼夏本人竟然走进了客厅，后面跟着上校。维尼夏漂亮得就像一幅画，身穿一条薰衣草花色的连衣裙。眼睛里流露出来的仍然是那种忧心忡忡的神色，身材太过窈窕，但奇怪的是，现在的她比过去当"女王"时的她更加引人注目。她走了进来，坐在沙发扶手上。

"马拉德上校开车顺路把我给捎回来了，我也想顺便过来打个招呼。"她微笑着说。

"这位是卡林顿中尉,也在利奇菲尔德庄园上班,你们认识吗?"

上校走进来时,卡林顿站得笔直,正目不转睛地看着维尼夏。卡林顿先是盯着她的脸看,然后就从头到脚随便哪个地方都不放过。这种举动也太匪夷所思了,在所有人中,或许他应该是最敬畏她的,但后来我看到了卡林顿脸上的表情,与其说是钦佩,不如说是完全的惊愕。

她留下来聊了一会儿,跟我们描述了他们挤在长长的地下掩体里是如何设法完成手头工作的。

"每个人都比平时更爱洗澡,因为大家离得很近,很容易就能发现谁没洗澡。"她哈哈大笑起来,卡林顿也彬彬有礼地陪着笑,但我觉得他实际上什么也没听进去。

维尼夏告辞后,我一门心思地想搞清楚卡林顿为什么用那种眼神盯着她看。

"你以前就认识维尼夏?"我问道。

他的脸一下子就红了,低头看着自己的双手。"我刚才是不是盯着她看了?真对不起。"他笑了。"不瞒你说,我父亲最近新买了一幅油画,就挂在办公室里,而且……"他犹豫着不知道该不该说下去,"而且碰巧画上那个女人看起来跟维尼夏一模一样。"

"这么巧啊,"我说,"希望能跟她本人媲美。"

"嗯,的确画得不错,"他说着,忍住了笑,"跟你说实话吧,那是一幅裸体画。"

我想尽量忍着不笑,可根本就忍不住。上校下楼时,发现我们俩站在门口笑得都快喘不上气来。

"肯定是斯莱特给她画的,太有意思了。你父亲到底是从哪儿买来的呢?"我一边咯咯地笑着,一边把他送到门前的小路上。

卡林顿笑了。"他是从一个叫吉布斯的小商贩那里买来的,那人长得相当凶悍。"

"哦！不知道拉尔夫·吉布斯又是怎么弄到手的。不可能是斯莱特送给他的吧？"

"我也觉得不大可能。不过他的艺术才能倒真的是挺令人折服的，再考虑到他的间谍身份，真不容易啊。"

我俩一边走一边笑。他的自行车靠着墙，就停放在那丛蔓生的玫瑰花旁边。

"谢谢你，还麻烦你亲自跑过来告诉我这些，"我说，"不过，天知道我该怎么处理这些消息。我还是先守口如瓶的好，看看他最后会不会出现。"

"有道理，"卡林顿一边说，一边跨上了自行车，"还是小心为上。"他对我笑了笑，说了声"再见"，就蹬着车子沿着大路朝着利奇菲尔德的方向出发了。

我满腹心事地回到了屋子里，脑子里一直都在琢磨着这些消息。我该把斯莱特的事告诉维尼夏吗？我决定对这事暂时还是绝口不提的好。维尼夏的情绪似乎在好转，我不想再给她留下一线希望了。

我走进客厅时，上校意味深长地看了我一眼。

"你居然跟卡林顿认识。"

"嗯，"我一边回答，一边斜了他一眼，"朋友多了好办事。"

姬蒂·温斯洛普的日记

1940年8月15日，星期四

这场可怕的战争！

一切都得从今天下午早些时候开始讲起。当时我和西尔维骑马回家，西尔维策马一路狂奔冲过田野，就好像晚回家一秒就会没命一样。我俩从侧门进去，穿过厨房来到大厅，希望能赶上妈妈喝下午茶，也许还能给我俩剩几块三明治。果然，妈妈她那抑扬顿挫的说话声，再加上维尼夏那慵懒的语调，在大理石地面的华丽大厅里清晰地回荡着，我和西尔维相视一笑。真走运。

我错得简直太离谱了！我俩刚要靠近门口，我突然感觉到西尔维那冰凉的小手抓住了我的胳膊，把我往后拉。我疑惑地回头看着她，但她已把一根手指放在嘴唇上"嘘——"了一声。

"我知道，"妈妈说道，"可我真不知道该怎么跟她说。我把他写的给你念念吧。"她轻轻咳嗽了一下，接着就传来了窸窸窣窣的打开纸张的声音，我猜肯定是打开了一封信。"很抱歉地通知您，西尔维的父母已经找到。在过去的几个月里，他们一直藏在邻居多纳克（Dornak）家的谷仓里。"

我看了一眼西尔维，她点了点头，小声说："我们两家是朋友。过去我经常和他们家的女儿一起玩。"

"'但等他父母被找到后，多纳克一家人也全都给抓了出来，当场枪毙以示惩戒。'"

西尔维低下头,不再看我,而是盯着地板,脸色苍白。房门敞开着,她家的消息不断向我俩飞过来,我想直接走进房间不再偷听,于是就把她的胳膊往前拉了拉,但她愤怒地把我拉了回去,狠狠地瞪了我一眼,我不敢再看她。

"她父母被关进捷克斯洛伐克北部的一个犹太人集中营。没有收到她弟弟的消息。"

刹那间,西尔维的脸色惨白得几乎有些透明,仿佛她是一个苍白的鬼魂,从古代来到了这里,然后她飞快地转身就跑,就像一缕魂魄消失了一样。她跑过大厅,穿过厨房,跑出侧门,跑进了自然界大片的开阔地,那片地在夏末呈现出特有的翡翠色和琥珀色,在广阔的蓝天下,她的身影显得那样渺小。不一会儿,她就跑进了灌木丛,消失在森林里,就像一只为了躲避攻击的小动物一样不见了踪影。

我们整个下午都在找她。

寻找西尔维最先去的几个地方

她没在马厩里偎依着阿玛多伊斯。
所有的马都在马厩,所以她不是骑着马跑出去的。
她不在河中央的水坝边,也不在蜂箱旁。
她不在皮斯波特森林里老乔治藏东西的那片灌木丛里。

妈妈和维尼夏匆匆跑到村子里去求援,等我心里七上八下、疲惫不堪地回到家时,一群女士正在门前的草坪上等待布太太分派任务。

"我们今天的任务非常重要,"布太太一边说,一边在大家面前踱来踱去,"我们的任务就是在今天天黑之前找到这个托付给我们照看的小姑娘。我们要让她知道，虽然她失去了家庭，无法保护自己，但她可以依靠我们，依靠我们这个新社区，我们可以照顾她，可以保护她不受那些纳粹禽兽的伤害。"说到这里，她朝着海岸的方向看了一眼，目光里满是威胁之意。"我们还要向她表明，这世上仍然有一些地方，有一些善良、正直的人们向她张开了怀抱。"

接着人群中就传来了此起彼伏的"就是！""说的对！"之类的回应。布太太开始大声命令大家安静下来，那架势就好像马上要冲锋陷阵一样。"你，你，还有你，跟着我一起去皮斯波特森林"——她指着几个女人下达着命令，她们闻声就走到前面去了——"剩下的几个去地里头找。奎尔太太，你带着几个人去道金斯农场，吉布斯太太，你带着几个人去村子西边。大家四点半再回到这里集合喝茶休息。"

她一说完，大家就都分头采取行动，只剩下我一个人站在那里，双手叉腰，气喘吁吁，而维尼夏看着我，一脸的困惑不解。

"一定有办法知道她到底去了哪儿。"维尼夏轻声说道，几乎像是在自言自语。"我们先理理思路，姬蒂。如果你是她，你会去哪儿？"

"马厩啊。可我刚才已经去那里找过了，没有。"

"那我们就换位思考一下，"她向我的方向走近了一步，"假设你刚刚得知爸爸妈妈都还活在世上，被关在集中营里。你一直以来都怀疑他们可能已经不在人世，所幸现在知道他们还都活着，但这个消息搞得你不知所措，因为你比以往任何时候都更害怕，也许下一次传来的就是他们去世的消息。还有，你的小弟弟没有任何消息。你的世界正处于崩溃的边缘，这将是一场巨大的灾难，而你也不知道自己能不能幸免于难。"

"如果是我，我就会跑去找妈妈，"我说，"要是待在原地不动，干等着更多的坏消息传来，我可受不了。"

"说得对，"维尼夏说，"换成我，也会去找妈妈的。"

我哭了起来。推测出来的结果让我无法接受。可怜的西尔维，她不得不做出那样荒谬的选择。她一定在想，要么留在这里，可能再也见不到家人，要么冒着生命危险穿越欧洲回到家人身边。这是一个多么艰难的抉择啊！

"她可能已经去了火车站。"我呜咽着推测着，但我不清楚她是否知道该去哪里、该做什么，或者到哪里才能弄到钱买车票。当然，她必须得经过伦敦。我皱起了眉头思索着，忽然脑海里隐约出现了一丝线索。"汤姆！"我叫道，"他是从伦敦来的。西尔维会去找他帮忙的。"

我二话不说，转身就出发了，径直冲过森林，绕过果园的外围，奔下山坡，张开双臂保持着平衡，像一只燕子一样俯冲到山谷里。

现在是星期四的下午，大家都在地里忙碌着，采啤酒花的人住的小屋里空无一人，灌木丛中间除了有几辆毫无特别之处的手推车外，还有一堆柴火，几个空罐头盒像是被人随意踢过来的。一阵风吹过，这里就像一座鬼城。不出几个小时，这里就会有四五十个人蜂拥而入，叽叽喳喳地聊着天，唱着歌，准备做晚饭。这对比也太鲜明了！

我在想是不是自己搞错了。也许她不会来这里。环顾一下四周后，我开始犹豫是马上就走还是再待一会。要是汤姆无法帮她去伦敦，那该怎么办？毕竟他自己也还只是个孩子。

我觉得自己就像个不速之客，小心翼翼地沿着灌木丛中间的空隙走着，忽然想起来老乔治就住在这儿，于是就开始怀疑他是不是正在附近埋伏着，随时准备手持匕首跳出来扑向我。突然耳边传来"砰"的一声巨响，吓了我一跳，原来是一扇门因为铰链松动一直在那里摇来晃去的，碰巧刚才一股大风刮过，门给吹得关上了。为了安全起见,我就走过去想把门关好。

就在此时我看到了西尔维。

首先映入我眼帘的就是她那双眼睛,又大又黑,像只吓傻了的老鼠。她蹲在那一排小房子的一头,蜷缩在两座小房子之间,身子往下一缩,躲进了阴影里。接着耳边传来一阵嗖嗖声,我才意识到她已经开始往后跑,朝着小房子后面的玉米地里跑去。我赶紧冲过去追她,从没想到自己居然可以跑得这么快,两条腿就像上满了弦箭一样地向前冲。小房子后面是一大片草地,恍惚间一条蓝色连衣裙的裙摆一晃就不见了,消失在另一座小房子后面的灌木丛中。

我飞快地跑了下来,沿着灌木丛绕了一圈,刚好看见她飞一般地奔向另一边的小房子,迅速打开门,跳了进去,随手关上了门。

我把她堵在了房子里。

我上气不接下气地走到她藏身的小房子跟前,伸手想推开门,结果发现门从里面锁上了。

"西尔维,"我说道,"开门。"

没人回答。

"西尔维,"我让自己的声音听起来更温柔,"我想帮帮你。"

仍然没人回答。

"西尔维,出来吧。我可以帮你回家,我说到做到。"

里面传来一阵杂乱的挪动家具的声音,接着就是门闩滑动时发出的"咔哒咔哒"的金属撞击声,然后门终于慢慢地"吱呀"一声打开了,一股脏衣服散发出来的霉味从黑暗的室内飘出来。她蹲坐在地上,大眼睛哭得通红,一脸的悲痛欲绝。

为什么这么年幼的一个小姑娘要经历这么多的痛苦呢?

我爬进门口坐到她身边,伸出胳膊搂住她,她把脸贴在我的肩膀上哭了起来,涕泪四流。我望着门外那片杂乱不堪的土地。为什么我们生在这样一个悲惨的世界里？

"我要回去找他们，"她抽泣着说，"我必须回去。"

"我不知道走哪条路最好。"我说，不知道该不该帮她逃跑，但又觉得自己进退两难，因为我刚答应她要帮她的。我无法想象前往捷克斯洛伐克，那个国家似乎远在天边而且危险至极。然后我突然有了主意，把她留下来的唯一希望就是让她相信整个冒险行动有多危险。于是我在门口坐下来，把她拉到我身边。"最好的办法就是先到多佛市，看看能不能找到一条船把我们带到法国去。"

她小小的身体打了个寒颤。"纳粹不是在法国吗？"

"你说得没错，"我慢慢说道，"找人把我们带过去可能会很难，因为我也不知道有多少艘船会开往法国，但肯定有间谍之类的人去那里，他们可以帮我们偷渡过去，或者我们装扮成走私犯。"

"什么是走私犯？"

"就是从别的国家偷东西的罪犯，那种人很卑鄙的。"我顿了一下，不知道自己是不是说得太过分了。"我们一路上都得藏起来，要是被他们发现，我们可就没命了。"

"那怎么从法国到捷克斯洛伐克呢？"她小声问道。

"一到法国，我们就得藏起来，很可能先藏在灌木丛里或者森林里，因为要是被人发现了，我们就会给带到什么集中营……"

"那我不就能见到妈妈了吗？"

"见不到，他们会把我们关押到另一个集中营。"

"可是万一他们知道了我是谁，不就把我和我爸妈关在一起吗？"

"不会的，他们会把所有人全都分开。所以我们必须得先藏起来，这就意味着我们老是会饿肚子，因为没钱买吃的。还有，你会说法语吗？"

"不会。"她沮丧地低声说道。看得出来，我的话开始发挥作用了。

"我们可以带上一些吃的东西，但我不知道能不能维持上一个多月。"

"一个月？到那里需要那么长时间吗？"

"我们既不能坐火车，也不能乘坐公交车，只能走着去。"

她把小脑袋靠在我的肩膀上，又哭了起来。"我们永远也到不了！我们都会死的，不是饿死，就是被纳粹打死。"

看到她因为无能为力而痛哭不已，我就把她抱在怀里安慰她说："西尔维，我为你的家人感到难过。"

她抽泣了一会儿，然后举起一根手指放在唇边，轻轻地、颤抖着说了声"嘘——"，眼睛盯着我，充满了恐惧。"我知道我弟弟出了什么事。"她声音哽咽，听上去有些紧张不安。她颤抖着往四下里看了看，生怕有外人听见。

"你说什么？"我低声问道。

"我妈妈把他送人了。"她双手捂着脸哭了起来，窄小的肩膀朝前缩着，在慌乱中不停颤抖着。"她把我弟弟送给了一个不是犹太人的朋友。"

我把她抱得更紧了，泪水也开始从我的眼中涌出。这就是她的秘密。

"这太可怕了，妈妈是那么的爱他，那么的爱我们。我弟弟太小了，不能和我一起坐火车。她知道那是他唯一的机会。那天她没带他回家，假装什么事都没发生，可事实并非如此。她哭了整整一夜。那天就是她的世界末日。"她的声音渐渐低了下去，最后变成了微弱的呜咽。我当时就想，人得到了多绝望的地步，才会万不得已丢下孩子自救啊。

我把身子往后退了一点，看着她。"你知道你妈妈有多爱你、有多爱你弟弟。你一定要永远铭记在心。想想看，等这场可怕的战争结束后,我们就可以回去找你妈妈的朋友,把你弟弟接回来。你知道她住在哪儿吗?"

西尔维点了点头。

"那我们就说定了。这场战争总有结束的那天,我们不能让战争夺走我们的一切。"

她依偎着我,我俩就那样坐在一起、挤在一起,向外眺望。这时,头顶上的云层开始变得越来越厚,周围的世界也变得越来越黑,像一个可怕的阴影笼罩下来。慢慢地,四周开始响起雨点温柔落地的噼啪声。

一只红隼在雨中盘旋、俯冲,两只翅膀就像张开的大手,在铅灰色天空的映衬下就像一道黑影毫无章法地飞来飞去,接着毫无预兆地就又飞走了。

西尔维开始轻声哼唱起来,一开始是声音不大,但后来越来越有节奏,越来越令人心醉。她重复哼唱着《珈底什》,泪水涟涟,声音哽咽,仿佛在哀悼已故的亲人。只要一遇到我能记住歌词的地方,我就跟着她一起唱,我俩的歌声在空无一人的小房子周围回响着,听上去很怪异,仿佛不论我们是生活在今天还是一千年前,同样都能感受到对无法掌控的事物的恐惧。

大概过了二十分钟,也可能是过了一个小时,摘啤酒花的人们的喊叫声和口哨声才从山上传下来。片刻之后,几个男孩就顺着我们面前的灌木丛跑了下来,汤姆跑在最前面,急匆匆地跑到离他最近的一座小房子后就停住了脚步,举起双手宣布自己获胜,这也太滑稽了,因为其他几个男孩至少都比他小一两岁。这简直就是在作弊。

"你们俩在这儿干什么呢?"他小跑着朝我俩奔过来。

"我俩出来散步,结果下雨了,就找了个地方避雨。希望你不要介意。"

"怎么会呢？当然不会的。"他边说，边看着西尔维红红的眼睛，我的胳膊正搭在她的肩膀上。他在她身旁坐下来，把他那又大又瘦的手放在西尔维的胳膊上。"你没事吧，小姑娘？"

"她爸妈被关进了集中营。"我嘴上这么说着，但心里还在嘀咕着该不该把这事告诉汤姆，但当西尔维抬起眼睛看着他时，不开心地嘟着嘴，我忽然想起来她非常喜欢汤姆。我俩都很喜欢汤姆。

"我们得回家了。"我说完就站起身来。

"我送送你们吧，"汤姆说，他是个瘦高个儿，在我俩跟前跳来蹦去的样子就像个骨瘦如柴的小丑，"没准儿我能让你们俩都高兴起来。"

西尔维一句话也没说，把她那只又瘦又白的小手放进汤姆手里，让他把自己拉起来。然后，汤姆也牵起我的手，带着我俩一起往庄园走去。

他的确没说错，一路上他不断给我们讲他在一天当中听到的或者看到的新鲜事，着实让我们轻松了一阵子。有人发现了一只死兔子，已经烂了一半，而他竟然不厌其烦地详细描述了一番，听得人直犯恶心。有个男孩吃苹果，结果里面全都是虫子。还有一户人家不得不提前走，因为那家的女主人要生孩子了。

经过果园时，我们的心情或多或少都好了起来。等我们绕过皮斯波特森林走上车道时，一眼就看到前面有一大群女士，都已经回到了草坪上，正坐在长椅上喝茶。布太太正迈着大步在人群中穿梭着，手里拿着写字板，边走边在纸上做着记录。突然，她发现我们正朝着她们走过来，就大声地说了些什么，然后大家就都站了起来，开始一边鼓掌一边欢呼。

"你找到她啦！"奎尔太太大声喊道。

"你真厉害！"缝纫组的一个成员插嘴道，有人甚至答应说要给我拿些糖果犒劳我。

"西尔维,你回来啦,我太开心了!"维尼夏满面笑容地走了过来,很明显地松了一口气。

大家热情地拍拍我们的后背,然后妈妈把西尔维搂在怀里,西尔维马上就又哭了起来。

"你得答应跟我们住在一起,"妈妈对她说,同时蹲下身子,平视着西尔维的双眼,"再也不要一个人跑了,再也不要这样了。"

西尔维点点头,把脸埋在妈妈的脖颈里。

"那我爸那怎么办?"此时,蒂林太太走过来站在我身边。我小声问她。"他不会让西尔维留下来的。"

"哦,不用担心,姬蒂,"她笑了,得意得像一只一把抓住了老鼠的猫,"他那边不成问题。"

我刚要转过身去问她,可她已经走了,去告诉其他人西尔维回来了,只留下我在想这一切到底是怎么回事。

汤姆一下跳过来,打断了我的思绪。"你真是个大英雄。"他站在我身边,都快要碰到我了。

"当然啦!"我有点生气,可突然又想起来最近因为我的缘故给维尼夏和亨利所造成的不幸。"你真这么想的吗?"

他哈哈大笑起来,用力地拍了拍我的后背,导致我直接跟跟跄跄地向前冲了几步才停住脚。"你是最棒的,姬蒂。你就是拯救世界的美少女!"然后他抓起我的手,狠狠地握了一下。

《肯特郡时报》头版

1940 年 8 月 18 日,星期日

空袭利奇菲尔德

昨晚九点左右,十二架敌机飞过肯特郡,在利奇菲尔德市上空投掷了大约六十枚炸弹,大部分炸弹都投掷在利奇菲尔德庄园,庄园遭到彻底破坏。大火彻夜未熄。空袭造成一百多人死亡,很多人无家可归。

蒂林太太的日记

1940 年 8 月 18 日，星期日

危险解除的警报声一拉响，我就骑上自行车，在黑暗中朝着利奇菲尔德奔去。我必须得加入那边的医疗队，好去救助伤员，但我最担心的还是那些我认识的人。维尼夏又开始上班了，当然还有上校。他会不会粗心到没去防空洞呢？昨天晚上他还在无意间跟我提到，说在他忙着处理工作的时候最反感的就是被迫离开办公桌，还说就算是遇到突袭他也会坚持把手头的工作处理完再说。

一路上我都骑得飞快，祈祷着他今晚可千万不要像他自己说的那样做。如果他只有一次机会去防空洞，老天保佑，一定要是这次啊。

翻过小山后，利奇菲尔德庄园的熊熊烈火就出现在眼前，无论隔多远都能看得一清二楚。汹涌的火焰直冲云霄，火势最猛烈的就是主楼部分，曾经的附楼上也是一样的火苗乱蹿。不知道还有多少人被困在大火中。我当即作出决定，在去加入医疗队之前，我得看看能不能找到上校。

我骑着车子从大门进去，发现一个身穿制服的人正在观察火势的变化，于是就走上前去问他。

"大家都怎样了？都逃出来了吗？"

"没有，"他茫然地说，"有个防空洞塌了，很多人都下落不明。"他转过头看了看我，眼中流露出失望的神情。"他们说有的人没去防空洞。"

"在这里上班的人都到哪儿去了？怎么才能知道我朋友是否安然无恙呢？"

"上级要求他们回家，如果家被炸了就去休息中心。不过很明显，很多人都选择留下来帮忙。你要找的是谁？"

"马拉德上校，"我说，"他被安排在我家住，但我来这儿的时候他还没回去。"

"这里遭到空袭后我就没见过他，防空洞里有没有他我也没印象。"他在那里苦思冥想了一会儿，我真想狠狠地摇晃他几下。使劲想，伙计。好好想想！

但他只是摇了摇头。

"谢谢。"我一边飞快地表达了谢意，一边跳上了自行车。如果上校躲过了空袭，肯定会留下来救助伤员。但他会在哪里呢？利奇菲尔德地方不大，可是有几百座遭到轰炸的房屋要疏散，谁知道他会在哪里呢？

我决定先骑着车子去医院，沿路看看能不能找到他。所经之处，无不是嘈杂混乱，惨不忍睹，这么多伤员和无家可归的民众脚步沉重地在大街上走来走去，让人目不忍视。一看到眼前的情景我就感到手脚冰凉，很多人都在断壁残垣旁相拥而泣，可能已经知道到底是谁被压在了下面。有几位女士拦住了我的去路，想让我帮帮她们，但我不得不跟她们说我是个医护人员，必须尽快赶到手术室。我一边解释，一边不由自主地把眼前的每位男士都扫视了一遍，看看有没有那个走到哪儿都鹤立鸡群、还有点笨手笨脚的家伙。

利奇菲尔德医院已经人满为患。我找到了主管，她把我安排在餐厅前面的一张餐桌旁，让我在那里先给病人做个预检，然后再让他们去找对口的医生治疗，或者如果遇到我能处理的，就直接处理。排成一长列的伤员马上就一个接一个地出现在我面前，有的人伤口很深，血流不止，有的人四肢受伤，而且伤得非常严重。有一个男伤员给砸成了脑震荡，一个小婴儿出现了呼吸困难的症状，还有一个人手断了，我把那只手跟手腕缝合到了一起，接下来就只能等着看恢复的效果如何了。有很多病例都是严重烧伤，有个女人很可怜，一条腿已经烧得不成样子。据她说，家里一根烧着了的房梁倒下来正好砸在那条腿上，她动弹不得，只能等待救援队把房梁抬起来。

人越多，噪音越大，各种声音交织到一起也无法遏制住人们内心的巨大恐慌，各种东西烧焦后的怪味和人体烤焦的臭味更令人胆寒发竖。在如此嘈杂的环境里我努力辨别着上校那熟悉的声调，稍微一有空闲，就赶紧四下里张望，看看刚刚拿担架抬进来的那些人里有没有他。这里人多到简直密不透风，我只能透过人与人之间的狭窄缝隙往外看，有一两次我感觉自己看到了上校的身影，但又不确定，于是不得不离开预检台，在人群中再搜寻一遍，但那个身影却无处可寻。我的内心像漩涡一样翻腾着，躁动不安。

他到底在哪里呢？

午夜前后，我终于获得了片刻的休息时间，于是就跑到医院外面找到了自行车。我不知道该去哪里，只知道如果他还活着，肯定会在外面救死扶伤。我一条街一条街地骑过去，查看每一个遭到轰炸的地点，希望能在黑暗中看到他的身影。很多人在那些被炸毁的房子中间跑来跑去，有的在把个人财产往外搬，有的在搬运家具，有的则在趁火打劫。

我骑着自行车疯狂地找了十分钟后，不得不往回骑了，于是我开始在大片的废墟中挑拣着能走自行车的路朝着医院的方向奔去。

突然之间我看到了他的身影。

我简直不敢相信自己的眼睛，便定睛细瞧。熊熊烈火笼罩着已经倒塌的教学楼，他巨大的身影就站在一辆尽力在控制火势的消防车前。我一下子就从自行车上跳了下来，一把甩掉了车子，任其倒在地上，然后就朝着他狂奔过去，一边跑一边大声喊着："马拉德上校，马拉德上校。"

他先是扭过头循声看了一眼，随即就转过身来，发现是我就大步向前，张开双臂迎接我，叫着我的名字。"蒂林太太！"

我冲到了楼前的空地上，越跑越快，越跑越快，然后，仿佛是突然觉醒了一般在离他不远的地方停下了脚步。我俩的距离大约只有三十厘米远了，但我突然有点又羞又怕。

他这是要拥抱我吗？

"还以为你已经死了。"我气喘吁吁地说着，感觉自己根本无法完全控制住整个局面。

"我就知道你会这么以为，"他一边说，一边双臂交叉放在胸前，动作自然得就好像他一直就打算这么做似的，"之前我嘱咐维尼夏到家后去看看你，但我猜你肯定会到这儿来的，就知道我没猜错。"

"你又猜对了，"我说道，尴尬地微微一笑，低头盯着双脚，"你肯定不会有事的。"

他展开双臂，向我走来，我抬头看着他宽大的下巴，他把我抱在怀里，仿佛抱了我一千年，又好像只有一毫秒。我无法思考，尽管有几十个问题在我内心不停地翻腾，但似乎没有一个能找到答案。所幸，生活并不总是关于问题和答案。生活是由各种事件和各种感受组合而成，就像在一个寒冷的夜晚，在一座燃烧着的巨大建筑旁，有人拥抱你的感觉。这些都是真实存在的。然而，现在我却不能触碰。这种感觉已经不见了，成了过去，随着那一刻一起消失殆尽。

在他还没有松手之前，我先后退了一步；我知道他应该明白我的意思，也应该能接受。他低头看着我，微笑着，握住了我的一只手。

"被人关心、被人惦记的感觉真好。"他笑了。

"我就像一条疯了的救援犬一样到处乱窜,你竟然还觉得我很有爱心,也真难为你了,"我笑着回道,"不管怎么说,谁又能预料得到下次到我家借住的又会是什么样的家伙呢?"

"你什么时候来的?"

"大约九点一刻。利奇菲尔德庄园已经烧成了一个大火球。听说有个防空洞塌了。"

"是呀,太可怕了。我们防空队损失了一半人员,全都是非常棒的人手,太可惜了。"

"你没在防空队吧?"

"不在,我还算幸运,当时我在大院另一边的一个防空洞里,"他看着我,满脸悲伤之色,"这种事得碰运气,对吧?"

"有时候是的,"我回答说,然后又放慢了语速,"有时候是得碰运气。"

突然,熊熊燃烧着的教学楼里轰隆一声发生了爆炸,声音震耳欲聋,可能是一枚哑弹发生了爆炸,也可能是某种易挥发的化学物品遇热爆炸,比如一瓶石蜡或者油漆之类的东西。人群蜂拥而出,有些人的衣服上还冒着火苗,我俩赶紧跑上前去帮忙。

这是一个漫长的夜晚,艰难而痛苦。我不得不赶回医院,继续面对那长长的伤员队伍。整个医院的气氛跟刚才有了天壤之别,周围悄无声息,人人看上去都是一副听天由命的样子,痛苦的伤员即便在睡着的时候还在呻吟,陆续入睡的人们打着鼾,此起彼伏,音调各异。为了让所有人的情绪稳定下来尽快入睡,灯光已经调得非常黯淡。大人带着小孩一排排地躺了一地,身上盖着各种质地的旧毯子,四肢和脑袋上缠着的白色绷带在黑暗中显得那么刺眼。

"太惨了。"我跟一个护士说道。

"至少他们没被运到城那边的停尸房里去，"她回答说，"停尸房都满了，他们就把尸体整整齐齐地摆在外面的人行道上。军工厂说可以把尸体放到他们那边的仓库里去，可没人理会。放到那儿总比放在人行道上要好，可要是我死了，我也不知道自己是不是愿意被停放在一大堆子弹中间。"

黎明时分，我慢慢地骑上车子回家，走的时候医院平安无事。到家后，我洗了个澡就上床睡觉了。上校不在家，不知道他有没有找个地方睡一会儿。毕竟，他今天还得去工作，去管理曾经是利奇菲尔德庄园的那堆瓦砾。

埃德温娜·帕特里小姐写给姐姐克拉拉的信

牧师家
奇尔伯里村
肯特郡

1940 年 8 月 19 日，星期一

亲爱的克拉拉：

今天医院把我给赶出来了，因为他们需要床位安置新伤员。他们拿来一堆衣服给我穿的时候，把我气得浑身发抖，因为除了入院时穿的那件微微烧焦的睡衣和那双破烂的旧拖鞋，我竟然变得一无所有了。他们拿来的旧裙子和旧衬衫还不错，就是鞋子太紧了，把我大脚趾突出的骨关节给磨破了皮。不过，我并没有抱怨，因为外面的场景已经把我给吓得都快找不到北了。

我一整天都在盘算着这件事。首先，我得从拉尔夫·吉布斯那里把钱要回来。没钱我就什么也干不成，没钱就没法逃跑，蒂林太太威胁说要把我交给警察或者交给准将，准将还说要杀了我。

但我必须在蒂林太太或准将看见我之前拿到钱。办这事速度要快，要神不知鬼不觉，态度还得异常坚决。

当然，我也没指望拉尔夫·吉布斯会轻而易举地把钱还给我。我决定威胁他，跟警察揭发他在黑市上做生意的事，还有他忙着在黑市买卖中获利就忘记了在定量供给簿上盖章。

我还有一把剪刀，又大又笨重，像把铁锤那么重，是我趁着护士不注意从她桌上偷的。这把剪刀虽然不像匕首或短剑那样让人一看就感到心惊胆战，但我知道如何使用它才能发挥最佳效果。我没想过要了他的命，只想着拿着剪刀吓唬吓唬他，让他知道我不是在开玩笑。我让他们把我的旧睡衣、定量供给簿和防毒面具装在一个纸袋里，好方便我随身携带。我把剪刀放在这堆东西中间，拿起来沉甸甸的，立刻就觉得自己的安全有了保障，心里舒服多了。

八月的上午温暖宜人。一走出医院，我深深地吸了一口气后就立刻启程，登上了开往奇尔伯里村的公交车。幸好出院时他们给了我车费，这可是我在这世界上仅有的一点钱了。公交车在田野里绕圈时我心里急得火烧火燎，幸好最后终于在广场上停了下来。我一瘸一拐地下了公共汽车，奔着吉布斯家的商店就冲了过去。我一把推开门，门上的铃铛就拼命地丁零当啷地响了起来，拉尔夫·吉布斯的身影马上就出现在柜台前，上上下下地打量着我，一脸恶意。

他跟以前一点都不一样了。在我印象里，他一直是个骨瘦如柴的小不点儿，总是跟在那些大孩子的屁股后面，搞一些愚蠢的恶作剧，洋相百出。好吧，如今情况完全发生了改变，那个小傻瓜已经不见了。他高大强壮，肌肉发达，典型的彪形大汉。一条长长的坑坑洼洼的红色伤疤从他脸颊上蔓延下来，一直延伸到了黄褐色的硬胡茬下面。两只眼珠浑浊不堪，眼白上全都是深红色的血丝，脸上和手上无数的划痕和伤口也都呈现出深浅不同的红色。

我从来都不觉得当兵的经历能让他做出何种改变，相反，在前线打过仗只会让一个年轻人变得更危险。我忽然想起来有人说过他的脑袋受了伤，还说吉布斯太太跟他有矛盾。当初我还以为他心情不好呢。

但现在我清楚地知道他们说的有矛盾是什么意思了。

"你来这儿干什么？"他咆哮道。

我站得笔直，紧紧地抓着纸袋子。

"把钱还给我。"话一出口，决绝的语气把我自己都吓了一跳。

"什么钱？"他粗声粗气地问道。吉布斯太太溜到他身后，一半身子躲在收银机后面，拉尔夫懒洋洋地从柜台里面绕过来，走到了我跟前。

"你当然知道我说的是什么钱，"我斩钉截铁地说道，一只手摸着剪刀，恨不得马上就拿出来，"你从摘啤酒花那小子那里偷走的钱。那是我的钱，拉尔夫·吉布斯。把钱还给我。"我冲着他大喊大叫，把每个字都说得清清楚楚，就好像已经到了世界末日一样。"我的房子没了，什么都没了。快把钱还给我。"

他站在那儿盯着我看了一会儿，一半是觉得无聊，一半是觉得好笑。然后他说："不然呢？"

"你什么意思？"我大叫道。

"你到底打算干什么？"他好像是在开玩笑，一副油头滑脑的样子，"要是我不能给你呢？或者我就是不给你，你怎么办？"

"那我就把你做黑市买卖的事告诉警察，"我摆出一副当仁不让的态度，好像我言出必行，"有了这个，再加上你在商店里卖东西不遵守配给制，你就等着坐牢吧。"

"哦，真的吗，帕特里小姐？"他似乎毫不畏惧，手搭在柜台上，环视着货架，"他们连证据都没有，怎么会来抓我？"

"他们很快就会找到证据的。"我气急败坏地说道，感觉局面已经失控。

"帕特里小姐，你就这点儿本事啦？"他得意洋洋地笑着，脸上带着怜悯的表情，"你真的就这点儿本事啦？"

结果就是这样。我飞快地在纸袋里摸索着，接着一把就抓住了剪刀。"我要让你知道知道我的厉害！"我一边煞有介事地威胁着，一边抽出剪刀，当着他的面举起剪刀在空中嗖嗖地挥舞了一番。

他哈哈大笑，没错，他竟然哈哈大笑。然后他向后退了一步，跟我拉开了一点距离。"帕特里小姐，你不会是想来真的吧？"他轻松地说。

"给我钱！"我一边尖叫，一边猛地朝着他的肩膀扑了过去。

"哦，不会吧，你竟然动真格的。"拉尔夫粗着嗓子叫道。转眼间，他一只手抓住了剪子尖，另一只手一把就抓住了我的胳膊，拧到了身后，剪刀"啪嗒"一声掉到了地上。我感到有个尖尖的东西刺进了下巴，一阵剧痛袭来，血也跟着流了出来。他有匕首。我尖叫了一声，害怕他会当场杀了我，就像杀猪那样直接割开我的喉咙。我扭动着身子想要挣脱他的控制，但这只会让脖子上的伤口更深。

"我警告过你，帕特里，"他在我耳边恶狠狠地吼道，"别把我给惹火了，否则我都不知道我能做出什么事来！"

商店大门上的铃铛轻轻地响了一声，拉尔夫猛地转过身去，我被他挟持着也跟着转了个身。

你猜来人是谁？不是别人，正是蒂林太太。显然她刚才一直都在偷听，所以她才会小心翼翼地推开门，尽量不碰到铃铛。

有那么一瞬间，所有人都僵在了原地——拉尔夫不知道该不该放我走，蒂林太太估量着眼前的景象，吉布斯太太站在收银台后面偷看着一切，而我则因为抵住下巴的那把可恶匕首一动也不敢动。

"这是怎么啦？"蒂林太太大声问道，声音尖利。她大步走到拉尔夫面前，拉尔夫松开了我，若无其事地把匕首塞回口袋里。

"没什么，"他一边说，一边搓着两只手，沾上去的血把两只手染得通红，"只是把我在军队里学的一点儿东西教给帕特里小姐而已。"说完就开始拿舌头顶腮帮子，一副下流相。

"你太过分了，"蒂林太太一边怒气冲冲地说着，一边走过来查看我的伤口，"你没看见已经出血了吗？"

"是吗?"他假装惊讶地说道,"可能我有点太激动了。"他双臂交叉放在了胸前,摆出一副桀骜不驯的样子,看上去既像一个上过战场打过仗的成熟男人,也像一个害怕朋友妈妈的小学生。

"可以啦,不要再装啦,"蒂林太太不以为然地上下打量了他一番,"我一会儿再处理你的事。理查兹警官肯定愿意听听详情。"

拉尔夫一下子就变得没精打采。她打算告发他吗?我有点希望她这么做,这本来就是拉尔夫罪有应得,但这也意味着有人会知道我的钱的来路,最终我会和他一起关进大牢。我长长地吁了一口气。

蒂林太太转过身来面对我时,我不由得往后缩了缩。"帕特里小姐,你为什么不跟我一起回家呢?"她的声音听起来又轻松又温柔,却让我心中充满了强烈的恐惧,总觉得更可怕的事情即将发生,"我帮你清理一下伤口吧。"说完,她拿起剪刀,放进棕色纸袋里,紧紧地抓住我的胳膊肘,把我拉出了门。

我还没来得及甩开她的手,我俩就已经拐出了广场,朝她家的方向走去。

我猛地停住脚步,一步也不肯往前走。"蒂林太太,放开我!"我大声咆哮道,"你不能强迫我跟你一起走啊。"

"我当然不能强迫你,但就眼下这种情况看来,你没得选。"她没说她要叫警察,但我知道她会这么做的。她刚刚看到的那场小骗局足以让我锒铛入狱。

我退后一步,意识到自己逃跑的唯一希望就是疯狂地跑到火车站,但考虑到髋部骨折尚未痊愈,我连走路都还只能一瘸一拐,她拦住我的去路是小菜一碟的事。我真的被逼得走投无路了。

"哦,那好吧。"我说着,像个怏怏不乐的五岁孩子一样慢吞吞地跟着她往前走。

至少她是把我带去她家,这样我就不用走准将家门前的那条大路，也就不会被准将发现了。走在通向她家大门的石头路上时我差点给绊倒，于是我主动让她抓住了我的胳膊肘。她打开门，带我走进她那阳光明媚的客厅。我一下子就瘫倒在离我最近的沙发上，一门心思地想要缓解髋骨的疼痛。

蒂林太太走出客厅，片刻后就端着茶和三明治回来了，这样的举动更加深了我对她的怀疑。"你为什么把我带你家来，蒂林太太？"我脱口而出。

她没有流露出丝毫惊愕的表情，只是端端正正地坐在单人沙发上，开始倒茶。"幸亏我跑到店里救了你，"她说，对我的问题充耳不闻，"这些日子以来，拉尔夫·吉布斯简直就是个畜生。"

"这话说得倒没错，"我咕哝着，"幸亏你来得及时。"

"这事其实跟你的运气无关，"她抬起头来说道，"我在公交车上看见你了，就猜到了你要去哪儿。"

我惊恐地坐了起来。"你怎么知道我要去找拉尔夫·吉布斯？"我不由得脱口而出。她怎么知道该死的拉尔夫·吉布斯偷走了我的钱？

她好像看穿了我的心思似的说道："姬蒂告诉我的。"事情就这么简单。只要有我的消息，全村人都跟她说。"别担心，"她边说边端起小茶杯。"我不会把你交出去的。"

"你是说你不会再随便指责我换孩子啦？你早就该这么做。"我有点色厉内荏。

她深深地叹了一口气。"行啦，帕特里小姐，我知道是你干的，只不过现在不想跟你纠缠这事罢了。那你现在到底要不要我帮你？"

有那么一两分钟我俩谁都没说话。我心里盘算着她会怎么帮我，她说不把我交出去是不是只是随口说说而已。而与此同时，她竟然在吃着黄瓜三明治，一脸的淡然平静，真让人火冒三丈。看着她那张精致的小嘴还在咀嚼着东西，我真恨不得一巴掌抽上去。

"你的所作所为肯定是不对的，"她咽下一口美味的三明治后接着说道，"但事情既然已经发生，曝光它其实弊要大于利，尤其是对那两个可怜的孩子来说更是如此。我很讨厌这种欺诈行为，也很讨厌你耍的小伎俩故意让我上当受骗，但我也别无选择，只能把社区的稳定置于我自己坚守的正直诚信之上。"

我勉强忍住没有抬头望天，可是，老天啊！就冲她这通说教，我都想狠狠揍她一顿。

"不过，有时候我确实一直都在琢磨，干出这样的事，你就没后悔过？"她问道，眼睛眯成了一条缝，陷入了沉思，"没把孩子交给亲生父母，你就没觉得这么做不对吗？"

我一脸茫然地看着她。在我看来，所有孩子全都一样。可现在一切都化为乌有，倒真让我感到很难过。当然啦，我当初答应干这事本身就是错误的选择。于是我装出一副和善的笑容说道："这么做当然不对。《圣经》里不也是这么说的吗？"

她看上去怪怪的，又有点迷惑不解，然后继续说道："嗯，两个孩子在温斯洛普家都过得很好，这才是最重要的。在维克多回来之前，维尼夏会当好教母，尽心尽意地照顾好罗斯。现在这孩子能得到自己家人的爱护，这让我觉得心里好受多了。"

"嗯，她们一家人能团聚在一起我也很高兴，你终于不再对我横加指责，我也很开心，"我生硬地说道，"提醒你一句啊，本来就是什么事都没发生过。"

"得了吧，你快得了吧，帕特里小姐。咱们仨谁不知道这事就是你干的——你、我……"她停顿了一下，眯起眼睛，"还有准将。他把你的雕虫小技都跟我说了。我什么都知道——你俩见面，谈报酬，换孩子，遭遇空袭，还有你笨手笨脚地索要钱，然后又把钱全都给搞丢了。"她脸上那笑模样简直跟玛普尔小姐如出一辙。"你说，你还有什么好隐瞒的？"

我不得不承认，此时此刻我就像一只斗败了的公鸡，唯一能做的就剩下继续呼气吸气，恐惧像蛇一样缠绕着我的喉咙，让我透不过气来。

"冷静点，帕特里小姐，"她走过来坐在我身旁，把手放在我的胳膊上，"我是来帮你的。"

我深吸了一口气，不知道接下来会发生什么。"你打算怎么帮我？"

"嗯，首先呢，我给你找了个地方暂时落脚。我是宿营官，这也是我的工作职责。"她笑了。我突然产生了一种非常奇怪的感觉，觉得这个女子志愿服务队的忠实拥护者虽然很无聊，却真的是在帮我。她拿出来几张表格。"这是住宿安排信息表。你暂时住在牧师和奎尔太太家。我还给你准备了一些东西，衣服啊、日常用品之类的，都不是新的，但用起来肯定没问题。"

我闷闷不乐地坐在沙发上，盯着手里的杯子，觉得自己无法应对眼前这种局面。这是怎么啦？她为什么不去告发我呢？

"喂，帕特里小姐，也许我们可以换个方式来处理一下这件事。"

"什么意思？"

"要是我保证不揭发你，你就把一切都告诉我，怎么样？"她满怀希望地看着我。

"要是你不打算告发我，就算知道了整个过程又有什么意义呢？"我躲躲闪闪地问道。

"我想知道这事是怎么发生的，想搞清楚这一切。我想知道事情的真相，"她用手紧紧地按住我的手，"你不白说，我可以让准将离你远远的。"

最后这句话让我一下子坐了起来。这个瘦小得像只松鼠一样的女人怎么能斗得过准将那样的男人呢？见我一脸狐疑，她微笑着说：'不用担心我怎么办这事，帕特里小姐。你只要知道他不会再来烦你就够了。'

真相大白。她威胁准将要曝光此事，所以他才来威胁我，直到那时我才突然意识到蒂林太太对于事实真相知道得越清楚，就越能确保准将不会动我一根毫毛。

我知道你会认为我想错了，克拉拉，但我跟她说了。我什么都跟她说了。刚开始先讲了葬礼后准将把我拉进他的办公室，然后我就像竹筒倒豆子一样和盘托出，丝毫停不下来。这事说完了，我没停嘴，又跟她讲了很多其他的事情。我从西里尔叔叔家逃出来后跑到了国王十字车站，只能靠偷东西换钱买吃的、找住的地方，可那并不是我的错。感谢老天爷，伟大的战争爆发了，于是我在巴特医院找到了一份工作，他们让我接受护士培训。但我总是身无分文，一直都在东跑西颠，每当有机会来临，我都会一把抓住，不管要做的事情有多卑微、多肮脏，我都不在乎。当一切都尘埃落定之时，我才意识到自己已经成了这方面的专家。我的世界里除了卑微和肮脏再无其他。

我就成了卑微和肮脏的代表。

蒂林太太什么也没说，只是点点头，偶尔皱一下眉头，对我表示同情。等我全都讲完，她一脸平静地拍了拍我的手，告诉我牧师家正期待着我的到来。

克拉拉，你肯定会感到有些意外，因为只有这一次我真的感到如释重负。我需要好好修养一下，好让髋骨恢复如初，所幸奎尔太太不光做事脚踏实地，而且还是个做饭的好手。

"我觉得他们家很合适你，"她说着，把我的东西全都整理起来装到了一个袋子里，"至少在你找到一个属于你自己的地方之前就先住在那儿吧。"

"他们知不知道……"如今真相已经大白于天下,就算我想控制也控制不住。

她笑了起来,虽然不是哈哈大笑,但还是笑出了声。"不知道,这事其他人从来都没有怀疑过。"

我也神经质般地笑了起来,纯粹是因为松了一口气,而且幸运的是,我还活着,而且还自由自在地活在世上,有房子可住,有工作可做,简直太不可思议了。

我直视着蒂林太太的眼睛说道:"谢谢。"

她知道我是在真心感谢她,于是就跟我用力地握了一下手,她的手温暖而瘦削。

"蒂林太太,你为什么愿意帮我?"我问道,想知道这对她有什么好处。

"我们必须联合起来互相照应,帕特里小姐,否则永远都不会有机会对抗纳粹。"

可笑的是,我竟然完全忘记了战争的存在。

我艰难地朝着牧师家走过去时,她就站在她家大门口目送着我。但当我一瘸一拐地走进广场时,有一件事我真没料到。我的老房子现在已经成了一堆碎石,赫然出现在我眼前。教堂街上其他的房子也都成了一堆堆的碎砖烂瓦。我在那里生活了很多年,虽然从来没有特别快乐过,但那些日子依然是我的日子。

当我发现自己站在这个大屠杀现场挪不动脚步时,一阵恐怖的战栗掠过全身。我的房子只剩下一堆砖头土块,有的砖头上还能看得出原来贴在上面的蓝条纹墙纸,有的还能看得出来自于厨房,上面难看的绿色瓷砖还没掉。一场大火把我家里的东西烧掉了一半,剩下的都让那些趁火打劫的家伙给拿走了。

有几个孩子当时仍在废墟上不断地搜寻着,发现了什么好东西就举起来相互炫耀。其中一个孩子举着一张照片,照片上还粘着一部分相框。

"给我,"我一边大吼,一边把照片从这个小毛贼手里抢了过来,"这是我的照片。你们这帮家伙,都给我滚出去。"我照着他们的脑袋每个人都打了一巴掌,把他们全都给打了出去。"全都给我滚出去,滚!"

等这帮孩子全都跑远了,我就瘫倒在地上大哭起来。我的全部家当都在那座房子里,可现在全都给毁了,被烧光了,给偷没了。

我看着手中这张残破的照片。这是妈妈我们三个人一起拍的照片,是在她去世前一年拍的。当时你十六岁,我十二岁,虽然生活在这个悲惨的世界上,但我们感到很幸福,对未来充满了渴望。我们站在伯纳姆伍德庄园的花园里,照片的一角还能看到房子和爬满紫藤的山墙。妈妈很喜欢紫藤。我不知道是什么让那一刻离我如此遥远。现在的我怎么可能还是照片里的那个小姑娘呢?我如今怎么变成这样了呢?

我在废墟里翻找了大约一个小时,找到了一把叉子、一把勺子、几个发夹、一个破损的摆件,还有那个我一直很喜欢的跳舞情侣小雕像。这时,我听到身后的人行道上传来了一个声音。

"帕特里小姐,你没事吧?"

问话的是牧师,他来接我回家了。不知不觉间,已经开始下雨了。大颗大颗的雨滴砸在我俩的脑袋上,落在地上。我俩穿过广场向牧师家走去,雨也越下越大。

他带着我走进了早已经准备好的舒适的房间,"这可是特别为你准备的。"等我安顿下来后,等待我的是一顿丰盛的晚餐,主菜是鱼。饭后我坐下来听收音机,里面播报的全都是有关战争的消息,讲到了不列颠之战,还讲到了纳粹战斗机在东南部投下了数枚炸弹。我突然意识到这样的生活多珍贵,要保护的东西竟然有这么多。

所以我现在就在牧师家，就在这个我最不可能出现的地方，坐在柔软温暖的床上，看着窗外的雨丝给你写信。我觉得今晚必须得把这段经历全都写出来，这样明天我才能重新开始，迎接新的一天，新的开端。

我知道你会生我的气，克拉拉，我也知道你打算过来跟我好好谈谈，但你还是别来了。我的髋骨酸痛得厉害，我需要休息一段时间，给几个产妇接生好赚点儿钱，再找到一个属于自己的小地方。

最后我还得盯着点拉尔夫·吉布斯。克拉拉，不要搞错，无论如何我都得把钱要回来。

等我拿到钱就给你写信。

埃德温娜

1940 年 8 月 19 日星期一张贴
在奇尔伯里村村公所布告栏上的告示

　　为了帮助利奇菲尔德的无家可归者振作起来,奇尔伯里村女子唱诗班将在下星期六举办一场演唱会。愿意参加演唱会的人员请于今晚七点准时到村公所参加排练。

蒂林太太和姬蒂·温斯洛普　启

维尼夏·温斯洛普写给安吉拉·奎尔的信

>奇尔伯里庄园
>奇尔伯里村
>肯特郡

1940 年 8 月 19 日,星期一

亲爱的安吉拉:

　　自打利奇菲尔德庄园的办公室被炸弹炸毁后,他们就打算把我调到伦敦去。爆炸太可怕了,很多房子都被摧毁,其中还有很多漂亮的都铎式建筑。一想到要调到伦敦我就兴奋不已,但又因为自己的兴奋而感到非常内疚,不过我的确需要换个环境,转移一下注意力,不能总盯着以前发生的那些事。

　　我还是很想念阿拉斯泰尔,但也忘不了他离开我的感觉。我越想就越觉得他是两个不同的人,一个既是罪犯又是间谍,另一个是我了解的那个阿拉斯泰尔,温柔、聪明、正派。不知道他是不是正在外面的某个地方,也在想念我。

　　与此同时,姬蒂让我们参加了一场特别演唱会,是为利奇菲尔德那些遭到炸弹袭击的人们举办的。一开始,我们只是跟着家里的唱片唱,后来我妈建议我们应该让奇尔伯里村女子唱诗班举办个活动。我当时满可以开玩笑说,利奇菲尔德人需要的是振奋精神,而不是被吵得耳膜破裂，但我不会这么说，因为我相信他们一定会喜欢这场演唱会的。现在已经没有什么好东西可以提供给平民百姓了，什么都是限量供应，很多事情都不允许做，但至少我们还能唱歌。一唱起歌来，人就感觉好多了。普里姆在世的时候总是跟我们说，这是因为我们全身的血液还在流动，肺里还有多余的空气可以呼出来，让我们感觉自己还活在世上。可怜的普里姆！她不出席真让人难过。要是她还活着的话，一定会喜欢这场演唱会的。

根据蒂林太太的安排，这个星期六我们要去利奇菲尔德的一个教堂举行活动，姬蒂制作了一些彩色海报贴在镇上各处。一听到她俩说可能会有七十多人来观看，我们顿时开始感到相当紧张。

今天晚上在村公所里有一场排练，我们到达时心里都在琢磨，不知道排练效果会怎样。村公所跟教堂可不一样，我们唱的当然也不是《万福玛利亚》。但大家都非常兴奋。先在奇尔伯里村表演，然后到利奇菲尔德那样的大场合演唱，还有什么比这更能让我们精神振奋的呢？

"大家晚上好，"蒂林太太的声音听上去也一样的兴高采烈，"我们先各就各位，好吗？所有人都到台上来。"她挥舞着双手催促大家上台，接着就开始安排每个人的站位。"高音部站右边，低音部站左边。"她一边下达着指令，一边开始把矮个子的成员往前拉，把大块头的推到后面去，晕头转向的布太太也给推到后面去了。然后她就冲下舞台欣赏自己的作品，又来回跑了几次做了些微调。

"完美！"最后蒂林太太大声宣布，接着就发下了一些纸张让大家互相传递。这些都是姬蒂和西尔维的杰作。她俩想方设法把二十首歌的全部歌词都挤在两张纸上，然后又抄了很多遍。

大家刚开始先跟着留声机播放的唱片唱，就像我们在奇尔伯里庄园时那样，有些歌词唱得结结巴巴的。

"要是还有人跟不上音乐的节奏，也不用担心，"蒂林太太说，

"暂时就先这样吧。别忘了,你们自己在家也可以练习,我们下周三从头到尾再排练一次。"

姬蒂正在演唱一首动听的独唱歌曲《飞越彩虹》。她在排练时唱得非常出色,这也没什么可奇怪的,因为自打星期日以来我们在家里就没听到过别的声音。

然后,蒂林太太走上前来说道:"我还想请维尼夏独唱一曲。你愿意吗?"

我有些不知所措。"好吧,那我试试看。"我还是有些犹豫不定。

她递给我的是我上周在家里唱的那首《蓝月亮》。我看着歌词,手指开始微微颤抖。这首歌讲的是一个跟我同样遭遇的女孩,跟我一样她现在孤身一人,正在等待新恋情的开始。但最后一段不太像我的经历,看着看着眼泪就顺着脸颊流了下来。我不想要什么新恋情,只想让阿拉斯泰尔赶紧回来。我知道他是个无赖,也知道应该再也不要见到他,可我就是忘不了他。我不想忘记他。

"维尼夏,要是你不想唱就不唱。"蒂林太太轻声说道,伸出手要拿走我手里的歌词。

"我唱,"我边说边挺直了身子,"我能唱好。"

于是我就做好了开唱的准备。奎尔太太开始弹奏歌曲的过门,我唱了起来,声音清晰而低沉,响彻了整个大厅。一曲唱罢大家全都鼓掌欢呼,所以我应该唱得还不错吧。现在我已经开始在家练习了,星期六的演出肯定没问题。

演唱会结束后,我就要去伦敦了。到时候,咱俩就会像过去一样在一起开心地到处游玩,希望我也能开始忘记阿拉斯泰尔。在我找到住处之前,可以和你住在一起吗?

爱你。

维尼夏

马拉德上校给住在牛津的姐姐莫德·格林夫人的信

常春藤之家
利奇菲尔德路
奇尔伯里村
肯特郡

1940 年 8 月 20 日，星期二

亲爱的莫德：

　　我所在的部门要整体搬迁到伦敦去了，因为纳粹投下的一枚炸弹彻底摧毁了整个办公室。我的办公桌已经给炸成了木屑，真不敢想象如果当时我就坐在办公桌旁会是什么结果。只要一找到落脚处我们就会直接调过去，而且我们将会是第一批被调走的人员，所以最快下周就要去伦敦报到。

　　我还没告诉房东蒂林太太。我觉得她会有些难过，因为她又得安排新人到她家暂住，但既然利奇菲尔德庄园遭到了轰炸，肯特郡现在也成了前线，她可能不费吹灰之力就能找到新房客。不过，她肯定会怀念有我陪伴的日子，而且我也很发愁，不知道该怎么跟她说这事。我俩已经成了好朋友，一起在厨房享用简单的晚餐，一起在地窖里躲避空袭。我肯定时不时地也会想起我俩之间海阔天空的聊天，还挺让人心情愉悦的。

　　尽管如此，战争还没结束，我们必须采取行动。等我有了新住处，会再给你写信的。代我向孩子们问好。

爱你的，
安东尼

蒂林太太的日记

1940 年 8 月 21 日，星期三

奇尔伯里村女子唱诗班将再次演出！这个星期六我们将在利奇菲尔德举办音乐会。唱诗班决赛取消的时候很多成员都不太开心，所幸现在我们有了自己的舞台。多亏姬蒂想出来这么个好主意。

排练进行得很顺利，不过我还是希望有的成员能多花点时间好好练习一下。我们的计划是七点钟开始。我们自己先表演一个小时，然后唱一些大家耳熟能详的歌曲，这样大家都能跟着一起唱，比如《我老爸说跟着货车走》《啤酒桶波尔卡》和《我们要在齐格菲防线上晒衣服》等。教会说等我们唱完可能会提供一些茶点，但我也没指望着真能喝到茶。嗯，排练结束后就直接回家，重新回归现实。

上校要调到伦敦去了，可能就是最近这一两个星期的事。昨天吃晚饭时他跟我说了这事。晚餐只有牛尾汤和面包黄油，但吃什么似乎都不打紧。

"不瞒你说，我真的宁愿住在这儿，"他说道，看上去相当沮丧，"我已经开始喜欢这里的生活了。"

"是啊，我也已经习惯了你住在这里。"

"真的吗？"

"真的。"

"那你会想我吗？"

"当然。"听到这话他随即放下了汤勺，我仍然继续喝汤。

"你会给我写信吗?"他小心翼翼地问道。

"当然,"我回答道,"我喜欢写信,但更希望你能回信,跟我讲讲伦敦的情况如何,说说我们是否能打赢等等诸如此类的事情。"

"不要开玩笑,我是认真的。"他说话的声音更低沉一些,但音调听上去更加严肃认真。

"我也是。"

我俩四目相对了一阵子,而我竟然一直举着勺子却忘记把汤送进嘴里,这时我突然觉得我俩也像是在战场上博弈。很明显,他喜欢我,我也喜欢他。我们俩已经发展到可以彼此相依、填补彼此之间空白的程度。互相安慰,互相支持,热烈地交谈,善意地开着玩笑,短暂的激情勃发,甚至有了爱的感觉。我知道他也有同感。同样的感觉将我们两个人紧紧地联系到了一起,一个人向前迈一步,另一个人也必定跟着往前迈一步,反之亦然。

他拿出一份礼物送给我,是一份他称之为"感谢你收留我的礼物"。我打开包装纸,发现里面是一件柔软的蓝色新睡袍。

"谢谢。"我尴尬地说道,想起了自己那件破旧的棕色睡袍,心里还在纳闷,他怎么会在战争打到如此激烈程度的时候能买到这么可爱的礼物。

"哦,不要这么客气嘛。我只是注意到你原来的那件睡袍,嗯,有点旧。"他喃喃地说道,也有些尴尬。

晚饭后,我俩都坐在客厅里,先是收听收音机里播报的新闻,然后我就放了从姬蒂那里借来的几张唱片。第一首叫作《脸贴脸》,是一首动听的舞曲,演唱者是弗雷德·阿斯泰尔[①]。令我吃惊的是,这首歌刚开始几个小节,上校就站了起来,邀请我和他共舞,而且

[①] 弗雷德·阿斯泰尔(Fred Astaire,1899—1987),美国电影演员、舞蹈家、舞台剧演员、编舞、歌手、制片人。代表作有《鬼故事》《狗王擒贼王》等。

就在客厅里。

一开始我笑了。"别开玩笑了。"

"为什么不跳呢?这年月我们什么时候才能跳舞呢?天晓得我们什么时候才会再有机会一起跳舞。"

我想到即便他住在伦敦,也有可能会遭遇不测。他在利奇菲尔德不是也差点没躲过空袭吗?那段经历让我时常感到后怕。我脑子里开始像过电影一样,想到所有我关心过的人、我身边的人,一个接一个都会消失不见。他肯定读懂了我脸上的表情,于是说道:"现在不要再想那些悲惨的事情了,享受当下吧。"

他把我从座位上拉起来,拉到他身边,态度殷勤地带着我在客厅狭小的空间里跳华尔兹舞。我紧张地笑了笑。没想到他看上去如此高大笨重,但跳起舞来如鱼得水,令人惊讶不已。他脚步轻盈,熟练地带着我转了一圈又一圈,一只手牢牢地放在我的腰上,另一只手紧紧地握着我纤细的手。我差不多中等身高,所以如果我平视的话就只能看到他的胸膛。我俩绕着光线暗淡的小房间旋转着,完全沉浸在自己的世界里,那场面看上去一定很滑稽。

一曲跳罢,我俩就站在客厅中央;窗帘和地毯反射出的深红色的光,让人感觉温暖而暧昧。他后退一步,低头看了看我,脑袋稍微偏向一边,我知道他下个动作就是要吻我了。

我一下子就开始惊慌失措起来,也往后退了一步,心也跟着怦怦地狂跳起来。我不是没想过他会吻我,也不是没想过我会吻他,只不过我从没想过这种事会真的发生。现在我更加惶恐不安了。也许他会把我慌乱不堪的模样误认为是不想吻他。如果他再也不想吻我了,那可怎么办?

于是我稳定了情绪,走到他跟前,两只手伸到他脖子后面把他拉下来吻我。一开始我俩都有点笨手笨脚,但最终唇瓣慢慢贴合在一起,这种感觉太奇妙了。一种难以置信的幸福感和坚韧感笼罩了我。我从没想过接吻竟然会让我有一种心头小鹿乱撞的感觉。我可能早就已经把这种感觉忘得一干二净,把它储存在我大脑里的一个储物箱里,然后贴上了一个大大的标签:**不要打开**。

现在储物箱不但打开了,而且还发生了大爆炸。

我俩又吻了好一阵子。我想他一定也很享受,因为他的眼睛里有一种梦幻般的神情。时至深夜,我已经没时间为即将到来的演唱会做准备了。

事情发生了多么奇怪的转变啊。也许他觉得既然他要走了,就需要对自己所处的状况做出真实的判断。也许他想要得到我的爱。也许他在利奇菲尔德爆炸中离死亡那么近也让他意识到了活着很重要。也许他以前只是没勇气这么做,而现在,既然下周就要走了,对他来说反而变得容易很多。我只知道他能放手一搏就让我很开心。无论未来发生什么,昨夜永远是属于我们两个人的,那感觉就好像是在这个混乱的世界中找到了一片人迹罕至的天堂。

姬蒂·温斯洛普的日记

1940 年 8 月 24 日，星期六

利奇菲尔德演唱会

我们排练的次数太少，两个女高音咳嗽得很厉害，而且到达后才发现大厅又脏又暗，就像一座废弃的豪宅。

所有人都心下一沉。

"好吧，幸好我们来得早，"蒂林太太一边说，一边在橱柜里找扫帚，"有谁记得带装饰品来吗？"

布太太为亨利举办的告别派对结束后还剩了很多五颜六色的小彩旗，这次全都带过来了，于是就开始分发给众人，要求大家赶紧四处悬挂起来。"大家抓紧时间啊，七点的演唱会开始前得把这里布置好。"

大家脚步匆匆地分头行动，差一刻七点的时候，整个大厅看起来已经有了令人赏心悦目的感觉。红、白、蓝三色小彩旗让这个地方看上去振奋人心，大家还用报纸做了一些拉花把小彩旗连在一起。我们把观众席的椅子摆放整齐后就走到舞台的一边开始等待观众入场，彼此之间打着气，以舒缓紧张不安的心情。

但是整个大厅仍然空无一人。

"姬蒂，你贴了多少张海报？"低音部的布太太粗声大嗓，隔着好几个人向我问道，就好像眼下没有人来全都是我的过错似的。

"比你贴的多得多！"蒂林太太厉声回答她。大家全都咯咯地笑了。想想看，蒂林太太竟然占了布太太的上风！

时间一分一秒地过去了，却仍然没有人进来。摆放整齐的观众座椅看上去那么突兀，显得跟整个大厅格格不入，只有教堂的门房拿着一把锤子装模作样地在干着零活。现在是差五分七点。我真不敢相信竟然没有人愿意来听我们唱歌。我可是在每根路灯杆上都张贴了海报。

"我去问问看门的，"蒂林太太说道，"没准儿是教堂取消了演唱会，忘了通知我们了。"她顺着舞台边上的台阶跑下台，穿过过道，消失在门廊里。

"他们最起码也得告诉我们一声吧！"布太太说道，有点忿忿不平，好像这事让她感到颇为不齿。

突然，入口处出现了一阵疯狂的骚动，人群如潮水般涌进大厅，有些人争先恐后地抢占着前面的座位。门房一定是忘了开门。观众叽叽喳喳的声音此起彼落，一旦坐到座位上就开始呼朋唤友，一旦认出了一个邻居就开始互相打招呼。观众中有很多人身穿军装，但女性还是占了绝大多数，如今我们早已经习惯这样的场面了。真不敢相信观众竟然会这么兴致盎然，竟然都是来听我们唱歌的！我紧张到心都要爆炸了。当初我为什么要同意表演独唱？我真的天生就适合在舞台上表演吗？

终于，大厅里已经挤得水泄不通，门房关上了门，示意蒂林太太演出可以开始了。蒂林太太站起身来，走到舞台正中央，举起双臂示意我们站起来各就各位。慌乱间，吉布斯太太踩了布太太一脚，大家终于站好了位置。蒂林太太面色平静地环顾着宽敞的大厅，等着观众安静下来。在一阵此起彼伏的嘘声中，观众的说话声越来越低。蒂林太太盯着一两个仍然在窃窃私语的观众，用眼神制止了他们后，现场终于完全安静下来。

接着，蒂林太转过身面对着我们，举起了指挥棒，动作轻盈地引导奎尔太太开始弹奏第一首歌曲的前奏。那是一首略带慵懒感的爵士歌曲，名叫《夏日时光》，我们一边唱一边微微摇摆着身体，感觉就像在梦中一样。大家都非常享受唱歌的过程，几乎忘记了台下的观众，忘记了还有几百个人正在侧耳倾听，有的人跟着乐曲摇摆，有的人拿脚打着拍子，有的人在那一瞬间已经忘记了炸弹、鲜血和尸体的存在。

一曲唱罢，观众席爆发出一阵雷鸣般的掌声，甚至还有人吹了几声口哨。大家全都高兴得眉飞色舞，接着蒂林太太说下一个节目就是维尼夏演唱的《蓝月亮》。维尼夏想让我先表演，但蒂林太太坚持让维尼夏先上台。"你在舞台上的表演很有魅力，维尼夏，"她说，"你就上吧。"

"祝你好运，"我小声说道，然后和唱诗班的其他成员一起退到了舞台的一侧，"你能行的，维尼夏。"

然后舞台上就只剩下维尼夏一个人。她看上去很紧张，可就算紧张也无法掩饰住她魅力四射的风采。蓝色的大眼睛扫视着观众，双唇上是精心勾画的口红，黄色的连衣裙微微有些抖动，金色的鬈发垂在肩上沙沙作响。她有点害怕，小心翼翼地微微张开嘴，胸部随着急促的呼吸上下起伏着。前奏部分开始了，她五指伸开放在身侧，唱出了《蓝月亮》的第一句歌词，刚开始时声音有点小，听得出来声音绷得很紧，但才唱了几句，音量就开始逐渐增强。她越唱越放松。就算当着这么多人的面，她也不再怯场。

我看着观众席，发现大家全都面带微笑享受着美妙的歌声，她的声音也变得越来越悦耳动听，响彻了大厅。不知不觉中，她已经唱到了第二段，边唱边微微扭动着腰肢，面对着观众席微笑着。

就在此时，我发现观众席里有一个人虽然看不太真切却似曾相识。

他站在最后一排稍微靠右一点。一开始我不知道那个人是否真的就是他。他看起来跟以前不大一样,头发要短一些,衣服也穿得很随意。他是幽灵吗?

他微笑着,向维尼夏眨眨眼,动作缓慢而有分寸,我一下子就确定了,那个人真的就是他。他还活着,来找维尼夏了。

维尼夏的歌声戛然而止,只是目不转睛地盯着他,一句话也说不出来了。我看见他的嘴唇在动,正在无声地说着什么。*我爱你。我也爱你。*隔着人群她也无声地对他说道。

维尼夏的演唱虽然已经停止,但奎尔太太仍然在弹着伴奏。我赶紧站起身来,冲到舞台上,从维尼夏停下来的地方继续唱下去。维尼夏转过身来,看着我,眼中流露出一丝惊恐不安,然后就走向了通往观众席的台阶。她穿过人群的时候,我的歌声并没有停下来,观众纷纷给她让路,让她毫无阻碍地走过去,直到她走到了斯莱特先生的面前。

他俩就站在那里,相距一米左右,彼此对视着。突然有人用胳膊肘把维尼夏向前推了一下,然后他俩就拥抱在了一起,像电影里的男女主角那样开始亲吻。这是我见过的最浪漫的时刻。周围的观众都开始欢呼起来,很快整个大厅里就充满了此起彼伏的欢呼声。在这个荒凉的世界上,我们至少还拥有一样东西:爱情。

斯莱特先生牵着维尼夏的手,带着她穿过人群走到门口,两个人便一起消失在夜色中。

我一边继续唱着歌,一边想着自己孤身一人,想着我和亨利那根本不存在的未来。现在看来,这一切是多么可笑,我简直就是鬼迷心窍才会做出如此愚蠢、如此幼稚的事来。

但接着我又想到了生活中那些美好的人:妈妈突然变得更自信了,维尼夏成了我的朋友,西尔维现在是我们家的一员,罗斯也成了家里的一分子,甚至汤姆也很可爱,我也可以把他当成一个新朋友。还有唱诗班,就像一个由朋友和邻居组成的大家庭,大家互相扶持。说实话，我一点都不孤单。我们谁都不是孤身一人。

当歌声接近尾声时，观众大声的欢呼起来。过了一分钟我才意识到他们是在为我鼓掌，紧张的情绪一扫而空。

"姬蒂，你直接开始表演独唱吧。"蒂林太太转过身来让奎尔太太给我弹前奏，不知不觉中，我已经开始面带微笑地扫视着观众，等待一展歌喉了。我唱的是那首精彩而又高亢的歌曲《飞越彩虹》。

第一句歌词虽然调子不是最高，但一出口便征服了观众的心，在场的人们无不为我鼓掌叫好，我情不自禁地绽放出微笑，自始至终笑容就一直挂在我的脸上。整首歌我唱得行云流水，一气呵成，整个大厅似乎瞬间都充满了希望，变得光芒四射起来。

一曲唱罢，掌声如雷，有人叫好，有人吹口哨。我禁不住热泪盈眶。我的表演大功告成！

唱诗班的其他成员很快就围了上来，纷纷向我表示祝贺，并为接下来的演出做好准备。蒂林太太举起指挥棒，引导着大家演唱下一首歌曲，仍然是爵士乐风格的歌曲。大家一边唱，一边随着节奏左右摇摆着身体，观众也跟着音乐一起舞动了起来。真的太有趣了。接着，我们邀请观众跟我们一起演唱那些耳熟能详的歌曲。最后，所有人精神饱满地一起合唱了《永远的英格兰》，结束了整场演出。

"姬蒂，事实证明当初你说得太对了，"蒂林太太说道，此时观众席爆发出来的掌声还未停歇，成员们纷纷鞠躬答礼以示感谢，"没有什么能比一首好歌更让大家群情振奋的了。"

"谢谢你，蒂林太太，谢谢你让唱诗班焕发了生机。"

"再唱一首！"和"再来一个！"的呼声不断从观众席中传来，布太太匆匆挤到前面，用胳膊肘轻轻地推了推蒂林夫人，道："要不然我们再唱一首，怎么样？"

蒂林太太环顾一圈，看着我们那一双双热切的眼睛。"当然可以啦!"她说道,最后一次举起指挥棒,"那我们就唱《世界将再次歌唱》吧。"

这首歌我们只排练了几次,却是最能打动人心的一首歌曲,它让我们想起了失去亲人的那些人,并给他们带来了某种希望。蒂林太太等大厅里完全安静下来,才又举起指挥棒引导着大家开始演唱。我们演唱的时候并没有掺杂任何炫技的成分,只是让歌词自己说话,将绝望和希望交织在一起,将破碎的梦想和勇敢的微笑结合在一起,让黎明的曙光悄无声息地征服了最黑暗的夜晚。那一刻太神奇了,观众席上一片安静,仿佛一根针掉到地上都能听得一清二楚。那一刻大家都在对所有失去亲人的人、痛失所爱之人的人或处在危险之中的人表达着尊重之情。

一曲结束,观众席上很长一段时间没有发出一点声响,接着就有人开始低声祈祷,然后掌声便慢慢地响了起来,像不断上涨的潮水一般在拥挤的观众席上荡漾开来。没有欢呼声,没人吹口哨,只有几百位观众所发出的强烈的共鸣,表达着自己对那些失去亲人的人们的支持之意,表达着对那些不知道该如何坚持下去的人们的支持之意。

掌声平息下来后,我们先去看看教会是否准备了茶点,结果当然是什么都没有,然后就去和观众见面。奇尔伯里村的人全都来了,亨利也来了,我和维尼夏给他起了个外号叫"可怕的亨利"。他正兴致勃勃地跟一个身穿军装的女人说话,那女人看上去就像一条特别凶猛的牛头犬。

"那是康斯坦丝·沃辛小姐,沃辛夫人的女儿,"蒂林太太微笑着低声说道,微笑让她的声音有点颤抖,"真没想到亨利竟屈从于布太太的意愿。"

"亨利在追求她吗?"我很惊讶。康斯坦丝看起来一点都不像亨利喜欢的类型。我竟然一点都不嫉妒她!

"他俩要是成了，两个家族就会变得非常强大。布兰普顿家的钱再加上沃辛家的头衔。"蒂林太太意味深长地笑着，看得出来她觉得整件事都很滑稽可笑。"快看那边！"

我顺着她的目光望去，只见拉尔夫·吉布斯正和我家以前的女仆埃尔西在一起。"他俩在谈恋爱吗？"我又问。

"看着像。"蒂林太太回答道。拉尔夫凑到埃尔西的耳边嘀咕了几句，然后他俩就都笑了起来。埃尔西挽起他的胳膊，两个人一起朝门口走去。谁能想到这么漂亮的姑娘竟然会愿意和这么丑陋的恶棍在一起呢。

观众纷纷走过来祝贺我们，都说我们的表演非常出色，还说他们都非常感动。一个女人跟我说她家的房子被炸毁了。从那以后，她就带着四个孩子挤进了邻居家借住。更多的民众仍然住在医院、教堂之类的大厅里，睡在地板上。毯子变得比猪排还要稀缺，而且可以直接拿来换别的东西，发挥的作用竟然跟先令或银币一样。我决定在奇尔伯里村募捐，奎尔太太说她愿意帮忙。

汤姆也来了，头发竟然也梳得整整齐齐，看上去相当帅气。"姬蒂，这场演唱会你组织得太成功了，而且你还唱得这么动听，真让人刮目相看啊。"

"你真这么看？"

"这里所有的人都这么看。"他答道，周围的每个人闻听此言都开始欢呼起来。这让我觉得有点尴尬。

"你看我没瞎说吧？"汤姆接着说。

"什么呀就没瞎说？"我问道，不知道他指的是什么事。

"你已经变成大英雄啦！"

我向前倾了倾身子，在他的脸颊上轻轻啄了一下。

突然爸爸不知道从哪里冒了出来。"怎么回事？"他咕哝着，"姬蒂，该走了。快点，别浪费时间啦。维尼夏和那个该死的家伙跑到哪儿去啦？等我找到他们俩，我得跟他俩好好谈谈。当初就应该一枪打死他。"

"没想到你会来听我们唱歌。"我说道，真希望他没来。

"我得过来瞧瞧你会把一切搞成一副什么鬼样子，"他低声吼道，接着哼了一声又开始哈哈大笑起来，"但其实你搞得还不错嘛。"他环视了一下四周，打量着周围的环境，可能是在找妈妈或蒂林太太。"不过，我还是希望你的全部心思都应该放在本地的慈善演出上。提醒你一句啊，温斯洛普家的人跑到舞台上抛头露面那可不行。"

我冲他咧嘴笑了笑。"别担心，爸爸，我还是你的小宝贝。"说着就躲进了人群中。

看来维尼夏还是教会了我一些东西的。

维尼夏·温斯洛普写给安吉拉·奎尔的信

奇尔伯里庄园

奇尔伯里村

肯特郡

1940 年 8 月 28 日，星期三

亲爱的安吉拉：

  我简直不敢相信！阿拉斯泰尔回来了，他还活着！真让我难以置信，我不断掐着自己，确保自己不是在做梦。

  这一切都发生在我们举办演唱会的那天晚上。说出来你可能都不会相信，当时我一个人正站在舞台中央演唱《蓝月亮》这首歌，在场观众都很喜欢我的表演！大家都随着音乐摇摆着身体，脸上挂着微笑，而我也不再紧张，开始放松下来，歌声也更加嘹亮动听。就在此时，我瞥了一眼站在最后面的一个男人。一开始我还以为自己在做梦，后来我就想那个家伙肯定只是长得像他而已，但我又朝那个人看了几眼后就确定自己没有搞错。

  那个人就是阿拉斯泰尔。

  他平静地注视着我，嘴角边挂着一丝若有若无的微笑，跟他以前相比别无二致。我感到内心深处有什么东西先是绷得紧紧的，接着就突然断裂开来。我非但唱不下去，甚至都无法继续呼吸，仿佛眼前的一切只是海市蜃楼。幸亏姬蒂走到我身边，接着往下唱。而我则穿过舞台，走下台阶，穿过人群，好像大厅里的其他人都已经消失不见。只剩下我和他两个人，我们的距离越来越近，目光也胶着到了一起，然后他就把我紧紧地搂在怀里。

接下来的表演我没有参加，我俩一起来到了外面散步。夜晚温暖宜人，空气中仍弥漫着灰烬的味道，刚刚爬出地平线的月亮就要圆了，周围的夜空泛着淡淡的紫色。

"歌选得不错。"阿拉斯泰尔边说边拉起我的手。一种与众不同的幸福感涌遍了全身。我知道自己应该小心谨慎些，可我就是忍不住。我曾经弄丢了我生命中至关重要的东西，而有人刚刚把它还给了我，告诉我应该如何才能感受到幸福的真谛。

"这首歌是《蓝月亮》，"我一边说着，一边遥望着天空中的月亮，嘴角的微笑也渐渐地消失了，"现在你回来了，发现我孤身一人站在舞台上，站在你最意想不到的地方。"

"你唱得太美了。"说着他把我领进了一个小公园，池塘边有几张长椅，天鹅成双成对地偎依在一起，把脑袋伸到翅膀下面准备共同入眠。我俩手拉着手坐了下来，就像一对正在度假的老夫妇。

"阿拉斯泰尔。"我轻声说道。他握住我的手，我俩的两只手便都放在了我的大腿上。我低下头看了看，接着问道："你上哪儿去了？"

"我有任务要完成，太不巧了，"他一边小声解释，一边转过头来，用鼻子蹭着我的头发，"我不想走，也没有意识到会走得那么急。"

"跟森林里的那个纳粹有关，对吗？"我问道，"你不怕会被抓起来吗？"

"不是你想的那样，维尼夏。"他笑着吻了吻我的手。然后他把一切都告诉了我，但要我发誓保密，所以我真的不能告诉你，亲爱的！我只能说，他并不是我想象中的那种恶棍。相反，他可是一个大好人。

他说完后，我用指尖摸了摸他外套的领子。我早就习惯了他西装革履的整洁模样，这件外套相比之下真的有点脏。"可你为什么要离开我呢？"

"当时我完全是迫不得已。我得去跟踪普罗格特，他能带着我找到其他人。我得确保把他们一举拿下。"

"那天晚上森林里的枪声……"我心里还有疑问。

"是有人开枪，不过那是因为老乔治和普罗格特之间发生了冲突。我跟踪普罗盖特的时候全都看到了。"接着他又笑着补充说："不过，这两个家伙的枪法都很烂，谁也没打中对方，然后他俩就都逃跑了。"他顿了一下，低头看着我的手。"当时我真没时间跟你道别，但我一直都想着要尽快回来找你。相信我，维尼夏，我不会因为其他原因不辞而别的。"

"不过，你撒谎的水平可真高，跟真的似的，还假装成画家，你的准备工作都包括什么呀？比如，包不包括勾引当地美女？"

"喂，维尼夏，你忘了吗？是你先勾引我的。我当时可是只想着保持职业距离来着。"他冲着我会心地一笑。

我突然觉得自己根本不了解这个人。嗯，从某种意义上说我是认识他，但有关他的过往我一无所知。于是，他便开始跟我娓娓道来。他来自萨默塞特郡，从小上的是寄宿制学校，后来考上了剑桥大学，研究的是万物哲学。用他自己的话说，正是在大学期间，他应邀"为国家工作"。

"我搬到了伦敦，在布卢姆斯伯里[①]租了一套公寓，没有任务

[①] 布卢姆斯伯里（Bloomsbury），英国伦敦中北部的居住区，因在20世纪初期与知识界的人物，包括弗吉尼亚·沃尔夫、E.M.福斯特及约翰·梅纳德·凯恩斯的关系而闻名于世。

的时候就住在那里。战争爆发后，国内外的气氛都变得更加紧张。我们当初就认为，在热战真正爆发前的几年里，追踪德国军事活动和间谍活动的发展轨迹会变得相当困难。不瞒你说，大约从1936年开始，这场战争几乎就处于一触即发的状态，可政府部门从来不听我们的，当然，"他笑着说，"现在他们听了。"

我有点不甚了了，但还是接受了这一说法。接着他便开始详细讲述自己生活中那些最朴实的细节：父母年迈而严格，对钓鱼情有独钟，自从双胞胎兄弟夭折后，他就一直觉得不对劲，"总感觉就像身边少了个人"。

"我对你就是这种感觉，"我说，这个男人让我感觉陌生、疏远，"我不知道你到底是谁。我的意思是，我爱的那个阿拉斯泰尔·斯莱特到底是谁？"

"我还是原来的那个我，维尼夏，"他边说边把我搂在怀里，"我还是那个爱你的男人，爱那个真正的维尼夏。我喜欢给你做烛光晚餐，热爱艺术和诗歌，愿意给你画肖像画。从今往后，我会一直爱你、珍惜你。"他停顿了一下，往后一缩，看着我。"但有一件事你得知道。"

我也往后一缩。"又怎么啦？"

"我其实不叫阿拉斯泰尔·斯莱特。那是我为了完成任务起的假名。"

"那你的真名叫什么？查无此人先生吗？"

"当然不是，我叫约翰……"

"约翰·麦金太尔。"我们俩异口同声地说道，然后就都笑了起来。

"和你爷爷的名字一样。"说着我拿出了藏在连衣裙里面的项链，项链上面挂着的就是那个旧挂坠。"说实话，我一直都很想你。"然后我就开始跟他讲述自从他离开后所发生的一切，听得他一会儿惊恐万状，一会儿又内疚不已。

"真希望我能早点知道这一切，那你就不用遭这份罪了。当时我不在你身边真的非常抱歉，结果还得让你被迫去找那个混蛋。"他的双眼反射出温柔的月光。"你能原谅我吗？"说着他就抓起我的手，翻过来，吻了吻我的掌心。"维尼夏，亲爱的，你愿意嫁给我吗？"他问道，眼睛里流露出来的一片真挚之情让我一下子想起来我俩躲在树后的那一刻，当时他和我十指相扣，眼神就是如此悲伤但又如此强烈。

我慢慢地摇了摇头，觉得心都要碎了。"战争还没结束，我们俩都有自己的日子要过。不管怎么说，我需要更多的时间了解你，麦金太尔先生。"说完，我从长椅上站起来，向他伸出手，我俩继续在月光下散步，轻手轻脚地以免打扰到天鹅。

从那以后我俩一直待在一起。他正在休假，同时也在熟悉下一项任务的安排，可他不能透露具体要去哪里，只是说要去国外。他说这项任务不会有危险，但我觉得不可能。这年头哪有不危险的地方？最近他一直住在利奇菲尔德的一个兵营里，但也在奇尔伯里庄园待了很长时间。我妈说这不打紧，因为这有利于我恢复健康。

我们俩下周都要走了，他前往秘不可宣的目的地，我去伦敦。安琪，我真想马上见到你，一起自由自在地生活。一想到阿拉斯泰尔要走，哦，应该说是约翰了，我心里就开始七上八下。所以只能忙得不可开交才不会胡思乱想，是吗？就先写到这里啦，亲爱的安琪，下周咱俩就能见面聊啦。

爱你。

维尼夏

西尔维的日记

1940 年 8 月 28 日，星期三

  前几天有一场歌唱表演，大家全都参加了。有几首歌很傻，比如《兔子快跑》和《布朗姆妈起来》。我们还得跟着这几首歌跳舞。蒂林太太很坏，但布太太很好。演出太有意思了，大家全都笑了。

  准将说我可以继续留下来，所以我成了这个家庭中的一员。我管温斯洛普太太叫拉维尼娅阿姨，维尼夏和姬蒂现在都是我姐姐。每个人都对我很好，尤其是唱诗班的女士们。波蒂斯太太总是给我苹果吃，还总是对着我微笑。

  我很想念爸爸妈妈。我想去找他们，想看看他们，拥抱他们，但这很难办到。我梦到了他们，结果哭醒了。姬蒂拿着地图册来了，我俩开始计划战争结束后的旅行。

  我希望战争能快点结束。

蒂林太太的日记

1940年8月28日，星期三

这几天过得可真舒心啊！上周六，奇尔伯里村女子唱诗班举办了有史以来第一场演唱会，而且取得了巨大成功。维尼夏的斯莱特先生回来了，他俩在演唱会上的重逢非同寻常，使整场活动更加引人注目。从那以后，他俩几乎形影不离，只可惜维尼夏下周要去伦敦，而斯莱特要出国。

卡林顿也来到了演唱会现场，而且也将调往伦敦。对此他非常开心，低声对我说："能离开那个老家伙，真是求之不得啊。"听了这话我不由得哈哈大笑起来。

演唱会上还有一件有趣的事情，沃辛夫人带着她那可怕的女儿康斯坦丝小姐一起出席，康斯坦丝小姐专横跋扈的程度足可以跟布太太一较高下，而布太太满脑子想的是娶她为儿媳，当然只是为了她的爵位。不过，一想到亨利和康斯坦丝小姐在一起，我就觉得简直滑天下之大稽。演唱会结束后，我找了个机会和康斯坦丝小姐聊了一阵子。

"我一直认为，结婚和训练一只猎犬没什么区别，"康斯坦丝小姐对我说，声音很大，带有一种不容置疑的语气，"你先抡起鞭子把它们打服，它们就会对你言听计从。"她兴奋地拍着大腿，我不得不紧绷着嘴唇才忍住没笑出声来。

我迫不及待地想回家告诉上校这件事，可惜他不在家。可能他要工作到很晚才能回来。他不在身边时，一种孤独的寒意就会笼罩着我，而这段小插曲也就显得兴味索然。我不想垂头丧气地拖着沉重的脚步上床睡觉，于是就决定把厨房好好收拾一下。没过一会儿，我就在餐桌旁坐了下来，满脑子除了他就再也容不下其他事情了。等他凌晨一点走进门的时候，我觉得自己又痛苦又可怜。

"这是怎么啦？"他一进门就问道，弯下腰，在我的脸颊上亲了一下。"出什么事啦？"他又说道，担心我收到了关于大卫的电报，我的眼泪又夺眶而出。

"要是等你走了以后我真的收到了电报，谁会在这儿陪我呢？"我抽泣着，"我一个人待在这座老房子里，各种想法、各种念头不断。你知道吗？这些想法简直让我痛不欲生。各种念头层出不穷，让我无法正常思考，能想到的全都是最糟糕的事情，什么事也干不成。"

"你不会有事的，"他一边安慰我，一边拖过一把椅子坐下来，伸出胳膊搂住了我，"你是强者，蒂林太太。"

"可我也不想一直当什么强者。在这么可怕的时代里，谁能一直当个强者呢？我受够了把一切都憋在心里，再装出一副勇敢的样子，惨淡的微笑背后隐藏的是内心的痛苦。我再也受不了了。"

我俩默默地坐了一两分钟，他轻轻地揉着我的肩膀，我茫然地看着前方，享受着他离开前最后的温暖和安慰。

"那你为什么不跟我一起走呢？"他说道，语气很平静，就好像他在建议我们去野餐或者在海滩上玩一天。

"别犯傻了。"我喃喃地说。

"我觉得可以啊。我的意思是，他们在伦敦给我安排了一套还不错的公寓，挺宽敞的。眼下到处都缺护士，你完全可以在伦敦找份工作。这将是一个全新的开始，就像一场冒险。当然，我们得先结婚，不过那不在话下。"

"别开玩笑啦。"

"看着我，玛格丽特。"他以前从未直接叫过我的名字，这让我觉得有些陌生，就像他在和那个真实的我说话，和内心深处的那个我交流，而不是跟那个整天东跑西颠为别人加油、让事情变得更好的我交流。"我不是在开玩笑。我希望你能嫁给我。在过去的几个月里我俩一直幸福地生活在一起，为什么要抛下这一切呢？我爱你。"

突然，我觉得自己呼吸有点困难，所以我决定先去清理一下水槽下面的橱柜，现在正是最佳时机。我把椅子往后推，发出一声刺耳的刮擦声，然后就大步走到水槽边，跪在地上，伸手往外拿橱柜里的东西。

"你不爱我吗？"他在我身边蹲下来，帮我拿出一个脏兮兮的、有几个洞的破铁桶。

"我当然爱你，"我回答道，小心翼翼地拿出一只装满了蜡烛的旧罐子，"但这婚可不是说结就能结的。大卫怎么办？等他来后发现我已经不在家了怎么办？"

"虽然他永远都是你的孩子，可他现在已经是个男人了。他随时都可以过来住。你总不能老是坐在这里等他回家吧？"

"你那三个女儿呢？"

"她们都会喜欢你的。大家都会喜欢你的。"

我站起身来找了块旧抹布，然后又跪下来，狠狠地把橱柜里的隔板擦了一遍。

"那我怎么办？我还能保持原来的独立吗？我就这样放弃我的家、我的村庄吗？常春藤之家怎么办？"

"如果你愿意，等战争结束后我们还可以回来，"他把我的手握在他手里，从我手里把那块旧抹布扯出来扔在地上，"我不想主宰你的生活，只想参与其中，只想和你生活在一起，就像咱俩以前一样。两个人在一起，幸福。"他深吸了一口气，与我十指相扣。"战争还没结束,一切似乎都变得比以往更糟糕。没有人知道未来会发生什么。趁现在还有时间,我们要抓住一切可能存在的幸福。"

我坐在那里盯着他看了很久。

"我需要时间仔细考虑一下。我不是那种一下子就能开始新生活的人。"我靠近他,把手放在他的脖子后面,把他拉近了一些。"可是,"我接着说道,对接下来要说的这句话的真实性迟疑了一会儿,"我不想让你走。"

我俩在厨房的地板上坐了一会儿,手牵着手,亲吻着,谈论着一切——战争、大卫、他的三个女儿。大约两点的时候防空警报响起,我俩一起下楼去了地下室。

姬蒂·温斯洛普的日记

1940 年 9 月 6 日，星期五

一场意想不到的婚礼

这是多么不同寻常的一周啊！蒂林太太做起事来出人意料又雷厉风行。昨天，她和上校在村里的小教堂举行了婚礼，接下来他们就要搬到伦敦去了。现在最流行的就是闪婚，因为谁都不知道下个星期我们是否还能活在世上，但蒂林太太这么大刀阔斧的举动还是给我留下了不可磨灭的印象。在结婚仪式上，蒂林太太最后一次走到前面，指挥奇尔伯里村女子唱诗班演唱了《主手所造万象生灵》。当我们唱到下面这句歌词时，她的脸上泛起了灿烂的笑容：

温柔明月，
光耀日轮。

婚礼结束后，妈妈为他们办了一场派对，像往常一样提供一些黄瓜三明治和纸杯蛋糕。然而，整个地方洋溢着一种欢乐的气氛，唱诗班的全体成员不知何故都感到要对蒂林太太的新生活负责。

"这是我们现在必须做的事情，姬蒂，"蒂林太太跟我吻别时说道，"你一定要找到自己在这个世界上的位置，找到让你感到最幸福的地方，找到你可以有所作为的地方。不要害怕改变。"

"但是你在奇尔伯里村也可以有所作为的,"我告诉她,"没必要去伦敦呀。"

"在这里我能做到的都已经做了,现在是时候去其他地方出力了。"她微笑的方式我从未见过——不是她通常关心别人时脸上挂着的那种微笑,也不是那种彬彬有礼的微笑,而是一种更深层次的微笑,就好像散发出来了一道阳光,直接穿透了阴云密布的天空。

"我们会想你的——你会给我写信的,对吧?"

"当然。你一定要把唱诗班的活动搞下去。不过,就算我不说你也会这么做的,但是要求一个十三岁的小姑娘负责这事儿似乎多少都有点过分。"

"我马上就要十四岁了,"我马上反驳道,"我打算把唱诗班做大做强。你就等着瞧吧。"

奇尔伯里村女子唱诗班

蒂林太太走了,唱诗班投票让我来负责音乐会的策划,对我来说这是莫大的荣幸。最后,大家投票决定布太太接管指挥的工作,这可让她着实松了一口气。于是,我和她组成了一个团队,带领大家一起去那些遭到轰炸的城镇举办慰问演出。最让我惊讶的是多佛市长竟然邀请我们唱诗班去他的城市表演。多佛市遭受了难以想象的炸弹袭击,几百人无家可归。我和奎尔太太已经开始为难民筹集毛毯了。

我相信很快就会有其他地方需要我们筹集的毛毯,需要我们的慰问演出,因为似乎总有数不尽的纳粹战斗机飞过来轮番轰炸,我们的喷火式战斗机也开始猛烈反击。据说我们击落他们的次数越多,他们入侵的可能性就越小,所以我们全力以赴。

我们家的新成员

奇尔伯里庄园现在有了两个小家伙,妈妈和戈德温保姆一直都忙得不亦乐乎。妈妈当然喜出望外。他俩就像一对双胞胎,因为他俩是同一天降临在这个世界上,只不过两个小家伙的性格却截然相反——罗斯性格开朗,像个小天使一样;劳伦斯个子矮小,挺令人费解。西尔维一直在帮忙照看他俩,她说这让她想起了照看她小弟弟的日子。她脸上仍然有那种怅然若失的神情,但话倒是比以前多了,而且对妈妈的态度也开始变得非常依恋。我和西尔维一直在筹划着,打算战争一结束就横跨整个欧洲去寻找她的父母和弟弟。她说她会领着我参观她家的老房子和社区,还开始跟我讲了很多她以前的生活琐事。在这场可怕的战争没有爆发之前,生活是多么美好啊。

来自商店的消息

今天上午,商店里传出来的消息让整个村子都沸腾了。拉尔夫·吉布斯买下了广场对面的老宅邸——都铎山庄。他肯定花了不少钱,但没人知道他从哪里搞来了那么多钱,黑市买卖不可能让他一夜暴富到这种程度。他现在俨然已经成了村长,吉布斯太太说她要把店铺卖掉。埃尔西深深地迷上了拉尔夫,现在更加无法自拔。我怀疑这事应该和汤姆我们三个一起找到的那笔钱有关。

汤姆走了

汤姆要回伦敦了,因为他的学校又要开学了,这让我不太开心。我们在利奇菲尔德的学校也要开学了。他答应说会给我写信的，要是他不写的话，我就会非常生气，因为我和西尔维都非常喜欢他。他说他也会想我们的，明年他还会回来，可能在那之前也会过来拜访我们。

新来的人

村里新来了个客人，她也很有个性，齐肩长的鬈发都梳到了脑袋后面，那发型看上去就像她在悬崖上迎风站的时间太长，或者遭到了强烈的电击一样。她应该比维尼夏大，可能已经有三十岁了，个子也比维尼夏高。她穿着粗花呢裙子，像一匹桀骜不驯的马一样迈着大步走来走去，饶有兴趣地观察着周围的一切。

"我是记者，"她说话的声调明显带有上流社会常见的鼻音，"想要挖掘一些战争背后的真实故事，尤其是有关我们女性的故事。我们女性守在这些名不见经传的小地方除了照顾自己外，还要应对各种灾难。我想记录下大家都是怎么做的，还想记录下大家是如何团结在一起、为打赢这场仗不惜流血流汗的。"

毋庸置疑，我马上就向她毛遂自荐。"我带着你四处看看吧，"我提出了建议，接着便挽起她的胳膊，带她去参观教堂街的废墟，"不瞒你说，我们这个夏天过得可真够艰苦的！"

"那就是炸弹轰炸的地方吗？"她一边问，一边戴上了黑框眼镜，还从一个大皮包里掏出一个笔记本。

"没错，两人死于爆炸，一人受了重伤，都是女性。死者中有一位是新组建的唱诗班班长，才华出众，另一位是优秀的女教师，所幸她的孩子获救了。"

她突然向我转过脸来。"这故事太吸引人啦！"她四下里看了看，把我拉到鸭塘边的长椅旁，九月的太阳在泛黄的树叶上洒下一抹金黄。

"跟我详细说说吧,爆炸是什么时候发生的?"她问道。

"大约十一点半。"

"那天晚上是晴天吗?"

"应该是的,天上有一弯新月。"

她激动地坐了一会儿,就开始自言自语。"晴朗的夜空,新月发着微光,群星闪烁,就像无数个无辜的平民百姓。"

"听起来很美,"我叹了口气,"要是能再如实写出来,那得有多不可思议啊。"

"你有时间的话,我可以教你。"她说。她从座位上站起来,一边捻着钢笔,一边开始绕着池塘踱来踱去,我发现自己已经完全被她吸引住了。"但首先,你要跟我讲讲这里的女性是如何应对战争的。"

"嗯,我觉得一开始我们做得一点都不好。后来有一天,女子唱诗班来了位新班长,带领着大家重新开始演唱。她让唱诗班焕发了新的生命力,一手打造出了女子唱诗班——就是现在的奇尔伯里村女子唱诗班。起初,这个想法无异于天方夜谭,但后来我们在一场比赛中大获全胜,才意识到其实我们可以做得非常出色,我们可以举办慈善演唱会,或者举行任何我们喜欢的活动。在那之后,大家就都开始关注起自己周围的人和事,意识到自己可以把很多事情做得更好。大家互相帮助,携起手来一起变得更强大、更美好,形成了一股不可小觑的力量。"

那个女人看看我,接着又凝视着那座摇摇欲坠的教堂。

"奇尔伯里村女子唱诗班,这个名字听起来有点耳熟。"

"那就对了,"我微笑着点点头,"唱诗班的成员可是你所见过的最鼓舞人心的一群女人。"

鸣　谢

我祖母艾琳·贝克利夫人是个乐天派，总是给我讲一些关于战争的故事，其中大多数故事都生动活泼，令人捧腹，有些则触及了令人毛骨悚然的悲伤现实。但自始至终，她的故事都展现了女性如何团结在一起，努力工作，保持乐观情绪，构筑了坚实的后方，并在战争中发挥了至关重要的作用。对于祖母和那些与爆炸和痛苦作战的女性，我衷心地表示感谢，本书谨献给她们。

战争爆发之初，一个名为"大众观察"的组织便开始组建，该组织鼓励普通民众写日记，并将日记寄到总部，其中一些便发表在时事通讯上。这些日记填补了我对战争年代理解的许多空白，尤其是内拉·拉斯特（Nella Last）写的一篇日记更是如此，我要感谢她以及那些记日记的人们，让我们不仅旁观了他们的生活，而且领略了他们的思想和灵魂。很多信件、传记和回忆录也提供了有关那个时代的大量细节，对于那些作者以及那些亲自跟我讲述战争的人们，我深表感谢。本书的写作背景参考了大量关于战争中女性状况的书籍以及战争时代出版的书籍和文章。乔伊斯·丹尼斯（Joyce Dennys）撰写的《亨丽埃塔的战争》（*Henrietta's War*）记载了战争时代一位记者撰写的一些故事，精彩而诙谐，传达出了那个时代的声音，衡量了那个时代的精神，价值非凡。

在本书的写作过程中，很多人都鼎力相助。衷心感谢亲爱的审读小组成员，巴布·博姆（Barb Boehm）、埃米·尼克琳（Emmy Nicklin）和茱莉亚·罗奇（Julia Rocchi），他们在我写作过程中不但提供了宝贵的评论意见，还提供了大量的葡萄酒，让我感受到了温暖。感谢我在约翰霍普金斯大学的各位老师，特别是马克·法灵顿（Mark Farrington），他对情节、人物和叙事的直觉堪称传奇。还要感谢大卫·埃弗雷特（David Everett）、埃德·佩尔曼（Ed Perlman）和米歇尔·布拉夫曼（Michelle Brafman）。对于那些给我提供相关信息，讲述个人故事以及在我写作过程中帮助过我的人们，我深表谢意。这些人包括艾琳·穆塞特（Irene Mussett）、杰里·库珀（Jerry Cooper）、大卫·贝克利（David Beckley）、克里斯·贝克利（Chris Beckley）、路易斯·汉密尔顿·斯塔伯（Louise Hamilton Stubber）、查理·汉密尔顿·斯塔伯（Charlie Hamilton Stubber）、谢丽尔·哈恩登（Cheryl Harnden）、科林·贝里（Colin Berry）、布雷达·科里什（Breda Corrish）、安妮·科布（Annie Cobbe）、伊莱恩·科布（Elaine Cobbe）、洛林·奎格利（Lorraine Quigley）、塞斯·韦尔（Seth Weir）、道格拉斯·罗杰斯（Douglas Rogers）和格雷斯·卡特勒（Grace Cutler）等。

从我第一次和皇冠出版社的杰出编辑希拉里·鲁宾·泰曼（Hilary Rubin Teeman）交谈的那一刻起，我就发现她对本书的直观理解令人叹为观止。她的远见卓识和出色的编辑技巧使本书得以成形。对她所做的一切和她的专业素养，我深表感谢。感谢出版商莫莉·斯特恩（Molly Stern）以及皇冠出版社的所有成员，包括安斯利·罗斯纳（Annsley Rosner）、雷切尔·迈耶（Rachel Meier）、玛雅·马夫吉（Maya Mavjee）、大卫·德雷克（David Drake）、凯文·卡拉汉（Kevin Callahan）、雷切尔·罗基基（Rachel Rokicki）、艾米·J.施耐德（Amy J.Schneider）、帕特里夏·肖（Patricia Shaw）、希瑟·威廉姆森（Heather Williamson）、莎莉·富兰克林（Sally Franklin）、安娜·汤普森（Anna Tompson），尤其感谢罗斯·福克斯（Rose Fox）所提供的帮助。感谢米克·威金斯（Mick Wiggins）为本书绘制了漂亮的封面插图。

博罗出版社（Borough Press）的优秀编辑卡西·布朗（Cassie Browne）让我惊叹不已，她能将一本书的真正潜力完全挖掘出来。你宝贵的感知力和洞察力给我留下了深刻的印象。非常感谢凯特·埃尔顿（Kate Elton）和苏西·多尔（Suzie Dooré），以及哈珀·柯林斯（Harper Collins）领导下的热情友好的团队成员：莎拉·本顿（Sarah Benton）、凯蒂·莫斯（Katie Moss）和优秀的夏洛特·克雷（Charlotte Cray）。至于本书设计独特的封面，我要感谢著名的插画家尼尔·高尔（Neil Gower）。

我的经纪人、ICM公司的亚历山大·麦克米斯特（Alexandra Machinist）出类拔萃，集编辑的智慧、出版人的直觉和无穷的魅力于一身，真正做到了令人瞩目。谢谢你敏锐的指导和专业知识。感谢希拉里·雅各布森（Hillary Jacobson），你的帮助对我来说是无价之宝。

特别感谢伦敦柯蒂斯·布朗出版社（Curtis Brown）卓尔不凡的经纪人卡罗琳娜·萨顿（Karolina Sutton），感谢你的大力支持。我还要感谢索菲·贝克（Sophie Baker）、伦敦柯蒂斯·布朗出版社的动态翻译版权代理，以及我在世界各地的出版商，包括德国基芬希尔和维奇出版社（Kiepenheur & Witsch）的马丁·布雷菲尔德（Martin Breitfeld），以及法国阿尔宾·米歇尔出版社（Albin Michel）的安妮·米歇尔（Anne Michel）。

最后，感谢我的姐姐艾莉森·穆塞特（Alison Mussett），感谢你宝贵的想法和一流的编辑能力。只要听到电话线的另一端传来的你的声音，我就倍感安心，这本书既属于我也属于你。任何文字都无法表达出我对你的感激之情。我还要对我的母亲琼·库珀（Joan Cooper）表达出最诚挚的谢意，感谢她一直以来的支持和敏锐的阅读眼光。最后，非常感谢我的家人莉莉（Lily）和阿拉贝拉（Arabella），还有我不同凡响的丈夫帕特（Pat），没有他们，这本书就不可能问世。